Nora Kain
Frevel

NORA KAIN

FREVEL

Historischer Thriller

dtv

Originalausgabe 2024

Die Passage aus dem Werk von Emilie von Berlepsch auf S. 35 ist
frei zitiert nach ›Frauenleben im 18. Jahrhundert‹,
hrsg. von Andrea von Dülmen, Frankfurt 1992.
Umschlaggestaltung: Hauptmann & Kompanie Werbeagentur, Zürich
Umschlagmotive: The Picture Art Collection / Alamy Stock Foto;
shutterstock.com / Olivier Le Queinec, arigato, Raland, Seamm
Satz: Fotosatz Amann, Memmingen
Gesetzt aus der Stempel Garamond
Druck und Bindung: GGP Media GmbH, Pößneck
Printed in Germany · ISBN 978-3-423-26399-3

»Eine vom Chirurgicus vorgenommene Leichenschau ist der Buchgelehrsamkeit bei Weitem überlegen. Cadaver sind in unserer Disziplin ergo das größte und dringlichste Bedürfnis. Ausreichend befriedigt werden kann es leider nie. Jedoch werden der Wissenschaft löblicherweise zunehmend zum Tode Kondemnierte zur Verfügung gestellt.
In diesem konkreten Fall hat die Examinierung des Delinquenten folgende Erkenntnisse erbracht: Zwei glatte, scharf strukturierte Schnitte im Unterkiefer und am Hinterhaupt führten zu schweren Blessuren. Endgültig vom Leben zum Tode befördert wurde er jedoch erst durch den festen Hieb, der ihn zwischen drittem und viertem Halswirbel traf.«

Aus der *Medicina forensis*
von Physicus und Chirurgicus
Theophil Pontus

1.

25. Mai 1797

Ich darf mich nicht übergeben, dachte Johann verzweifelt. Nicht jetzt.

Er hatte am Morgen nur drei Löffel Getreidebrei gegessen, dennoch stieg ihm säuerlicher Speichel die zunehmend enger werdende Kehle hoch, als er sich dem Rossmarkt näherte. Vom *Frankfurter Korrespondenten* im Hirschgraben, seinem Arbeitsplatz, waren es knapp zweihundert Meter dorthin, aber ihm kam die Strecke unendlich weit vor. Sämtliches Blut schien ihm in die Beine zu sacken und machte diese immer schwerer. Nicht einmal mit Claus Uffenbach konnte er Schritt halten, seinem Zeitungsverleger, obwohl der aufgrund seiner rundlichen Statur eher zu watscheln als strammen Schrittes zu gehen schien.

»Was trödelst du so herum?«, herrschte Uffenbach ihn prompt an. »Freust du dich denn nicht?«

Wie konnte man sich bloß auf ein solches Ereignis freuen?

»Ich … ich war noch nie bei einer Hinrichtung«, presste Johann mühsam hervor.

»Na, dann wird es doch Zeit«, sagte Uffenbach und schlug ihm aufmunternd auf die Schulter.

»Immerhin habe ich viel über Hinrichtungen gelesen«, warf Johann beflissen ein, während er gegen seine Übelkeit anschluckte. Wenn schon nicht mit einem robusten Magen, so wollte er wenigstens mit umfangreichem Wissen aufwarten. »Wenn einst in Frankfurt ein Todesurteil gefällt worden war, so waren alle Zünfte verpflichtet, beim Bau des Schafotts mitzuhelfen. Wer keine Zeit hatte, für den wurde ein Nagel aufgehoben, den er nachträglich ins Holz der Richtstätte schlagen musste. So lastete die unehrenhafte Arbeit nicht auf einem allein.«

Wie immer, wenn sich seine Lippen zu einem Lächeln verzogen, gab Claus Uffenbach ein leises Schmatzen von sich.

»Schön, schön. Du bist ein schlaues Bürschchen. In den *Frankfurter Korrespondenten* kommt diese Nagelgeschichte trotzdem nicht. Sie braucht zu viel Platz, und es spritzt zu wenig Blut. Würde der Nagel zwischen zwei Rippen getrieben, ließe sich etwas damit anfangen. So aber ...« Wieder ein Schmatzen. »Hinter dem Schreibtisch mag man sich so einiges ausdenken, aber wahre Inspiration findet man dort, wo das Henkerbeil Richtung Nacken saust.«

Johann bekam eine Vorstellung davon, wie sich das wohl anfühlte, als Uffenbach ihm einmal mehr auf die Schulter drosch. Und leider hörte er auch nicht auf zu reden.

»Als ich ein kleiner Junge war, hat man Betrügern noch die Ohren abgeschnitten. Und denen, die keine mehr hatten, hat man den Frankfurter Adler in die Stirn gebrannt. Noch besser war das Rädern. Das war zu meinen Lebzeiten leider schon abgeschafft, aber mein Vater hat mir herrliche Geschichten darüber erzählt.«

Herrliche Geschichten?, fragte sich Johann und unterdrückte mit Mühe ein Zittern. Wohl eher schauderliche!

Hartnäckig starrte er beim Gehen auf die eigenen Schuhspitzen und nicht auf den vielen Dreck und Unrat, der zwischen den Pflastersteinen wucherte. Uffenbach bekam indes nicht genug davon, in Grausamkeiten zu schwelgen. »Von den Füßen aufwärts wurden den Mördern mit einem schweren Wagenrad sämtliche Knochen zertrümmert, um sie danach ans Rad zu flechten und dieses aufzurichten. Mit viel Glück haben sie da noch gelebt. Mein Vater hat immer gesagt: ›Wer wissen will, wie der Teufel kreischt, weil ihm das Höllenfeuer den Arsch versengt, hat in diesem Augenblick eine Ahnung davon bekommen.‹«

Johann war sich sicher, dass der Teufelsarsch mehr aushielt als sein Magen.

»Und die Weiber!«, schwärmte Uffenbach. »Die hat man einst in ein Fass gesteckt und im Main ersäuft, wenn sie ihre Brut nach der Geburt in den Abort fallen ließen, anstatt sie zu säugen.«

»Der Rat ist milder geworden«, warf Johann ein. »Fast immer entscheidet er sich fürs Enthaupten.«

»Wie schrecklich öde!«, kam es mit klagendem Unterton. »Aber wenn ein Braten zu lange im Ofen war, sodass er zäh und trocken rauskommt, muss man ihn wenigstens kräftig würzen. Und genau das ist unsere Aufgabe.«

Als Johann vor vier Wochen die Arbeit beim *Frankfurter Korrespondenten* aufgenommen hatte – ein Bürgerblatt zur Unterhaltung und Belehrung aller Stände –, hatte er eigentlich erwartet, auf den Spuren von Herder, Merck und Goethe zu wandeln und mit seinen Artikeln die Menschen zum Wahren und Guten zu erziehen. Doch Claus Uffenbach hatte ihm rasch klargemacht, dass die schöngeistigen Texte von erfahreneren Kollegen geschrieben wurden. Von ihm erwartete er sich etwas anderes. Nämlich nicht, dass er mit seinem Englisch und Französisch, seiner geschliffenen Sprache oder dem scharfen Verstand brillierte, den er am Frankfurter Humanistischen Gymnasium ebenso geschult hatte wie an der Hochschule von Erlangen. Sondern dass er einen Beitrag leistete, damit die Auflage wuchs. Um es von achttausend auf die erhofften zehntausend Exemplare pro Ausgabe zu bringen, reichte es nun mal nicht, über die beiden Frankfurter Messen zu berichten. Oder über die Sitzordnung bei Festbanketten an hessischen Fürstenhöfen. »Unsere Geschichten haben dafür zu sorgen, dass dem Leser vor Grauen der Mund offen steht!«

Grauen nahm Johann nicht wahr, als sie den Rossmarkt erreichten – die Gesichter der zahlreich herbeiströmenden Schaulustigen waren vielmehr vor Aufregung gerötet. Während die Glocken von gleich mehreren Kirchtürmen Sturm läuteten, schien ein riesiges Volksfest im Gange zu sein. Vor den neuen Stadtpalästen der reichen Patrizierfamilien, denen manch mittelalterliches Giebelhaus zum Opfer gefallen war, hatte man etliche Buden errichtet. Würstchen und Rippchen wurden in der einen gebraten, Hühnchen in der nächsten. Ein paar der Hühner lebten noch. Mit ihren Füßen waren sie an eine Stange gebunden und gackerten sich kopfüber die Seele aus dem Leib. Angeboten wurde nicht nur, das krosse Fleisch vom Knochen zu nagen, sondern auch, das Federvieh eigenhändig zu köpfen. Wem das mit einem Schlag gelang, der bekam einen Humpen Bier kostenlos.

Johann beschleunigte seine Schritte, um dem Gackern zu entfliehen. Doch auch bei der nächsten Bude übte man die Treffsicherheit – an einer Steckrübe, die an einem Bindfaden hing und von der es dünne Scheiben abzuschlagen galt. Auch der Henker, so hieß es, habe sich gestern Abend auf diese Weise auf die Enthauptung vorbereitet. Als eine Rübenscheibe direkt vor Johanns Füße rollte, überlief ein Kribbeln seinen Nacken, gefolgt von kaltem Schweiß. Er blieb stehen, aber Uffenbach schubste ihn weiter.

»Das Bier trinken wir beide erst hinterher – dann geht's zum *Schwarzen Bock* nach Sachsenhausen.«

Seine Stimme ging in lautem Johlen unter. Ein hölzerner Wagen, mit dem man sonst Gemüse transportierte – er hatte lediglich zwei Räder und ein Gitter, das Kohlköpfe davon abhielt, auf den Boden zu plumpsen –, traf ein. Er kam von der Hauptwache, wo nicht nur die Kompanien der Soldatenwache untergebracht waren, sondern wo sich auch das Gefängnis befand. Die Zellen im Obergeschoss waren den vermögenden Gefangenen vorbehalten, im Schanzenloch ganz unten landeten die Schwerverbrecher. So wie der Mann auf dem Wagen.

»Na?«, rief Uffenbach. »Schlottert er vor Angst? Macht er sich gleich in die Hose? Kotzt er?«

Johanns Kehle zog sich zusammen, als sich der Wagen der hölzernen Tribüne näherte, auf der der Richtblock stand. Der Henker von Frankfurt wartete schon. Fünf beidhändig zu führende Richtschwerte besaß er, und wenn er nicht gerade Mörder enthauptete – was zu Uffenbachs Leidwesen fast seltener geschah als Kaiserkrönungen –, war er Frankfurts Abdecker. Heute würde er das größte Richtschwert gebrauchen, mit breiter und flacher Klinge, die in einer abgerundeten Spitze endete, und eingravierten Sinnsprüchen. Johann hatte sich kundig gemacht und wusste, was auf der Vorderseite stand: *Die Herren steuern das Unheil, ich führe ihr Urteil aus.* Auf der Rückseite wiederum war zu lesen: *Wenn ich das Schwert aufhebe, so wünsche ich dem armen Sünder das ewige Leben.*

Das Gesicht des Scharfrichters war verhüllt, die Haltung starr. Auch der Verurteilte regte sich kaum. Als der Wagen hielt, musste ihm der Geistliche, der ihn begleitete und unentwegt Gebete murmelte, einen Stoß versetzen, damit er aus dem Gefährt kletterte. Dem Stöcker – einem Stadtknecht, der den Todgeweihten ebenfalls begleitete – war das zu langsam, er packte ihn grob an der Schulter, um ihn zur Richtstätte zu zerren.

Das Gejohle wurde lauter. Uffenbach versetzte Johann einen Stoß ins Kreuz.

»Los! Geh näher ran! Du musst doch sehen, wie das kalte Schwert blitzt und das heiße Blut spritzt!«

Johann wollte sich weigern, wurde aber mit der Menschenmenge mitgerissen. Fast jeder war bestrebt, dem Richtblock so nahe wie möglich zu kommen. Und fast jeder zückte ein weißes Taschentuch oder hielt einen gewärmten Topf parat. Das Blut eines Enthaupteten, so hieß es, würde die Fallsucht heilen – und das sogar noch besser als die Nachgeburt einer Frau, gebrannter Regenwurm oder die Klauen eines fleischfressenden Tieres. Und ein Lappen, auf den nur ein Tropfen von diesem Blut gefallen war, würde großes Glück bringen, wenn man ihn unter den Ladentisch legte, was vor allem für die vielen Händler und Kaufleute Frankfurts verlockend klang.

Johann wich nur mit Mühe etlichen Ellbogen aus. Als er endlich eine halbwegs sichere Position erreicht hatte, verstellten ihm zahlreiche Köpfe den Blick auf die Hinrichtungsstätte, und er hörte nur, konnte es aber nicht sehen, wie das Todesurteil wiederholt, ein Stab zerbrochen und dem Unglückseligen vor die Füße geworfen wurde, als Zeichen, dass er sein Leben verwirkt habe.

Er hoffte, dass er auch weiterhin nichts sehen musste. Und hatte zugleich Angst, Uffenbach zu enttäuschen. Wenn er nicht bald seinen ersten großen Artikel zu dessen Zufriedenheit verfasste, würde er die heiß ersehnte Stelle als Zeitungsschreiber verlieren. Und einem wie ihm blieb dann nur, sich als Hauslehrer von verwöhnten Erben das Leben schwer machen zu lassen.

»Ich bin ein Fremder, weile erst seit Kurzem in Frankfurt«, hörte er sich selbst plötzlich laut rufen. »Könnt ihr mir sagen, was dieser Adam Rau verbrochen hat?«

Er wusste zwar selbst, dass der Delinquent zwei Frankfurter Jungfrauen grausam ermordet hatte. Doch Uffenbach gefiel es bestimmt, wenn die Taten schauderhaft ausgeschmückt wurden.

»Nenn ihn nicht Adam Rau«, erhielt er prompt eine Antwort. »Er ist doch der Aal.«

Auch das war Johann bekannt. Einst hatte Adam Rau schwere Verletzungen davongetragen: Die einen behaupteten, bei einem Brand, andere sprachen von einem Schwertkampf. Bevor er daran verbluten konnte, hatte ein Arzt jedenfalls die Wunden mit den Schuppen von Aalen gestopft. Der Blutfluss war tatsächlich zum Erliegen gekommen, die Fischhaut aber mit der Menschenhaut verwachsen, sodass er seitdem grässlich entstellt war.

»Warum das denn?«, fragte er vermeintlich ahnungslos.

»Abgesehen davon, dass er aussieht wie ein Aal? Aale fressen Schweine- oder Pferdeköpfe, die man ins Wasser wirft, von innen her auf. In ähnlichem Zustand war der Unterleib der armen Jungfrauen, als der Aal mit ihnen fertig war.«

»Ja, ja«, ereiferte sich ein anderer, »man hat sie in einer Lache aus Blut gefunden. Die Gedärme wurden ihnen aus dem Leib gerissen.«

»Nicht nur die«, mischte sich noch jemand ein. »Bis zum Herz hat er sich hochgearbeitet, um es zu zerstückeln.«

»Noch an den Rippen waren Spuren der Klinge festzustellen.«

»Nur die Gesichter waren unberührt. Ein wenig sahen die Jungfrauen so aus, als würden sie schlafen.«

»Von wegen! Nachtblau waren die Lippen, weil kein Tropfen Blut mehr im Leichnam verblieben war!«

Während das Gesagte Johann mit tiefem Entsetzen erfüllte, klangen die Stimmen zunehmend begeistert. Wie nur war es möglich, sich an solcher Grausamkeit zu ergötzen?

Genug davon! Er machte sich daran, wieder den Rückweg anzutreten. Doch als er sich an einem Mann mit feistem gerötetem Gesicht vorbeidrängen wollte, versetzte der ihm einen Stoß. Schmächtig wie er war, geriet Johann ins Taumeln, schlug sich fast den Kopf an der hölzernen Tribüne an, fand rechtzeitig das Gleichgewicht wieder – und war nun aber endgültig inmitten der Menschenmasse gefangen. Immer näher schob sie ihn an die Hinrichtungsstätte heran.

Johann überlief es kalt. Nicht der Anblick des Richtblocks und des Henkerschwerts erschütterte ihn derart. Nicht die Stille, die sich über den Platz senkte und die selbst die gackernden Hühner verstummen ließ.

Es war der Gestank. Der grässlichste Gestank, der ihm je in die Nase gestiegen war. Er ging von der Gestalt aus, nicht sonderlich groß, ziemlich ausgezehrt, die eben vor dem Richtblock niedergestoßen, sodann mit Lederriemen daran festgebunden wurde. Johann hatte erwartet, dass der Schuldige ähnlich gekleidet sei wie die zu Tode verurteilten Kindsmörderinnen – ganz in Weiß nämlich. Doch wer immer den Delinquenten vorhin aus seiner Zelle geholt hatte, war nicht damit zufrieden gewesen, dass dessen Kleidung zerrissen und die Füße nackt waren. Mit Abfällen vom Fischmarkt hatte er ihn übergossen. Eine schleimige Masse überzog den Körper, in der Gräten und tote Augen schwammen, Schuppen, Schwanzflossen, fauliges Fleisch. Kaum eine Stelle war nicht davon bedeckt, vor allem am Kopf. Unmöglich war zu erkennen, wo die Aalschuppen Menschenhaut ablösten und wo grindige Stellen zwischen den Haaren klafften. Aber das war nicht notwendig, um von diesem Wesen nicht als Adam Rau zu denken, sondern als glitschigem Aal. Als sein Kopf auf den Richtblock gedrückt wurde und der Henker das Richtschwert hob, zuckte er denn auch wie einer, den man eben aus dem Main gezogen hatte.

Alles in Johann drängte ihn dazu, die Augen zu schließen, aber er schaffte es nicht. Erst ließ ihn das pure Grauen erstarren, dann etwas anderes. Der Blick des Aals.

Verrottet mochte alles an ihm wirken, aber nicht seine Augen. Sie waren von einem warmen Braun, wach, menschlich. Und alles mochte verklebt und verdreckt sein, nicht aber die Lippen. Schmal waren sie, doch von einem gesunden Rot. Sie begannen zu zucken, sie öffneten, schlossen sich. Kurz dachte Johann, er murmele ein lautloses Gebet, dann vernahm er ein Wort.

Hatte er das richtig verstanden? Hatten es die anderen auch gehört?

Johann löste nun doch den Blick vom Aal, drehte sich um, las in keiner der Mienen jenes Erstaunen, jene ... Fassungslosigkeit, die sich in ihm ausbreitete. Da waren nur Häme, Sensationslust, Blutgier. Rasch wandte er sich wieder dem Richtblock zu, in der Hoffnung, der Aal würde noch mehr sagen.

In diesem Augenblick ging das Richtschwert nieder. Ein Schwall Blut traf Johann, aber er spürte dessen Wärme nicht, wie denn auch. Alles in ihm erkaltete, als er zuschauen musste, wie sich der Stahl zwar in die Haut grub, aber zu weit über dem Nacken und auch nicht tief genug, um den Kopf abzutrennen. Die Lippen des Aals waren immer noch rötlich, aber schlossen sich nicht länger um einen Mund, nur um ein rotes Loch, aus dem Blut schoss und sich – merkwürdig verdreht – der Unterkiefer schob.

Ein Schmerzenslaut brach sich Bahn, wie Johann ihn noch nie gehört hatte. Als stiege er nicht aus dem Innersten hoch, um über den Mund den Körper zu verlassen, als brüllten sämtliche Muskeln, sämtliche Sehnen, sämtliche Knochen. Wer so schrie, wurde davon irre. Wer es hörte, wurde davon irre. Die Arme des Henkers bebten, tief saß wohl die Scham über den verfehlten Schlag, wenngleich die Zuschauer kein Murren ausstießen, nur begeistertes Gejohle. Wieder hob er das Richtschwert, wieder schlug er zu, wieder verfehlte er diese eine Stelle zwischen zwei Halswirbeln. Ein Ächzen ertönte, als würde ein hundertjähriger Baum gefällt. Auch einmal mehr ein Schmerzenslaut, so durchdringend, dass Johann nicht sagen konnte, ob er grollend tief oder gellend hoch war. Dann riss er schlagartig ab, und noch mehr Blut sprudelte aus dem gespaltenen Mund. Der Kopf war immer noch nicht auf das Bett aus

Sägespänen gefallen, der Halsmuskel aber weit genug durchtrennt, dass er langsam vom Richtblock rutschte. Der Kopf baumelte nur noch an einem dünnen Faden am Rumpf, der Unterkiefer hing herab.

Der dritte Hieb fiel etwas kraftloser aus, aber auch konzentrierter. Ein dumpfes Poltern, das Knistern der Holzspäne, dann war es endlich geschafft. Zwei hellrote Blutströme quollen aus dem Rumpf, und als der Scharfrichter den abgeschlagenen Kopf der Menge präsentierte, starrten Johann nicht länger warme braune Augen an, nur schwarze Löcher.

Wieder brandete Gejohle auf. Ein paar der Umstehenden stürzten sich auf das Blutgerüst, um einen Splitter zu ergattern, der als Talisman dienen würde, während diejenigen, deren Gesichter blutverschmiert waren, zu rennen begannen. Ob sie sich das Blut so schnell wie möglich abwischen wollten? Aber nein, seine Heilkraft galt als umso höher, je schneller der Befleckte herumlief!

Johann war von seinem Grauen kurz wie gelähmt. Doch alsbald trat er die Flucht an, wühlte sich durch die Menschenmenge, hatte schon den halben Rossmarkt überquert. Ein Dutzend Schritte noch, und er würde den Ort des Schreckens hinter sich lassen.

Doch wie aus dem Nichts trat Uffenbach vor ihn und packte ihn.

»Sieh nur, Johann, wen ich getroffen habe. Doktor Theophil Pontus vom Collegium Medicinum des Senckenbergischen Instituts. Man hat ihm den Kopf des Aals zu Forschungszwecken versprochen. Im anatomischen Institut wird er gründlich das Gehirn untersuchen, um herauszufinden, ob dies bei einem grausamen Menschen wie ihm schwere Schäden aufweist.«

So unangenehm ihm die Berührung war, nur dank des festen Griffs konnte Johann sich aufrecht halten.

»Ver-ver-ver…«, setzte er an. Wie war es möglich, dass der

Aal noch ein ganzes Wort zustande gebracht hatte, er jetzt aber keines?

Uffenbach scherte sich nicht weiter um ihn, Theophil Pontus aber musterte ihn eingehend. Er war ein unscheinbarer Mann, untersetzt, dürr und mit fahler Gesichtshaut. Doch wer ihm einmal begegnet war, würde nie wieder diesen bohrenden Blick vergessen. Es stand nicht bloß Interesse darin, es war eine regelrechte Gier, mit der er jedes noch so kleine Detail in sich aufzusaugen schien.

»Wie gut, dass du voller Blut bist, aber keine Spuren des Gehirns aufweist. Dies ist ein Zeichen, dass es noch intakt ist. Großartig. Ich fürchtete schon, dass es während der Prozedur beschädigt werden könnte.«

»Ver-ver-ver…«, stotterte Johann wieder.

»Und ebenso erfreulich ist es, dass sich die Reichsstadt Frankfurt nicht länger dem wissenschaftlichen Fortschritt verschließt«, fuhr der Doktor fort. »Vor einigen Jahren noch hat man den abgeschlagenen Kopf eines Delinquenten auf einen der Stadt zugewandten Pfahl geschlagen – und wenn er nach einigen Stunden wieder abgenommen wurde, war er für die Examinierung unbrauchbar. Ganz zu schweigen von den Gliedern der Geräderten, die man gerne wochenlang am Rad verwesen ließ. Dass wir den Leichnam öffnen dürfen, gilt mittlerweile gottlob als ausreichende posthume Strafe.«

Ein flüchtiges Lächeln, ein gedankenverlorenes Nicken, dann stob der Arzt auf den Richtblock zu.

Johann blickte an sich hinab und stellte fest, dass seine Kleidung tatsächlich von grässlichen Flecken übersät war.

Uffenbach folgte dem Blick und schnalzte anerkennend mit der Zunge.

»Ver-ver-ver…«, stammelte Johann.

»Ver-ver-was? Heraus damit! Was waren die letzten Worte dieses Frevlers?« Uffenbach legte den Kopf leicht schräg.

»Hieß es etwa *verflucht*? Oh, das klingt gut! Damit lässt sich etwas anfangen! Lass mich nachdenken, wie wir das ausschmücken können. *Mein Fluch lastet fortan über euch Frankfurtern. Mich werdet ihr nicht los, ich werde euch in den Schlaf verfolgen.*« Er lachte begeistert. »Ja, das gefällt mir. *Wie ein Schatten … wie ein Nachtmahr lege ich mich künftig über diese Stadt* … Sag mal, was hast du denn? Kipp mir bloß nicht um! Jetzt gibt es doch das versprochene Bier. Und wenn dein Magen das nicht verträgt, lass dir Apfelwein servieren. Wir müssen auf deine erste Hinrichtung anstoßen.«

Johann würgte bei jedem weiteren Wort. Was da an ihm klebte, waren nicht länger nur kalter Schweiß und Blutspritzer von der Richtstätte, es schien ein schleichendes Gift zu sein, das durch seine Poren drang. Selbst wenn er sich zigfach wusch, würde es an ihm haften bleiben. Und selbst wenn er zigfach frische Luft einsog, würde er sich von der Woge des Gestanks verfolgt fühlen.

»Er hat nicht gesagt: *verflucht*. Sondern: *Verrat*«, presste er gerade noch hervor. Dann hastete er hinter die Bude, wo die gackernden Hühner hingen, beugte sich vor und kotzte so lange, bis er nur noch bittere Galle schmeckte.

»Nebst zum Tode Kondemnierten dienen vorzugsweise Totgefundene, Almosenempfänger und namenlose, in Hospitälern Gestorbene der Scientia. Ebenso werden der Anatomie häufig ledige Mütter überstellt, deren Kadaver fundamentale Erkenntnisse zum Partus, dem Akt des Gebärens, bringen. So lässt sich retrospektiv die Lage des Kindes erörtern, meist dergestalt, dass es mit seinem Haupte treulich an den innerlichen Mutter-Mund und gegen die Mutter-Scheide drückt.«

Aus der *Medicina forensis*
von Physicus und Chirurgicus
Theophil Pontus

2.

23. März 1800

Sibylle unterdrückte mühsam ein Beben. Der Raum, in dem sie sich befand, war klein und kalt. Beide Luken waren mit dicken Balken zugenagelt, nur eine Tranfunzel spendete jetzt, mitten in der Nacht, ein fahles, flackerndes Licht. Es malte unruhige Schatten auf die Wände und auf das Gesicht der Frau, die sich vor Sibylle auf der dünnen Strohmatte wand. Ihre Züge waren schmerzverzerrt, der Blick glasig, der Mund weit geöffnet, und dass keine spitzen, durchdringenden Schreie zu vernehmen waren, lag einzig an dem Knebel, der zwischen ihren Lippen steckte. Die arme Frau stand Höllenqualen aus, und das war kein Wunder.

Schließlich war der brutalste Folterknecht am Werk, den man sich vorstellen konnte. All seine teuflischen Kniffe schien er ausprobieren zu wollen, um immer mehr Schweiß auf die Stirn der Frau zu treiben, sämtliche Muskeln verkrampfen und die Augäpfel hervortreten zu lassen.

»Schsch«, flüsterte Sibylle dicht am Ohr der Frau. »Halte durch.«

Die Gequälte schien ihre Stimme nicht zu hören, auch nicht, dass sich soeben die schmale Tür öffnete. Eine alte Frau mit grauem, gefurchtem Gesicht erschien auf der Schwelle, sie wirkte ebenso müde wie hoffnungslos.

»Ist es denn immer noch nicht vorbei?«

Sibylle fröstelte im kalten Luftzug. Ihre blutbesudelte Leinenbluse klebte ihr klamm am Leib.

»Bald«, sagte sie. »Bald.«

Das behauptete sie schon seit Stunden. Doch der Folterknecht, der am Werk war, war nicht nur außergewöhnlich sadistisch, er hatte auch einen langen Atem. Es handelte sich um die Natur höchstselbst, die die Frau mit schlimmen Geburtswehen beutelte.

Die Alte trat näher. Am Vormittag hatte sie bei Sibylle geklopft und deren Dienste als Hebamme eingefordert, sie zugleich aber beschworen, dass dieser Einsatz streng geheim bleiben müsse. »Niemand darf dich hier sehen, wenn du das Kind auf die Welt holst. Und erst recht darf niemand die Schreie hören – weder von der Mutter noch vom Kind.«

Die Alte selbst hatte vorhin den Knebel in den Mund der Gebärenden gesteckt, und obwohl der Frau das Atmen immer schwerer fiel, machte die Alte keine Anstalten, sie davon zu befreien. Sie raunte der gepeinigten Frau noch nicht einmal tröstende Worte zu. Stattdessen trat sie an eine der nackten Wände, zog etwas hervor und hängte es auf. Sibylle sah, dass es ein Blatt Papier war, beschrieben mit Zeichen, die sie nicht kannte … nicht ergründen wollte. Sie nur für die Dauer eines Wimpernschlags zu betrachten, konnte gefährlich sein.

»Nicht!«, rief Sibylle bange, und diesmal war es nicht allein die Kälte, die sie erschaudern ließ, sondern tief sitzende Furcht. »Ich will nichts mit euren heidnischen Bräuchen zu tun haben.«

»Der Text des *Schir La Ma'alot* soll das Erste sein, was der Säugling von dieser Welt sieht. Für unsereins ist das ein wichtiger Brauch.«

Sibylle hatte bislang nur gehört, dass eine Schwangere aufpassen musste, worauf ihr Blick fiel. Einmal, so ging das Gerücht, habe eine einen dressierten Affen gesehen und daraufhin ein behaartes Wesen zur Welt gebracht, das man natürlich sofort erstickt hatte.

»Das fehlte mir noch, einen Fluch auf mich zu ziehen! Du wartest damit, bis ich weg bin.«

Widerwillig nahm die Alte das Blatt wieder von der Wand. Ob sie es auch einsteckte, sah Sibylle nicht, denn eben bäumte sich die Gebärende auf. Sie schien sich gegen unsichtbare Hände zu wehren, die sie festhielten, kämpfte hechelnd gegen den Knebel. War es nun so weit?

Einen Einlauf hatte Sibylle ihr schon vor Stunden verpasst. Viel mehr hatte es danach nicht zu tun gegeben. Eine innerlich wirkende Medizin sei ihresgleichen verboten, hatte die Alte gleich zu Beginn erklärt. Unüblich sei auch der Brauch, der Gebärenden Salzbrocken zu reichen, damit sie diese unter den Wehen zerdrückte und darüber den Schmerz besser ertrug. Und es gab kein Zeichen, dass der Einsatz von Haken und Zangen, die Sibylle in ihrem Hebammenbeutel bei sich führte, notwendig wäre.

»Nimm deine Knie hoch, sodass sie die Ellbogen berühren.«

In dieser Lage konnte Sibylle sie am besten zwischen den Beinen untersuchen. Doch die Gebärende zögerte – weil sie nicht konnte ... oder nicht wollte. Eigentlich hatten nur hochwohlgeborene, reiche Frauen das Recht, im Liegen untersucht zu werden. Frauen von geringer Herkunft mussten an die Wand gelehnt stehen bleiben, damit sich eine Hebamme nicht bücken musste. Aber Sibylle verzichtete, darauf zu pochen, zumal Standesunterschiede in diesem Moment ihre geringste Sorge waren. Als sie die Frau vorhin untersucht hatte, hatte sie den Eindruck gehabt, das Kind würde richtig liegen. Doch als sie jetzt das Kleid hochschob und sie zwischen den Beinen betastete, spürte sie nicht die harte Schädeldecke, sondern sah, wie sich ein verklebtes Füßchen durch die nasse Scham zwängte. Wie Sibylle sog auch die Alte scharf den Atem ein – wenngleich nicht das Füßchen sie am meisten entsetzte.

»Sie darf doch nicht entblößt werden!«, rief die Alte und versuchte, das blut- und schweißbefleckte Kleid der Gebärenden wieder über die nackten Beine zu ziehen. »Auch ihre Haare müssen stets bedeckt bleiben.«

»Wie soll ich denn so das Kind holen?«, schimpfte Sibylle ungehalten. »Wenn etwas bei einer Geburt nichts verloren hat, so ist das falsche Scham. Ist es nicht am wichtigsten, dass am Ende Mutter und Kind leben?«

Der Alten entging der leicht panische Unterton in Sibylles Stimme wohl nicht, denn sie wich resigniert zurück. Sibylle umfasste indes dieses winzige Füßchen und schob es mit Gewalt zurück in den Mutterleib, in der Hoffnung, dass an seiner statt der Hintern den Geburtskanal weiten und als Erstes ans Licht streben würde. Die Gebärende ächzte und stöhnte und schlug so heftig mit den Beinen aus, dass ihr Knie Sibylles Bauch traf. Sibylle blieb die Luft weg, der Gebärenden kurz auch. Allerdings hatte sie noch genug Kraft, um den Knebel aus dem Mund zu spucken.

Rasselnd ging ihr Atem, gefolgt von einem hohen spitzen Schrei. Zutiefst erschrocken stürzte die Alte zu ihr und presste ihr die Hand auf die Lippen.

»Nicht!«, rief sie. »Es muss doch ein Geheimnis bleiben, dass ...« Ihr Blick richtete sich auf die Tür, in ängstlicher Erwartung, jemand könne nachschauen kommen. Die Tür blieb geschlossen – und Sibylle fortan ausschließlich auf die Gebärende konzentriert.

Zu ihrem Erstaunen ging plötzlich alles schnell. Kein zweites Mal war das Füßchen zu sehen. Als sie danach tastete, spürte sie vielmehr das Becken des Kindes. Ein paar Wehen noch, und immer mehr vom Hintern wurde sichtbar. Nur erfahrene Hebammen kannten die Handgriffe, die nun notwendig waren. Sibylle verrichtete sie angespannt, aber nach den vielen Geburten, die sie hinter sich gebracht hatte, auch routiniert. Ein paar Ermahnungen folgten – erst nicht, dann stark zu pressen –, und schließlich drängte mit einem Schwall bräunlicher Flüssigkeit das Kind auf die Welt. Sibylles Leinenbluse bekam noch mehr Flecken ab, sogar ihr Rock. Dennoch überlief sie kein neuerliches Frösteln, vielmehr stieg heißer Triumph in ihr hoch. Der Folterknecht war bezwungen – und das war allein ihr zu verdanken.

Während Sibylle sich den Schweiß von der Stirn wischte, nahm die Alte endlich die Hand vom Mund der Wöchnerin. Die kaute auf ihren rissigen Lippen, blickte erstaunt auf den roten Wurm zwischen ihren Beinen, als hätte sie nicht damit gerechnet, dass dergleichen aus ihrem Leib kriechen würde.

»Es … es lebt?«

Es war nicht offensichtlich, ob Hoffnung oder Enttäuschung aus der gepressten Stimme sprach.

Rasch band Sibylle die Nabelschnur ab, durchtrennte sie, beugte sich schließlich über das Kind. Sie vernahm zwar kein lautes Schreien, aber einen Ton, als würde Herbstlaub rascheln. Das musste genügen, um sich ihren Lohn verdient zu haben. Während die Gebärende leise weinte, prüfte die Alte, ob das Tuch fest auf dem Kopf der jungen Frau saß und weiterhin ihr Haar verbarg. Erst danach richtete sich ihr Blick auf den roten Wurm.

»Ein Junge«, stellte sie fest, um ihm sodann Worte in einer fremden Sprache zuzuraunen. Es klang wie ein Zauberspruch. Sibylle hätte sich am liebsten die Ohren zugehalten, damit nichts von diesem heidnischen Gift in ihre Seele dringen konnte, aber stattdessen beeilte sie sich, ihr Schultertuch umzulegen und zur Tür zu hasten.

»Du gehst?«, fragte die Alte.

Sibylle wusste, dass auch nach einer Geburt viele Pflichten auf eine Hebamme warteten: Sie müsste das Neugeborene auf Verletzungen und Muttermale untersuchen, die Nabelschnur ausdrücken und das Kleine baden. Sie müsste es an die Herzseite der Mutter legen, damit der Herzschlag die bösen Geister vertrieb – und sie müsste die Plazenta vergraben, denn warf man diese einfach auf den Misthaufen und wurde sie von einem Hund gefressen, so spürte die junge Mutter jeden einzelnen Bissen am eigenen Leibe. Aber das galt unter normalen Umständen. Unter diesen hier würde ihr niemand einen Vorwurf machen, wenn sie so rasch wie möglich floh.

»Du wolltest doch, dass mich niemand sieht. Und im Augenblick ist es noch stockdunkel. Die Nachgeburt flutscht nach einer Weile von allein heraus.«

Sie bemerkte nicht mehr, ob die junge Mutter das Kind endlich an sich nahm. Die Alte tat es jedenfalls nicht, sondern bestand darauf, Sibylle nach draußen zu geleiten. Als sie vorhin das Haus betreten hatte, war sie in Eile gewesen und hatte nichts von der Einrichtung wahrgenommen. Auch jetzt hielt sie den Blick gesenkt und achtete einzig darauf, nirgendwo dagegenzustoßen.

»Es bleibt dabei«, war das Letzte, was die Alte zu ihr sagte. »Zu niemandem ein Wort.«

Darauf konnte sie sich verlassen. Sibylle wollte mit ihresgleichen gewiss nichts zu tun haben. Sobald sie im Freien war, begann sie mit geducktem Kopf zu rennen.

Wie finster es in dieser Straße war, die für so viele als verflucht galt! Zwar gab es auch im übrigen Frankfurt verwinkelte Gässchen und schiefe Häuser, deren obere Stockwerke über das Erdgeschoss ragten wie ein dickes Glas über einen zu dünnen Stiel. Aber die Franzosen, die vor einigen Jahrzehnten die Stadt besetzt hatten, hatten es zur Pflicht gemacht, dass jeden Abend von zwei Dutzend Lampenfüllern Hunderte von Laternen angezündet wurden, und darum war es dort nie so stockdunkel wie an diesem Ort.

Warum hatte sie bloß nicht daran gedacht, eine eigene Lampe

mitzunehmen? Mit dem üblichen Rübenöl ließ sich zwar kein grelles Flämmchen entzünden, aber besser als das Licht des Mondes wäre es allemal gewesen, zumal sich vor dieses immer wieder eine Wolke schob.

So hastig sie fortkommen wollte – um auf dem klebrigen Boden nicht auszurutschen, musste sie ihr Tempo drosseln. Nicht nur der Gestank von Unrat stieg ihr in die Nase, auch der von Kot, wurde die Antauche in dieser Gasse doch nicht ausreichend gespült. Ganz zu schweigen von den Lachen, die entstanden, weil man hier die Tiere nach dem Schlachten ausbluten ließ. Und hinzu kam dieser ätzende Brandgeruch, obwohl vier Jahre vergangen waren, seit die Gasse fast völlig von einem Feuer zerstört worden war. Der Druck auf Sibylles Brust wurde immer größer. In einen Vorhof zur Hölle schien sie geraten zu sein, nur dass dort wohl kein derart kalter Nachtwind wehte. Der einzige Trost war der schwere Sack mit Münzen, der an ihrem Gürtel baumelte. Mit einer Hand umfasste sie ihn, mit der anderen den Beutel mit ihren Instrumenten.

Für gewöhnlich bekam eine Frankfurter Hebamme einen Gulden für eine Geburt. Doch sie war auch für ihr Schweigen bezahlt worden und hatte darum fünf große Münzen kassiert, noch dazu sächsische und österreichische Taler, für die sie ansonsten einen halben Monat hätte schuften müssen. Wenn bloß nicht dieses Unbehagen an ihr gehaftet hätte wie ein Schatten! Wenn sich die Gasse nicht als so endlos erwiesen hätte!

Endlich erreichte sie die Südpforte. Jetzt bei Nacht war sie ebenso wie an den Feiertagen verschlossen, und nur wohlhabende Kaufleute besaßen einen eigenen Schlüssel, um sich während der Schließzeiten frei bewegen zu können. Doch an den Toren, so hatte ihr die Alte erklärt, befanden sich kleine Türen, die während der Frühjahrsmesse offen standen.

Sobald Sibylle durchgetreten war, atmete sie tief durch. Der schlimmste Teil der Strecke war geschafft, und sie war weder ausgerutscht noch bestohlen worden. Jetzt galt es nur noch, ein Stück an der Mauer entlangzugehen, die die Gasse von der übrigen Stadt schied. Dann endlich abzubiegen und zum Main mit seinen breiten, offenen Kais und all den Wirtshäusern zu gelangen, die auch spät in der Nacht belebt waren. Die finsteren Ecken zu meiden, wo man besonders viele Bettler und Diebe antraf. Und schließlich nach Hause zu kommen, in ihre vertraute, wohlige Welt, in die Wärme, in ihr weiches Bett. Allein beim Gedanken daran entspannte sie sich ein wenig. Doch plötzlich hielt sie abrupt inne, sog scharf die Luft ein. Da war ein fremder, rauer Atem. Und Schritte. Langsame Schritte, gefolgt von einem schleifenden Geräusch, als zöge einer sein steifes Bein hinter sich her. Ihr Herz schien tiefer zu rutschen, wummerte in ihrem Gedärm. Gebannt starrte sie auf die schmale Gasse vor ihr, deren Dächer über dem Boden nahezu zusammenzuwachsen schienen, glaubte einen Schatten zu sehen, presste sich unwillkürlich an eine Hauswand.

Aber es half alles nichts. Sie musste hier entlang. Und sie war nicht unbewaffnet. Noch fester umklammerte sie mit der einen Hand den Geldbeutel, während sie mit der anderen ihre Geburtszange hervorholte. Die hatte keine scharfen Kanten, aber im Mondlicht glitzerte sie silbrig wie die Klinge eines Messers.

Ihre festen Schritte übertönten dieses Schleichen, dann lachte sie erleichtert auf. Wer da gerade an ihr vorbeihuschte, von der Begegnung mit ihr noch mehr verschreckt als sie selbst, war nur ein Kübelweib. Rasch hastete es davon, weil es wohl nicht wollte, dass Sibylle ihm ins Gesicht sah. Kübelweiber gingen frühmorgens von Haus zu Haus, um die Nachttöpfe der reichen Leute zu leeren und den Inhalt in den Main zu schütten. Früher waren sie in der Nähe des Stadtzentrums unterwegs gewesen, doch seit die Weinhändler vom Leonhardstor protestiert hatten, mussten sie mit ihrer stinkenden Last große Umwege machen.

Die Nacht war offenbar weiter fortgeschritten als gedacht. Und tatsächlich: Als Sibylle den Kopf hob, nahm sie milchiges Licht wahr. Die grauen Fäden der Dämmerung sickerten in die Ränder der Nacht, ließen in der Ferne ein paar von den fünfzig Türmen Frankfurts erahnen. Nicht mehr lange, dann wären sie in rostiges Rot getaucht. Ihr Atem beschwichtigte sich ebenso wie der Herzschlag.

Sie hatte dem Kübelweib nachgeblickt. Hob jetzt den Fuß für den nächsten Schritt.

Die Hände kamen wie aus dem Nichts. Eine umfasste ihre Taille, die andere legte sich auf ihren Mund. Der Mann hatte sich ihr völlig lautlos genähert, ihr eigener Schrei klang erstickt wie der der Gebärenden. Noch fester presste sich die schwielige Hand auf ihre Lippen, wand sich der Arm um ihren Bauch wie eine Schlange. Die Zange ... sie sollte mit der Zange nach ihm schlagen! Sie versuchte es, glaubte, ihn zu treffen. Doch der Körper war nicht warm, weich, verletzlich, sondern eisig kalt, als flösse schon seit Jahren kein Blut mehr durch die Adern. Klirrend fiel die Zange zu Boden. Den Geldbeutel ... den hatte sie noch. Und den durfte ihr Angreifer nicht bekommen. Sie ballte die freie Hand, um zuzuschlagen. Fühlte vernarbtes Gewebe. Das ... das war doch kein Mensch!

Zumindest war es kein schwacher Mensch, den sie mit einem Schlag bezwingen konnte. Ehe sie noch einmal mit der Faust ausholen konnte, presste er ihr die Luft ab.

Jetzt war nicht länger der Beutel ihr kostbarstes Gut. Ihr eigenes nacktes Leben war das. Und wenn sie ihm eine der Münzen anbot? Würde er sich vielleicht damit begnügen und sie laufen lassen?

Doch wie sollte sie ihm das vorschlagen, wenn er die Hand weiterhin auf ihren Mund presste, schlimmer noch, sie ein wenig höher schob, ihr nun auch die Nase zudrückte. Sie trat mit den Beinen um sich, aber traf kein Schienbein. Sie versuchte die Fingernägel in sein Fleisch zu treiben, aber fühlte nur Leder. Verzweifelt japste sie nach Luft. Erst jetzt nahm sie wahr, dass es nicht mehr nach Verbranntem oder Exkrementen roch.

Es stank nach altem, verfaultem Fisch.

»Leichenschauen dienen nicht nur Forschungszwecken. Sie sind ferner üblich auf dem Felde der medicina forensis specimen, *will heißen, der gerichtlichen Medizin. Erforderlich ist eine Examinierung beim kriminellen Abort, der Unfruchtbarmachung, Verletzungen mit Todesfolge und beim schlimmsten Frevel, dem Mord.*
Auch vorliegender totgeschlagene Mann wurde medizinisch besichtigt und auf gerichtliche Art zergliedert. Man hat sodann gefunden, dass Kopf und Hirnschale auf einer Seite eingeschlagen wurden. Darüber hinaus wurde eine noch gravierendere Blessur festgestellt, die er unmöglich zu überleben imstande war.«

Aus der *Medicina forensis*
von Physicus und Chirurgicus
Theophil Pontus

3.

31. März 1800

Manon fühlte sich beobachtet.

Sie war zwar allein in der Bibliothek, denn nachdem ihr Vater bis spät in der Nacht im *Theatrum anatomicum* des Senckenbergischen Instituts gearbeitet hatte, schlief er noch tief und fest. Doch das hieß nicht, dass sich nicht mancher Blick auf sie richtete.

Kaum hatte sie die erste Sprosse der Leiter erklommen, die sie an das Bücherregal herangeschoben hatte, fand sie sich Auge in Auge mit einem Embryo wieder. Er war vor vielen Jahren von ihrem Vater in einem Glas mit Weingeist konserviert worden und stand neben einem mehrbändigen Lexikon über Missgeburten. Seine Wirbelsäule und die Extremitäten seien nur ansatzweise, die Nieren und das Rectum hingegen schon vollständig angelegt gewesen, hatte Theophil Pontus ihr damals erklärt.

Nie hatte der Vater ihr Märchen erzählt, nie ein neues Kleid bewundert oder nach der letzten Gesangsstunde gefragt, sie jedoch dann und wann an seinen wissenschaftlichen Erkenntnissen teilhaben lassen. Und das geschah, wie sie bald herausgefunden hatte, umso häufiger, je aufmerksamer sie lauschte, je fachkundiger sie Nachfragen stellte und je gründlicher sie sich alles merkte.

Manon nahm die zweite Sprosse. In diesem Regal standen nebst Bernhard Siegfried Albinus' Buch *Tabulae Sceleti* diverse Wachspräparate von Magen und Leber sowie ein Kupferstich.

Er zeigte die rechte Wand einer Nasenhöhle, über der detailgetreu ein Auge gezeichnet war. Kurz hielt sie dem aufdringlichen Blick stand, stieg dann weiter und fand sich nun drei Totenköpfen gegenüber. Sie waren ebenfalls viele Jahre alt und stammten von drei Neugeborenen, deren Leichen ihr Vater den Familien abgekauft hatte. Er brauchte sie für die Nachstellung von Geburtssituationen mithilfe eines Phantoms, das – wie Manon schon im Alter von fünf Jahren gewusst hatte – ein mit Leder überzogenes und auf einem besonderen Kasten festgeschraubtes Konstrukt war und das weibliche Becken ebenso abbildete wie die Bauchhöhle samt ihren Organen. Solange sie noch nicht verwest waren, wurden tote Kinder hineingelegt, damit Studenten üben konnten, wie man sie bei einer Geburt am besten hinausbeförderte.

Als kleines Mädchen war Manon nachts oft schreiend aufgewacht, weil sie Angst gehabt hatte, die toten Kinder könnten sie in ihrem Bett heimsuchen. Aber dann hatte sie sich wieder und wieder die Worte ihres Vaters vorgesagt, wonach ein kluger Mensch nicht an Geister glaubte. War überdies zum Schluss gekommen, dass es immer noch besser war, in deren Gesellschaft zu sein als ganz allein. Und hatte es für erträglicher befunden, die Erörterungen ihres Vaters zur menschlichen Anatomie zu rekapitulieren – selbst wenn dabei Blut, Eiter und Exkremente zur Sprache kamen –, als der Stille zu lauschen.

Totenköpfe machten ihr jedenfalls schon lange keine Angst mehr. Bei ihrem Anblick stellte sie sich vielmehr gerne vor, was aus den jeweiligen Menschen hätte werden können. Tüchtige Kaufleute, wie es in Frankfurt so viele gab? Handwerker, auf die man ein wenig hinabsah, obwohl der Reichtum der Stadt auch ihnen zu verdanken war? Gelehrte wie ihr Vater, der seinesgleichen aus Preußen und Sachsen ebenso anzog wie aus der Kurpfalz? Aber vielleicht waren es keine Jungen, sondern

Mädchen gewesen, und deren Schicksal war es, bloß eine Tochter oder Gattin zu sein.

Nun, sie wollte mehr, darum stieg sie auf die nächste Sprosse, obwohl das Knarren lauter wurde und die Leiter zu wackeln begann. Sie klammerte sich an das Regal, entdeckte eines der wenigen Bücher in der Bibliothek, die sie noch nicht gelesen hatte und die wie alle, die nichts mit Medizin zu hatten, immer ganz oben verschwanden. Sie nahm es und schlug es wahllos auf. *»Ruhm, Freude, Glück und Ruhe eines Frauenlebens hängen ganz von dem Wohlwollen ab, welches die Männer gegen uns empfinden. Aber wir müssen allein stehen lernen. Das Urteil anderer darf uns nicht irre machen.«*

Manon wollte weiterblättern, um die Schrift von Emilie Berlepsch zu lesen, nein, regelrecht in sich aufzusaugen. Doch dafür musste sie mit einer Hand das Regal loslassen. Wieder ertönte dieses Knirschen, die Leiter geriet noch stärker ins Wanken. Und kaum hatte sie die nächste Seite aufgeschlagen, störte sie ein lautes Klopfen an der Haustür. Vor Schreck ließ sie das Buch fallen.

Sie hörte Agnes, ihre Dienstmagd, von der Küche in den Vorraum huschen, um dem überraschenden Besucher zu öffnen. Während Manon die Leiter hinunterkletterte und sich nach dem Buch bückte, war eine männliche Stimme zu vernehmen. Sie sparte einen Gruß aus, bestand nur darauf, sofort mit Doktor Theophil Pontus zu sprechen. Es sei überaus dringend, der Arzt müsse mit ihm mitkommen …

Vielleicht ein Notfall im Bürgerhospital, sinnierte Manon. Der Vater war dort zwar offiziell angestellt, aber fast immer nur am Senckenbergischen Institut am Werk, nicht an den Krankenbetten. Von Toten ließ er sich gerne wach halten; von Verletzten um den Schlaf gebracht zu werden, war ihm weniger lieb.

»Es ist etwas Schlimmes geschehen«, die Stimme des männlichen Besuchers überschlug sich erst, um dann ins Flüstern zu verfallen. »Ein schreckliches Unglück … nein, ein Mord … der Leichnam … entstellt … blutbesudelt … brutal …«

Manon ließ das Buch liegen, schob die Leiter in die Ecke und trat in den Vorraum.

»Nun wecke doch endlich Doktor Pontus!«, redete der Mann, der sich auf der Türschwelle aufgebaut hatte, auf Agnes ein. »Man hat den Leichnam an einem recht ungewöhnlichen Ort gefunden … Man mag es gar nicht aussprechen … Wer immer dafür die Verantwortung trägt, er hat …« Er verstummte, als er Manon bemerkte. »Ach, das Fräulein Pontus.« Er bemühte sich um einen gleichmütigen Ton und kämpfte trotz seines Schocks um ein nichtssagendes Lächeln.

»Kriminalrat Pfeiffer!«, erwiderte sie mit einem knappen Nicken.

Er war der Leiter des Peinlichen Verhör- und Kriminalamts und als solcher zuständig für die Aufklärung von Verbrechen wie Mord, Totschlag und Menschenraub. Regelmäßig zog er ihren Vater als Sachverständigen hinzu, so erst kürzlich, als eine junge Frau unter den Verdacht des vorsätzlichen Kindsmords geraten war.

Ein recht langweiliger Fall, hatte Theophil hinterher befunden. Dabei geschah nichts weiter, als dass man dem Leichnam die Lungen entnahm und sie ins Wasser legte. Schwammen sie, waren sie mit Luft gefüllt, was bedeutete, dass das Kind bei der Geburt geatmet hatte. Schwammen sie nicht, dann …

Was Pfeiffer vorhin angedeutet hatte, klang deutlich aufsehenerregender, nur leider starrte er sie lediglich befremdet an, statt endlich ins Detail zu gehen.

»Ich hörte, es gab einen Mord«, sagte sie. »Großartig!«

Sein Mund klappte auf und zu.

Wie dumm von ihr. Wieder einmal hatte sie vergessen, dass alle außer ihrem Vater der Ansicht waren, man könne mit einem zartbesaiteten jungen Frauenzimmer nicht über den Tod und erst recht nicht über dessen mannigfaltige Ursachen sprechen.

»Ich meine nur, dass sich mein Vater freuen wird, eine Leiche untersuchen zu können«, fügte sie beschwichtigend hinzu. »Es ist ja so schwierig, an eine heranzukommen. Und jetzt, Ende März, muss man anders als im Hochsommer nicht fürchten, dass die Zeit im Kampf gegen die Verwesung knapp wird und …«

Wieder klappte Pfeiffers Mund auf und zu.

Hinter dem Ausdruck von Entsetzen über die schreckliche Tat und Befremden über die redselige junge Frau witterte Manon ein wenig Überdruss. Sie versuchte es mit einer anderen Frage.

»Wer ist denn der Tote?«

Endlich presste Pfeiffer ein paar Worte hervor. »Melchior Günderoth.«

Manon sog scharf den Atem ein. Vorzüglich! Melchior Günderoth entstammte einer der namhaftesten Patrizierfamilien Frankfurts und war Mitglied des Frankfurter Rats, der Regierung der Stadt. Was bedeutete, dass sein Leichnam gewiss in besserem Zustand wäre als ein halb verhungerter Bettler, den man aus dem Main gezogen hatte.

»Und wie genau wurde er ermordet?«, fragte sie.

Jetzt wurde der Mund des Kriminalrats schmal. »Ich denke, die Einzelheiten einer solchen Tat sind nicht für Ihre Ohren bestimmt.«

Ob sie erwähnen sollte, dass ihr Vater nie ein Problem damit gehabt hatte, zum Abendmahl einen knusprigen Kapaun zu verspeisen und gleichzeitig zu schildern, wie der Unterarm eines Kutschers in die Speiche eines Rads geraten und in der Mitte entzweigebrochen war?

Am Ende entschied sie sich für eine andere Taktik.

»Ich helfe meinem Vater oft bei der Präparierung eines Leichnams, um die Fäulnis hinauszuzögern. Quecksilber, das man schnell in die Gefäße spritzt, dient der Sache besser als eine Mischung aus rotem Bleimennige und gekochtem Leinöl, weil diese zwar bis in die Arteriolen, nicht aber in die Kapillaren vordringt und …«

Wenn ihr Vater Fachbegriffe fallen ließ, wirkte sein Gegenüber stets eingeschüchtert. Die Miene des Kriminalrats hingegen wurde ungehalten.

»Wenn die Gallenblase oder der Darm durch einen Messerstich verletzt wurden«, fuhr sie umso eifriger fort, »so tut man gut daran, mit Weingeist zu arbeiten, natürlich mit Arsenik oder Terpentin verdünnt, und …«

»Ach Minettchen!«

Nicht nur die Schritte, auch das Schnaufen kündigten ihren Vater an. Sie zuckte zusammen, nannte er sie bei dem verhassten Kosenamen doch nur, wenn er sie für etwas rügte. Und tatsächlich wandte er sich prompt an Kriminalrat Pfeiffer. »Sie müssen meiner Tochter verzeihen.«

Theophil warf ihr einen Blick zu und hob mahnend den Zeigefinger. Die blauen Ringe unter seinen Augen verrieten, dass er höchstens drei Stunden Schlaf gefunden hatte.

»Du hast bei deinen Ausführungen etwas Grundlegendes vergessen, Minettchen! Darm und Gallenblase sind Hohlorgane. Bevor man sie in Weingeist einlegt, gilt es, sie zu reinigen, aufzublasen und im Luftstrom trocknen zu lassen.«

Wie peinlich ihr dieser Fehler war!

»Gewiss«, sagte sie zerknirscht, »und das tut man am besten mit aus Messing gefertigten Röhren.« Selbstbewusster fügte sie hinzu: »Aber als es jüngst darum ging, die Knochen eines Toten vom Fleisch zu befreien, um sein Skelett darzustellen, habe ich alles richtig gemacht. Ich habe sie nämlich in Kalkwasser und Pottasche gelegt, die Knochen poliert und mit einem hellen durchsichtigen Lackfirnis …«

In der Miene des Vaters las sie, dass sie für ihn wieder zu Manon wurde. Kriminalrat Pfeiffer riss hingegen endgültig der Geduldsfaden.

»Ich kann mich auch an einen anderen Mediziner wenden!«, blaffte er.

Manons Mund versiegelte sich augenblicklich, doch das genügte nicht. Erst schüttelte der Kriminalrat finster den Kopf, dann deutete er mit dem Kinn auf sie, und Theophil Pontus begriff. Schulterzuckend wandte er sich an Manon: »Besser, du wartest im Ankleidezimmer auf mich.«

Sie fügte sich, aber konnte nicht verhindern, dass ihre Schultern vor unterdrückter Wut bebten. Und die wurde nicht geringer, als sie beim Verlassen des Raumes noch vernahm, wie Kriminalrat Pfeiffer ihrem Vater zuraunte: »Ich habe noch nie einen so schrecklich zugerichteten Leichnam gesehen wie den von Melchior Günderoth.«

Das Ankleidezimmer neben Theophils Schlafgemach war der einzige der fünf Räume ihrer Wohnung in der Großen Eschenheimer Gasse, in dem sich keine Bücher befanden, auch keine Wachspräparate, Totenköpfe oder Embryonen in Weingeist. An der Wand hingen nur ein Spiegel und das Gemälde, das Manons Mutter Louise zeigte. Sie hatte die gleichen dunklen Augen wie sie und ebenso pechschwarzes Haar, nur dass Manon dieses immer zu einem Knoten aufsteckte, während Louise es unter einer weißen Perücke verborgen hatte.

Wenn Manon sich an die Mutter zu erinnern versuchte, fielen ihr nur zwei Dinge ein – der Klang der Stimme, wenn sie ihr französische Lieder vorgesungen hatte, und die Beteuerung, dass die Franzosen keine gottlosen Ungeheuer seien, wie manch Frankfurter dachte, seit ihre Truppen unter der Führung von General Thouranc während des Siebenjährigen Krieges die Stadt besetzt hatten. Theophil hatte das nie geglaubt, sonst hätte er, der er damals in Göttingen Medizin studiert hatte, während seiner Heimatbesuche nicht Freundschaft mit einem französischen Offizier geschlossen. Später hatten ihn die Geschäfte zurück nach Frankfurt geführt, und Theophil hatte um die Hand seiner Tochter angehalten, weil er sonst kaum junge Frauen kannte. Mit Anfang dreißig galt er längst als überreif für die Ehe, insbesondere als Mediziner, der vertrauenswürdig wirken sollte. Und ob Französin oder Frankfurterin, die Niere saß an der gleichen Stelle. Leider konnte sowohl eine Französin als auch eine Frankfurterin von so fragiler Gesundheit sein, dass sie das Kindbett nicht überlebte. Louise hatte das Kind, das sie kurz nach Manons fünftem Geburtstag geboren hatte, um nur zwei Stunden überlebt.

Auf dem Bild wirkte sie so traurig, als wüsste sie, dass ihr nicht mehr viel Zeit bliebe. Aber das hatte nichts zu bedeuten. Es gab noch ein zweites Porträt, auf dem sie eine durch und durch gleichgültige Miene aufsetzte – das hatte Manons ältere Schwester Jeanette in den neuen Haushalt mitgenommen, als sie vor sieben Jahren geheiratet hatte. Sie hätte Manon auch gerne bei sich gehabt, damit diese ihr mit den Kindern half. Bis heute verstand Jeanette nicht, dass Manon unbedingt beim Vater wohnen bleiben wollte. Ihr Misstrauen war unverkennbar, wenn sie sie besuchte und sich argwöhnisch umblickte. »Es ist so still hier ohne Kinder.«

Theophils Blick richtete sich dann immer auf die Totenköpfe der Neugeborenen. Manons Blick folgte seinem.

»Ihr seid ganz und gar unmöglich!«, rief Jeanette dann.

»Warum das denn?«, gab Manon verständnislos zurück. »In Frankfurts Bürgerhäusern ist es eine weit verbreitete Sitte geworden, Pflanzen und Insekten zu konservieren und zu sammeln.«

»Und du erkennst keinen Unterschied zwischen Pflanzen, Insekten und diesen … Mumien?«

Spätestens jetzt runzelte der Vater die Stirn. »Mumien sind etwas ganz und gar anderes. Das sind Überreste von Körpern, die entweder aufgrund natürlicher Gegebenheiten oder gründlicher Präparierung dem Verwesungsprozess entzogen wurden. Die Organe werden ihnen nicht aus wissenschaftlichem Interesse entnommen, sondern weil sie zu leicht verderben. Ich hingegen gehe auf völlig gegensätzliche Weise vor. Mich treibt nicht der Erhalt des Leichnams an, sondern dessen Ergründung. Wofür es wiederum ratsam ist, die Lederhaut vom darunterliegenden Gewebe abzutrennen.«

»Was am leichtesten funktioniert, wenn man den Leichnam zuvor in Milch kocht!«, sekundierte Manon. »Und hinterher muss man die Haut gerben.«

Das genügte meist, um Jeanette in die Flucht zu treiben. Ihr Vater merkte oft gar nicht, dass sie weg war. Er merkte ja auch nicht, dass Manon noch da war, sofern sie sich nicht ausführlich nach der Beschaffenheit von Leichenhaut erkundigte. Auch jetzt, als er ihr ins Ankleidezimmer folgte, wirkte er geistesabwesend.

Für gewöhnlich half ihm ihre Magd Agnes in die Kniestrümpfe, sodann in die Kniehose und die Weste, schließlich in den Rock. Heute übernahm das Ankleiden Manon in der Hoffnung, mehr über den Leichnam zu erfahren. Doch während sie ihm den Kamm reichte, damit er sein Haupthaar in Ordnung brachte, und ihm die Schnallenschuhe schloss, blieb der erhoffte Monolog, in dem er sich gerne verlor, leider aus.

»Wie ist Stadtrat Günderoth denn nun zu Tode gekommen, sodass die Leiche derart schrecklich zugerichtet ist?«, fragte sie schließlich ungeduldig. »Und was ist damit gemeint, dass man ihn an einem recht ungewöhnlichen Ort gefunden habe?«

Sie kniete noch vor ihrem Vater, und mit einem Ausdruck von Verwunderung starrte er auf sie herab, als nähme er ihre Anwesenheit erst jetzt wahr.

»Kriminalrat Pfeiffer will doch nicht, dass ich mit dir darüber rede«, sagte er bedauernd.

Manons Kiefer mahlte. Ihr Vater hatte nie beanstandet, dass sie vor Jahren auf der Quartierschule beim Tanzen, Klavierspielen und Handarbeiten versagt hatte. Es nie eigens erwähnt, dass sie sich das Lesen und Schreiben schon vor der Schule selbst beigebracht hatte – nicht nur auf Deutsch, sondern auch Französisch und Englisch. Und sich nie darüber gewundert, dass sie die Extraktionszange, den Wundspreizer und die Pinzette, die er häufig blutbesudelt nach Hause brachte, korrekt benennen konnte, bevor sie diese mit Essigwasser reinigte. Aber manchmal fiel selbst ihm auf, dass dieses Verhalten von Zeitgenossen als ungebührlich aufgefasst werden mochte.

»Kriminalrat Pfeiffer hat Ihnen gedroht, Herr Vater, nicht wahr?«, entfuhr es ihr.

»Gedroht, was für ein Wort! Er hat mich nur darauf aufmerksam gemacht, dass das Kriminalamt ausschließlich mit akademischen Ärzten zusammenarbeitet, nicht – wie es in anderen Städten oft geschieht – mit Feldscherern, Barbieren, Badern, Apothekern und …«

»… Frauen.«

»Mit dem Geschlecht hat das nichts zu tun, nur mit der Ausbildung an der Universität.«

»Die mir ja wegen meines Geschlechtes verwehrt bleibt.«

»Ach Minettchen …«

»Ich heiße Manon.«

»Manon«, sein Blick glitt unruhig durch den Raum wie eine Fliege, die nach einem Ausweg suchte. »Das weibliche Gehirn, das ich kürzlich untersucht habe, war zwar nicht kleiner als das männliche, wie oft behauptet wird. Aber man kann nicht ausschließen, dass Wucherungen im ganzen Leib drohen und man Frauen zu monströsen Zwitterwesen macht, wenn man sie mit

Wissen überfrachtet. Das wollen wir nicht, nein, das wollen wir nicht.«

Nein, dachte sie. Was er nicht wollte, war, seine Stellung beim Kriminalamt zu riskieren. Sie wiederum wollte nicht betteln müssen.

»Erzählen Sie mir hinterher alles«, war das Letzte, was sie ihm nachrief, als er sich zum Gehen wandte.

»Auf das Frühstück werde ich heute verzichten müssen, auf das Mittagsmahl wohl auch«, gab er zurück. »Sorg dafür, dass mir zumindest ein üppiges Abendbrot aufgetischt wird.«

Das Frühstück bestand nie aus mehr als Suppe und Brezeln. Das Mittagessen auch. Und was er als üppiges Abendessen bezeichnete, waren in Wahrheit einfache Gerichte – Eier auf Butter geschlagen oder gebratene Tauben. Nichts, was zu planen den ganzen Tag in Anspruch nahm.

Sie könnte das Buch von Emilie Berlepsch weiterlesen, um sich die Zeit zu vertreiben, aber die Neugierde, was Melchior Günderoth zugestoßen war, würde das nicht befriedigen. Während sie lauschte, wie sich die Schritte ihres Vaters entfernten, kam ihr eine Idee, was sie stattdessen mit ihrer Zeit anfangen könnte.

***

Die Zeil – ein breiter Gürtel, der die ummauerte Innenstadt und den südlichen Teil der Neustadt trennte – war nicht nur die einzige gerade Straße Frankfurts, sondern auch die vornehmste. In den letzten Jahren hatten zahlreiche Patrizierfamilien den dortigen Bauern ihren Besitz abgekauft und anstelle von Feldern und Ställen Villen und große Gärten anlegen lassen.

Auf der Rückseite eines solchen Palastes stand Johann, um erst prüfend an der Fassade hinaufzublicken, dann auf den Kiesweg zu seinen Füßen.

Schon auf der Vorderseite, wo eine breite Freitreppe hoch zu einem schmiedeeisernen Tor führte, hatte nichts darauf hingewiesen, dass sich jemand gewaltsam Zugang zum Haus verschafft hatte. Auch hier war kein einziges der Sprossenfenster aus Tafelglas eingeschlagen worden. Und während auf der steinernen Treppe gar keine Fußabdrücke zu erkennen gewesen waren, waren es auf dem hiesigen Kiesweg viel zu viele, führte er doch zum Gesindeeingang.

Nein, sinnierte Johann, kein Abdruck würde den Mörder überführen wie in dem Fall, über den er vor einem Jahr für den *Frankfurter Korrespondenten* berichtet hatte. Ein Schuster war damals zurate gezogen worden, der die Spur in der Erde ausgemessen und eine entsprechende Ledersohle angefertigt hatte. Diese hatte man dann an die Schuhe der drei Verdächtigen gehalten und war rasch fündig geworden.

Hier gab es wohl mehr als nur drei Verdächtige.

Melchior Günderoth war einer der reichsten, einer der mächtigsten und einer der verhasstesten Bewohner der Freien Reichsstadt Frankfurt. Als Großhändler hatte er so viele Konkurrenten in den Ruin getrieben, dass man ihn mit besonders abfälligem Zischen als Pfeffersack oder Tonnenjunker beleidigte. Und dass er sich zum Wortführer im vierundzwanzigköpfigen Frankfurter Rat aufgeschwungen und einfachen Handwerkern nicht die geringsten Privilegien hatte zugestehen wollen, erboste nicht nur diese.

Claus Uffenbach, den Verleger des *Frankfurter Korrespondenten*, hatte er sich nicht zum Feind gemacht, dennoch war der heute Morgen geradezu erfreut gewesen, als er von einem seiner vielen, überall in der Stadt verteilten Spitzel von dem Verbrechen erfahren hatte.

»Endlich mal wieder ein Mord! Vor hundert Jahren konnte man mit sieben Morden im Jahr rechnen, jetzt bestenfalls nur noch mit zwei. Das müssen wir ausschlachten.«

Johann gegenüber hatte er gar nicht erst aussprechen müssen, was er sich erhoffte – einen Bericht über eine möglichst scheußlich zugerichtete Leiche. Falls der ausblieb, würde er keine Skrupel haben, den Zustand des Toten fantasievoll auszuschmücken, aber Johann wollte seine Arbeit so gut wie möglich machen – was für ihn bedeutete: so wahrhaftig wie möglich.

Er überlegte noch, mit welchem Vorwand er sich Zugang zum Haus verschaffen könnte, als ihn eine Stimme traf. »Was machen Sie denn hier?«

Als er herumfuhr, unterdrückte er ein Seufzen. Welcher der beiden Männer, die ihn im Garten entdeckt hatten, wohl schlechtere Laune hatte?

Einer war ein Soldat von der Konstablerwache, die viele Frankfurter aufgrund der Piken, mit denen sie früher bewaffnet gewesen waren, immer noch Piketts nannten.

Der andere war der Leiter des Peinlichen Verhör- und Kriminalamts der Freien Reichsstadt.

Johann machte einen Diener in seine Richtung. »Kriminalrat Pfeiffer«, begann er, doch dass er dessen Namen kannte, stimmte den anderen nicht geneigter.

»Ich weiß, wer Sie sind! Ein Schmierfink, der hier nichts verloren hat.«

Wieder unterdrückte Johann ein Seufzen. Er wusste, dass Pfeiffer einen guten Grund hatte, auf seinesgleichen zu fluchen. Unlängst hatte Uffenbach im *Frankfurter Korrespondenten* die Frage gestellt, warum ein Kriminalrat derart viele Feste und Bälle ausrichtete – und das auf so anzügliche Weise, dass jeder sich die Antwort denken konnte: weil Pfeiffer sich wahlweise vom Frankfurter Rat oder dem Bürgerkapitän bestechen ließ, die sich erbittert hassten und beide ein Interesse hatten, ihn auf ihre Seite zu ziehen.

Johann vermutete, dass Uffenbach ausnahmsweise nicht

übertrieben hatte. Aber über einen Menschen die Wahrheit zu verkünden, zog je nach Umstand mehr Hass auf sich als eine Lüge.

Schon machte der Polizeisoldat auf Pfeiffers Zeichen hin einen drohenden Schritt auf ihn zu, doch bevor er ihn am Kragen packen konnte, ertönte von der Straßenseite her eine Stimme: »Aber, aber, der talentierte Schreiberling kann uns ruhig begleiten.«

Ein Wunder, dass Doktor Theophil Pontus ihn überhaupt wahrnahm. Eine wesentliche Voraussetzung hierfür, so hatte Johann seit ihrer ersten Begegnung bei Adam Raus Hinrichtung gelernt, war es, tot zu sein. Allerdings mochte der Mediziner es, wenn Studenten und Gelehrte seinen Obduktionen beiwohnten, und da solche heute nicht zugegen waren, war ihm wohl jeder andere Zuschauer willkommen.

Pfeiffer jedenfalls verpasste die Gelegenheit, zu widersprechen, und als Theophil Pontus energisch auf das Haupttor zuschritt und dies geöffnet wurde, hinderte er Johann nicht daran, ihm zu folgen.

Hastig winkten die beiden Soldaten, die sie im Inneren empfingen, sie drei Stockwerke hoch. Johann nahm kaum mehr wahr als glänzendes Parkett und graue Wände. Irgendwo vermutete er einen repräsentativen Salon, eine Gemäldesammlung und eine reich bestückte Bibliothek, wie sie die Wohnhäuser der reichen Patrizier auszeichneten, doch nichts davon sah er mit eigenen Augen, und schließlich waren sie im obersten Stockwerk angelangt, wo sich die Schlafgemächer und eine Schreibstube befanden. Nirgendwo waren Spuren eines Verbrechens zu entdecken. Nur jede Menge Gesinde lief aufgescheucht herum, manche verwirrt, manche entsetzt, bei einigen glaubte Johann einen Ausdruck von Schadenfreude wahrzunehmen. Kein Wunder. Nach allem, was er über ihn wusste, war Melchior Günderoth kein einfacher Dienstherr gewesen.

Trauernde Angehörige gab es keine, denn er war seit Langem verwitwet und kinderlos geblieben.

Die beiden Soldaten deuteten auf den kleinsten Raum des Hauses, westwärts vom Schlafzimmer gelegen und über ein Vorzimmer zu erreichen. Johann hatte einen solchen Raum noch nicht oft gesehen – einen Baderaum mit einer fest installierten Wanne aus rotem Kupfer und mit abgerundeten Ecken. Die Wände waren blau verfliest und mit goldgerahmten Spiegeln behängt. Rechts von der Wanne stand ein kleines Tischchen, links ein schmales Bett, auf dem sich der Hausherr nach dem Bad ausruhen konnte. Nur dass der tote Günderoth weder in der Badewanne noch auf dem Bett lag. Er hockte im hintersten Winkel des Raums auf dem Leibstuhl – einem schmucklosen Holzstuhl mit einem Loch in der Sitzfläche, unter dem ein Nachttopf stand, ganz aus Porzellan und mit rosigen Blümchen bemalt.

Dem Geruch zufolge, der in der Luft lag, hatte Günderoth gerade sein großes Geschäft erledigt, als er von seinem Mörder überrascht worden war. Nicht nur der Gestank der Exkremente hatte unzählige Fliegen herbeigelockt, auch der des Bluts, das auf seinem massigen Körper zu einer pechartigen Masse gestockt war. Der Unterleib war nackt, der Oberkörper, der gegen die verflieste Wand gesunken war, lediglich von einem Nacht-Camisole bedeckt, dessen Knöpfe bis zur Höhe des Nabels offen standen. Die spärlichen grauen Brusthaare waren blutverklebt, doch die Wunden waren ihm nicht auf Höhe des Herzens zugefügt worden, sondern am Kopf. Die linke Seite war regelrecht zertrümmert worden, die rechte bot einen noch grauenhafteren Anblick. Johann sog scharf den Atem ein. Die leere Augenhöhle, an deren Rändern nicht nur gestocktes Blut klebte, sondern auch eine gräuliche Masse – war es Gehirn oder die Reste des zerstochenen Augapfels? –, wirkte wie ein Krater.

Während er instinktiv zurückwich, stürzte Theophil Pontus regelrecht auf den Leichnam zu. Erst betrachtete er ihn stumm, dann begann er mit recht nüchterner Stimme herunterzurattern: »Dies ist in das Obduktionsprotokoll aufzunehmen: die Stellung des Toten, der Zeitpunkt seines Todes, der Wärmegrad der Umgebung, die Luftbeschaffenheit, die Räumlichkeit.«

All das aufzuzählen, betrachtete er wohl als lästige Pflicht, Antworten darauf zu geben, hingegen nicht, zumal diese recht offensichtlich waren. Das Glitzern in seinen Augen und die Begeisterung in der Stimme des Arztes verrieten, was ihn am meisten interessierte. »Als Letztes schließlich gilt es die Ursache des Todes herauszustellen.«

Er klatschte in die Hände, als hätte er eine besonders geglückte Aufführung an der Frankfurter Oper erlebt: »Wie treffgenau die Tatwaffe durch das rechte Auge gedrungen ist, es platzen ließ, danach geradewegs bis zum Hirn vorgedrungen ist!«

Während Johann mühsam ein Würgen unterdrückte und Kriminalrat Pfeiffer sich ein Taschentuch vor den Mund presste, begann Theophil mit einem zangenförmigen Gerät in der Augenhöhle zu stochern. »Vom zerstörten Augapfel abgesehen, sind keine gröberen Verletzungen sichtbar«, stellte er fest. »Das deutet auf eine sehr präzise, ebenso scharfe wie spitze Tatwaffe hin.«

»Ein Dolch?«, fragte Kriminalrat Pfeiffer.

»Möglicherweise. Jedenfalls war die Klinge nicht lang genug, um die Hirnschale auf der Hinterseite des Kopfes zu durchstoßen. Auf der linken Seite wurde diese dagegen mit einem deutlich schwereren, größeren Gegenstand zertrümmert.«

Theophil holte das nächste Werkzeug aus seiner schwarzen Tasche, und sobald der Stahl den zerborstenen Knochen berührte, erklangen schabende Geräusche. Johann konnte nicht sagen, was unerträglicher war – diese oder das fortwährende

Brummen der Fliegen. Er wusste nur: Um sich nicht in die Badewanne zu erbrechen, sollte er schleunigst den Raum verlassen.

Schon hatte er den Vorraum durchquert, die Treppen erreicht. Er war erleichtert, tief durchatmen zu können. Und im nächsten Moment zutiefst enttäuscht über sich selbst.

»Wenn du deinen Magen immer noch nicht unter Kontrolle hast, wirst du künftig über Inschriften fürstlicher Grabmäler berichten«, hatte Uffenbach erst heute Morgen gedroht.

In diesem Moment erschien ihm dieser Satz nicht als Drohung, eher als Verheißung, zumindest bis er die nächsten tiefen Atemzüge nahm. Dabei stellte er fest, dass er nicht nur frische Luft einsog, sondern auch einen säuerlichen Gestank. Wer immer Günderoth gefunden hatte, hatte sich wohl übergeben müssen.

Er floh noch weiter, landete in der Schreibstube, wollte wieder kehrtmachen, erkannte dann aber: Eigentlich war das genau der richtige Ort.

Wie Melchior Günderoth ermordet worden war, war eine wichtige Frage, aber er hatte genug gesehen, um sie beantworten zu können.

Das *Warum* war mindestens ebenso entscheidend, und um das herauszufinden, war niemandem geholfen, wenn er mit zusammengepressten Lippen in eine leere Augenhöhle starrte. Größeren Nutzen brachte es, an den Schreibtisch zu treten, den Stuhl aus Nussholz, der mit blauem Tuch beschlagen war, etwas beiseitezuschieben und sich mit diversen Schriftrollen zu beschäftigen, die hier inmitten von Wachskerzen und Tintenfässern lagen.

Fast alle Briefe, die sich vor Johann ausbreiteten, hatte Günderoth in seiner Funktion als Frankfurter Ratsherr geschrieben. Die ersten befassten sich mit wirtschaftlichen Fragen – nämlich der Einschränkung des Handels mit ausländischen Manufakturwaren, der niedrigen Besteuerung der Bürger Frankfurts, den zwei jährlichen Messen.

Interessanter erschienen Johann die Schreiben, die Frankfurts Kampf um Unabhängigkeit bezeugten. Selten war der so erbittert ausgefochten worden wie in den letzten Jahren, da die Freie Reichsstadt zwischen zwei Fronten zu geraten drohte. Napoleon Bonaparte hatte sich Günderoth angebiedert, indem er ihm ein Glückwunschschreiben anlässlich dessen Wahl zum Ersten Konsul geschickt und darin betont hatte, dass ihm nicht zuletzt Geld, Ausrüstung und Munition aus Frankfurt zu wiederholten Siegen auf dem Schlachtfeld verholfen hätten. Dem Kaiser gegenüber – der sowohl Oberhaupt des Heiligen Römischen Reiches Deutscher Nation als auch Oberster Souverän von Frankfurt war – beteuerte Günderoth wiederum, dass die Stadt ein eigenes Kontingent an Truppen zur Verfügung gestellt habe, um den verfluchten Napoleon endlich zu besiegen.

Johann schüttelte grimmig den Kopf. Selten war er Zeuge geworden, wie sich jemand derart charakterlos zum untertänigen Diener zweier Herren machte.

Weitere Schriftstücke belegten einen intensiven Austausch mit den anderen Mitgliedern des Rates – zumindest mit den Senatoren und Schöffen unter ihnen, die Handwerker waren ihm wohl zu minder, hatten sie doch keinen nennenswerten Einfluss.

Je gründlicher Johann die Dokumente studierte, desto länger wurde die Liste möglicher Feinde: Ein Kaiserlicher könnte verärgert sein, dass Melchior Günderoth vor den Franzosen buckelte. Ein Franzose darüber, dass er Bonaparte heimlich in den Rücken fiel. Rivalisierende Kaufleute könnten von Neid zerfressen sein. Und auch der Bürgerkapitän, der die einfachen Leute vertrat und seit Jahren vergeblich die Macht des Frankfurter Rats zu beschränken versuchte, war ein Widersacher des

Toten gewesen. Und doch fand sich in den Unterlagen bisher keine Spur, die auf einen bestimmten Verdächtigen hinwies.

Uffenbach würde sich wohl auch ohne konkreten Hinweis denjenigen herauspicken, mit dem sich die Auflage am besten steigern ließe. Doch Johann selbst wollte sich nicht von Berechnung leiten lassen und sich allein in den Dienst der Wahrheit stellen.

Immer tiefer hatte er sich über den Schreibtisch gebeugt, streckte nun den Rücken durch. Als er sich zur Seite drehte, fiel sein Blick auf ein weiteres Möbelstück. Es war ein sogenannter Rolltisch, kleiner und filigraner als der Schreibtisch, hinter dessen verschlossener Klappe sich wohl einige Fächer befanden.

Johann trat zögerlich darauf zu. Die Übelkeit zu bezwingen, war fast leichter gewesen als jetzt den Skrupel. Allerdings, so sagte er sich, ging es ihm ja nicht darum, Günderoth zu kompromittieren, indem er peinliche Geheimnisse ans Tageslicht holte – er wollte den Mordfall aufklären, folglich der Gerechtigkeit dienen.

So öffnete er die Klappe des Rollschreibtisches, die zu seiner Erleichterung nicht versperrt war, und schob sie nach oben, wodurch die Schreibplatte herausgefahren wurde. Der Tisch besaß nicht nur ein Fach, sondern derer zwei, und im unteren lag eine Rolle. Etwa eine Urkunde? Als Johann sie herauszog und sie glattstrich, kam er zum Schluss, dass es sich bei diesem Blatt, so dicht beschrieben es war, eher um einen weiteren Brief handelte.

Lesen konnte er ihn nicht, denn er war nicht in lateinischen Buchstaben verfasst worden. Johann konnte die Schrift nicht entziffern, aber er wusste, wer sie gebrauchte.

Scharf sog er den Atem ein. Erst überlief es ihn eiskalt, dann heiß. Warum sollte ausgerechnet Günderoth einen solchen Brief erhalten? Ganz sicher war er dieser Schrift nicht mächtig gewesen, hatte so wenig wie er selbst die Unterschrift am Ende des Schreibens entschlüsseln und …

»Potzblitz!«

Theophil Pontus' Schrei war so laut, dass er bis hierher drang. Johann ließ das Schriftstück sinken. Schnell schloss er den Schreibtisch, dann beeilte er sich, in den Baderaum zurückzukehren. Der Ruf hatte triumphierend wie der eines Jägers geklungen, der mit einem einzigen Schuss den Hirsch erlegt hatte.

***

Auf dem Alten Markt herrschte wie immer emsiges Treiben. Am Vortag war die Frühlingsmesse zu Ende gegangen, weswegen zahlreiche Buden und Garküchen abgebaut wurden. Die verbliebenen Schirne, wie die Verkaufsstände hier hießen, waren hingegen wieder im Besitz der Frankfurter Händler, die lautstark ihre Ware anpriesen: »Pomeranzen! Bratwurst! Limburger Käse!«

In Manons Korb befanden sich bis jetzt nur ein wenig Ingwer und eine Packung Rosinen. Und auch die hatte sie nur gekauft, weil sie das Getuschel zweier Dienstmädchen an den Stand gelockt hatte. Einen traurigen Todesfall beklagten die, nur leider stellte sich bald heraus, dass es um ein Jagdpferd ging, das ein reicher Erbe kürzlich im Taunus zu Tode geritten hatte.

Klatsch und Tratsch hatten in Frankfurt schon bessere Zeiten erlebt. Vor den alten Ziehbrunnen hatten sich stets lange Schlangen gebildet, doch seit allerorts Pumpbrunnen standen, gab es weniger Gerede.

Nun gut, eine letzte Chance hatte sie noch, um herauszufinden, ob sich der Mord an einem Frankfurter Ratsherrn schon herumgesprochen hatte. Sie folgte dem Gejohle und den Beschimpfungen, die vom hinteren Teil des Marktes kamen.

Drei junge Burschen machten sich einen Spaß daraus, Schießpulver in kleine Holzfeuer zu werfen, was den Mündern der Weiber, die sich an diesen wärmten, wenn sie nicht gerade im Schatten der hohen Häuser Grünkram, Schmalz, Sauerwasser, Wachs und Nadeln verkauften, wüste Beleidigungen entlockte.

»Hundsfott! Schiefmaul! Dachstübler!«, schimpften sie, wenn die Flammen besonders hoch züngelten.

Niemand kannte so viele Schimpfworte wie die Bäuerinnen aus Sachsenhausen, Hockweiber genannt, weil sie nicht in einer Bude saßen, sondern ihre Waren auf dem Boden ausgebreitet hatten. Und niemand schnappte so leicht Neuigkeiten auf wie sie, als wären Gerüchte etwas, was man vom Boden auflas wie glitschige Schalen und verfaulte Kohlblätter.

»Bohnenjockel! Büchsenscheißer! Donnermaul!«

»Nun lasst die Damen doch in Ruhe«, schaltete sich Manon etwas leiser ein.

Ausnahmsweise tönte nun aus allen Mündern Gelächter. »Damen?«, kreischte einer der Burschen auf. Dann aber entdeckte er auf der anderen Seite des Marktplatzes einen Bettler und entschied, dass es noch unterhaltsamer war, diesen zu quälen.

Manon ging vor einem der Weiber in die Knie.

»Was willst du?«, wurde sie angeblafft. »Kohlrabi, Süßkraut, Pflaumen?«

»Alles davon und obendrein eine Auskunft.« Manon zögerte kurz, dann entschied sie, kein Blatt vor den Mund zu nehmen. »Ich will wissen, ob ihr schon von dem grausamen Mord gehört habt.«

Die Haut der Frau, die vor ihr kauerte, sah ob der vielen Furchen und der Flecken, welche die Sonne hinterlassen hatte, wie altes, brüchiges Leder aus. So ein Mensch konnte nicht erblassen. Aber Manon entging nicht, dass die Augenlider zuckten. Sie glaubte Misstrauen zu lesen, auch Furcht. Im Schweigen knisterte das Feuer besonders laut. Endlich platzte es aus einer, die ganz hinten hockte, heraus: »Wusst ich's doch, dass es so enden würde.«

Kaum hatte sich ihre Zunge gelöst, begannen alle anderen gleichzeitig zu reden.

»Nach einer Woche war nichts Gutes mehr zu erwarten.«

»Wie konnte sie aber auch so dumm sein, nachts in diese verfluchte Gasse zu gehen.«

»Und man hat wirklich ihren Leichnam gefunden? Ich habe erwartet, dass man ihn in den Main gestoßen und der Fluss ihn fortgetrieben hätte.«

»Ich frage mich nur, was die Unseligen mit all dem Blut gemacht haben. Ich meine, darauf sind die doch aus.«

Die Stimmen verkamen immer mehr zum Raunen. Doch auch wenn sie laut und deutlich gesprochen hätten, wäre Manon nicht schlau aus den Worten geworden.

»Warum denn vor einer Woche?«

»So lange ist's her, dass sie verschwunden ist.«

»Sie?«

Wieder flammte in den Blicken Misstrauen auf. »Du hast nach einem Mord gefragt.«

»Ja, am Ratsherrn Melchior Günderoth. Er wurde offenbar heute Morgen …« Sie brach ab, als sie sah, dass sich in den Mienen Ärger spiegelte.

»Ach, so ist das! Man hat gar nicht *ihren* Leichnam gefunden. Natürlich. Für einen Ratsherrn interessiert man sich – für unsereins nicht. Unsere Kadaver lässt man auf der Straße liegen, bis sie verwest sind, und räumt sie dann weg wie Pferdemist.«

»Ist denn eines von euch Marktweibern verschwunden?«

Wieder senkte sich Schweigen über sie, selbst das Feuer schien die Luft anzuhalten.

»Nein«, knurrte endlich die Redseligste, »eine, die ein bisschen mehr zählt als wir, aber immer noch zu wenig, als dass das Kriminalamt nach ihr suchen ließe. Die Nachbarinnen waren mehrfach dort, um zu berichten, dass sie nicht nach Hause gekommen ist. Die Hebamme Sibylle nämlich.«

Manon war noch dabei, Luft zu holen, um die nächste Frage zu stellen, als die Stimmen wieder durcheinandergingen.

»Ob sie wirklich ermordet wurde?«

»Warum sonst ist sie seit einer Woche spurlos verschwunden?«

»Als hätte sich diese verfluchte Gasse unter ihren Füßen aufgetan und sie verschluckt.«

»Der Kriminalrat meinte nur, sie würde sich gewiss mit einem Burschen amüsieren. Dabei hat man Sibylle nie mit einem Mann gesehen. Nie.«

Manon konnte sich nicht erinnern, von einer Hebamme namens Sibylle gehört zu haben, obwohl sie einige der insgesamt zehn Geburtshelferinnen der Stadt persönlich kannte. Bevor sie nämlich als Hebamme eine Geburt überwachen durften, mussten sie nicht nur regelmäßig den Obduktionen weiblicher Leichen beigewohnt, sondern auch ein Examen abgelegt haben – und das in Anwesenheit des Stadtphysicus, den ihr Vater manches Mal vertrat. Theophil Pontus ließ die künftigen Hebammen nie ohne das Versprechen gehen, ihn zu benachrichtigen, wenn eine Mutter im Kindbett zu Tode käme.

Das Gerede der Marktfrauen fand indes kein Ende. »Letztlich ist sie selber schuld. Warum hat sie den Auftrag nicht schlichtweg abgelehnt?«

»Ist sie nicht als Hebamme dazu verpflichtet, jeder Mutter beizustehen?«

»Müttern, schön und gut, aber keinen Hexen.«

Die Unseligen … verfluchte Gasse … Hexen.

Manon begann zu ahnen, wer die Hebamme da zu einer Geburt gerufen hatte. Doch als sie laut danach fragte, war's vorbei mit dem Getuschel. Sämtliche Blicke richteten sich auf den Boden. Eine hob ein Ästlein, und bevor sie es in die Flammen warf, deutete sie in eine bestimmte Richtung. »Die dort hinten ist eine von ihnen. Frag sie doch, wer der armen Sibylle die Haut vom Leib gezogen hat.«

»Nein, wer ihr die Halsader durchschnitten hat, um das Blut ausrinnen zu lassen.«

»Nicht nur die Halsader, die ganze Kehle, wo sie doch so üble Halsabschneider sind!«

Die Stimmen gingen in Raunen über, übertönt vom neuerlichen Gejohle der jungen Burschen. Nicht länger stand denen der Sinn danach, die Hockweiber oder einen Bettler zu belästigen, sie hatten ein besseres Opfer entdeckt. Als Manon sich umdrehte, erblickte sie die Frau – nicht mehr die Jüngste, aber noch nicht vom Leben gebeugt, und mit fremd anmutender Kleidung. Ob Patriziergattin oder Magd – alle Frauen auf dem Markt trugen einen langen Rock, eine hüftlange Schoßjacke und das Dekolleté mit einem Halstuch, dem Fichu, bedeckt. Die Verheirateten hatten weiße Hauben auf dem Kopf, die Unverheirateten offenes Haar. Jene Frau war die Einzige mit einer dunklen Mütze. Auch die Einzige, die weder Holzpantoffeln noch bestickte Seidenschühlein trug, sondern welche aus schwarzem Leder. Das Kleid aus nachtblauem Stoff umspielte die Taille weitaus lockerer als bei den anderen, und anstelle des Halstuchs trug sie einen blau-schwarz gestreiften Schal um die Schultern.

Selbstbewusst erklärte sie, man möge sie in Ruhe lassen, und Manon entging nicht der starke Akzent, mit dem sie sprach.

Auf die Burschen machte das keinen Eindruck. Weitere kamen hinzu, um nicht nur wild »Hepp! Hepp!« zu schreien, nein, zu grunzen und zu quieken wie ein Schwein, aus dem der Schlachter gleich Blutwurst machen würde. Einer ging demonstrativ in die Hocke, als würde er sich auf dem Straßenpflaster erleichtern, um dann ein unsichtbares Stück Kot aufzuheben und zum Mund zu führen.

Manon kam ein Moment in den Sinn, als sie als kleines Mädchen mit ihrem Vater vor dem Turm auf Frankfurts größter Brücke gestanden hatte. Auf der dem Fluss zugewandten Seite war der doppelköpfige Reichsadler abgebildet – und darunter ein Spottbild. Der Teufel war darauf zu sehen, der vergnügt beobachtete, wie ein rittlings auf einem Schwein sitzender Mann mit schwarzem Hut dessen Schwanz in die Höhe hielt. Ein anderer, ebenfalls schwarz gekleidet, aß den Kot des Tieres, und unter der Sau lagen Kinder, die an ihren Zitzen saugten.

»Was hat das zu bedeuten, Herr Papa?«

»Dass Schweine keinen Zutritt haben.«

»Und diese Menschen?«

»Das sind Juden – die dürfen Frankfurts Innenstadt zwar betreten, aber nur nach strengen Regeln.«

»Weil sie des Teufels sind?«

Theophil hatte die Schultern gezuckt. »Ich habe einmal ein junges Mädchen aus der Judengasse obduziert. Das Blut hatte dieselbe Farbe wie bei einer Christenfrau.«

Für ihn war das Thema damit erledigt gewesen, für Manon auch. Die Burschen hatten dagegen noch lange nicht genug. Erst setzten sie der Frau mit Beleidigungen zu, dann zogen sie einen immer enger werdenden Kreis um sie. Hände schnellten vor, um an ihrer Kopfbedeckung zu zerren. Die Frau hielt sie eisern fest, doch das bedeutete, dass sie nicht auch noch ihr Kleid schützen konnte. Schon bekam dieses einen tiefen Riss ab. Die Hockweiber lachten und kreischten begeistert.

Zunehmend verzweifelt blickte sich die Frau um, Manon ebenso, doch es war niemand zu sehen, der für Ordnung sorgen könnte – nicht die Bettelvögte, die zusammenstauchten, wer hilfesuchend seinen Armstumpf nach Almosen ausstreckte, nicht die Soldatenwache, die die Stadttore kontrollierte. Andere Frauen machten einen weiten Bogen oder befeuerten die Burschen.

Wie herzlos, ging es Manon durch den Kopf.

Sie trat ein paar Schritte näher. Dass jemand nur aus Spaß einem anderen so zusetzte, erfüllte sie nicht bloß mit Unverständnis, sondern Zorn. Und der war lauter als die zaghafte Stimme in ihrem Innern, die sie beschwor, sich besser wegzuducken.

»Was ist denn hier los?«, fragte sie.

Weniger die Frage an sich, eher der herrische, strenge Ton ihrer Stimme ließ die Burschen innehalten. Ihre Blicke glitten argwöhnisch über sie, schienen festzustellen, dass sie nicht sehr groß und recht zart war und mit ihren schwarzen Haaren und dunklen Augen nichts mit einer goldlockigen Schönheit gemein hatte. Ihre Kleidung, so schlicht sie auch war, verhieß allerdings einen zu hohen Stand, um sie einfach zu ignorieren.

»Jüdische Kaufleute dürfen nur mit Waren handeln, die nicht von Handwerkern der Stadt hergestellt wurden«, antwortete einer der Burschen trotzig. »Die da aber hat Kleider angepriesen.«

Aufgelöst wirkte die Frau, auf die sich der Zeigefinger des Burschen richtete, nicht eingeschüchtert. »Gebrauchte Kleidung ist's, und die zu verkaufen, ist mir erlaubt«, widersprach sie entschieden.

Erst jetzt erblickte Manon eine Schubkarre voller Stoffbündel, die nicht weit von ihr stand.

»Aber du darfst deine Ware nicht vor Herbergen oder vor Gasthöfen anpreisen!«, zischte der Bursche.

Der fremden Frau fiel nichts zu ihrer Verteidigung ein, auch Manon war sich der Rechtslage nicht sicher. Dennoch empfand sie es als pure Heuchelei, dass die Umstehenden so taten, als ginge es ihnen um die öffentliche Ordnung. Wieder war der Zorn größer als die Angst, sich einzumischen.

»Das Verbot gilt nur, wenn kein christlicher Händler in der Nähe ist«, herrschte sie den Burschen an.

Das war zwar nur geraten, aber dass er angesichts ihrer Worte unsicher auf der Lippe kaute, war ein Zeichen, dass sie richtigliegen könnte. Den anderen war das offenbar egal. Ein unangenehmes Kribbeln stieg Manons Rücken hinauf, als sie wieder die Fäuste schwangen.

»Selbst dann dürfen sie nur schweigend ihre Ware zeigen und nicht anpreisen«, verkündete einer hämisch und trat gegen die Schubkarre, die prompt bedrohlich knirschte. Der andere hob ebenfalls den Fuß – nur dass diesmal die fremde Frau das Ziel war.

Einmal mehr folgte Manon einem blinden Instinkt und ging dazwischen.

»Wagt das bloß nicht! Lasst sie in Ruhe!«

Den, den sie fixierte, brachte sie zum Einknicken, die anderen blafften sie an: »Und was, wenn nicht?«

Halt dich raus!, mahnte eine kluge Stimme. Und eine ziemlich feige.

Sie überhörte sie geflissentlich und reckte das Kinn. »Falls nicht, wirst du gleich Sterne sehen.«

»Hoho! Weil du mir den Schädel einschlägst?«

»Muss ich gar nicht. Es gibt eine empfindlichere Körperstelle, da reicht ein zielgenauer Schlag …«

»Hoho!«, höhnte er wieder, legte die Hände aber unwillkürlich über sein Gemächt. Manon starrte ihm unverhohlen zwischen seine Beine. »Diese Stelle meine ich nicht. Woanders tut's sogar noch mehr weh.«

Zumindest hatte sie kürzlich gelesen, dass der Adamsapfel eine solche war. Was nicht hieß, dass sie ihn gleich bei drei exakt treffen könnte. Obwohl sie unwillkürlich die Fäuste ballte, war sie ziemlich erleichtert, als die fremde Frau, die sich gerade noch schützend vor ihre Schubkarre gestellt hatte, laut rief: »Pasteten! Am Hühnermarkt gibt es frische Pasteten! Es sind so viele da, dass einige verschenkt werden!«

Manon hob die Fäuste noch höher. Sog den Atem ein. Und ließ die Luft erst wieder entweichen, als die Burschen die Gelegenheit nutzten, ohne Gesichtsverlust davonzustieben.

Nur zögerlich ließ Manon die Hände sinken. Die Frau legte ihre viel schneller auf den Riss in ihrem Kleid. »Darauf ist immer Verlass«, schnaubte sie. »Die Gier nach Essen ist größer als die Gier nach Grausamkeit.« Mit diesen Worten wollte sie weiterhasten, doch Manon stellte sich ihr in den Weg.

»Willst nun etwa du mich verprügeln?«, fragte die Frau gereizt. Wieder fiel Manon der starke Akzent auf, der verriet, dass Deutsch nicht ihre Muttersprache war. Richtig, die Juden unterhielten sich in einer Mischung aus Hebräisch und Frankfurter Dialekt, der als Mauscheln bezeichnet wurde. Manche Frankfurter beherrschten es, Manon nicht. Aber sie wusste andere Dinge über die Juden, die sie nutzen konnte, um die Frau in ein Gespräch zu verwickeln und später ihre Fragen anzubringen.

»Ich … ich kenne *Nathan der Weise*«, sagte sie und senkte endlich die Fäuste.

Die Frau ließ den Blick über sie gleiten. »Na, ich nicht. Wer soll das sein?«

Ein Jude, der nichts mit einem Schurken oder lächerlichen Tropf gemein hatte. Der vielmehr von hoher Kultur, natürlichem Adel und reich an Tugenden war. Der allerdings nicht wirklich existierte, nur der Fantasie eines Dichters entsprungen war.

»So heißt ein Drama von Gotthold Lessing. Als es vor zwanzig Jahren erschienen ist, wurde es hier in Frankfurt verboten, der Rat hat sämtliche Abschriften beschlagnahmen und hinterher öffentlich von einem der vier Henker der Stadt verbrennen lassen. Doch mein Vater hat heimlich eine Ausgabe behalten. Er meint, Bücher zu verbrennen, sei so dumm, wie Leichname ungenutzt zu begraben.«

Der letzte Satz klang in den Ohren einer Uneingeweihten zweifellos merkwürdig, doch die Frau nahm zumindest daran keinen Anstoß.

»Und was genau habe ich davon?«, fragte sie mit verächtlichem Unterton.

Manon hatte noch mehr gelesen als nur *Nathan der Weise*. Nämlich unter anderem ein Buch, in dem ein jüdischer Gelehrter namens Moses Mendelssohn erklärte, dass das Judentum ebenso wie das Christentum mit den Postulaten der Vernunft in Einklang zu bringen sei.

Das sagte sie denn auch, wenn auch noch leiser als alle vorangegangenen Worte.

Diesmal lachte die Frau. »Bücher, in denen so etwas steht, müsstest du den Frankfurtern schon an den Kopf werfen, damit sie sie beachten. Und selbst dann würden sie sich nur die Schläfen reiben und sich abwenden. Was in der großen weiten Welt in Sachen Gleichheit und Brüderlichkeit herumposaunt wird, wird hier nicht mal geflüstert.«

Manon stand immer noch vor ihr, doch die Frau umrundete sie nun einfach samt ihrem Wagen und beschleunigte ihre Schritte.

»Aber es ist euresgleichen nicht länger verboten, die Judengasse zu verlassen, so wie in früheren Zeiten«, rief Manon, während sie der Frau nachhastete. »Du hättest hier nicht deine Ware anpreisen können, wenn es anders wäre.«

»Was wir nicht den Frankfurtern zu verdanken haben, sondern den Franzosen, die vor vier Jahren die Stadt beschossen haben.«

»Ich weiß«, sagte Manon schnell. »Die meisten Feuer, die

damals ausgebrochen sind, wurden rasch gelöscht. Jedoch nicht das in der Judengasse.«

Die Frau nickte düster. »Nachdem so viele Häuser niedergebrannt sind, konnte man uns nicht länger dort gefangen halten. Stattdessen musste man uns gewähren, auch anderswo eine Wohnstatt zu beziehen.«

Sie gehörte wohl zu jenen, die immer noch in der Judengasse lebten, denn sie wählte eine Straße, die Richtung Osten führte. Manon kam ins Schnaufen, als sie mit ihr mitzuhalten versuchte.

»Was willst du denn noch?«, fragte die Frau ungeduldig. »Du siehst doch, dass ich mit alten Kleidern handle, nicht mit Büchern.«

»Ich interessiere mich nicht nur für Bücher«, erwiderte Manon atemlos. »Auch für eine Hebamme. Sibylle heißt sie, und die letzte Geburt, zu der sie gerufen wurde, fand vor einer Woche offenbar in der Judengasse statt. Seitdem ist sie spurlos verschwunden.«

Nun blieb die Frau doch stehen. »Warum sollte unsereins denn eine christliche Hebamme rufen? Rebecca macht gute Arbeit. So heißt die Hebamme, die von unserer Gemeinde mit dieser Aufgabe betraut wird.«

Manon zuckte die Schultern. »Vielleicht wollte die Mutter nicht, dass jemand von der Geburt erfährt. Vielleicht ist sie nicht verheiratet, hat das Kind heimlich geboren oder ...«

»Was geht's dich eigentlich an?« Aus der Stimme klangen nicht nur Überdruss und Empörung, sondern auch ein Anflug von Unbehagen.

»Ist dir nicht lieber, ich frage dich danach als der Kriminalrat? In eurer Gemeinde mag es ein eigenes Gericht geben – doch wenn es um einen Mordfall geht, ist der Frankfurter Rat dafür zuständig.«

Die Frau hatte sie nicht wieder angesehen, seit sie losgelaufen war. Nun aber ließ sie von ihrer Schubkarre ab und packte Manon an den Schultern. »Ein Mordfall?«

»Vielleicht war's ja gar keiner«, wiegelte Manon rasch ab. »Ich würde nur zu gerne wissen, wer die Hebamme Sibylle zuletzt gesehen hat.«

Wieder stand ein deutliches Warum in ihrem Blick.

Manon hatte viele Gründe. Weil sie nicht nach Hause gehen und sich um das Abendessen kümmern wollte. Weil eine verschwundene Frau weit mehr wert sein sollte als Pferdemist und genauso viel Aufmerksamkeit verdiente wie ein toter Ratsherr. Weil sie beweisen wollte, dass sie jenes Werkzeug namens Verstand genauso gut einsetzen konnte wie manch männlicher Zeitgenosse.

All das brachte sie nicht über die Lippen.

»Du sagtest, dass sie seit einer Woche verschwunden ist?«, fragte die andere gedehnt. »Nun, wenn eine Frau in unserem Viertel vor einer Woche ein Kind geboren hat, dann hätte ich eine Idee, wo man sie heute findet.«

***

Mittlerweile herrschte dichtes Gedränge in Melchior Günderoths Baderaum. Nicht nur zwei Piketts, die unten das Gesinde befragt hatten, waren von Doktor Pontus' Ruf nach oben gelockt worden, sondern auch ein älterer Herr, dessen Uniform ihn als Gerichtsdiener auswies, sowie ein junger, schmaler Mann mit auffälliger Warze auf der Nasenspitze und einem Holzbrett vor der Brust. Mit der mitgebrachten Feder beschrieb er das Stück Papier darauf, wie es seine Aufgabe als Aktuar, eine Art Protokollführer, war. Handelte es sich um kleinere Delikte, so wusste Johann, würde er die Notizen später im Malefizbuch festhalten, das beim Kriminalamt verblieb. Ging es um ein echtes Verbrechen, entstanden Kriminalakten, die dem Frankfurter Rat zugingen. Manchmal durfte der Aktuar auch selbst Vernehmungen durchführen, aber heute ließ es sich Kriminalrat Pfeiffer nicht nehmen, die erste Geige zu spielen.

»Was haben Sie denn gefunden?«, fragte er Theophil Pontus.

Der Menschenauflauf hatte den Vorteil, dass niemand Johann beachtete. Der Nachteil war, dass auch er nicht zu sehen bekam, was Theophil Pontus in der Hand hielt und durch die Luft schwenkte. Es musste ziemlich klein sein.

»Was immer als Tatwaffe diente – sie ist tief in den Kopf eingedrungen, und als der Täter sie wieder herauszog, ist ein Teil davon im Kopf verblieben … bis ich es ans Tageslicht befördert habe.«

Der Aktuar warf Kriminalrat Pfeiffer einen fragenden Blick zu. Der nickte ihm zu, und schon hörte man die Feder über das Papier kratzen. Eine Weile blieb es das einzige Geräusch, wenngleich förmlich zu hören war, wie Pfeiffers Gedanken ratterten.

»Das bedeutet, die Spitze des Dolches ist abgebrochen?«

»Wenn es so einfach wäre!«

Theophil Pontus ließ die Hand sinken, und das Objekt, das in der Augenhöhle des Toten gesteckt hatte, lag nun in seiner Handinnenfläche. Johann konnte immer noch keinen Blick darauf werfen, stellte nur fest, dass die Hand des Arztes über und über mit Blut und Schleim bedeckt war.

»Zunächst gilt es, dieses Objekt in einer Mischung aus Essig, saurem Wein und Wasser zu reinigen.«

Den Befehl, ihm all das zu bringen, hatte er wohl schon zuvor erteilt, denn soeben kam eine Magd die Treppe hochgeeilt, eine Schüssel aus Emaille in den Händen. Sie blieb zögerlich stehen, als sie die vielen Männer erblickte. Johann schenkte ihr als Einziger ein freundliches Lächeln und raunte ihr zu: »Lass mich das ruhig tragen.« Sobald er die Schüssel in den Händen hielt, machte ihm der Aktuar Platz, und selbst der missmutige

Kriminalrat ließ ihn den Baderaum betreten und die Schüssel auf das Tischchen neben der Badewanne stellen. Theophil Pontus legte das Objekt ins Wasser und holte es nach einer Weile nicht mit den Fingern, sondern einer länglichen Pinzette heraus. Er betrachtete es fasziniert von allen Seiten wie einen besonders schönen Schmetterling.

»Interessant, interessant. Nein, ich denke nicht, dass die Klinge eines Dolchs einfach entzweibrechen kann. Kein menschlicher Knochen ist hart genug, um das zu bewirken, erst recht nicht die Hirnschale. Dieses Objekt dürfte nicht sehr fest an der Tatwaffe angebracht gewesen sein, sodass wenig dazugehörte, es abbrechen zu lassen. Interessant, interessant.«

Endlich hielt er die Pinzette still, sodass Johann das Objekt betrachten konnte. Dass es aus Silber war, hatte er schon gesehen, nun konnte er auch die Form studieren.

Im nächsten Moment sog er scharf den Atem ein. Wie war es möglich, dass ausgerechnet das in Günderoths Kopf gesteckt hatte?

Kriminalrat Pfeiffer runzelte die Stirn. »Was soll das sein? Es sieht aus wie ein … ein …«

»Wie ein Flügel!«, rief Pontus begeistert. »Ja, wenn man es vertikal hält, hat es eindeutig die Form eines solchen. Nun, nicht gerade der eines Huhns, denn er weist eine besonders große, kräftige Schwungfeder auf, die fast doppelt so lang wie die anderen drei Federn ist. Aber es ist ein Leichtes, an einen Adler zu denken. Oder an einen Engelsflügel.«

Pfeiffers Stirnfalten wurden noch tiefer, trotzdem nickte er – ein Zeichen, dass er Pontus' Urteil vertraute und gar nicht auf die Idee kam, der Arzt könnte sich irren. Niemand kam auf diese Idee, nur Johann.

Mit einem Blick hatte er festgestellt, dass das silberne Teilchen keinen Flügel darstellte, sondern eine … Hand. Der Zeigefinger war ausgestreckt, die anderen drei Finger abgewinkelt, der Daumen nicht zu sehen.

»Nun«, sagte Pfeiffer, »so wie manch ein Spazierstock mit einem Löwenkopf ausgestattet ist, mag dieser Dolch auf besondere Weise geschmückt worden sein, ein Zeichen, dass er weniger als Waffe denn als Schmuckstück betrachtet wurde. Gut möglich, dass der Flügel Teil eines Wappens war. Jedenfalls besitzt ein einfacher Dieb dergleichen nicht, was bedeutet, dass sich der Dolch höchstwahrscheinlich in Melchior Günderoths Besitz befunden haben muss, war er doch dafür bekannt, Kostbarkeiten zu sammeln.«

Er redete immer schneller, sodass der Aktuar kaum mit dem Schreiben nachkam. Aber wahrscheinlich wollte Pfeiffer ohnehin nicht, dass Details festgehalten wurden, nur die Schlussfolgerung. Wenn die Tatwaffe tatsächlich Günderoth gehört und ein Dieb ihn ermordet hätte, könnte er dem Jüngeren Bürgermeister der Stadt, der dem Kriminalamt vorsaß, eine schlüssige Erklärung für den silbernen Flügel im Kopf des Toten bieten.

Kurz schien er damit durchzukommen. Doch dann ließ der Aktuar die Schreibfeder sinken. »Wenn Günderoth einen solch ungewöhnlichen Dolch besessen hat, war dies dem Gesinde sicherlich bekannt. Wir müssen es danach befragen.«

Der deutliche Zweifel in seiner Stimme verriet, dass er die Existenz einer solch merkwürdigen Waffe eher für ausgeschlossen hielt. Und der deutliche Überdruss in Pfeiffers Gesicht verriet, dass er ihm insgeheim recht gab und längst ahnte, dass er diesen Fall nicht so einfach loswurde.

»Nun gut«, sagte er, »man zeige ihnen diesen Flügel. Und setze die Befragungen fort.«

Theophil Pontus ließ das Objekt wieder ins Wasser fallen. Kleine Wellen breiteten sich auf der Oberfläche aus, unter denen der Flügel zu beben und geradewegs auf ihn, Johann, zu deuten schien. Spätestens jetzt müsste doch jeder erkennen, dass es eine Hand war.

Doch Theophil Pontus wandte sich wieder dem Leichnam zu, mit dem Gesichtsausdruck einer Bäuerin bei der Kartoffelernte, die nach dem ersten Wühlen insgeheim hoffte, noch mehr Schätze im Erdreich zu finden. Pfeiffer hingegen musterte Johann zwar abschätzend, aber das hatte nichts mit dem silbernen Teilchen zu tun. »Verschwinden Sie nun endlich. Ich war von Anfang an der Meinung, dass Sie hier nichts verloren haben.«

Theophil war damit beschäftigt, erneut die lange gebogene Zange in die Augenhöhle einzuführen, sodass er ihn diesmal nicht in Schutz nahm. Johann trat ohnehin allzu gerne die Flucht an. Mit eingezogenem Kopf verließ er den Baderaum. Niemand blickte ihm nach, sodass er wie zuvor unbemerkt die Schreibstube betreten konnte. Er öffnete den Rolltisch und nahm hastig die Rolle an sich, die er zuvor gefunden hatte, ohne die Buchstaben darauf noch einmal zu überfliegen. Seine Hände zitterten, seine Oberlippe war ganz taub.

Vielleicht machte er gerade den größten Fehler seines Lebens. Vielleicht beging er sogar ein Verbrechen, weil er die Merdermittlung behinderte. Uffenbach würde zwar alle möglichen Ausreden erfinden, wenn das der Preis für eine sensationelle Enthüllung wäre. Allerdings würde Johann auch ihm gegenüber verschweigen, worum es sich bei der silbernen Hand handelte. Worum bei diesem Schriftstück. Und wie beides womöglich zusammengehörte.

Erst musste er herausfinden, wer diesen Brief geschrieben hatte.

***

So entschlossen Manon der Kleiderhändlerin gefolgt war – als sie sich der Judengasse näherte, die sich über eine Länge von etwa siebenhundert Metern an die alte staufische Stadtmauer schmiegte, gerieten ihre Schritte zögerlicher.

Noch nie hatte sie die Gasse betreten, und obwohl die Tore an einem Wochentag wie heute offen standen, hatte sie das Gefühl, sich Feindesland zu nähern, erst recht, als sie immer mehr Menschen begegnete, deren Blicke voller Argwohn auf sie fielen.

Unter dem Wappen mit dem kaiserlichen Adler, das über einen der Zugänge zur Gasse wachte und bekundete, dass die Kaiserliche Majestät höchstselbst den Juden Schutz gewährte, blieb sie endgültig stehen. Und wenn sie den gleichen Fehler wie die Hebamme Sibylle machte, indem sie bedenkenlos hierher aufbrach?

Als hätte sich diese verfluchte Gasse unter ihren Füßen aufgetan und sie verschluckt, kamen ihr die Worte des Marktweibs in den Sinn.

Die Kleiderhändlerin hatte sich bis jetzt kein einziges Mal umgedreht, nun tat sie es und lächelte anzüglich. »Denkst du, du wirst hier zerstückelt, gehäutet oder geschächtet?«

Aus ihrem Mund klang das so lächerlich, dass Manon sich sofort für ihre Furcht schämte. Der Verstand sollte stärker sein als das Gefühl, auch bei Frauen.

»Wie heißt du?«, fragte sie forsch – zum einen, um von sich abzulenken, zum anderen, weil sie die Erfahrung gemacht hatte, dass sämtliche Ängste schwanden, wenn man die Dinge beim Namen nannte.

»Ich bin Esther, hier besser bekannt als Seckels Witwe. Als ob Frauen nichts wären, wenn sie zu keinem Mann gehören. Dabei begann mein Unternehmen erst zu blühen, nachdem Seckel starb.«

»Du führst es ganz allein?«

»Warum nicht? Ich habe meine Mitgift behalten, wie's bei uns üblich ist, damit die Schulden bezahlt, die nach seinem Tod angefallen sind, und all die Fehler, die er gemacht hat, vermieden. Die Frankfurter und die Juden hier haben allerdings eins gemein. Sie gönnen einer Frau Schönheit und Liebreiz, aber keinen Erfolg.«

Manon war nicht sicher, ob aus den Worten Verbitterung sprach oder grenzenloser Mut. Sie wollte jedenfalls nicht, dass diese Frau gering von ihr dachte, und betrat endlich die Judengasse.

Überall waren Spuren des Brandes zu sehen, der vor knapp vier Jahren gewütet hatte: verkohlte Reste jener hundertvierzig Häuser, die in Flammen aufgegangen waren, Berge von Asche und schwarzem Schutt, ein ätzender Geruch.

Außerdem war der Boden nicht gepflastert, und die Abwasserkanäle standen offen, sodass sie bei jedem Schritt Unrat oder einem dünnen Rinnsal aus Blut und Exkrementen ausweichen musste. Nicht leichter machte das Fortkommen die Enge aufgrund vorstehender Freitreppen und Brandmauern.

Als sie aber kurz den Kopf hob, stellte sie fest, hier nicht nur Niedergang und Elend zu begegnen. Inmitten des Gewimmels nahm sie zwar mindestens ein Dutzend Kinder wahr, die nur Lumpen trugen, aber sie sah auch schön geputzte Frauen mit Zierrat in der Frisur und silbernen Gürteln um die Taille sowie elegant gekleidete Männer mit schwarzen Mänteln und vielfach gefalteten weißen Leinenkrägen. Auch die Häuser bewiesen, dass hier nicht nur arme Menschen lebten. Gewiss, etliche glichen den viel zu hohen und zu schiefen Bauten in Frankfurts Altstadt. Sie waren nur aus wurmstichigem Holz errichtet, und viele Scheiben der winzigen Gauplöcher, aus denen fleckige Bettwäsche hing, waren eingeschlagen, weil offenbar auch hier die Jugend manchmal auf dumme Gedanken kam. Aber dazwischen standen weitaus stabilere aus Stein, mit einem edlen

Wappen oder Symbol – ob Löwe, Schwan oder Waage – geschmückt.

Am schönsten war das Gebäude, vor dem Esther schließlich stehen blieb – mit drei imposanten Kuppeln ausgestattet und mehreren hohen gotischen Fenstern, die in einen Bogen mündeten und von Säulen unterbrochen wurden.

Das muss die Kirche der Juden sein, ging es Manon durch den Kopf.

»Werden wir hier etwas über die Frau erfahren, die letzte Woche ein Kind geboren hat?«

»In der Synagoge – nein. Aber dort hinten.«

Esther umrundete das Gebäude, und ein weiteres wurde dahinter sichtbar, viel niedriger, weil nur eingeschossig.

»In der Sprache der Juden heißt dieses Haus Mikwe. Im Deutschen sagt man dazu Kaltweiberbad. Dies ist das alte.«

»Es gibt also auch ein neues.«

»Neben der Talmudschule und der zweiten Synagoge, ja. Diese Mikwe existiert schon seit Ewigkeiten, als die Judengasse errichtet wurde. Nach jedem Brand wurde sie neu aufgebaut – immer auf billigere Weise als zuvor. Endgültig abreißen will sie aber auch niemand, obwohl sie kaum noch genutzt wird.«

»Man kann hier also ganz unauffällig ein Bad nehmen.«

»Genauer gesagt ein Reinigungsbad. Es befreit die Frauen von einem Zustand, in den die Geburt sie versetzt – die Nidda.«

Wieder ein Wort, das sie noch nie gehört hatte.

Esther beugte sich vertraulich vor und flüsterte ihr ins Ohr: »Bei euch dürfen die Frauen doch auch nicht in die Kirche, solange sie unrein sind, oder?«

»Du meinst, wenn sie bluten«, sagte Manon, ohne ihre Stimme zu dämpfen.

»Das tun sie bekanntlich einmal im Monat. Und während und nach der Geburt. In dieser Zeit dürfen sie das Lager nicht mit ihrem Mann teilen. Und wenn kein Blut mehr fließt, besuchen sie die Mikwe, um in deren Becken den ganzen Körper unterzutauchen.«

»Was die Frau, die letzte Woche geboren hat, genau in diesem Moment tun könnte.«

»Zumindest wenn ihr Kind ein Junge ist. Dann muss sie damit nur sieben Tage warten. Bei einem Mädchen wären es zwei Wochen, und wir kämen hier nicht weiter.«

Den ersten Satz hatte sie mit beißendem Spott gesagt, als machte sie sich über die Gebote der eigenen Religion lustig. Aus dem letzten hörte Manon die Botschaft, dass sich in diesem Fall ihre Hilfsbereitschaft erschöpft hätte. Manon wollte umso eiliger herausfinden, ob ihr Erfolg beschieden war, doch als sie auf das Gebäude zuschritt, stellte sich Esther ihr in den Weg.

»Ich werde allein mit der Badefrau reden. Für gewöhnlich ist sie bei jedem Bad zugegen und prüft, ob der Körper vollständig mit Wasser bedeckt ist. Du wartest hier. Die Mikwe ist ein heiliger Ort.«

Manon verkniff sich die Widerrede. Schweigend sah sie zu, wie Esther durch eine schmale Tür ins Innere trat. Ins Obergeschoss führte nur eine Leiter – vielleicht lebte dort die Badefrau. Nach unten zum Bad hingegen gelangte man über eine breite hölzerne Treppe. Schon fiel die Tür ins Schloss, und Manon war allein. Nein, nicht allein, sie spürte Blicke – von einem Rudel dunkel gekleideter Kinder, die in eine Richtung gestrebt waren, nun aber, da sie ihrer ansichtig wurden, stehen blieben. Die wütende Stimme eines Mannes, der ihnen in fremder Sprache einen Befehl erteilte, bewirkte, dass sie sich wieder zögerlich in Gang setzten, aber sie drehten sich mehrfach neugierig nach ihr um.

Welche Sprache hatte der Mann gesprochen?

Dieses Mauscheln war es nicht. Stattdessen wohl jene Sprache, in der die Juden ihre Schriften verfassten. Hebräisch also –

glaubte sie zumindest. Warum wusste sie es nicht mit Sicherheit? Warum stand sie zum ersten Mal vor dieser Mikwe, obwohl sie seit ihrer Geburt in Frankfurt lebte und somit in unmittelbarer Nachbarschaft mit den Juden? Warum war ihr hier alles so fremd, als wäre sie auf der anderen Seite des Erdballs gelandet?

Gewiss, das war nicht ihre Schuld. Der Frankfurter Rat hatte in den Jahren vor dem Brand alles darangesetzt, um die Juden hier einzupferchen. Jedes Ansuchen, ihre Gasse außerhalb der vorgesehenen Zeiten verlassen zu dürfen – um anderswo zu wohnen oder auch nur am Sonntagnachmittag spazieren zu gehen –, war strengstens abgewiesen worden. Melchior Günderoth war ein einflussreiches Mitglied des Frankfurter Rats gewesen. Und nun war er ermordet worden. Und sie war hier gelandet, weil sie mehr darüber hatte erfahren wollen. War das wirklich nur ein Zufall, oder gab es einen Zusammenhang zwischen dem Verbrechen an ihm und Sibylles Verschwinden?

Aber nein, sie durfte nicht zulassen, dass sich ihre Gedanken vergaloppierten. Die Vernunft sollte man so benutzen wie ein Seziermesser, langsam, behutsam, gründlich und …

Ein Schrei ertönte, laut und durchdringend. Er brachte alle Gedanken in Manon zum Verstummen, riss aber ebenso abrupt ab, wie er erklungen war. War es Esther, die so schrie? Ganz sicher war der Laut aus dem Gebäude gekommen. Manon fühlte kalte Schauder über ihren Rücken laufen. Sie spitzte die Ohren, vernahm aber nichts mehr. War der Schrei etwa ein Hilferuf gewesen?

Ihre Hände waren wie gelähmt. Doch dann drückte sie einfach die Schulter gegen das Holz. Die Tür öffnete sich mit einem Quietschen, hinzu kam ein fernes Plätschern, ein weiterer Schrei hingegen blieb aus. Es roch leicht modrig, die Luft war feucht, schwer, kalt.

Sie hielt sich am Geländer fest, das sie neben den hölzernen

Stufen erblickte, brachte die ersten drei noch im schwachen Schein des Tageslichts hinter sich. Danach glaubte sie kurz, in ein schwarzes Loch zu blicken, doch als sich ihre Augen an die Dunkelheit gewöhnten, nahm sie die Konturen von noch mehr Stufen wahr. Unterschiedlich hoch waren sie und glitschig. Sie konzentrierte sich, nicht auszurutschen, als sie in die Tiefe stieg, stieß bald auf eine weitere Tür, noch niedriger und schmaler als das Eingangstor. Auch dahinter war es sehr dunkel, aber es gab weiterhin ein Geländer – hier aus Eisen –, und bald erreichte sie einen gewölbten Raum mit einem an der Decke befindlichen Kellerloch.

Das Licht reichte aus, um wahrzunehmen, dass die Wände gefliest waren. Bläulich schimmerte die Decke, bläulich würde wohl auch das Wasser im quadratischen Becken sein, das sie reflektierte. Doch als Manon den Blick langsam senkte, sah sie nur Tiefrot.

Scharf sog sie den Atem ein, roch Feuchtigkeit, Moder … Blut. Das Herz schien nicht nur dröhnend in ihrer Brust zu klopfen, auch in den Fingerkuppen, den Augenlidern, dem Magen. Sie löste den Blick vom Becken, betrachtete das einzige Möbelstück im Raum – einen Hocker, auf dem Kleidung lag, darunter ein ähnlich gestreifter Schal, wie Esther ihn trug, außerdem ein grauer Kittel und Schuhe.

Alles hatte die Frau abgelegt, bevor sie in das Becken gestiegen war. Dort trieb sie nun, den Kopf nach unten, der Oberkörper verborgen von einer Flut roten Haars. Vielleicht war es gar nicht rot, sondern schwarz oder blond, hatte aber die Farbe des Bluts angenommen, welches sich mit dem Regenwasser im Becken vermischt hatte.

»Gütiger Himmel!«

Sie schnappte nach Luft, sah sich nach Esther um. Niemand war da … nur die Tote … das stete Tropfen … und Schritte. Ehe sie erkannte, aus welcher Richtung sie kamen, ertönte ein dumpfer Schlag. Dass der auf ihren Hinterkopf abzielte, ging ihr erst auf, als ein glühender Schmerz sie durchzuckte und sie nach vorne kippte.

Wenn ich bewusstlos ins Wasser falle, ertrinke ich, dachte sie noch.

Die Richtung des Sturzes konnte sie leicht verändern, ihn mit ihren Armen abfedern nicht, die waren wie gelähmt. Mit der Stirn knallte sie auf den kalten Steinboden.

Dann war da gar kein Gedanke mehr, kein Gefühl von Erleichterung, nur Schmerz und Schwärze.

Irgendwann

Ich weiß nicht, wie viel Zeit vergangen ist. Ich weiß auch nicht, wo ich gefangen bin. Es könnte eine Vorratskammer sein, ein Keller, ein unterirdisches Verlies. Kein Geräusch dringt zu mir, kein Lichtstrahl. Die Wände sind rau, feucht und schimmlig, die Decke niedrig. Das Einzige, was verrät, dass ich nicht erst seit Augenblicken, sondern Stunden hier gefangen bin, sind mein knurrender Magen, meine trockene Kehle, meine rissigen Lippen.

Wasser, ich brauche so dringend Wasser.

Ich drücke die Zunge an die feuchte Wand, kurz klebt sie dort fest und schmerzt danach noch mehr, ohne dass mein Durst gestillt ist. Nur Blut kann ich tropfenweise von der Oberlippe lecken. Aus der Wunde unter meinem Auge dringt es, perlt über meine Wange. Aber es kommt immer weniger, während die Wange dick anschwillt. Der Schmerz pocht dumpf, beständiger als mein Herzschlag. Dem traue ich nicht, mir wäre auch lieb, er würde ganz aussetzen. Dann wäre dieses Martyrium zu Ende.

Wasser … ich brauche so dringend Wasser …

Dies ist der einzige Gedanke, der es durch jenen Nebel in meinem Kopf schafft, so wie mein Ächzen der einzige Laut ist, der sich an meiner Zunge vorbeizwängen kann. Am Gaumen festzuwachsen scheint sie, während sich meine Kehle anfühlt, als hätte ich Verbranntes geschluckt.

Das Klappern meiner Zähne verrät, dass ich erbärmlich friere.

Ich beiße sie zusammen, woraufhin die Zunge noch unförmiger zu werden scheint, riesiger. Zwischen den Beinen tut alles weh, ist alles feucht. Ob ich auch dort blute?

Mit den Fingern betaste ich meinen Rock. Führe sie danach hoch zum Mund. Erkenne an dem beißenden Geschmack, es ist nicht Blut, sondern Pisse. Ich habe mich vor Schreck eingenässt.

Es schmeckt grässlich, Zunge, Lippen, Kehle gieren dennoch danach. Ich schäle mich aus meiner Kleidung, fühle nun nicht nur die Wunde unter dem Auge pochen, auch den Hinterkopf, die Rippen, die Arme und Beine. Geschlagen hat er mich … getreten … vielleicht einen Knochen zertrümmert.

Mein Gesäß liegt nun auf eiskaltem Stein, während ich den Rock zu meinen Lippen hochziehe. Es dauert lange. Ich versuche den Stoff auszuwinden, aber meine Hände haben keine Kraft. Ich kann ihn mir nur in den Mund schieben, daran saugen, hilflos wie ein Säugling, der an der verdörrten Brust seiner Mutter hängt und um jeden Tropfen Milch kämpft.

Nur wenig strömt in meine Kehle. Viel zu wenig.

Wasser, ich brauche Wasser, die Pisse reicht nicht. Auch die Tränen reichen nicht, die in meine Augen steigen und die, als ich sie schlucke, fast so grässlich wie die Pisse schmecken. Nein, ich kann meinen Durst nicht stillen, es gibt nichts, was ich meiner Verzweiflung entgegensetzen kann.

Schritte ertönen. Wie eine spitze Nadel fährt mir die Panik ins Gedärm. Eisen reibt auf Stein, als er die Tür zu meinem Gefängnis öffnet. Rasch ziehe ich den Rock aus meinem Mund, um meine Blöße zu bedecken. Aber ich ahne: Der dünne, feuchte Stoff wird mich nicht vor ihm schützen. Es gibt nichts, was ich ihm entgegensetzen kann. Selbst wenn ich ohnmächtig würde, würde er in der Schwärze bereits auf mich warten.

Noch mehr Schritte erklingen, auch dieser heisere, rasselnde Atem, das hämische Gelächter. Er bringt nicht nur die Finsternis. Er ist die Finsternis.

»Welche Folgen ein heftiger Schlag auf den Kopf zeitigen kann und welche Sektionen des Gehirns hierbei betroffen sind, lässt sich bei einem Lebenden schwerlich konstatieren. Wird das Vorderhirn in Mitleidenschaft gezogen, ist die Creativität empfindlich gestört. Ein Schlag auf den Hinterkopf vermag wiederum nachweislich der Gedächtnisleistung zu schaden. Detailliert zu ergründen, wie das vermaledeite Gehirn beschaffen ist, wäre hingegen erst nach der Öffnung des Hauptes ein fruchtbares Unterfangen.«

Aus der *Medicina forensis*
von Physicus und Chirurgicus
Theophil Pontus

4.

1. April 1800

Johann blickte mehrmals über die Schulter, als wäre er ein Dieb, der seine Beute in Sicherheit bringen wollte. Er hatte zwar nur diesen Brief bei sich, den er in Melchior Günderoths Schreibtisch gefunden hatte, doch mit jedem Schritt schleppte er schwerer daran. Oder vielmehr an der Wahrheit, die er ganz für sich allein behalten hatte, als er am Vortag das Haus des Toten verlassen hatte und im Verlagshaus des *Frankfurter Korrespondenten* von einem neugierig wartenden Uffenbach ausgefragt worden war.

Dass er recht ausführlich vom schauerlichen Zustand des Leichnams hatte berichten können, hatte den begeistert. Etwas skeptischer hatte er mit der Zunge geschnalzt, als er erfahren hatte, was die Befragung der Dienstboten ergeben hatte. Keiner von ihnen hätte jemals einen außergewöhnlichen Dolch in Melchior Günderoths Besitz wahrgenommen, womit sich Kriminalrat Pfeiffers These, die Mordwaffe habe sich längst im Haus befunden, nicht bestätigt hatte. Aber plötzlich hatte die Köchin einen Bettler erwähnt, der manchmal am Hintereingang geklopft und ein Stück Brot erfleht habe, so auch gestern. Ein erbärmlicher, hässlicher Kretin, der das rechte Bein hinter sich herzog und stets wie ein Betrunkener lallte, nur dass es bei ihm nicht an zu viel Branntwein lag, sondern weil er nicht richtig im Kopf war. Jeder vom Gesinde habe ihn gekannt, lästig sei er ihnen oft gewesen, aber gefürchtet habe sich vor ihm niemand. »Der ist durch und durch harmlos.«

»So ein Urteil auszusprechen, liegt allein in meiner Befugnis«, hatte Pfeiffer ihr streng beschieden, »selbst wenn er sich bisher keines Deliktes schuldig gemacht hat – verdreckte Kleidung und eine hässliche Physiognomie sind immer ein sichtbares Zeichen sittlicher Verwahrlosung. Gut möglich, dass er nicht nur ein Bettler ist, sondern ein Dieb, der den Dolch anderswo entwendet hat. Als er auch den Stadtrat bestehlen wollte, wurde er von ihm ertappt, und hat ihn daraufhin niedergestreckt.«

Und das auf dem Leibstuhl?, hatte sich Johann gefragt.

Auch die Köchin hatte zweifelnd die Stirn gerunzelt, dann aber doch eine genaue Personenbeschreibung abgegeben, die eine steckbriefliche Verfolgung ermöglichte.

Pfeiffer hatte sich sichtlich zufrieden gezeigt, eine erste Spur zu haben, die er verfolgen konnte. Johann war einzig erleichtert gewesen, dass der Kriminalrat sich so nicht eingehender mit der rätselhaften Spitze der Mordwaffe beschäftigt hatte. So konnte er selbst ganz ungestört so viel wie möglich darüber herausfinden, bog deswegen nun in der Fahrgasse nach rechts ab und erreichte alsbald ein Tor.

Er hatte jene Grenze, die das jüdische vom christlichen Frankfurt trennte, nicht oft überschritten, und wie immer fühlte es sich ein wenig verboten an. Doch wenn er den Verfasser des Briefes ausfindig machen wollte, durfte er diesen Ort nicht meiden, also gab er sich einen Ruck.

Von ihren Bewohnern wurde die Judengasse oft als Neu-Ägypten bezeichnet, verglich man sich doch mit den Sklaven, die einst für den Pharao schuften mussten, ehe Moses die Freiheit brachte. Die Frankfurter hingegen lästerten über ein Bienenloch, dessen Eingänge man, wenn es nach ihnen ginge, gerne verstopfen könne.

Nun, Bienen waren das Letzte, was Johann in den Sinn kam, als er die Judengasse betrat. Die suchten schließlich Blumen, die in der Sonne wuchsen, während es hier ein wenig dunkler zu werden schien, da die Straße zwischen Stadtmauer und Graben regelrecht eingeklemmt wurde. Hier sah man keine bunten Farben, hier sah man blasse Gesichter, graue Lumpen und schwarze Gewänder.

Gewiss, in Richtung der Bornheimer Pforte standen die edlen Häuser der reichen Bewohner der Judengasse – Hoffaktoren, die die Fürstenhöfe mit Luxuswaren und Krediten versorgten. Doch dass sich die meisten hier als Kleinhändler oder Pfandleiher durchschlugen, zeigte sich, als er beim nächsten Schritt fast über einen Schacherer stolperte, der vor ihm auf dem Boden lungerte. »Englische Knöpfe! Willst du englische Knöpfe haben?«

Kaum hatte er ihn hinter sich gelassen, stieß er schon auf den nächsten, der ihm die Eisenware, die er anpries, vors Gesicht hielt, während eine Gruppe junger Männer mit schwarzen Hüten und Schläfenlocken vor ihm zurückwich, als gälte es, alles zu ignorieren, was nicht die Gelehrsamkeit steigerte. Johann vermutete, dass sie sich auf dem Weg zu einer jener Schulen befanden, wo Männer unter der Leitung eines Rabbiners den Talmud und andere heilige Schriften studierten – viele reisten zu diesem Zweck aus fernen Ländern nach Frankfurt. Er schloss sich ihnen an und stupste den Letzten vorsichtig an der Schulter an, um ihm, sobald der sich irritiert umdrehte, den Brief vor die Nase zu halten. »Können Sie mir sagen, welcher Name hier steht?« Den Brief hatte er so gefaltet, dass nur die Unterschrift sichtbar war.

Die Miene des anderen verzog sich ein wenig verächtlich, weil Johann die hebräische Schrift nicht beherrschte, aber er verzichtete nicht darauf, seine eigene Sprachgewandtheit auszuspielen.

»Rabbi Schmuel«, beschied er ihm knapp, und als Johann nicht nur seinen Dank bekundete, sondern hastig die Frage nachschob, wo man diesen fände, wies der andere auf ein Haus auf der Westseite der Straße.

Auf diesem prangte kein Schild. Die vorkragenden hölzernen Geschosse in den oberen Stockwerken wurden von eisernen Stangen gestützt, die Fensterläden im Erdgeschoss waren geschlossen, das Guckloch auf der Haustür vergittert. Als Johann versuchte hindurchzulugen, stellte er fest, dass die Tür nur angelehnt war.

Zögernd stieß er sie auf. In Häusern von Händlern diente das Erdgeschoss als Warenlager und Verkaufsraum, hier gelangte er stattdessen in einen Raum mit Bänken und Pulten, der wohl als Klassenzimmer diente. Allerdings war sämtliches Mobiliar verstaubt, was wohl bedeutete, dass schon länger kein Unterricht mehr stattgefunden hatte.

»Rabbi Schmuel?«, rief er Richtung Treppe.

Keine Antwort ertönte, noch nicht mal das Geräusch ferner Schritte. Er fühlte, dass das Haus leer stand – und gab dem Drang, sich schnellstmöglich zum Gehen zu wenden, dennoch nicht nach. Gut möglich, dass er in den Wohnräumen des Rabbis mehr Antworten finden würde als im Gespräch mit ihm. Und Rabbi Schmuel wäre es im Zweifel wohl lieber, wenn er sich hier umsah und nicht Kriminalrat Pfeiffer.

Die ebenso dunkle wie schmale Treppe hatte kein Geländer, man hielt sich beim Hinaufsteigen lediglich an Handseilen fest. Die Luft war schwer und stickig. Das Erste, worauf Johann stieß, als er oben anlangte, war eine winzige Küche, die sich unter dem Treppenabsatz zur nächsten Etage befand. Auf den Herd würde gerade mal ein Topf passen, und im Schrank fanden nur wenige Teller und Tassen Platz. Keinerlei Essensgerüche hingen in der Luft, ein Zeichen, dass die Kochstelle schon länger nicht benutzt worden war.

Eine Eichenholztür mit schmiedeeisernen Beschlägen trennte die Küche vom Raum nebenan. Auch der war nicht sonderlich groß. Weil es kaum Wandflächen gab, waren die Fenster nur von schmalen hölzernen Pfosten getrennt.

Der Gruß, den er rief, verhallte. Und auch hier verriet eine Staubschicht, dass wohl schon länger niemand den Raum betreten hatte, um die Gemälde mit biblischen Geschichten auf der rückseitigen Wand zu betrachten, die Kerzen, die in den acht Armen des Hängeleuchters aus Messing steckten, zu entzünden oder die Truhen aus grün gestrichenem Tannenholz zu öffnen, um Kleidung und Bettwäsche zu verstauen.

Johann fühlte sich immer unbehaglicher. Zunächst hatte er Angst gehabt, jeden Augenblick vom Bewohner dieses Hauses oder dessen Frau und Kindern ertappt zu werden. Dass der Rabbi mindestens seit Tagen, wenn nicht schon seit Wochen nicht hier gewesen war, offensichtlich keine Familie hatte und er selbst hier ungestört stöbern durfte, ließ wiederum seine Skrupel wachsen. Es fühlte sich an, als würde er nicht einfach nur unbefugt ein Haus betreten, sondern eine Totenruhe stören.

Unsinn!, sagte er sich energisch. Wäre Rabbi Schmuel tot, würden diese Zimmer nicht leer stehen. Angesichts des Mangels an Wohnraum in der Judengasse hätte längst eine andere Familie sie in Besitz genommen. Die einzig logische Erklärung war, dass er verreist sein musste. Leider gab es keine ebenso logische Erklärung, warum er zuvor ausgerechnet Stadtrat Günderoth einen Brief auf Hebräisch geschrieben hatte.

Entschlossen trat Johann zum Stehpult in der hinteren Ecke des Raumes. Ein leeres Blatt lag dort gleich neben einem fest verschraubten Tintenfässchen und einem Buch auf Hebräisch. Nichts davon half ihm weiter, vielleicht aber der Inhalt der Eisenkiste, die ebenfalls auf dem Pult stand? Leider hatte die ein mächtiges Vorhängeschloss, gut möglich, dass der Rabbi darin Geld aufbewahrte, doch er könnte vielleicht …

Johann folgte seiner ersten Regung, und dass er damit wirklich erfolgreich sein würde, verblüffte ihn so sehr, dass ihm ein erstaunter Ausruf entfuhr. Er hatte die Eisenkiste zur Seite gerückt, und darunter stieß er nicht einfach nur auf Holz, nein, sogar auf ein Geheimfach, aus dem noch mehr Bögen Papier quollen. Noch wollte er nicht frohlocken, rechnete er doch damit, dass sie allesamt mit den für ihn unlesbaren hebräischen Buchstaben beschrieben waren. Doch alle Schreiben hier – insgesamt sieben – waren auf Deutsch verfasst worden, und sie stammten nicht aus Rabbi Schmuels Feder, sondern der eines Aktuars des Frankfurter Rates. Bei allen handelte es sich um die Zurückweisung von Ansuchen, die Rabbi Schmuel gestellt hatte – und sie waren in einem äußerst verächtlichen Tonfall verfasst.

Einmal ging es um den Wunsch, dass die Frankfurter Juden auch in den Alleen, die man auf den einstigen Wallanlagen angelegt hatte, spazieren gehen dürften. Im Schreiben wurde auf dem bisherigen Verbot beharrt: *»Kein Jud und kein Schwein darf hier hinein, so lautet seit jeher das Gesetz. Und dieses gibt es aus gutem Grund. Denn angesichts ihrer Zügellosigkeit und ihrer Herrschsucht würden sich die Juden ansonsten bald haufenweise in den Anlagen herumtummeln, jedermann, besonders die Frauenzimmer, mit ihrem ewigen Tabakrauchen belästigen, desgleichen Bäume und Hecken beschädigen.«*

Auch die Aufhebung des Verbots, Frankfurter Kaffeehäuser zu betreten, wurde rundum abgelehnt: *»Man kann Standespersonen nicht zumuten, dass sie in solch Etablissement mit einer ganzen Menge Juden zusammentreffen müssen, und den Kaffeewirten nicht, dass sie solcherart ehrbare Kunden verlieren würden.«*

Besonders schroff wurde der Bitte entgegnet, dass Juden nicht länger mit einer Strafe von acht Schilling belegt würden, wenn sie es wagten, Marktware anzufassen. Unmöglich könne man dieses Verbot aufheben. *»Es ist schließlich hinlänglich* *bekannt, dass von den jüdischen Leibern eine besonders hohe Seuchengefahr ausgeht.«*

Ein konkreter Name stand nie unter den Schreiben, gezeichnet wurden sie vom Frankfurter Rat, der für die Gesetzgebung, die Verwaltung und die Gerichtsbarkeit in der Reichsstadt zuständig war. Aber jeder wusste, welches von dessen vierundzwanzig Mitgliedern, allesamt aus reichen Frankfurter Patrizierfamilien stammend, mit am einflussreichsten war: Melchior Günderoth.

Johann überlief ein Schauder. Diese Schreiben hier waren wie viele kleine Mosaiksteinchen, die sich mit allem anderen, was er bisher wusste, zu einem Bild zusammenfügten.

Rabbi Schmuel musste Günderoth gehasst haben, weil der das Streben der Juden nach mehr Freiheiten, wie es die Revolution in Frankreich befeuert hatte, so rigoros beschnitten hatte. Was ihm ein Motiv gab, den Kaufmann zu ermorden. Zumindest in Kriminalrat Pfeiffers und Uffenbachs Augen ...

Er selbst wollte nicht daran glauben. Konnte sich aber auch nicht erklären, warum dieses Haus verwaist war. Welchen Grund Rabbi Schmuel sonst gehabt haben könnte, Frankfurt zu verlassen. Und warum er Günderoth ausgerechnet einen hebräischen Brief geschrieben hatte, während die Korrespondenz mit dem Frankfurter Rat sonst auf Deutsch gehalten war.

Alles machte Sinn. Und zugleich doch keinen.

Verzagt legte er die Briefe wieder in das Geheimfach und schob die Eisenkiste darüber. Das schnarrende Geräusch übertönte kurz alles andere – nicht nur den eigenen Atem, auch die Schritte, die sich ihm näherten. Als er aber einen Schatten wahrnahm, fuhr er herum. Er sah gerade noch, wie aus dem Nichts eine Hand kam. Sie riss seine zurück, verdrehte sie auf dem Rücken. Johann schrie auf, doch seine Stimme wurde prompt gedämpft, als sein Gesicht auf den hölzernen Tisch gepresst wurde. Er war nicht sicher, was schlimmer war: das Gefühl, ihm werde der Arm gebrochen oder die Nase.

***

Die schlimmsten Kopfschmerzen ihres Lebens hätte Manon noch ignorieren können. Aber dass sie ständig das Gefühl hatte, Bettwanzen würden blitzschnell vor ihren Augen herumlaufen, erschwerte das Gehen ungemein. Und dieser Schwindel erst!

Als sie gestern nach Hause zurückgekehrt war, hatte sie gehofft, dass eine Nacht reichen würde, um sie von den Folgen des schweren Schlags auf den Hinterkopf zu kurieren. Doch als sie sich heute Morgen erhoben hatte, war es ihr so erschienen, als wankte der Boden unter ihren Füßen. Mittlerweile erwies er sich wieder als fest, aber nun fühlten sich ihre Beine an, als wären ihnen die Knochen abhandengekommen. Sei's drum. Noch größer als Schmerzen und Schwindel war ihre Neugierde. Und die trieb sie zurück in die Judengasse, obgleich ihr noch recht deutlich vor Augen stand, was ihr am Vortag dort widerfahren war.

Nach dem Schlag war sie ziemlich lange ohnmächtig gewesen. Aber als aus dem Schwarz ein Grau wurde und sich aus dem Grau Konturen herausschälten, fiel ihr recht schnell wieder ein, wo sie sich befand und wie sie in diese Lage geraten war. Der Fliesenboden unter ihr verriet es ihr ebenso wie die Stimme über ihr. Eigentlich war es keine Stimme, sondern eine Säge, die sich durch ein besonders trockenes Holzstück fräste.

»Ich habe dir doch gesagt, dass du draußen warten sollst! Warum hast du die Mikwe betreten? Die Badefrau, die ich eilig geholt habe, hat dich auf den ersten Blick als Goi erkannt, und die dürfen diesen Ort niemals betreten.«

Goi. Ein interessantes Wort. Gerne hätte sie den Sinn erfasst, aber das hätte bedeutet, die Zunge zu bewegen, und nicht einmal das war ihr möglich.

Auf ihre Augen war mehr Verlass. Sie stellte fest, dass sich sowohl die Tuchhändlerin Esther über sie beugte als auch ein fremder Mann. Als sein Öllämpchen sie blendete, fühlte es sich an, als bohrte sich ein Messer geradewegs durch den Augapfel in ihr Hirn. Aber als er ihr beschied, eine Gehirnerschütterung erlitten zu haben, klang seine Stimme sanfter als Esthers. Vorsichtig drehte sie den Kopf zur Seite, sah neben ihm einen aufklappbaren Kasten aus Holz mit Eisenbeschlägen und Schubladen. Nicht alle waren geschlossen. In einer nahm sie Döschen wahr, einen Zahnbrecher, eine Aderlassbinde …

»Arzt?«

Sie brachte dieses einzige Wort nur mühsam hervor. Esther nickte trotzdem.

»Einer unserer vier Gemeindeärzte. Und zugleich mein Bruder.«

»Doktor Hertzel Spira«, stellte er sich vor, ehe er sich abwandte, den Kasten schloss und erklärte, dass es hier nichts mehr für ihn zu tun gebe.

Wieder rumorte Schmerz in ihrem Kopf, nur dass er nicht von den Augen ausging, sondern dem Hinterkopf. Ihre Gedanken waren trotzdem erstaunlich klar. Der Arzt … er war nicht nur ihretwegen da. Die Frau im Wasser … all das Blut.

Abrupt setzte sie sich auf, viel zu abrupt. Kurz wurde es schwarz um sie, dann schienen Ascheflocken vor ihren Augen zu tanzen. Aber immerhin brachte sie erstaunlich fest hervor: »Wo ist sie?«

»Wer denn?«

»Die Frau … die ermordet wurde. Die in ihrem eigenen Blut …«

»Ermordet!« Jetzt wurde Esthers Stimme wieder zur Säge. »Red nicht solchen Unsinn. Hier wurde niemand ermordet.«

»Aber all das Blut …«

»Sie hat vor einer Woche ein Kind geboren. Und etwas muss bei der Geburt kaputtgegangen sein. Das Wasser hat das Seinige getan. Was überaus traurig ist, aber der Herr gibt, der Herr nimmt. Leider konnte ihr niemand helfen, weil sie ganz allein die Mikwe aufgesucht und sich nicht von der Badefrau hat begleiten lassen.«

Manon brachte die Unmengen an Blut, in dem die Frau geschwommen war, nicht mit dem zusammen, was sie über den weiblichen Unterleib und Geburten wusste. Allerdings war das nicht sonderlich viel, weswegen sie nicht widersprechen konnte. Auch wollte sie nicht nachbohren, als sich nach und nach ihr Blick klärte und sie erkannte, dass Esther mit schmalen Lippen auf sie herabstarrte, ihr Bruder Hertzel hingegen etwas verlegen ihrem Blick auswich. Als Esther sie unter der Achsel packte und hochzog, warf sie einen letzten Blick auf das Becken. Das Wasser war immer noch rötlich, nur schwamm keine Tote mehr darin, die hatte man schon fortgebracht.

Danach brauchte sie alle Kraft, um Stufe für Stufe nach oben zu steigen. Am anderen Ende der Treppe warteten zwei junge Burschen und nahmen Esthers Befehle entgegen. Nach der Anstrengung wurde es kurz wieder schwarz um Manon … nun gut, dunkelgrau. Und bis sich ihre Sicht wieder geklärt hatte, hatten die Burschen sie schon rechts und links genommen und zu einem der Tore gebracht. Als der eine sie nach ihrer Adresse fragte, konnte sie den Mund gerade mal lange genug öffnen, um ihm zu antworten, vermochte jedoch nicht, darauf zu beharren, dass sie durchaus selbst gehen könne. Die Burschen hätten sich wohl ohnehin nicht darauf eingelassen, sie allein den Heimweg antreten zu lassen. Dass sie recht neugierig ihre

Umgebung musterten, verriet, dass sie nicht oft die Judengasse verließen. Erst als sie die Große Eschenheimer Gasse erreicht hatten, schaffte Manon es, eine Frage über die Lippen zu bekommen.

»Habt ihr die tote Frau gesehen, die man aus der Mikwe gefischt hat?«

Leider sah sie die beiden Gesichter nur verschwommen, sodass sie nicht sicher war, ob sich darin nur Unbehagen ausbreitete oder Grauen. Dass ihre Stimmen in einem Rauschen untergingen, ließ sie hinterher wiederum daran zweifeln, ob sie ihre Antworten richtig verstanden hatte. Behauptete einer der Burschen wirklich, dass schon vor vielen Jahren eine tote Frau fast ein Dreivierteljahr in der Mikwe herumgeschwommen war, und der andere, dass man das nicht bemerkt hatte, weil sie kaum noch in Gebrauch war?

Gut möglich, dass es nur eine dunkle Mär war, die man sich in der Judengasse erzählte. Sie half Manon jedenfalls nicht weiter, um zu verstehen, was in dem jüdischen Badehaus passiert war. Und selbst wenn die Wahrheit klar und deutlich vor ihr gestanden wäre, hätte ihr Geist sie nicht erfassen können. Sie flüchtete sich ins Bett und schlief und schlief und schlief.

Obwohl sie heute Morgen mit Kopfschmerzen, auch Übelkeit und Schwindel erwacht war, konnten ihre Gedanken sich wieder halbwegs benehmen. Ein paar mochten straucheln, der Rest stand in Reih und Glied. Es reichte, um die Zeitung zu lesen und daraus zu erfahren, was Vater ihr nicht persönlich erzählen konnte, hatte der das Haus doch schon wieder verlassen. Wahrscheinlich würde er noch ein paar Tage lang Melchior Günderoths Leichnam gründlich auseinandernehmen. Manon verdrängte den Neid, damit der nebst den Kopfschmerzen nicht auch noch den Verstand trüben konnte, und konzentrierte sich auf den Artikel im *Frankfurter Korrespondenten*, in dem ein Bettler für die grausame Tat verantwortlich gemacht wurde.

Sie hatte keine Ahnung, was den Kriminalrat auf diese Spur gebracht hatte. Sie wusste nur, dass sich ihr Verdacht, wonach die junge Frau in der Mikwe ermordet worden war, auch nicht zerstreuen ließe, wenn sie den Artikel ein drittes Mal läse.

So kleidete sie sich schließlich an und suchte wieder die Judengasse auf, fest gewillt, mit Esther oder deren Bruder zu sprechen. Nach einem Wagen mit alten Kleidern blickte sie sich vergebens um, doch als sie schon überlegte, wen sie am ehesten nach einem Arzt fragen konnte, entdeckte sie Esther. Was für ein Glück, dass die Judengasse so kurz war und sich ein Großteil überblicken ließ!

Esther hatte heute keine Schubkarre bei sich. Sie stand vor einem der schmalen Häuser, in dessen Eingang eine alte Frau, dünn, gebeugt und mit zerfurchtem Gesicht, erschienen war. Was Esther zu ihr sagte, konnte Manon nicht verstehen, nur dass die andere zaghaft nickte. War Manon zunächst mit forschen Schritten auf die beiden zugegangen, führte neuerlicher Schwindel dazu, dass sie sich an eine Hauswand presste. Und das war gut so, denn so konnte sie die Fremde aus einer Distanz von etwa einem halben Dutzend Schritte beobachten, feststellen, dass sie rot verweinte Augen hatte, ihre Schultern von einem Schluchzen geschüttelt wurden und dieses sogar noch stärker wurde, als Esther ihr tröstend über den Oberarm strich. Erstickte Laute kamen der Alten über den Mund, klangen alsbald aber gedämpft, weil sie sich die Hand vor den Mund schlug. Dass neue Tränen aus den Augen quollen, konnte sie hingegen nicht verhindern.

Dies ist eine Frau im Zustand tiefster Trauer!, durchfuhr es Manon. Was wiederum nur bedeuten konnte, dass …

Der Wunsch, ihren Verdacht zu bestätigen, war so groß, dass sie beinahe den Fehler machte, auf die beiden zuzustürzen und sich zu erkennen zu geben. Doch kaum entfernte sie sich von der Hauswand, drehte sich wieder alles um sie, und sie musste sich erneut an die Wand pressen. Gut so, denn so bemerkten die beiden Frauen sie weiterhin nicht, und sie sah, wie das Schluchzen der Älteren langsam nachließ, sie schließlich an ihrem Kleid nestelte und etwas hervorzog. Erst nahm Manon nur etwas Lilafarbenes wahr, dann eine glänzende Schnalle. Ein Gürtel!

Was hatte denn das zu bedeuten? Esther war doch gewiss nicht so taktlos, ihr in diesem Gemütszustand alte Kleidung abzuschwatzen!

An die Wand gestützt, wagte sich Manon einen Schritt näher, hörte Esther sagen: »Von mir erfährt niemand ein Wort, das verspreche ich dir.« Ein Raunen folgte wie ein Gebet oder ein Fluch. Alsbald wurde es von Geschrei übertönt, das aus dem Innern des Hauses kam. Lange war es nicht zu hören. Schon trat die alte Frau mit den rot verweinten Augen samt lilafarbenem Gürtel zurück und schlug die Tür zu. Manon hätte trotzdem schwören können, dass das Geschrei von einem Säugling kam.

Triumph stieg in ihr hoch, weil sie mit ihrer Vermutung recht behalten hatte – zugleich neuer Schwindel. Obwohl sie sich immer noch abstützte, verschwamm das Bild vor ihren Augen, und als es sich klärte, stand Esther vor ihr.

»Was hast du denn schon wieder hier verloren?«

Manon war nicht sicher, wie viele Sätze sie in ihrem Zustand artikulieren konnte. Schon ihre Schlussfolgerungen hervorzubringen, wonach die Alte die Mutter der Ermordeten sein musste und der Säugling, der da schrie, deren Kind, schien eine zu große Herausforderung für ihre Zunge zu sein. So begnügte sie sich am Ende nur mit der schlichten Frage: »Sibylle war hier?« Mit dem Kinn deutete sie auf das Haus.

Kurz wurde Esthers Blick ausdruckslos, als könnte sie sich nicht mehr erinnern, dass Manon gestern nach einer verschwundenen Hebamme gefragt und nur deswegen die Mikwe aufgesucht hatte. Doch dann sah sie sich argwöhnisch um und vergewisserte sich, dass niemand sie gehört hatte. Und damit das so blieb, packte sie Manon unvermittelt am Oberarm und zerrte sie in den Innenhof des nächsten Hauses. Er war ohnehin nicht groß, und durch das hölzerne Gebilde, das man dort aufgebaut hatte – einen Schuppen, ein Gartenhäuschen, eine Hütte? –, fand man kaum Platz zum Stehen.

»Ich habe keine Ahnung, wer Jiskas Kind geholt hat«, erklärte Esther wütend.

Ausgerechnet der schmerzhafte Griff hatte Manon etwas belebt.

»Aber du kennst den Namen der Ermordeten.«

»Jiska wurde nicht ermordet, sie ist einfach verblutet.«

»Aber dass die Alte, mit der du gerade gesprochen hast, die Mutter der … Toten ist, streitest du nicht ab.«

»Riffla hat so viel durchgemacht, es wäre eine zu große Zumutung, wenn sie auch noch eine Befragung …« Esther biss sich auf die Lippen, ein Zeichen, dass sie sich verplappert hatte.

»Wenn sie auch noch eine Befragung durch den Frankfurter Kriminalrat über sich ergehen lassen müsste«, vollendete Manon ihren Satz. »Deswegen will niemand von einem Mord sprechen, für den die Frankfurter Obrigkeit zuständig wäre.«

Die andere widersprach nicht, doch dass sie etwas blasser wurde, war Manon Beweis genug.

»Sie hat so viel durchgemacht«, wiederholte Esther stur.

»Oh, das Letzte, was ich will, ist, dass Kriminalrat Pfeiffer einer trauernden Frau mit seinen dummen Fragen zusetzt. Ich werde das auch nicht tun – vorausgesetzt, dass du sie mir beantwortest.«

Obwohl sich Esther bereits abgewandt hatte, zögerte sie nun. Ihr schien aufzugehen, dass Manon an Rifflas Tür klopfen würde, wenn sie sie einfach hier stehen ließe.

»Was willst du denn wissen?«, presste sie widerwillig hervor.

Warum ausgerechnet jene Frau in ihrem eigenen Blut schwamm, die höchstwahrscheinlich mithilfe der verschwundenen Hebamme entbunden hatte, ging es Manon durch den Kopf. Und warum das am selben Tag passiert war, an dem der Frankfurter Ratsherr Melchior Günderoth ermordet worden war.

Aber Esther würde ihr das nicht sagen können, weswegen es besser war, wenn sie sich langsam vortastete.

»Was hat es mit diesem lilafarbenen Gürtel auf sich, den dir Riffla gezeigt hat?«

Wieder zögerte Esther, wieder knurrte sie schließlich unwillig: »In unseren Kreisen ist es üblich, dass sich das Brautpaar am Vorabend seiner Eheschließung gegenseitig einen Gürtel schenkt. Am Tag der Trauung werden die Ösen der beiden Gürtel ineinander verhakt als Zeichen der Verbundenheit.«

»Ich verstehe«, sagte Manon und verstand eigentlich gar nichts.

»Der Gürtel … der Gürtel ist eine wichtige Voraussetzung, damit das Kind Aufnahme in die Gemeinde erlangt«, fügte Esther hinzu, und dass Manon eine Weile brauchte, um aus dem Gesagten Schlüsse zu ziehen, erweckte ihre Verachtung. »Du weißt so gut wie gar nichts über uns«, stellte sie grimmig fest.

Allein, weil sie sich nicht der Unwissenheit bezichtigen lassen wollte, öffnete Manon den Mund.

»Diese Mikwe, die Jiska gestern besucht hat … Es war nicht die neue, es war die alte, die kaum noch benutzt wird.«

»Na und?«, gab Esther forsch zurück.

»Sie wollte also ihren Besuch im Badehaus verheimlichen.«

»Das sagst du.«

»Ich sage auch, dass sie die Geburt verheimlichen wollte,

weswegen sie eine christliche Hebamme kommen ließ, anstatt die jüdische zu sich zu rufen. Niemand sollte von dem Kind wissen, mit dem sie schwanger ging, nicht wahr?«

Kurz schien es, als wollte Esther etwas sagen, doch dann presste sie die Lippen nur umso fester zusammen. Nein, sie würde die Wahrheit nicht aussprechen. Allerdings stand sie Manon ganz deutlich vor Augen. »Man könnte denken, dass es sich um ein lediges Kind handelt, was bei euch Juden die gleiche Schande mit sich bringt wie bei uns Christen. Der Gürtel ist allerdings ein Zeichen, dass sie durchaus verheiratet war. Bleibt die Frage, warum sie trotzdem aus der Geburt so ein Geheimnis machte.«

Manon entging nicht, dass etwas in Esthers Augen aufblitzte, was man mit viel Wohlwollen für Respekt halten konnte. Doch ihre Stimme klang verdrossen, als sie sie anfuhr: »Dafür, dass du so begierig bist, dich in unsere Angelegenheiten einzumischen, weißt du recht wenig von der Stättigkeit.«

»Ich weiß, dass das die Gesetze sind, nach denen Frankfurts Juden leben.«

Das abfällige Zucken der Mundwinkel bekundete, dass Esther die Stättigkeit wohl eher als Knute betrachtete, das Nicken, dass sie trotzdem nicht falschlag. »Dazu zählt auch die Verordnung, wonach in unserer Gemeinde im Laufe eines Jahres nur zwölf Eheschließungen erlaubt sind. Den Rest kannst du dir selbst denken. Kann ich jetzt gehen?«

Schon wandte sie sich ab, und Manon musste ein paar hastige Schritte tun, um sich ihr in den Weg zu stellen. Die Strafe war ein Blitz, der ihr in den Kopf fuhr, und ein Grummeln in ihrem Magen.

»Kann es sein, dass Jiska und ihr Mann heimlich die Ehe geschlossen haben?«

Esther atmete hörbar aus, nickte schließlich widerwillig.

»Wäre sie noch am Leben, würde das eine hohe Strafe mit sich ziehen«, gab sie zu. »Vielleicht würden ihr und ihrem Mann sogar die Verbannung aus der Frankfurter Judengasse drohen.«

»Ah!«, entfuhr es Manon. »Darum die Heimlichtuerei. Erst jetzt, da sie tot ist, zeigt die Mutter gerne den Gürtel her, um zu bekunden, dass das eben noch vor allen verheimlichte Kind keineswegs ein lediges ist.«

Esther wog nachdenklich den Kopf. »Die Geburt wurde nicht vor allen verheimlicht. Als Jiska gestern zur Mikwe aufbrach, ist die Großmutter mit dem Kind beim Mohel vorstellig geworden.«

Der Begriff brachte etwas in Manon zum Klingen, aber sie konnte sich nicht erinnern, in welchem Zusammenhang sie ihn jemals gehört hatte. »Mohel?«

»Weißt du nicht, dass jüdische Knaben am achten Tag nach ihrer Geburt beschnitten werden? Nun, wenn es dich bislang nicht interessiert hat, dann halte dich auch künftig aus unseren Angelegenheiten heraus und lass mich jetzt endlich gehen.« Wieder schüttelte sie sie einfach ab, und diesmal erreichte sie die Straße, ehe Manon ihr nachhasten konnte. Als Manon die andere packte, geschah es weniger, um sie aufzuhalten, als um sich irgendwo abzustützen.

»Was du mir gesagt hast, hilft mir nicht weiter. Denn es liefert keine Erklärung, warum Jiska tot ist … und die Hebamme verschwunden.«

Esther lachte auf. »Für euresgleichen hat ein Schwur von uns kein Gewicht. Aber ich vergewissere dir im Namen meiner toten Eltern, dass ich weder die eine noch die andere Frage beantworten kann.«

Als sie sich losriss, forderte die Anstrengung ihren Tribut ein. Das Bild vor Manons Augen schien in Scherben zu zerbersten. Nur ihre Gedanken waren immer noch erstaunlich klar. »Vielleicht kann es dein Bruder. Der Arzt Hertzel Spira. Er hat den Leichnam doch untersucht. Was bedeutet, dass er zwar nicht weiß, *warum* Jiska starb, aber … *wie*.«

Eben hatte sich Esther mit schnellen Schritten entfernt. Doch kaum fiel der Name ihres Bruders, erstarrte sie. Ganz langsam drehte sie sich um. In ihrer Miene spiegelten sich viele Gefühle, die Manon schon kannte, Stolz, Misstrauen, Empörung. Aber sie witterte auch etwas anderes. Furcht. Und die klang auch aus Esthers Stimme, als sie zischte: »Halt meinen Bruder aus dieser Sache heraus.«

Danach hastete sie endgültig davon, und Manons Beine versagten endgültig ihren Dienst. Wie vorhin wollte sie sich an der Hauswand abstützen, aber es nutzte nichts. Es fühlte sich an, als würde sich das Haus langsam drehen, schließlich auf dem Kopf stehen. Nicht schon wieder!, dachte sie, während eine Ohnmacht ihre Sinne verdunkelte.

***

Johann wehrte sich verbissen gegen den Griff des Fremden. Doch nicht nur, dass er sich ihm nicht entziehen konnte, er hatte auch keine Bewegungsfreiheit, um nach ihm zu schlagen oder zu treten. Blind tastete er nach einer Waffe und hielt plötzlich etwas Kaltes, Metallisches in der Hand. Ein Gefäß … ein Becher. Scharfe Ränder hatte der nicht, aber es war ein schwerer Gegenstand. Wenn er es schaffte, den Angreifer damit an der Schläfe zu treffen …

Er hatte es noch nicht einmal versucht, als der andere ihn so abrupt losließ, dass er taumelte.

Der Becher entglitt Johann. Mit der nun freien Hand fuhr er sich an die Nase, die sich zwar leicht geschwollen anfühlte, aber nicht gebrochen schien.

Als er herumfuhr, stand ein zutiefst entsetzter älterer Mann vor ihm, den Blick starr auf den Becher gerichtet, den Mund zu einem stummen Schrei aufgerissen.

Verspätet erkannte Johann, dass der Becher aus Silber war, mit eingravierten hebräischen Buchstaben und aufwendigem Muster. Ein Kidduschbecher, der Sabbat für Sabbat mit Wein befüllt wurde, um über diesem den Segen zu sprechen.

Was bestürzte den anderen wohl mehr? Dass er etwas so Heiliges wie einen Kidduschbecher als Waffe hatte benutzen wollen? Oder dass er ihn verspätet erkannte? Die eigene Erleichterung, keinem Fremden gegenüberzustehen, sondern einem alten Vertrauten, währte nicht lange, zumal sein Gegenüber ihn nun anblaffte: »Was zum Teufel haben Sie hier verloren?«

Wie lächerlich diese förmliche Anrede war. Als hätten sie nichts miteinander zu schaffen.

»Und du? Was machst ausgerechnet du hier?«, gab Johann zurück.

In den Augen blitzte kurz Angst auf, und unwillkürlich blickte sich der Ältere um, als stünden sie nicht in einem verwaisten Zimmer, sondern auf offener Straße, wo jeder sie begaffen und belauschen könnte. Johann kannte diesen halb ängstlichen, halb misstrauischen Gesichtsausdruck nur allzu gut. Und wusste ja auch, dass es einen Grund dafür gab, warum Markus Abel ihn vor ein paar Jahren darauf eingeschworen hatte, einander wie Fremde zu behandeln. Aber das hieß nicht, dass ihm das leichtfiel. Erst recht nicht jetzt, da ihm der Schreck in den Gliedern saß und er sich eine Umarmung gewünscht hätte, keine Vorwürfe.

Nun, es kamen keine weiteren. Nahezu kleinlaut erklärte der andere: »Bin hergekommen, um ein paar Bücher zu verkaufen. Sah dann eine Gestalt ins Haus von Rabbi Schmuel huschen. Und da ich weiß, dass der verreist ist, hielt ich dich für einen Dieb, der ihn bestehlen will. Es wäre nicht das erste

Mal, dass sich Frankfurter Burschen einen Spaß daraus machen, in die Judengasse einzudringen und dort was mitgehen zu lassen oder kaputt zu schlagen.«

Obwohl er sich nicht an Rabbis Schmuels Hab und Gut hatte vergreifen wollen, befiel Johann beim Anblick des Kidduschbechers das schlechte Gewissen. Hastig bückte er sich nach ihm, und ehe er ihn abstellte, wischte er mit dem Ärmel darüber, damit seine Fingerabdrücke nicht länger sichtbar waren.

Für Markus Abel schien damit alles erledigt zu sein, denn er wandte sich zum Gehen. Erst jetzt sah Johann, dass er einen schweren Sack trug, in dem mindestens ein Dutzend Bücher stecken musste.

Wie fast alle Buchhändler Frankfurts besaß Markus einen Laden in der Buchgasse, die parallel zum Main zwischen dem Römerberg und der Mainzer Pforte verlief. Aber er war einer der ganz wenigen, die auch jiddische Bücher verkauften – Nacherzählungen biblischer Geschichten, auch Romane und Erzählungen, die speziell für weibliche Leser konzipiert, mit Holzschnitten illustriert und so beliebt waren, dass man mühelos eine Auflage von zweihundert Stück verkaufen konnte. Weil seine Kollegen ihn für diese Einnahmen ebenso beneideten wie verachteten, wanderten sie aber nur selten über seine Ladentheke. Meist kam er hierher, um sie möglicher Kundschaft schmackhaft zu machen.

»Warte!«, rief Johann ihm nach. Dass der andere so gar keine Freude erkennen ließ, ihm unverhofft begegnet zu sein, auch keinerlei Interesse zeigte, auch nur eine Frage zu stellen, versetzte ihm einen Stich. »Rabbi Schmuel ist verreist, sagst du?«

Markus zuckte unbehaglich mit den Schultern. Es schien ihm nicht so leicht über die Lippen zu gehen, dass er etwas über eine Begebenheit in der Judengasse wusste, was über den Bücherverkauf hinausging. Schließlich gestand er widerwillig: »Er ist zum jüdischen Seminar in Fürth aufgebrochen.«

Johann wusste, dass allein die Hinreise mindestens drei Tage dauerte. Und auch, dass dort intensive Talmudstudien betrieben wurden.

»Ungewöhnlich ist es nicht, dass ein Rabbi dorthin reist«, fügte Markus hinzu. »In der Frankfurter Gemeinde tauchen immer mal wieder strittige Rechtsfragen auf. Und wenn die einen dafür sind, dass man als Jude christliche Dienstboten beschäftigen darf, und andere dagegen, so diskutieren das die Rabbiner gerne mit auswärtigen Gelehrten.«

Ungewöhnlich aber blieb, dass ein Rabbiner einem Stadtrat auf Hebräisch schrieb ...

Wortlos zog Johann das Schriftstück aus seiner Jacke, das er in Günderoths Schreibtisch gefunden hatte, und reichte es Markus. »Diesen Brief hat doch Rabbi Schmuel verfasst, oder?«

Markus' Blick weitete sich, sobald er sich in das Schreiben vertiefte. »Das sind ja hebräische Buchstaben«, stellte er fest.

»So weit war ich auch schon.«

»Auch bei jiddischen Texten, in denen es um alltägliche Dinge geht, verwendet man hebräische Buchstaben. Wenn man hingegen theologische Themen behandelt, ist Hebräisch üblich. Und hier ... wie merkwürdig ...«

Während er den Text überflog, kaute Markus unsicher auf seiner Unterlippe. Danach begann er, hilflos den Kopf zu schütteln.

»Der Text wurde auf Hebräisch verfasst, aber es geht nicht um Theologie«, mutmaßte Johann.

»Woher hast du das bloß?«, rief Markus verwirrt.

Johann hätte ihm liebend gerne alles anvertraut. Nicht nur, um die Nähe zu schaffen, die der andere ihm beharrlich verweigerte. Auch, um nicht länger allein mit seinem Geheimnis zu sein. Doch die rüde Behandlung durch Markus machte ihm immer noch zu schaffen, und so gab er ziemlich eisig zurück:

»Das sage ich dir erst, wenn du mir übersetzt hast, was hier steht.«

Markus' Blick wanderte wieder und wieder über die Zeilen, als könnte er den Sinn einfach nicht fassen.

»Rabbi Schmuel … er sagt sich von der jüdischen Gemeinde los«, erklärte er schließlich mit gepresster Stimme. »Er schreibt hier, dass er genug von all den Streitigkeiten habe. Und dass er nicht mehr aus Fürth zurückkommen werde.«

Johann lauschte verblüfft.

»Aber, aber …«, Markus rang um Fassung. »Warum sollte er das tun? Er ist doch Richter am Beit Din, du weißt, dem Gericht, vor dem jüdische Angelegenheiten verhandelt werden. Außerdem ist er ein enger Vertrauter von Rabbi Pinchas, dem Oberrabiner der Frankfurter Gemeinde. Gewiss, er reist gerne durch Deutschland, aber vor allem, um zu zeigen, dass jene Abhandlungen und Responsen zum Talmud, die hier in Frankfurt verfasst werden, den anderen bei Weitem überlegen sind. Und wie ich schon sagte: Hier in der Judengasse kommt es oft zu Streitigkeiten. Diejenigen, die auf größtmögliche Strenge pochen, stören sich an jenen, die sich ein Vorbild an den freien Frankfurter Bürgern nehmen. Doch er hat zwischen den verfeindeten Parteien immer klug zu vermitteln gewusst, wurde von beiden Seiten anerkannt.«

»Vielleicht wollte er nicht länger zwischen den Stühlen stehen«, entfuhr es Johann.

Markus schüttelte den Kopf. »Selbst dann wäre er nicht einfach wortlos gegangen und hätte nur einen Brief geschickt.«

»Vor allem nicht an Melchior Günderoth.« Nicht länger erschien Johann sein Geheimnis als Pfund, mit dem er Markus noch etwas entlocken konnte. Im Gegenteil, es fühlte sich wie kalte, nasse Kleidung an, die am Körper klebte und die er gar nicht schnell genug loswerden konnte. Unter Markus' fragendem Blick sprudelte alles aus ihm hervor. Wo er den Brief gefunden hatte. Warum er Günderoths Haus überhaupt betreten hatte. Und womit dieser ermordet worden war.

»Die Spitze, die Theophil Pontus in seiner Augenhöhle gefunden hat, sah aus wie eine Hand! Die Mordwaffe kann also nur eine Jad gewesen sein – jener Zeigestab, den man benutzt, um die Thora zu lesen, und der auch Thorafinger genannt wird, weil an der Spitze eine Hand mit ausgestrecktem Zeigefinger abgebildet ist.«

Johann konnte nicht sagen, welche Enthüllung Markus am meisten schockierte. Entsetzt starrte er ihn an, ehe irgendwann sein Blick wieder zum Schreiben ging.

»Das ist merkwürdig …«, entfuhr es dem Buchhändler.

Zweifellos die Untertreibung des Jahres.

»Mir … mir fällt nur eine einzige Erklärung ein, warum sich ausgerechnet die Spitze einer Jad in Günderoths Augenhöhle befunden hat«, sagte Johann leise.

»Willst du Rabbi Schmuel etwa einen Mord unterstellen?«, rief Markus empört.

Johann zuckte hilflos die Schultern. »Was soll ich denn sonst von all dem halten?« Er deutete mit dem Kinn auf die Eisenkiste. »Ich habe Briefe vom Frankfurter Rat gefunden. Wann immer Rabbi Schmuel sich dafür stark gemacht hat, dass den Juden mehr Freiheiten gewährt würden, hat er sich eine Abfuhr geholt. Und in welch gehässigem Ton die Schreiben verfasst wurden. Das muss ihn doch zutiefst erbost haben. Und er konnte sich ausrechnen, dass Melchior Günderoth die treibende Kraft hinter all dem war. Günderoth schien die Juden von Frankfurt zu hassen. Und ich würd's Rabbi Schmuel nicht zum Vorwurf machen, wenn der auch ihn gehasst hätte.«

Diesmal wurde Markus' Mund ganz schmal. »Zu so einem Gefühl ist der Rabbi gar nicht fähig.«

»Aber unter den vielen Ungerechtigkeiten muss er doch gelitten haben!«

»Gewiss. Aber er betonte stets, dass manches besser geworden sei. Der Brand in der Judengasse vor knapp vier Jahren war ein Verhängnis, ja, zugleich aber doch auch eine Erlösung. Danach durften sich die Juden erstmals außerhalb der Judengasse niederlassen. Und die Frankfurter, die nun Seite an Seite mit den Juden leben, haben rasch festgestellt, dass ihnen kein Teufelsschwanz aus dem Allerwertesten wächst und dass einem die Zunge nicht schwarz anläuft, wenn man sie freundlich grüßt. Immer lauter werden die Stimmen, die fordern, sämtliche Mauern der Judengasse abzureißen.«

»Was einem Menschen wie Günderoth nicht gefallen haben kann. Er wird alles darangesetzt haben, Rabbi Schmuel zu schaden.«

»Weswegen der ihm sicher keinen Brief auf Hebräisch geschrieben hat.«

»Natürlich nicht«, sagte Johann schnell und rieb sich die Schläfen, als könnte er seinen Gedanken so auf die Sprünge helfen. »Aber vielleicht war dieser Brief ja gar nicht für Günderoth bestimmt. Sondern für die jüdische Gemeinde. Und aus irgendeinem Grund ist er dem Ratsherrn in die Hände gefallen. Der Zank in der Judengasse war für ihn sicher ein gefundenes Fressen. Rabbi Schmuels Pläne, Frankfurt zu verlassen, müssen ihn in blinde Begeisterung versetzt haben.«

Markus verzog abschätzend die Mundwinkel. »Warum soll er den Brief dann sorgsam aufbewahrt haben, anstatt ihn voller Hohn und Spott dem Oberrabbiner zu präsentieren?«

Johann rang kurz die Hände, ehe er mit umso energischeren Gesten seinen Worten den Takt vorgab. »Vielleicht, um Rabbi Schmuel zu erpressen, nachdem der dann doch nicht zum Äußersten gegangen ist? Gut möglich, dass der Brief schon älter ist. Und Günderoth ihn als eine Art Faustpfand behalten hat, um Rabbi Schmuel jederzeit unter Druck zu setzen. Gingen seine Forderungen nach mehr Freiheit zu weit, würde er den Brief dem Oberrabbiner zuspielen und solcherart an Rabbi Schmuels Ruf kratzen.«

Schweigen folgte. Johanns Theorie mochte in vielem auf wackeligen Füßen stehen – untermauerte aber die Schlussfolgerung, dass Rabbi Schmuel mehr als nur ein Motiv gehabt haben könnte, Günderoth zu töten. Zumal auch seine Abwesenheit Bände sprach.

Eine Falte bildete sich auf Markus' Stirn, wurde tiefer.

»Was ... was sollen wir denn jetzt tun?«, fragte Johann.

Zunächst wirkte Markus sichtlich überfordert, dann aber umso entschlossener: »Natürlich nichts! Solange ein endgültiger Beweis für Rabbi Schmuels Schuld aussteht, wirst du den Juden doch nicht schaden wollen! Der Kriminalrat darf nicht wissen, dass es sich bei dem silbernen Gegenstand um die Spitze einer Jad handelte!«

»Deswegen habe ich ihm ja auch nichts verraten. Aber vielleicht sollten wir mit dem Oberrabbiner sprechen. Ihm von der Jad erzählen oder zumindest den Brief zeigen.«

»Und zu Ende bringen, was Günderoth begonnen hat? Mit Mutmaßungen und Verdächtigungen Zwietracht säen?«

»Wir können doch nicht einfach nichts tun!«

»Und warum nicht?« Markus' Tonfall wurde feindselig. »Was geht es dich eigentlich an? Du hast hier nichts verloren.«

Johann fühlte sich durchaus unbehaglich, weil er in ein fremdes Haus eingedrungen war. Doch als Markus Abel ihn mit sich ziehen wollte, versteifte er sich.

»Ich bin Zeitungsschreiber, folglich der Wahrheit verpflichtet.«

»Seit gestern hast du über Brief und Jad geschwiegen. Belass es einfach dabei.«

Für Markus schien damit endgültig alles gesagt zu sein, für Johann galt das bei Weitem nicht, aber in einem musste er dem

Buchhändler zustimmen: So wie er sich seit gestern verhalten hatte, hatte er kein Recht, dem anderen Vorhaltungen zu machen, wenn der am liebsten alles vertuschen wollte.

Willig ließ er sich die schmale Treppe nach unten schubsen. Sobald er ins Freie getreten war, blickte sich Markus Abel misstrauisch um. Erst dann winkte er Johann, ihm zu folgen, und hastete danach sofort weiter, um möglichst schnell Distanz zwischen sie beide zu bringen.

»Nun warte doch!«, rief Johann ihm hinterher.

Markus Abel blieb nicht stehen, ging nur etwas langsamer, sodass Johann ihn einholen konnte. »Du weißt genau, warum uns niemand gemeinsam hier sehen darf«, raunte Markus ihm zu.

Johann hatte so oft mit ihm darüber diskutiert, dass er nicht wieder damit beginnen wollte. »Aber der Brief ... Du hast immer noch den Brief.«

»Na und? Besser, ich behalte ihn. Dann kommst du gar nicht in die Verlegenheit, ein Beweisstück unter Verschluss zu halten.«

Es klang zwar richtig, aber es fühlte sich nicht so an.

»Und lesen kannst du ihn ohnehin nicht«, fügte Markus hinzu.

So energisch er diese Worte sagte – Johann entging nicht, dass der Ältere sich zwar zu ihm umgedreht hatte, aber plötzlich seinem Blick auswich. Er witterte nicht bloß Unbehagen an Markus, auch Verlegenheit, mehr noch: schlechtes Gewissen. Und es blieb ihm nicht verborgen, dass dieser den Brief so fest umkrampfte, dass er völlig zerknitterte. Warum wollte er ihm den Brief nicht zurückgeben? Damit er ihn niemand anderem vorlegen konnte? Um sich zu versichern, dass auch wirklich drinnen stand, was Markus behauptet hatte?

Du lieber Himmel! Johanns Herz begann zu rasen. Und wenn er ihn hinsichtlich des Inhalts belogen hatte?

Aber nein, sagte er sich schnell. Nur keine voreiligen Schlussfolgerungen. Markus' überraschte Reaktion vorhin hatte durch und durch echt gewirkt, so ein guter Schauspieler war er nicht. Und so schnell hätte er sich auch keinen anderen Inhalt ausdenken können. Denkbar war lediglich, dass er ihm ein entscheidendes Detail verschwieg.

Johann wollte nachbohren, doch in diesem Moment fiel sein Blick auf eine leichenblasse Frau. Kaum ein halbes Dutzend Schritte stand sie entfernt von ihm, stützte sich mit letzter Kraft gegen eine Hauswand, aber rutschte an dieser herab und sank zu Boden.

Johann hastete auf sie zu, fing sie gerade noch rechtzeitig auf, ehe sie im Dreck landete, und als er sich umdrehte, war Markus Abel samt Brief verschwunden.

***

Der junge Mann, der sie aufgefangen hatte und auf dessen Schoß ihr Kopf lag, beugte sich tief über sie. »Geht es Ihnen gut, geht es Ihnen gut?«

Nur langsam klärte sich das Bild vor ihren Augen, und ihr war schrecklich übel. Doch sie schluckte energisch den säuerlichen Speichel herunter und richtete sich auf. Die Übelkeit wuchs, aber zumindest fühlte sich ihr Kopf nicht wieder so an, als wäre er von einer Axt gespalten worden. So fand sie die Kraft, ihn genauer zu mustern.

»Ich kenne dich doch … Du bist der Zeitungsschreiber … Johann.«

In den letzten Jahren hatte der junge Mitarbeiter des *Frankfurter Korrespondenten* häufig ihren Vater aufgesucht, wann immer es ein vermeintliches Kapitalverbrechen zu untersuchen galt. Auch wenn Johann kein Mann war, der auffiel – dafür war er zu schmächtig, zu klein, das dunkelblonde Haar, das er im

Nacken zu einem schulterlangen Schwanz zusammengebunden trug, zu farblos –, hatte ihr Vater seine Fragen immer für intelligent befunden und sie gern ausführlich beantwortet. Auch sie befand jetzt, dass der Blick seiner graugrünen Augen recht wach und aufmerksam wirkte. Nur diese übertriebene Sorge konnte er sich sparen.

»Geht es Ihnen gut? Sie sind die Tochter von Doktor Pontus, nicht wahr?«

»Keine Förmlichkeiten.« Sie streckte die Hand aus, damit er ihr helfen möge, aufzustehen. Prompt schien irgendwo zwischen Nacken und Stirn ein gleißendes Licht zu flackern. Aber noch sah sie recht klar. »Und ob es mir gut geht – nun, vielleicht ja, vielleicht auch nicht. Der Schlag auf den Kopf, den ich gestern erlitten habe, könnte eine innere Blutung in meinem Schädel bewirkt haben.«

Sichtlich erschrocken umfasste er ihre Schultern, und so gut es tat, in diesem Zustand gestützt zu werden – dieser warme Atem, der sie strich, war verstörend. Sie konnte sich nicht erinnern, wann sie das letzte Mal jemandem körperlich so nahe gekommen war. Ihrem Vater, der sie nicht mal als Kind auf seinem Schoß hatte sitzen lassen, ganz sicher nicht.

Rasch machte sie sich los und überbrückte die Verlegenheit mit hastigen Worten: »Du musst wissen, wenn zu viel Blut ins Hirn dringt, wird dieses erhitzt, bis es platzt. Und falls es in meinem Fall so ist, kann man nichts mehr dagegen tun. Versprich mir, meinem Vater etwas auszurichten: dass er nämlich, wenn ich tot zusammenbreche, eine Leichenschau an mir vornehmen soll, um die genaue Ursache meines Todes zu ergründen. Dann kann er auch einmal mehr beweisen, dass das Gehirn einer Frau nicht kleiner ist als das eines Mannes, meins erst recht nicht.«

Aus seiner Sorge wurde Fassungslosigkeit.

»Aber …«

»Versprichst du es mir?«

»Warum hast du überhaupt einen Schlag auf den Kopf bekommen?«

»Und warum sucht ein Zeitungsschreiber wie du die Judengasse auf?«, gab sie zurück. Jäh kam ihr ein Verdacht. »Kann es sein, dass du den Mord an Melchior Günderoth untersuchst? Im *Frankfurter Korrespondenten* las ich einen Artikel darüber … und … und … Bist du etwa auch auf eine Verbindung zur Judengasse gestoßen?« Ihre Gedanken überschlugen sich, sodass sie mit dem Sprechen kaum hinterherkam.

»Günderoth … Jiska … die Hebamme Sibylle.«

Verwirrt wiederholte er ihre Worte, konnte sich aber ganz offensichtlich keinen Reim darauf machen. Es würde sie viel Zeit kosten, ihm alles zu erklären, aber es könnte sich lohnen. Als sie es tat, fühlte es sich gut an, zum ersten Mal an diesem Tag in der Lage zu sein, Fragen zu beantworten, als nur selbst welche zu stellen. Und ebenso, dass ihr jemand sehr aufmerksam zuhörte, alles, was sie vermutete, nicht sofort abtat, sondern zunehmend nachdenklich wirkte und genau an den Stellen nachbohrte, wo sie es auch getan hätte.

»Besser, du würdest dich nach diesem Schlag im Bett ausruhen.«

Auf diese Mahnung konnte sie verzichten. Aber sie nahm gern seinen Arm, als sie die Gasse entlanggingen. Um das Gleichgewicht zu halten, musste sie sich recht schwer darauf stützen, was bedeutete, dass sie wieder seinen Atem spürte, sogar seine warme Haut.

»Wie ich schon sagte«, versuchte sie sich mit Reden von dem ungewohnten Gefühl abzulenken. »Wenn es wirklich zu einer Blutung gekommen wäre, wäre es jetzt zu spät, noch etwas zu tun. Gewiss, man könnte eine Trepanation vornehmen, was bedeutet, dass man die Schädelhöhle anbohrt und entfernt, was immer die Funktion des Gehirns bedroht. Abszesse lassen sich auf diese Weise gut heilen. Allerdings können dabei Knochensplitter ins Gehirn geraten.«

Sie stellte befriedigt fest, dass die körperliche Nähe nicht mehr ganz so verstörend war, das Schwindelgefühl weiterhin ausblieb und sie mittlerweile das Nordtor der Judengasse erreicht hatten. Er dagegen wirkte zunehmend blasser.

»Himmel, du siehst auch aus, als würdest du gleich umfallen. Ich dachte, wer Mordfälle untersucht, verträgt einiges. Wie gut, dass du die tote Jiska nicht gesehen hast. In wie viel Blut sie da geschwommen ist. Keiner kann mir erzählen, dass das die Folge einer Geburt war. Ich bin mir ganz sicher, dass eine spitze Waffe gleich mehrere innere Organe durchdrungen hat. Welche es wohl waren? Darm, Niere, Leber? Das allein bewirkt natürlich keinen so starken Blutverlust. Mein Vater hat einmal einen Mann untersucht, dessen Carotis geplatzt war, weil ein Ast ...«

Seine merkwürdigen Gesichtsverrenkungen verrieten ihr, dass er heftig gegen ein Würgen anschluckte. Warum war ihm denn auch übel? Anders als sie hatte er schließlich keinen Schlag auf den Kopf bekommen!

»Soll ich dich nach Hause bringen?«, fragte er mit etwas kläglicher Stimme.

Sie schüttelte den Kopf. »Nicht doch! Für den Fall, dass die letzten Stunden meines Lebens angebrochen sind, will ich diese mit etwas Interessantem zubringen. Ich würde lieber das Haus der Hebamme Sibylle aufsuchen.«

Kurz las sie Zögern in seiner Miene. Falls sie an seiner Seite tot umfallen würde, würde ihm vor ihrer Leiche wohl noch mehr grauen als vor ihren Worten. Aber dann nickte er entschieden, und sie witterte wieder das an ihm, womit er den Respekt ihres Vaters erobert hatte – nicht einfach nur Neugierde, sondern ein tiefes Streben nach Wahrheit.

Bald stellte sie fest, dass er den Menschen, von denen er Sibylles Wohnstatt erfahren wollte, nicht nur die richtigen Fragen stellte. Er tat es darüber hinaus mit einem überaus freundlichen Lächeln und in sanftem Tonfall. Sie verstand zunächst nicht recht den Sinn dahinter, bis sie bemerkte, dass sie alle – die Seifensiederin, der Tragsesselträger, der Gewürzhändler – deswegen bereitwillig stehen blieben. Also war es wohl eine ziemlich nützliche Sache, erst recht, wenn man nicht wie ihr Vater auf einen Doktortitel setzen und damit den Menschen imponieren konnte. Zwar vermochten nicht alle weiterzuhelfen, aber am Ende fanden sie doch das Ziel – eine Querstraße in der Nähe der Neuen Kräme, schmal, dunkel und winklig wie alles hier. Im Hof zwischen Vorder- und Hinterhaus plätscherte ein Brunnen, und der Anblick des sprudelnden Wassers erinnerte sie daran, wie trocken ihr Mund war. Erstmals ließ sie Johann los, um relativ festen Schrittes darauf zuzugehen, und bis sie durstig ein paar Schlucke getrunken hatte, hatte er sich schon an zwei ältere Frauen gewandt.

Sie hockten hinter dem Geräms, einem für Frankfurt typischen hölzernen Gitterwerk, das ein kleines Plätzchen vor der Haustür abgrenzte und dort das »Gassesitzen« ermöglichte – beliebt bei all jenen, denen es in den eigenen vier Wänden zu langweilig wurde, die aber die Straße nicht betreten wollten. Eine der Frauen rupfte ein Huhn, die andere, wohl eine Nachbarin, stopfte einen Riss im Leinenhemd.

Manon hatte nicht verstanden, was Johann zu ihnen gesagt hatte, sie stellte nur fest, dass er es einmal mehr mit einem allerliebsten Lächeln getan hatte. Und wieder stellte sie verblüfft fest, dass das wie ein Zauber wirkte, denn schon plätscherten Worte aus dem Mund der einen wie frisches Wasser aus dem Brunnenrohr.

Ja, die Hebamme Sibylle sei ihre Nachbarin. Und ja, seit einer Woche sei sie verschwunden. Ein geselliger Mensch sei sie zwar nie gewesen, sondern recht schweigsam durch die Welt gegangen, regelrecht missmutig. Aber dennoch gehörte sie zu ihnen, und es war aufgefallen, dass sie eines Morgens nicht nach Hause gekommen war, was umso ungewöhnlicher war, weil sie so gut wie nie über Nacht weglieb.

Bei aller Anerkennung für seine Methode – dass Johann nichts dazu sagte, nur weiterhin lächelte, erweckte ihre Ungeduld.

»Daran ist doch nichts ungewöhnlich«, entfuhr es ihr. »Sie ist schließlich Hebamme! Und ein Kind wird nun mal nicht verlässlich zur Mittagsstunde geboren, sodass es noch hell ist, wenn die Hebamme danach wieder heimgeht.«

Prompt versiegte der Redefluss. Die beiden Frauen warfen sich Blicke zu, von denen Manon nicht sagen konnte, ob sie nur ratlos und verunsichert oder regelrecht misstrauisch wirkten. Irgendetwas musste sie mit ihrem Tonfall, der deutlich schroffer war als Johanns, wohl falsch gemacht haben.

Während die Lippen der Frauen schmaler wurden, wurde Johanns Lächeln breiter. »Sie haben eine so schöne Haube auf«, schmeichelte er der Älteren, die das Huhn rupfte. »Kann es sein, dass Sie die Spitzen selbst gefertigt haben? Oh, das ist eine hohe Kunst, in der nicht viele geübt sind. Meine Mutter schon, aber ob sie mit Ihnen mithalten könnte …«

Nicht nur, dass augenblicklich das Misstrauen aus dem Blick der Alten wich und die Augen glänzten, zu Manons Erstaunen öffnete sich ihr Mund wieder.

»Wann wird eine alte Frau schon für etwas bewundert«, sagte sie, und das Kichern, das sie den Worten hinterherschickte, klang wie das letzte Gackern des gerupften Huhns.

»Ein Unrecht«, sagte Johann schnell. »Wie blind die Menschen leider oft für reife Damen sind … für ihre Schönheit ebenso wie für ihre Leiden …«

Verspätet ging Manon auf, dass er den Frauen nicht nur

schmeicheln, sondern auf etwas ganz Bestimmtes hinauswollte. Sie schluckte eine voreilige Bemerkung hinunter, um ihn erst mal machen zu lassen.

Erst als er umständlich herumdruckste, dass es womöglich einen guten Grund gab, weshalb Sibylle kaum noch abends oder gar nachts zu ihrer Arbeit aufbrach, sie ihre Tätigkeit nämlich auf ein anderes Feld als Geburten verlegt hatte, konnte Manon sich einmal mehr nicht zügeln.

»Sie kümmert sich verstärkt um Frauen, deren Monatsblutung nach und nach versiegt ist, oder?«, entfuhr es ihr. »Die stattdessen von anderen Leiden geplagt werden, mal plötzlichen Schweißausbrüchen, mal Krämpfen in den Beinen, mal Hauptweh, mal …«

Obwohl sie diesmal versucht hatte, freundlicher zu klingen, rutschte nicht nur den Frauen sofort wieder das Lächeln vom Gesicht, sondern auch Johann. Wahrscheinlich war es unziemlich, die Dinge so offen beim Namen zu nennen.

Anstatt hinzuzufügen, dass all diese Beschwerden entweder der Reizbarkeit des Nervensystems zuzuschreiben waren oder den Blutgefäßen, die im Alter kleiner wurden, beschloss sie zu schweigen. Aber zu spät. Schon blaffte die Frau sie missmutig an.

»Wir wissen nicht, wo Sibylle steckt. Und der Kriminalrat, dem wir das meldeten, zeigte kein Interesse, sich darum zu kümmern. Es wäre ein Fall für die Armenpolizei, erklärte er, doch einer der Büttel war nur ein einziges Mal hier, um sich umzusehen, und kam danach nicht wieder.« Sie rupfte das Huhn jetzt so energisch, als wollte sie es gleich ein zweites Mal töten. Federn stoben hoch und schoben sich wie ein dünner Vorhang zwischen sie und Johann, aber auch so konnte Manon erkennen, dass er wieder freundlich lächelte.

»Könnten wir uns vielleicht im Haus von Sibylle auch ein wenig umsehen?«

Das Lächeln hatte seine Wirksamkeit verloren. »Wer seid ihr überhaupt?«, kam es misstrauisch aus dem Mund der Alten. »Bekannte? Angehörige?«

Etwas unterwürfig neigte Johann den Kopf. »Wenn Sibylle wirklich über Heilmittel für Frauen in einem gewissen Alter verfügt, dann wäre meiner armen, lieben Mutter sehr geholfen. Ihr Wohl liegt mir am Herzen, und auch wenn es einem guten Sohn nicht ansteht, über Beschwerden wie diese zu sprechen, so darf er doch keine Gelegenheit verabsäumen …«

Das Huhn war nun gänzlich nackt. Erst stieß die Frau, die es gerupft hatte, ein unwilliges Brummen aus, dann zuckten ihre Nasenflügel. Ob sie wohl niesen musste? Aber nein, es war wohl ein Zeichen von Wohlwollen, denn sie machte eine weit ausholende Bewegung. »Die Haustür hat sie abgesperrt, ehe sie ging, aber zwischen unseren Häusern gibt es eine Tür, die immer offen steht, weil wir uns den Kamin teilen und ihn abwechselnd mit Torf und Kohle beheizen. Nutzt sie meinetwegen, um in ihr Haus zu gelangen. Wir wissen von nichts, wir sehen nichts.«

Die halb neugierigen, halb vorwurfsvollen Blicke, die sie ihnen nachwarf, straften ihre Worte Lügen, aber Manon war alles recht, solange sie ihr Ziel erreichten und nicht länger herumstehen mussten.

Im Innern war es viel dunkler als im Freien, gab es anstelle von Fenstern doch nur zwei Luken. Das spärliche Licht, das durch diese floss, genügte, um auszumachen, dass es sich beim Haus der Hebamme um eine recht bescheidene Wohnstatt handelte. Der Boden bestand immerhin aus Holz, nicht nur aus gestampftem Lehm, aber Manon fand keine Kerzen aus Wachs, nur ein paar Kienspäne oder Tranfunzeln, die mehr Qualm als Licht spendeten. Das Mobiliar ließ sich an einer Hand abzählen: Neben der Bettstatt gab es eine Bank und zwei Schemel, jedoch keinen Stuhl mit Lehne. An der Wand über dem Herd hingen an Haken Löffel, Holzschalen und -kannen und gerade mal zwei Eisentöpfe. Abgesehen von einer halben Stange Wurst, die einen ranzigen Geruch verbreitete, war nichts Essbares zu sehen, wobei Manon der Kochbereich ohnehin nicht weiter interessierte.

Vielmehr tat das eine Truhe. Schnurstracks ging sie darauf zu, auch wenn sie sich, bevor sie sie durchwühlen konnte, kurz darauf stützen musste und gezwungen war, auf die Knie zu gehen.

Endlich schaffte sie es, die Truhe zu öffnen. Sie stellte fest, dass hier tatsächlich Medizin und Geräte aufbewahrt wurden, und zog ein paar Phiolen heraus. Sobald sie sie aufschraubte, stieg ihr ein scharfer Geruch in die Nase. Er machte den Kopf freier – und verstärkte zugleich die Übelkeit.

»Was ist das?«, fragte Johann.

Manon zuckte die Schultern. »Eine selbst gemachte Paste, wie mir scheint. Ich rieche Pfefferminze, Salbei, noch ein Kraut, das … das … Warum fällt mir bloß sein Name nicht ein?« Ihre Gedanken lahmten einmal mehr, und Johann war ihr keine große Hilfe. Ratlos starrte er auf sie herab. »Wahrscheinlich ist das eines der Heilmittel für Frauen in gewissem Alter.«

»Brauchst du wirklich eins für deine Mutter?«

»Die Wahrheit ist, dass die schon seit Jahren tot ist.« Sein Tonfall wirkte verlegen wie seine Miene. Sie fand es indes nicht schlimm, dass er gelogen hatte, hatte er doch so die alten Weiber zum Reden gebracht.

Sie wühlte weiter in der Truhe. »Jedenfalls bewahrt sie keinen Essig auf. Gewöhnlich haben Hebammen den in großen Mengen auf Vorrat, um die Geräte, die es für eine Geburt braucht, zu reinigen und notfalls auch den Blutfluss zu stoppen. Nicht, dass Essig hierbei viel hilft, es gäbe ein besseres Mittel, das … das … das …«

Erneut wollte ihr der Name nicht einfallen. Sie schüttelte

den Kopf, als könnte sie so ihrem Verstand wieder auf die Sprünge helfen, bewirkte aber nur, dass über das Bild vor ihren Augen Wachs zu tropfen schien, das sämtliche Konturen verwischte.

»Sag, ist dir auch wohl?«

Ganz und gar nicht, dachte sie. Sie spürte eine neue Ohnmacht nahen, aber die kurze Zeitspanne, die ihr blieb, wollte sie bestmöglich nutzen.

»Der Inhalt der Truhe beweist, dass sie tatsächlich kaum noch Gebärenden beistand«, sinnierte sie. »Umso erstaunlicher, dass sie sich von Jiska in die Judengasse rufen ließ!«

Noch tiefer stöberte sie in der Truhe, sah kaum etwas, aber sog noch durchdringendere Gerüche ein. Plötzlich stieß ihre Hand gegen etwas Kaltes. Ein Glück, dass es die stumpfe Seite der Klinge war, sonst hätte sie sich geschnitten. Wobei der Schmerz, den sie gefühlt hätte, sie vielleicht etwas klarer hätte denken lassen.

Johann trat näher und beugte sich nun auch über die Truhe. »Was ist denn das?«

»Ein Zeichen, dass sie nicht alles, was man für Geburten braucht, weggegeben hat.«

»Dieses Ding hat so eine scharfe Klinge …«, sagte er unbehaglich.

»Es ist eine Art Säge«, erklärte Manon. »Die braucht man, falls das Kind im Mutterleib stirbt.«

»Um den Bauch der Mutter aufzuschneiden?«, rief Johann entsetzt.

»Nein, um damit den Leib des Kindes in seine Einzelteile …«

»Still!«, fuhr er ihr ungewohnt schroff über die Lippen. »Ich glaube nicht, dass ich das wissen will.«

Verwundert sah sie ihn an. Wieder war er um einen Ton blasser geworden, obwohl er doch keinen Schlag auf den Kopf abgekriegt hatte!

Sie hingegen musste sich einmal mehr auf die Truhe stützen, um ihres Schwindels Herr zu werden. Kurz schien das zu glücken. Doch als sie feststellte, dass es sonst nichts Interessantes in der Truhe zu entdecken gab, und sie sich langsam erhob, schien etwas in ihrem Kopf zu platzen.

»Um Himmels willen!«

Sie merkte erst, dass sie schwankte, als sie schon in seinen Armen lag. Dafür, dass er ein schmächtiger Mann war, erwies sich sein Griff als erstaunlich fest. Und dafür, dass seine Berührung sie vorhin noch ziemlich verstört hatte, fühlte sie sich erstaunlich gut an.

»Ich fürchte, hier kommen wir ohnehin nicht weiter«, sie konnte nur mehr undeutlich nuscheln. »Aber denk dran. Wenn ich sterbe, soll Vater meinen Kopf untersuchen. Vor allem die Hirnhöhlen und den Hirnnerv und …«

Sie brachte kein Wort mehr hervor. Kurz glaubte sie, Sterne zu sehen, doch jeder von diesen erlosch alsbald wie ein zitterndes Flämmchen im eisigen Wind.

Irgendwann

Das Geräusch von Schritten über mir macht mir Angst. Zugleich ist es meine einzige Hoffnung.

Alles ist so widersinnig. Ich möchte sterben und leben. Ich möchte mich nie wieder so gottverlassen fühlen, und zugleich möchte ich mich in meinem Innersten verkriechen. Ich vergehe vor Durst und Hunger, aber nur ein winziger Tropfen löst schlimme Übelkeit aus.

Vielleicht ist auch er ähnlich zerrissen, folgt auf seine Lust zu quälen doch immer gleich wieder Langeweile.

Als er vorhin hier war, schrie er mich an, ich müsse aufstehen. Ich weigerte mich, worauf er auf mich eintrat. Kaum rappelte ich mich hoch, schlug er mich erst recht nieder. Dann ein langes Schweigen. Nicht einmal ein rauer Atem war zu hören, als er meine Brüste und meinen Bauch abtastete. Er wirkte nicht lüstern, eher zögerlich, als wüsste er im Grunde nicht, was er mit mir anfangen soll und wie man einer Frau am meisten zusetzt. Erst als ich wimmerte – zum Schreien fehlte die Kraft –, wurden seine Berührungen sicherer … grober. Die Finsternis schluckte sein Lächeln, ich fühle es trotzdem bis jetzt. Es haftet an mir wie der kalte Schweiß, wie das klebrige Blut, das an so vielen Stellen aus meinem Körper fließt, zu wenig freilich, damit ich gänzlich ausblute.

Wie gut, dass er mich bald wieder allein ließ. Wie schrecklich.

Meine Panik wird zum Gefängnis und scheucht mich zugleich umher. Ich muss herausfinden, wo ich bin, befiehlt sie und lässt mich eine Weile hilflos durchs Dunkel irren, bis ich mir an der rauen Wand den Kopf anschlage. Erst als ich niedersinke, rappeln sich die gekrümmten Gedanken auf. Die Wände sind kalt, aber nicht feucht, was bedeutet, dass dieses Haus nicht in der Nähe des Mains zu liegen scheint. Dass er mich durch eines der Tore ins Umland geschafft hat, bezweifle ich, das wäre aufgefallen. Also muss ich mich im Zentrum Frankfurts befinden. So dicht, wie hier die Plätze bebaut sind, muss es Nachbarhäuser geben. Zu schreien wird nichts nützen, meine Stimme ist nicht kräftig genug. Aber habe ich vorhin nicht ein Stück Holz ertastet? Ob ein Übrigbleibsel von einem Weinfass, einem Möbelstück oder einem Ochsenziemer – es hat die richtige Größe, um gut in der Hand zu liegen. Ich trommele erst gegen die steinerne Wand, doch sie verschluckt jeden Laut. Ich trommele, als ich mich dorthin getastet habe, gegen die eisenbeschlagene Tür, die in den Keller führt, doch das klingt hohl … und leise. Viel zu leise. Aber da ist plötzlich wieder ein anderes Geräusch, ebenfalls leise, in meinen überreizten Ohren dennoch einem Donnerhall gleichend.

Noch mehr Schritte? Gar Stimmen?

Ich wünsche es mir so sehr. Und ertrage den Gedanken kaum, dass er zurückkehrt.

»Ist eine Leiche vorhanden, so gilt die wissenschaftliche Zergliederung erst dann als vollständig, wenn alle Körperhöhlen geöffnet und untersucht worden sind. Selbst wenn in einem bestimmten Teil des Körpers die Kennzeichen der gewaltsamen Todesart mit Zuverlässigkeit entdeckt wurden, so bedarf es dennoch einer weitergehenden Examinierung. Man eröffnet den Kopf, die Brust und den Unterleib und begutachtet die Eingeweide, deren Verletzung von erheblichem Einfluss sein kann, jedoch beim ersten Augenschein nicht immer ersichtlich ist.«

Aus der *Medicina forensis*
von Physicus und Chirurgicus
Theophil Pontus

5.

4. April 1800

Brackiger Geruch hing in der Luft. Kurz vor Beginn der Frühjahrsmesse vor drei Wochen war der eben noch zugefrorene Main so abrupt geschmolzen, dass es zu einem Hochwasser gekommen war. Mittlerweile war es zwar wieder zurückgegangen, aber überall standen grünliche Pfützen. Die Menschen am Hafen hielt das allerdings nicht davon ab, ihrem Tagwerk nachzugehen. Beständig legten große Schiffe an, und am Mainufer – der größten Freifläche der sonst so eng bebauten Stadt – wurden Holz, Steine und Weinfässer mit bloßen Händen oder mächtigen Kränen ans Ufer gewuchtet, wo schon Packpferde und Fuhrwerke warteten. Über die kopfsteingepflasterte Fahrgasse ging es dann rumpelnd in die Innenstadt. Obwohl die Fahrgasse breit genug für große Wagen war, stand Johann ständig jemandem im Weg, und er wurde wahlweise von Hafenarbeitern und Händlern angeschnauzt, Lastenträgern und Matrosen, Handwerkern und Pferdeknechten und schließlich Bauern aus der Umgebung, die in kleinen Holzbuden ihre Ware feilboten.

»Wenn du einen Kohlkopf brauchst, bist du hier richtig, ansonsten wirf keinen Schatten auf mich«, kanzelte einer ihn ab.

Johann beeilte sich, sich bis zum Fahrtor durchzukämpfen, genauer gesagt zu jenen Menschen, die dieses bewachten. Soldatenwachen gehörten dazu, wie sie an allen Toren der Stadt positioniert waren, aber auch Zöllner und Visierer, die Abgaben erhoben und Waren kontrollierten, Torschreiber, die den

Namen und das Übernachtungsquartier von Ortsfremden notierten, und medizinische Examinatoren, die darauf zu achten hatten, dass niemand eine Seuche einschleppte. Allesamt waren es Menschen, die Augen und Ohren offen hielten und ihm vielleicht Auskunft geben konnten.

Er suchte keinen Kohlkopf, er suchte etwas anderes.

Zwei Tage waren vergangen, seit er eine leichenblasse, schwankende, immerhin wieder zu sich gekommene Manon Pontus heimbegleitet hatte. Als er am Morgen darauf ins Verlagshaus gegangen war, hatte er einen kleinen Umweg eingelegt, um sich nach ihrem Befinden zu erkundigen. Allerdings hatte er sich mit der Auskunft der Dienstmagd begnügt, dass Manon mit einem Brummschädel im Bett liege, und ihr gute Wünsche ausgerichtet, anstatt sich mit eigenen Augen von ihrem Wohlergehen zu überzeugen. Zweifellos hatte er ihretwegen einiges erfahren – doch das minderte nicht sein Befremden über dieses etwas merkwürdige Frauenzimmer, das von Tod und Verderben mit einer Begeisterung in der Stimme sprach wie andere über einen saftigen Braten oder besonders süßen Wein.

Als er wenig später Uffenbach gegenübertrat, fragte er sich freilich, ob ihre Gesellschaft nicht erträglicher gewesen wäre. Uffenbach war so schlechter Laune wie selten.

»Im Mordfall Günderoth gibt es weiterhin keinen anderen Verdächtigen als diesen Bettler!«, schimpfte er und wirkte persönlich beleidigt, weil man mit keinem besseren Mörder aufwartete. »Und Pfeiffer wird seiner noch nicht mal habhaft. Ganz zu schweigen davon, dass keine anderen Gerüchte über ihn im Umlauf sind, als dass er nicht richtig im Kopf ist.«

Er grummelte noch eine Weile vor sich hin, dann versuchte er die schlechte Laune loszuwerden, indem er den Drucker anblaffte, der im hinteren Teil des länglichen Raums am Werk war, in dem an der neuesten Ausgabe des *Frankfurter Korres-*

pondenten gearbeitet wurde. Dass seit geraumer Zeit die bislang hölzerne Buchdruckerpresse durch eine eiserne Kniehebelpresse ersetzt worden war, hatte zwar den Arbeitsprozess beschleunigt, aber die üblichen Probleme, mit denen sich ein Zeitungsverleger herumzuschlagen hatte, nicht aus der Welt geschafft.

»Himmel! Das nennst du eine brauchbare Druckfarbe? Die ist ja noch dünnflüssiger als ein Taubenschiss. Hast du etwa zu viel Leinöl zum Ruß gegeben? Und das Papier erst! Streicht man darüber, bluten einem die Finger, so rau, wie es ist.«

»Es war billig zu haben«, entgegnete der Drucker. »Du selbst willst doch, dass wir der Papiermühle immer das schlechteste, weil günstigste abkaufen. Und meinst, am Ende zähle nur, dass der Text gut lesbar ist, nicht schön aussieht. Was wiederum das Spationieren anbelangt ...«

Uffenbach machte eine wegwerfende Bewegung. Er sah wohl ein, dass er seinen Groll nicht an dem Drucker entladen konnte, und pflaumte darum umso ungehaltener Johann an: »Warum wissen wir eigentlich nicht mehr von diesem Bettler, als dass er nicht richtig im Kopf ist? Mit einem heimtückischen Bettler könnte man arbeiten, aber doch nicht mit einem schwachsinnigen. Ein Trottel mag vieles sein, aber nicht ... böse. ›Ach, ein armer Tor, der wusste ja gar nicht, was er tat, der hat gar nicht kapiert, dass Günderoth ein so mächtiger Mann war.‹ Ja, das werden sich die Leute denken, den Kopf schütteln, sich bekreuzigen und dann zum Tagwerk übergehen. Davon will in einer Woche niemand mehr etwas lesen. Und wir können uns nicht darauf verlassen, dass dann der nächste Mord geschieht.«

Johann wog nachdenklich den Kopf. Über den Tod der Jüdin Jiska wusste er zu wenig, um sich in Andeutungen zu ergehen, auch wollte er Uffenbachs Interesse nicht Richtung Judengasse lenken, aber eine andere Sache wollte er nicht länger geheim halten. »Vielleicht hat sich ein weiteres Verbrechen zugetragen.«

Kurz glomm es in Uffenbachs Blick auf. »Rede!«, sagte er ungeduldig.

Doch kaum begann Johann zu berichten, dass eine junge Hebamme seit über einer Woche spurlos verschwunden war, folgte eine ungeduldige Handbewegung.

»Das nützt uns gar nichts.«

»Weil es keine Leiche gibt?«

»Weil es, selbst wenn es eine gäbe, keinen reichen, angesehenen Bürger Frankfurts getroffen hätte.«

Viele Entgegnungen lagen Johann auf den Lippen. Dass es schlimm genug war, nicht jedes Leben gleich zu werten. Dass es nicht ihre Pflicht war, sensationslüsterne Menschen gruseln zu lassen, vielmehr moralisch geboten, Verstand und Gerechtigkeitssinn zu schärfen. Aber das letzte Mal, als er Uffenbach damit gekommen war, hatte der darauf verwiesen, wie schwer es sei, den *Frankfurter Korrespondenten* erfolgreich durch diese Zeiten zu bringen. Neben literarischen Zeitschriften, Modejournalen und Kulturzeitschriften schossen auch Tageszeitungen wie Pilze aus der Erde, was bedeutete, dass es mehr Zeitungsschreiber gab, die das auf Neuigkeiten versessene Publikum Woche für Woche mit Nachrichtenblättern versorgen wollten, als besagte Neuigkeiten.

Dass er den Mund hielt, war dem Verleger allerdings auch nicht recht.

»Hast du eigentlich nichts zu tun?«

»Ich könnte mich auf die Suche nach dem Bettler machen«, schlug Johann schnell vor. »Wenn wir ihn als Erstes finden, verhören und ihm ein Geständnis entlocken …«

Uffenbach dachte nach. »Wenn er nicht richtig im Kopf ist, ist er zu solchem wahrscheinlich nicht fähig.«

»Aber warum ist er eigentlich nicht richtig im Kopf? Weil er irgendwann ein reicher Adelsspross war, den die Hufe seines Reitpferds an der Stirn getroffen haben? Oder ein wohlhabender Kaufmannssohn, den das Diebespack so lange verprügelte, bis sein Gehirn nur noch Brei war?«

Kurz war er nicht sicher, ob sein bewährtes Rezept – nämlich hanebüchene Geschichten als Gewürz zu nutzen, um Uffenbach eine Sache schmackhaft zu machen – auch heute seinen Zweck erfüllen würde. Doch wieder leuchtete etwas in dessen Augen auf.

»Das ist nicht dumm.« Mit einem Wink wurde Johann entlassen.

Und so war er nun seit zwei Tagen auf der Suche nach dem Bettler, befragte heute Händler, Zöllner und Torwachen, schließlich einen Büttel. So hießen in Frankfurt die zehn Armenknechte, zu deren Aufgaben es gehörte, streunende Hunde einzufangen, Straßendreck zu beseitigen und alle Armen zu verjagen, damit sie das Stadtbild nicht störten und ausländische Kaufleute nicht belästigten. Meist begnügten sich die Büttel nicht, die Unglücklichen hinter eines der Stadttore zu bringen, vorher wurden sie gründlich verprügelt, und den Hang zur Rohheit sah man ihnen deutlich an. Was Gestank und Lumpen anbelangte, unterschieden sie sich nicht sonderlich von den Bettlern, und wenn sie den Mund aufmachten, kamen nur unartikulierte Laute hervor, weil dem Pack, mit dem sie es Tag für Tag zu tun hatten, nicht mit geschliffenen Worten beizukommen war, sondern es nur die Sprache der Fäuste verstand.

Und noch etwas wurde über sie behauptet – dass sie bestechlich seien. Deswegen hielt Johann, als er auf einen zutrat, einen roten Apfel in der Hand, den er bei einem Obsthändler erstanden hatte.

Tiefes Misstrauen verdunkelte die Miene des Büttels, und siedend heiß fiel Johann ein, dass Kinder sich gerne den Spaß machten, Büttel mit Äpfeln zu bewerfen.

»Das ist ein Geschenk«, sagte er schnell und setzte ein flehentliches Lächeln auf, sodass der andere den Apfel nahm und gierig hineinbiss. Und als Johann fragte, wo sich ein Bettler verkriechen würde, wenn er sich vor der Obrigkeit verstecken wolle, antwortete er zwar grimmig, aber bereitwillig: »Na, an einem Ort, wo es noch enger, finsterer, dreckiger ist als anderswo. Wo sich nicht mal die Nachtwächter blicken lassen. Wo so viel Unrat auf der Straße liegt, dass es egal ist, wenn noch der Inhalt eines Nachtgeschirrs hinzukommt.«

Johann hatte keine Ahnung, worauf der andere hinauswollte.

Die gelblichen Zähne drangen bis zum Kerngehäuse vor. »Na, in der Metzgergasse«, rief der Büttel ungeduldig. Mit der linken Hand deutete er vage in eine Richtung. Aber als Johann erst mal ein paar Dutzend Schritte dorthin gemacht hatte, merkte er bald, dass er einfach nur dem Geruch des Blutes folgen musste.

Na großartig, dachte er zynisch, als er die Metzgergasse erreichte, ihm dort nicht nur der unerträgliche Gestank zusetzte, sondern auch die schwarzen Fliegen, die bei jedem Schritt, den er machte, hochstoben – von den Pfützen schwarz gestockten Blutes, verdorbenen und darum bläulich glänzenden Innereien, Gerippe und Knochen. Als er sich seinerzeit bei Uffenbach als künftiger Zeitungsschreiber vorgestellt hatte, hatte er mit seinen Sprachkenntnissen ebenso geprahlt wie mit seinem Wissen in Staatengeschichte und Geografie sowie Etikette und Zeremoniell.

Dabei war es für einen Vertreter seines Berufsstandes viel wichtiger zu wissen, wie man sich in solcher Umgebung bewegen konnte, ohne dass das Schuhwerk bald der blut- und kotverschmierten Straße glich.

Kurz kam er in Versuchung, sogleich wieder zu fliehen und sich einfach eine Geschichte auszudenken. Doch als er voller

Ekel stehen blieb und den Blick weiter hob als bis zum nächsten Schritt, erstarrte er jäh.

Er war auf Bettler vorbereitet, die inmitten der Berge von Knochenabfällen, Hufen, Klauen, Häuten kauerten. Aber wer da diese dreckige, übel riechende Straße entlangkam, war eine ... Dame.

Anders als er trug sie hohe hölzerne Absätze, die verhinderten, dass der Dreck vom Pflaster in den roten Seidendamast und das weiße Leder ihrer Schühchen sickerte. Sehen konnte er die Schuhe wiederum, weil sie den Rock und das offene Manteau – beides aus feinstem Samt und mit goldener Bordüre eingefasst – etwas angehoben hatte. Ein paar Löckchen des leicht ergrauten Haars lugten unter einer Seidenhaube hervor. Welch ein Irrsinn, in dieser Aufmachung an einem Ort wie diesem zu erscheinen! Was trieb eine derart fein gekleidete Dame ausgerechnet in die Metzgergasse? Verirrt hatte sie sich augenscheinlich nicht, sonst würde sie nach wenigen Schritten angeekelt kehrtmachen. Stattdessen ging sie zielstrebig die Gasse hoch, den Blick so hartnäckig auf den Boden vor sich gerichtet, um dem Unrat auszuweichen, dass sie Johann selbst dann nicht bemerkte, als sie an ihm vorbeikam.

Verblüfft blickte er ihr nach, und seine Neugierde war so groß, dass er gar nicht anders konnte, als ihr unauffällig zu folgen.

Bald hatte sie die Metzgergasse hinter sich gelassen. Gut möglich, dass sie den Weg nur gewählt hatte, weil sie von hier aus unbeobachtet in jenes Spinnennetz aus engen Gassen um Frankfurts Stadtkern eintauchen konnte. Nun warf sie doch einen misstrauischen Blick über die Schulter, um sich zu vergewissern, dass niemand ihr folgte, aber Johann war schmächtig genug, um sich hinter einem der Treppentürme zu verstecken.

Er ließ zu, dass die Distanz größer wurde, verlor sie aber nie ganz aus dem Blick. Und so landeten sie schließlich in einer schmalen Gasse.

Johanns Puls beschleunigte sich, und seine Ohrläppchen begannen vor Aufregung zu glühen. Die feine Dame ging geradewegs auf ein Haus zu und klopfte an dessen Tür. Und dieses Haus kannte er nur allzu gut.

***

Es gab etwas, was schlimmer war, als im Bett zu liegen und nicht lesen zu können, ohne dass sich die Buchstaben in Ungeziefer verwandelten. Noch schlimmer war es, in diesem Zustand Besuch von ihrer Schwester Jeanette zu bekommen.

Nachdem die Dienstmagd Agnes ihr die Tür geöffnet hatte, stürmte sie in Manons Schlafzimmer, rümpfte die Nase, schob sodann energisch die Vorhänge zurück. Das Sonnenlicht, das auf Manon fiel, hatte Ähnlichkeiten mit einem Flammenschwert.

»Warum liegst du am helllichten Tag im Bett herum? Das Gesinde muss beaufsichtigt werden, sonst tanzt es dir auf dem Kopf herum. Wann hast du das letzte Mal den Salon gründlich säubern und sämtlichen Staub entfernen lassen, selbst vom Stuck an der Decke, wofür man am besten eine Eule nimmt und …«

»Eine *Eule*?«, rief Manon verdutzt und konnte nicht anders, als laut zu lachen. Das tat zwar weh, aber irgendwie auch gut.

»Ein Borstwisch wird als Eule bezeichnet. Stell dich nicht dumm.«

Wieder lachte Manon auf. »Für gewöhnlich wirfst du mir doch vor, zu klug zu sein.«

Jeanette achtete nicht auf den Einwand, sondern schilderte ihr, wie ein Fenster geputzt wurde. Man entnahm die Scheiben, tauchte sie in einen Eimer mit Flusswasser, bearbeitete sie mit der Fensterbürste auf beiden Seiten und setzte sie danach auf ein Brett. In der Sonne durfte man sie aber nicht trocknen lassen, sonst würde sich das Glas blau färben und …

»Sag, hörst du mir überhaupt zu?«

Manon kniff die Augen zusammen. Sie bedauerte, dass man das nicht auch mit den Ohren tun konnte.

Jeanette trat dicht an ihr Bett heran. »Und wie siehst du überhaupt aus?«

Ihre Schwester hatte sich wie immer hübsch zurechtgemacht. Das kastanienfarbene Haar harmonierte mit dem grünen Stoff von Schoßjacke und Rock. Vage konnte sich Manon erinnern, dass sich Jeanette als Kind blonde Haare gewünscht und sie darum regelmäßig in einem Sud aus Birkenblättern gewaschen hatte. Danach mussten sie in der Sonne trocknen.

»Wenn du lange genug in die Sonne starrst, werden aus deinen grauen Augen blaue«, hatte Manon einmal behauptet, da war sie höchstens fünf gewesen, und obwohl Jeanette zwei Jahre älter war, hatte sie ihr geglaubt und in die Sonne gestarrt, bis die Augen getränt hatten.

Wie die Großmutter sie später gescholten hatte!

»Ich wollte doch nur wissen, wie lange der Sehnerv dem Sonnenlicht standhält, ehe er Schaden nimmt«, hatte sich Manon verteidigt.

Als Strafe hatte sie eine Kopfnuss erhalten – nicht wegen des Sehnervs, sondern weil Jeanettes blasse, makellose Haut ein paar Sommersprossen abbekommen hatte.

Jeanette hatte an diesem Tag gelernt, dass eine Frau ruhig blind sein konnte, Hauptsache, sie war schön, und mit diesem Rezept hatte sie sich im Alter von siebzehn Jahren einen Ehemann geangelt. Manon war schon zuvor vom Gegenteil überzeugt gewesen: Man musste nicht schön sein, Hauptsache, man verfügte über wache Sinne. Nur jetzt hätten die gerne versagen können, wie Jeanette da missbilligend auf sie herabstarrte: »Was ist dir zugestoßen? Du siehst elend aus.«

»Ich habe letzte Nacht zu wenig geschlafen.«

»Es am Tage nachzuholen, ist aber eine Sünde. Steh auf. Wenn du ein wenig Schminke auflegst, kannst du die Spuren der Erschöpfung verbergen.«

Beherzt trat Jeanette zum Toilettentisch, sichtlich erfreut vom Anblick der kleinen Döschen, Flakons und Riechkapseln.

»Wie wär's mit ein wenig Rouge? Eine sittsame Frau darf sich nicht zu viel Farbe ins Gesicht schmieren, aber etwas Wangenrot ...«

»Nicht!«, rief Manon und fuhr ruckartig hoch. »Da drin ist kein Rouge, sondern schwäbischer Ross-Schwefel.«

»Damit schminkst du dich?«

»Natürlich nicht«, sagte Manon und stellte dankbar fest, dass sie aufrecht sitzen konnte, ohne dass neuer Schwindel sie überkam. »Ross-Schwefel ist ein Gift und noch leichter zu bekommen als arsen- und quecksilberhaltige Pulver, die die Apotheker nur gegen Sondergenehmigung und in kleinsten Mengen verkaufen dürfen. Einer Frankfurterin wurde kürzlich vorgeworfen, sie hätte ihrem Gatten Ross-Schwefel in die Suppe gerührt. Vater und drei weitere Chirurgen haben den Toten untersucht und meines Wissens den Mageninhalt teils einem Huhn zu fressen gegeben, teils verbrannt, um das Gift nachzuweisen. Weil das ergebnislos blieb, haben sie am Ende einen Schlaganfall zur Todesursache erklärt. Ich war jedenfalls neugierig und habe das Gift an Fliegen ausprobiert, es wirkt tatsächlich hervorragend.«

Jeanette hatte das Döschen schon ergriffen, machte nun aber den Eindruck, als ließe sie es am liebsten fallen. Am Ende stellte sie es behutsam ab.

»Hast du wenigstens etwas Parfüm? Rosenöl, Moschus und Amber?«

»Nicht!«, rief Manon wieder, als Jeanette zu einem Flakon

griff. »Das ist eine Mischung aus Weingeist, Salpeter und Salzsäure. Leider ist mir das Ammonium ausgegangen.«

»Davon riecht man doch nicht besser!«

»Leichen schon. Wenn man sie damit präpariert, stinken sie nicht.«

»Himmel!« Jeanette stellte den Flakon mit lautem Knall auf den Toilettentisch, ehe sie wieder auf Manon zutrat.

Jetzt kam der Vortrag. Und leider war das Rauschen des eigenen Blutes nicht laut genug, um ihn zu übertönen.

Unnützes Wissen in den Händen von Frauen sei so gefährlich wie der Gebrauch von Feuer. Falls dieser den Weibspersonen überlassen wäre, richteten sie größten Schaden an. Eine Gelehrte zu sein, war nichts, worauf sich die Sehnsucht eines Frauenzimmers zu richten hatte. So wie die Natur Wiesen mit Blumen schmückte, gab sie einem Mädchen bestimmte Neigungen, nämlich zur stillen Folgsamkeit, zu Sanftmut und Gefälligkeit.

»Es gibt auch verdorrte Wiesen und verwelkte Blumen«, warf Manon ein.

»Eben!«, rief Jeanette schrill. »Umso sorgsamer muss man sie gießen. Aber ganz sicher nicht mit Wissen. Ein wenig Dichtkunst, dazu einige historische und geografische Kenntnisse – dafür mag der weibliche Verstand ja noch gemacht sein. Aber nicht für Rechtsgelehrsamkeit, nicht für Mathematik und ganz sicher nicht für die Arzneikunst.«

Sie begleitete ihren Vortrag mit heftigen Gesten, kniff dann aber misstrauisch die Augen zusammen.

»Warum widersprichst du nicht?«

Manon ließ sich wieder auf ihr Kissen sinken: »Weil es ja doch keinen Sinn macht. Wenn man sich den Magen verdorben hat, muss alles raus. Und bei dem Unrat in deinem Gehirn verhält es sich offenbar ähnlich.«

»Du bist der Teufel!«

»Der ist immerhin ein Mann.«

»Ja, willst du denn ein Mann sein?«

»Nein, nur als solcher behandelt werden.«

»Das ist aber nicht möglich. Das Weib muss eine Stütze haben, die ihm durch die Widerwärtigkeiten des Lebens, Verfolgungen, Armut und Krankheit hilft.«

»Was in meinem Fall unser Vater ist.«

»Viel besser wäre ein Gatte. Ach, Manon«, Jeanette klang nicht länger streng, fast schon verzweifelt, »du musst endlich heiraten. Wer zu lange außerhalb der Ehe lebt, wird eigensinnig, mürrisch, affektiert. Irgendwann endest du als eine dieser unverheirateten Tanten, die nur noch Geschichten von Hexen und Gespenstern erzählen.«

Als Jeanette sich aufs Bett setzte, versuchte Manon so weit wie möglich zurückzurutschen, konnte aber trotzdem nicht verhindern, dass die Schwester ihre Hand ergriff.

»Keine Angst«, sagte Manon schnell. »Ich verspreche hoch und heilig, deinen Kindern keine Geschichten über Wesen zu erzählen, die der Einbildung entspringen, sondern immer nur von Leichen. Dein Ältester – wie hieß er noch mal? – war durchaus fasziniert, als ich ihm jüngst geschildert habe, dass man Hohlorgane nach dem Mazerieren mit Haaren und Baumwolle ausstopft und …« Sie erreichte, was sie bezweckt hatte: Jeanette ließ augenblicklich ihre Hand los.

»Das hast du nicht wirklich getan!«

Was hätte sie denn sonst tun sollen? Ferdinand – jetzt fiel ihr der Name wieder ein! – wollte ihr ständig Streiche spielen, leider so geistlose und langweilige, wie heimlich eine Pflaume in ihren leeren Schuh zu legen. Wenn es wenigstens so etwas wie eine tote Maus wäre! Die könnte sie immerhin sezieren.

»Manon, du bist unmöglich, du …« Jeanette schüttelte heftig den Kopf, aber sie hielt unvermittelt inne, als sie hörte, wie die

Tür ins Schloss fiel und Schritte im Vorraum zu vernehmen waren.

Manon erhob sich, ohne gleich wieder umzukippen, und folgte ihrer Schwester auf erstaunlich festen Beinen. Ein wenig Schwindel überkam sie, aber der gleißende Blitz blieb aus.

Dafür wirkte der Vater ziemlich mitgenommen. Mochte sich Jeanette noch so oft beschweren, dass sie ihre hausfraulichen Pflichten vernachlässigte – für gewöhnlich sorgte Manon dafür, dass er mit frisierten Haaren und sauberer Kleidung das Haus verließ. Seit sie das Bett hüten musste, hatte sie das aber versäumt. Hinzu kam, dass er nun schon den vierten Tag in Folge am Anatomischen Institut des Senckenbergischen Bürgerhospitals verbrachte, um Melchior Günderoths Leichnam zu examinieren, ehe endgültig die Verwesung einsetzte – unter immer größerem Zeitdruck und mit sichtbarem Schlafmangel. Er machte einen zerstreuten, etwas hektischen Eindruck, als er rief: »Meine Geräte! Ich brauche sofort meine Geräte!«

Manon war erstaunt. Am Anatomischen Institut war eigentlich alles vorhanden, was man für eine Obduktion benötigte, und das sogar in mannigfaltigerer Ausführung als in seinem Privatbesitz: Neben Zangen, Haken und Bohrern gab es spezielle Beinhaut-Schaber, neben Inzisionsmesser, Skalpell und Säge auch diverse Elevatorien. Und sie hatte ihn so oft von Vergrößerungsgläsern schwärmen gehört, dass sie schon überlegt hatte, was sie im Haushalt einsparen konnte, um sich selbst eins zu leisten. Notfalls hätte sie sich ein paar Wochen mit Wasser und Brot begnügt, und sie ahnte, dass ihr Vater das genauso sah.

»Ich brauche sie doch, um die Leiche zu untersuchen …«, fügte er hinzu.

Manons Verwirrung wuchs, während Jeanette ihre Fassung wiederfand. »Wie sehen Sie denn aus, Herr Vater?«

Manon vermutete, dass gleich eine ähnliche Tirade auf ihn

herabgehen würde wie eben auf sie, und um Jeanettes Stimme zu entgehen, trat sie rasch ins Arbeitszimmer, wo der Vater den hölzernen Kasten mit den wichtigsten Geräten aufbewahrte. Ob es ratsam war, eine Vorauswahl zu treffen? Falls er vorhatte, Günderoths Organe zwecks späterer Anschauung zu präparieren, brauchte er den Blasebalg, eine Flasche Weingeist, Röhren und Spritzen, auch zinnerne und kupferne Gefäße zwecks Zubereitung der Injektionsmasse …

Falls er allerdings die Organe erhalten wollte, war es ohnehin schon zu spät dafür. Man hätte den Leichnam spätestens einen Tag nach seinem Ableben in einen Wärmekasten aus Holz und mit Zinn- und Bleiplatten verstärkt legen müssen, um ihn solcherart für die Einspritzungen vorzubereiten.

Am Ende nahm sie den ganzen Kasten und schleppte ihn ächzend in den Vorraum. »Nicht jetzt, Jeanette«, hörte sie ihren Vater ungewohnt gereizt schimpfen. »Nicht jetzt! Ich habe keine Zeit zu verlieren. Man hat mich gebeten, sofort zu kommen, um die Leiche zu besichtigen. Alles andere muss warten.«

Manon ließ fast den Kasten fallen. Verspätet begriff sie, dass er nicht von Günderoths Leiche sprach, sondern einer anderen. So heiß, wie ihr die Aufregung ins Gesicht stieg, waren kurz sogar die leidigen Kopfschmerzen vergessen.

»Wer ist denn gestorben?«, rief sie atemlos. »Und kann ich Sie begleiten?«

Etwas ratlos blickte ihr Vater auf sie, als müsste er sich von Mal zu Mal mühsam in Erinnerung rufen, dass sie mittlerweile recht viel von der Medizin verstand und ihm nützlich sein konnte. Erst als sie ihm den Instrumentenkasten vors Gesicht hob, hellte sich seine Miene etwas auf.

»Du willst doch nicht ernsthaft …«, rief Jeanette dazwischen. »Ein unschuldiges Mädchen kann doch nicht …«

Manon verbarg ihre Ungeduld hinter einem liebreizenden Lächeln. »Im Dienen liegt die wahre Macht der Frau«, flötete sie. »Bin ich nicht von der Natur dazu bestimmt worden, jeden Wunsch meines Vaters von seinen Augen abzulesen?«

Jeanette verschlug es die Rede immerhin lang genug, dass Manon sich an den Vater wenden und eifrig erklären konnte: »Die Instrumente sind seit ihrem letzten Einsatz allesamt gereinigt worden. Ich habe hierfür nicht nur Essig genommen, auch Weingeist, wie Sie es bevorzugen. Ich kann den Kasten tragen und Ihnen jeweils das notwendige Instrument reichen.«

Wieder dauerte es eine Weile, bis die Botschaft beim gedankenverlorenen Theophil Pontus ankam, aber endlich nickte er.

»Also gut. Manon wird mir im Haus der Vandenberghes helfen.« Und mit Blick auf Jeanette wiederholte er streng: »Alles andere kann warten.«

Jeanette wirkte enttäuscht, und auch Manons Triumph schmeckte jäh etwas schal. Er wollte nur zu den Vandenberghes, wie langweilig! Sie hatte sich nie sonderlich für Klatsch interessiert, aber dass Elise Vandenberghe seit Monaten an irgendeiner Frauenkrankheit litt, hatte sich selbst bis zu ihr herumgesprochen. Jeanette zog dieselben Schlüsse.

»Oh, die arme Frau! Die arme Familie! Ist es wenigstens schnell gegangen?«

Dass es sich um einen natürlichen Tod handelte, schien es ihr leichter zu machen, Manon mit dem Vater gehen zu lassen.

Theophil hingegen wich ihrem Blick aus und klang etwas verlegen, als er erklärte: »Ja, das ist es. Und sie ist in ihrem Bett gestorben.«

Während Jeanette Gestus und Tonfall keine Bedeutung schenkte, entging Manon, die stets bestrebt war, in den Kopf ihres Vaters zu schauen, dieser kleine Stimmungswechsel nicht. Vielleicht würde der Besuch bei den Vandenberghes doch interessanter werden als vermutet.

***

Während die fein gekleidete Dame zweimal an der Haustür klopfte, versteckte sich Johann im Torbogen des Nachbarhauses, um sie weiterhin unbemerkt beobachten zu können. Nicht, dass er sich viel davon versprach. Er wusste ja schon, dass der Dame niemand öffnen würde. Schließlich war dies das Haus der Hebamme Sibylle, und die war seit über einer Woche verschwunden. Doch alsbald steckte jene Nachbarin, die kürzlich im Geräms das Huhn gerupft hatte, den Kopf durch das Fenster und beschied der eleganten Fremden genau das.

Er konnte nicht in deren Gesicht lesen, sah nur, wie sie unschlüssig von einem Fuß auf den anderen trat. Als der Blick der Nachbarin über sie schweifte, blitzte ganz offenkundig deren Gier auf. »Wenn Sie das Übliche wollen, kann ich Sie gerne damit versorgen.«

Nun war erstmals die Stimme der anderen zu hören. Dass sie recht dünn war, bewies, dass sie wohl zu jenen Frauen gehörte, die nicht nur von ihren Leiden mit gesenkter Stimme sprachen, sondern auch von deren Behandlung. In der Tat brauche sie etwas von einem Öl, bestehend aus Schwefel, auch Wegerichsaft, den man gemeinsam mit Hefe zum Sieden brächte, damit ... Schon verschwand die Nachbarin im Inneren, um wenig später mit einer Phiole zurückzukehren. Richtig, die Tür, die die beiden Häuser verband, stand offen.

»Ich gebe Sibylle gerne später das Geld«, erklärte die Nachbarin der eleganten Fremden, als die einen Beutel von ihrem Gürtel löste.

Johann hätte geschworen, dass Sibylle, falls sie eines Tages heil zurückkehrte, diese Münzen niemals sehen würde und die Nachbarin sich nicht zum ersten Mal an ihr bereicherte. Nicht ganz so sicher war er, was er als Nächstes tun sollte. Was zunächst seinen Magen vor Aufregung hatte flattern lassen, könnte sich am Ende nur als schnöder Zufall herausstellen. Denn womit Sibylle vor allem ihr Geld verdient hatte – die Beschwerden von Frauen in den Wechseljahren zu lindern –, wusste er bereits, und dass eine Dame, die ein entsprechendes Mittel brauchte, aus Gründen der Schamhaftigkeit ihre Frauenleiden geheim hielt und die dunkelsten, dreckigsten Gassen wählte, um den aufdringlichen Blicken der Klatschbasen zu entgehen, musste rein gar nichts mit Sibylles Verschwinden zu tun haben.

Doch allein weil ihm nichts Besseres einfiel, heftete er sich erneut an die Fersen der Dame, um zumindest herauszufinden, welcher Familie sie entstammte. Diesmal war es keine große Herausforderung, ihr zu folgen. Hatte sie sich auf dem Weg zur Hebamme mehrmals umgedreht, ging sie nun mit eingezogenem Kopf, wählte breite Gassen und mied auch keine Plätze. Nicht lange, dann näherte sie sich einer der prächtigen Stadtburgen Frankfurts – mit einem Zinnenkranz aus Stein und mehreren Erkern, einem Walmdach, reich verzierten Kragsteinen und mit kunstvollen Eckbalken in den oberen Geschossen. Während nach und nach die alte Stadtmauer eingerissen worden war, erinnerten Gebäude wie dieses daran, dass Frankfurt bereits im Mittelalter ein wirtschaftliches und politisches Zentrum gewesen war. Und während andere Familien ihren Reichtum gerne zur Schau stellten, indem sie luftige Landhäuser etwas außerhalb der Stadt bezogen, übernahmen die später Zugezogenen, die ebenfalls viel Geld, aber keinen ganz so langen Stammbaum hatten, die einstigen Paläste des Adels.

Hier wohnte eine Familie, die aus den Niederlanden stammte und wie viele ihresgleichen einst die Heimat verlassen hatte, um sich zum protestantischen Glauben zu bekennen und zugleich ihren Besitz zu mehren, indem sie mit Pelzen aus Russland, Brabanter Tuchwaren, Champagner und Wein Handel trieb: die Vandenberghes.

Die Schritte der fein gekleideten Frau fielen immer energischer aus, als sie sich ihrem Heim näherte. Johann hingegen hielt inne.

Dass er Elise Vandenberghe nicht gleich erkannt hatte! Ganz Frankfurt rühmte sie für die glänzenden Festbankette, die sie ausrichtete und die Uffenbach ausführlich im *Frankfurter Korrespondenten* beschrieb. Mehr als nur einmal hatte er Johann darauf angesetzt, das Gesinde nach den einzelnen Gängen des Menüs auszufragen, und einmal hatte ihn Elise Vandenberghe dabei erwischt und mit recht rüden Worten fortgeschickt.

Das war allerdings lange her. Seit Monaten gab es keine Festbankette mehr, war Elise, wie das Gerücht ging, doch schwer erkrankt und hatte sich völlig aus der Öffentlichkeit zurückgezogen.

Nun, jetzt wusste er, dass ihr ein klassisches Frauenleiden, über welches man nur hinter vorgehaltener Hand sprach, das Leben schwer machte – wenn auch nicht schwer genug, als dass sie sich nicht auf eigenen Beinen in den Straßen bewegen konnte. Wobei ihm das nicht im Geringsten weiterhalf.

Er hatte bloß seine Zeit verschwendet, als er sie heimlich verfolgt hatte.

Enttäuscht wollte er sich abwenden und weitergehen, als sich plötzlich das Haupttor öffnete und ein Mann auf die Straße stürmte. Ob er der Frau entgegenlaufen wollte oder sich in einem Zustand höchster Aufruhr befand, sodass er nicht Herr seiner Schritte war, erschloss sich Johann nicht. Etwas anderes stach ihm hingegen sofort ins Auge.

Klemens Vandenberghe, der älteste Sohn der verwitweten Elise, trug Frack und Hose aus türkisfarbener, gestreifter Seide, eine Weste aus weißem und eng geschnittene Kniehosen – *culottes* – aus elfenbeinfarbenem Stoff. Nur dass kaum ein Stückchen Stoff nicht besudelt war. Von Blut. Keinem kräftig roten, sondern schon gestocktem schwarzem Blut.

Bis jetzt hatte Johann immer darauf geachtet, genügend Abstand zu Elise Vandenberghe zu halten, nun konnte er nicht anders, als sich den beiden zu nähern. Niemand beachtete ihn. Im Gesicht des Mannes standen Entsetzen, tiefes Grauen, Fassungslosigkeit. Und auch Elise klang erschrocken, als ihr entfuhr: »Um Himmels willen, hast du dich verletzt?«

Zugegeben, das war auch Johanns erster Gedanke gewesen. Aber dann ging ihm auf, dass Wunden, aus denen derart viel Blut geflossen war, keinem Menschen erlauben würden, sich auf den Beinen zu halten.

Klemens Vandenberghe blickte an sich herab und schien erst jetzt die vielen Blutflecken zu gewahren. »Das ... ist ... nicht von ... mir ... Es ist ... «

Ein schriller Laut entwich Elise Vandenberghes Kehle. »Hat sie ... hat sie denn wirklich ...«

Klemens Vandenberghe schien langsam zurück ins Hier und Jetzt zu finden. Rasch zog er die Mutter am Arm Richtung Eingang, aber Johann war noch imstande, seinen letzten Satz zu hören.

»Wenigstens hat sie es nicht selbst getan.«

***

Der Vater hatte nicht gelogen: Die Tote war schnell und in ihrem Bett gestorben. Allerdings handelte es sich nicht um die seit Langem erkrankte Elise Vandenberghe, sondern um deren blutjunge Tochter Christiane.

Es war ein sehr edles Bett – mit kunstvoll geschnitzten Säulen aus Eichenholz, über denen sich ein blau-weiß gewürfelter Baldachin aus Seide spannte –, so wie alles in dem Raum edel war. An der Wand dahinter hingen Ölgemälde, die Nymphen und Engel zeigten. Die Vorhänge vor dem Fenster waren aus geblümtem Brokat, die Standuhr aus Alabaster mit Bronzeeinfassung, der barocke Schrank wies Elfenbeinintarsien auf, und von der Decke hing ein polierter Messingleuchter.

Manon trat von einem Möbelstück zum nächsten, um es gründlich zu mustern. Nicht, dass die Einrichtung sie interessierte – umso mehr aber das Blut, das darauf gespritzt war. Kaum ein Gegenstand hatte keine Spuren abbekommen. Selbst oben auf der Stuckdecke nahm sie Spritzer wahr. Und das, so hatte ihr Vater sofort geschlossen, als er vorhin das Zimmer betreten hatte, war der eindeutige Beweis, dass der erste tödliche Stich, den der Mörder seinem Opfer versetzt hatte, auf die Halsschlagader abgezielt hatte, aus der dann das Blut mit höchstem Druck gesprudelt war.

Obwohl sie im Laufe ihres Lebens schon viele Leichen gesehen hatte, musste Manon ein Schaudern unterdrücken, als sie sich dem Bett zuwandte und ganz deutlich ein Bild vor ihr erstand. Das einer wehrlosen jungen Frau, die wahrscheinlich von einem Geräusch aus dem Schlaf gerissen worden und noch hochgefahren war … Und einer finsteren Gestalt, die sie nicht einfach nur hatte töten wollen, nein, sie hatte den zarten Körper ganz und gar zerstört.

Dass man einen Leichnam gründlich sezierte, um zu wissenschaftlichen Erkenntnissen zu gelangen, war für Manon selbstverständlich. Aber dieser ebenso blinde wie sinnlose Blutrausch, in dem der Missetäter gewütet haben musste, war einfach nur verstörend.

Mit weit gespreizten, nackten Beinen lag die Tote im eigenen Blut, die Nachtchemise mit der weißen Spitzenverbrämung bis zum Bauch hochgeschoben. Einzig die Brüste waren noch mit Stoff bedeckt, als wären sie nicht weiter von Interesse gewesen. Anders sah es mit den inneren Organen aus. Manon konnte Leber und Nieren, Gebärmutter und Blase nicht voneinander unterscheiden – fest stand, dass der Mörder diese arme junge Frau ausgeweidet hatte wie eine Köchin das Huhn. Kein Tropfen Blut schien hernach im Leib verblieben zu sein. Die leicht geöffneten Lippen der Toten waren bläulich, die Wangen weiß wie das Daunenkissen. Umso deutlicher hob sich die Flut kupferroter Strähnen ab, die um den Kopf ausgebreitet waren.

So viel Blut … so viel Grausamkeit. Ähnlich wie in Günderoths Badezimmer. Und in der Mikwe in der Judengasse. Aber was, außer ihr schauriges Ende, hatten die Mordopfer noch gemein?

Auch ihr Vater betrachtete den Leichnam eine Weile, schien von dem Anblick aber keineswegs verstört zu sein. Es klang eher wie ein Gebet, als er zu erklären begann: »Die Untersuchung des Körpers gliedert sich in eine innere und äußere Leichenschau. Jedes Detail muss bemerkt und abgewogen werden, ob es der Regel entspricht oder widernatürlich ist.«

Obwohl sie mitgekommen war, um ihm die Instrumente zu reichen, wies er ihr mit einer knappen Handbewegung eine andere Aufgabe zu. Richtig, da war noch dieses schluchzende Hausmädchen, das vorhin nicht nur sie und ihren Vater, sondern auch Kriminalrat Pfeiffer samt seinem Tross ins Gemach geführt hatte. Der Kriminalrat war beim Anblick der ausgeweideten Toten fast so blass wie der Leichnam geworden. Und obwohl Manon ihn insgeheim dafür verachtete, war sie erleichtert gewesen, als er erklärt hatte, als Erstes das Gesinde und die Familie befragen zu wollen, Doktor Pontus könne seine Untersuchung schließlich auch ohne ihn durchführen. Dabei hatte er sie glücklicherweise nicht weiter beachtet. Leider war ihm das Hausmädchen nicht nach unten gefolgt, sodass es nun Manons Aufgabe war, es loszuwerden.

»Hab es immer gewusst!«, rief das Hausmädchen jämmerlich. »Rote Haare bringen Unglück. Jeder weiß, dass nur Menschen welches haben, die während der Monatsblutung empfangen wurden. Und dass das immer einen Fluch auf sich zieht.«

Jetzt trat sie auch noch einen Schritt auf das Kopfende des Bettes zu und streckte die Hände nach dem Leichnam aus.

»Was tust du denn!«, fuhr Manon sie an. »Niemand darf die Tote anfassen, nur mein Vater.«

Das Zittern in ihrer Hand bewies, dass sie es ohnehin nicht gerne tun würde. »Aber ich muss die Augen doch schließen! Wenn nicht, besteht die Gefahr, dass die Tote einen Menschen nachholt.«

Die Augen waren fast in den Höhlen versunken, standen allerdings weit genug offen, dass Manon feststellen konnte, dass sie von einem wässrigen Grün waren.

»Trotzdem, du darfst sie nicht anrühren«, erklärte sie streng.

Das Hausmädchen fügte sich, konnte es jedoch nicht lassen, an der Bettdecke zu zupfen. »Wir müssen vermeiden, dass ihre Lippen mit irgendetwas in Berührung kommen. Sonst zieht die Tote sie in den Mund und wird daran kauend zum Nachtzehr. Am besten wäre es, einen Stein unter ihr Kinn zu schieben, damit …«

»Genug mit diesem Aberglauben!«

Die Worte allein hätten wenig bewirkt, aber während das Hausmädchen sprach, hatte der Vater eine längliche Pinzette ergriffen, und deren Anblick ließ die junge Frau zurückweichen, wenn auch leider nicht aus dem Zimmer fliehen.

Manon kam eine Idee, wie sie sie loswerden könnte. »Müssen nicht alle Uhren im Haus angehalten werden, wenn jemand stirbt? Wie wär's, wenn du dafür Sorge trägst?«

Sie selbst kannte den Sinn dahinter nicht, das Hausmädchen wohl schon, wie ein eifriges Nicken verriet. Dennoch verharrte sie auf der Türschwelle.

»Ach herrje, Christiane Vandenberghe war doch noch so jung, keine achtzehn Jahre alt, ein so schönes, unschuldiges Mädchen … Wie kann jemand etwas so Grässliches tun …«

»Die Uhren!«

»Richtig! Und man muss den Leichenbitter verständigen,

damit der den Tod verkündet. Und dafür sorgen, dass Glocken läuten. Und im ganzen Raum gilt es Weihwasser zu versprengen, um …«

Manon riss endgültig der Geduldsfaden. »Bei der Besichtigung von weiblichen Leichnamen darf nebst Physicus, Accoucheur oder Hebamme aus sittlichen Gründen niemand anwesend sein«, erklärte sie streng.

Dass auch Manon nicht hier verbleiben dürfte, wenn diese Vorschrift eingehalten würde, hinterfragte das Hausmädchen nicht. Angst blitzte in ihren Augen auf – und endlich hastete sie in den Gang und warf die Tür hinter sich zu.

»Was habe ich verpasst?«, fragte Manon.

Der Vater hatte mit der Pinzette vorsichtig in verschiedenen Körperöffnungen gestöbert und sich dabei von oben nach unten vorgearbeitet.

»Wie schon der erste Augenschein ergab: Als Erstes wurde ihr die Kehle durchtrennt, woran sie gestorben ist. Dann …«

Er brach ab, schien er doch etwas entdeckt zu haben. Mit der Pinzette zog er es zwischen den Beinen hervor und betrachtete es im Licht. Es war zu winzig, um es zu erkennen, aber interessanter erschien Manon ohnehin die Frage, die seine Worte aufgeworfen hatten.

»Wenn sie getötet wurde, bevor er sie regelrecht ausweidete, ist das ein Zeichen, dass er sich nicht an ihrem Leid ergötzen wollte.«

»Vielleicht ging es ihm nur darum zu verhindern, dass sie laut schrie.«

»Wie es ihm bloß gelungen ist, in das Haus einzudringen, ohne dass es jemand bemerkt hat? Selbst wenn es mitten in der Nacht war – haben wirklich alle geschlafen?«

Sie trat zum Fenster. Christiane Vandenberghes Zimmer lag im zweiten Stock, was es dem Mörder unmöglich gemacht hätte hochzuklettern, zumal die Regenrinne, an der er sich hätte hochziehen können, zu weit entfernt war. Außerdem war das Fenster immer noch verschlossen.

Ihr Vater zuckte die Schultern, galt sein Interesse doch ausschließlich der Leiche und nicht demjenigen, der sie so zugerichtet hatte. Manon wäre es wohl auch so ergangen, wenn sie nicht Jiska in einem ähnlichen Zustand vorgefunden hätte und sie es unmöglich als sonderbaren Zufall abtun konnte, binnen dreier Tage erneut vor einer blutigen Frauenleiche zu stehen.

»Ich frage mich …«

»Das ist ja kurios!«, unterbrach der Vater sie.

Er legte das, was er gefunden hatte, in die Schale, holte mit der Pinzette wieder etwas zwischen den Beinen der Toten hervor und hielt es ans Licht.

Bald landete auch das in der Schale, und verspätet wollte Manon es in Augenschein nehmen. Doch sie hatte gerade mal ein paar winzige blutige Klumpen ausgemacht, als sie etwas innehalten ließ. Vom Gang her ließ sich nicht nur die Stimme des Hausmädchens vernehmen, hinzu kam eine zweite, und die war ihr weitaus willkommener. Es war Johann, der junge Zeitungsschreiber! Von ihm war kein dummes Geschwätz zu befürchten, vielmehr die gleichen Überlegungen, die auch sie umtrieben: wie die Morde an Melchior Günderoth, Jiska und Christiane Vandenberghe zusammenhingen.

Als sie in den Gang trat, hob er allerdings nicht mal den Blick.

»Nun beruhige dich doch«, redete er auf das Mädchen ein. »Willst du mir nicht erst mal deinen Namen sagen?«

»Suse«, stammelte die junge Magd, »ich heiße Suse.«

Wie konnte er sich mit solchen Nebensächlichkeiten aufhalten! Wie nun auch noch ihren Ellbogen umfassen, um sie zu stützen!

»Und magst du mir ein bisschen etwas erzählen … über euren Haushalt … Wie es sein kann, dass …« Er schwieg vielsagend.

Manon war überzeugt, gleich wieder dummen Aberglauben zu hören, aber nach kurzem Zögern brach es aus Suse heraus: »Nicht zu fassen, dass Christiane etwas so Grässliches zustößt. Sie hatte es ja schon schwer genug in den letzten Monaten … mit der kranken Mutter … mit der ständigen Sorge um sie … Auf alle Vergnügen, die so ein junges Mädchen hat, musste sie verzichten, denn an Einladungen war nicht mehr zu denken. Wie lieb sie sich um die Herrin gekümmert hat. Deswegen war ich auch nicht weiter verwundert, dass sie heute vermeintlich lange geschlafen hat. Niemand wollte sie wecken, sollte sie doch ihre Ruhe haben. Die Nächte, die sie bei der von Schmerzen geplagten Herrin wacht, sind lang und hart. All diese Opfer, die sie erbracht … und dann … und dann …«

»Vorhin habe ich vor dem Haus deinen Herrn gesehen, wie er Frau Vandenberghe mitteilen musste, was ihrer Tochter widerfahren ist. Dabei habe ich zufällig etwas aufgeschnappt, was in meinen Ohren recht sonderbar klang. Er sagte nämlich: ›Wenigstens hat sie es nicht selbst getan.‹ Kannst du dir einen Reim auf diese Worte machen?«

Manon wurde hellhörig, aber das junge Ding glotzte ihn nur aus großen Augen an.

»Das klingt so, als hätte sie sich selbst etwas zuleide tun wollen, aber warum sollte sie? Dass sie mit einer kranken Mutter geschlagen war, ist ein schweres Los, ansonsten führte sie ein schönes Leben. Ach, der Herr war nicht bei Sinnen. Er muss sich versprochen haben.«

Johann nickte verständnisvoll. »Gewiss. Was für ein schrecklicher Schock für alle.«

»Und ausgerechnet ich habe sie gefunden. Dreimal habe ich geklopft und bin wieder gegangen. Erst dann sagte ich mir, es ist doch nicht möglich, dass jemand so tief schläft und …«

Johann nickte wieder, aber Manon fand, dass er es mit seiner Geduld zu weit trieb.

»Ist dir etwas im Zimmer aufgefallen?«, mischte sie sich ein. »Abgesehen von der Toten natürlich. War vielleicht ein Möbelstück verrückt? Und hast du eine Erklärung, wie der Mörder ins Haus kam? Wo befindet sich der Dienstboteneingang, und steht der in der Nacht offen? Was ist der erste Raum, den man danach betritt – die Küche oder die Vorratskammern? Und wer vom Gesinde schläft dort, womöglich so tief und fest …«

Ihr war nicht entgangen, dass Johann den Kopf gehoben hatte. Aus seiner mitleidigen Miene war eine mahnende geworden, und als sie ihn beharrlich ignorierte, schüttelte er sachte den Kopf. Dabei waren das doch alles berechtigte Fragen, zur wichtigsten war sie noch nicht einmal gekommen! Doch als sie ansetzen wollte, starrte Suse sie erst misstrauisch, dann nahezu beleidigt an, nuschelte etwas von ihrer Herrin, entriss Johann ihren Ellbogen und hastete davon.

Bedauernd blickte Johann ihr hinterher. »Sie hätte uns noch einiges verraten können.«

»Warum hat sie's dann nicht einfach getan?«

»Weil es Menschen gibt, denen man nicht zu viele Fragen auf einmal stellen darf. Man muss sie ganz behutsam anstupsen und viel Geduld haben, dann reden sie irgendwann von selbst.«

Ja, von Nachtzehrern und vom Fegefeuer. Manon beschloss, kein Augenmerk mehr auf Suse zu legen, war anderes doch wichtiger.

»Der Mord muss sich sehr schnell herumgesprochen haben, dass du schon hier bist!«

Ehe Johann antwortete, blickte er über die Schulter, ein Zeichen, dass er sich heimlich ins Haus geschlichen hatte und nun befürchtete, von Kriminalrat Pfeiffer ertappt zu werden. Was er ihr dann zuraunte, war nahezu unglaublich.

»Elise Vandenberghe höchstselbst wollte die Hebamme Sibylle aufsuchen?«, rief Manon aufgeregt. »Obwohl sie als so schwer krank gilt?«

»Nun, vielleicht hat sie gute und schlechte Tage. Ich frage mich nur, ob es Zufall ist, dass sie ausgerechnet heute zu Sibylle ging.«

»Jedenfalls bedeutet das, dass Christiane und die Jüdin Jiska nicht nur auf ähnlich grausame Weise starben und danach regelrecht ausgeweidet wurden. Sondern dass es auch ein weiteres Verbindungsglied gibt – Sibylle, die wiederum verschwunden ist. Wie gehört das alles nur zusammen? Wenn dieser Doktor Spira in der Mikwe bloß etwas auskunftsfreudiger gewesen wäre. Aber er hat jede meiner Fragen sofort abgewiesen, dieser sture …«

Johann legte den Kopf leicht schräg, und an seinen Mundwinkeln zupfte ein Lächeln. »Vielleicht lag es nicht nur an ihm, sondern auch an deinen Fragen. Vielleicht waren es zu schnell zu viele.«

Wie auch nicht, wenn doch auf jede Frage, die ihr durch den Kopf ging, ein Pulk an weiteren folgte!

»Wenn Jiskas Mörder tatsächlich auch der von Christiane wäre, dann frage ich mich, wie das Verbrechen an Melchior Günderoth ins Bild passt«, sinnierte sie. »Dem wurde schließlich nicht die Kehle durchgeschnitten und der Unterleib ausgeweidet. Stattdessen wurde in seiner Augenhöhle, wie mir mein Vater erzählte, diese merkwürdige Spitze gefunden. Jetzt fällt es mir wieder ein, bei Christiane Vandenberghe ist mein Vater auch auf etwas gestoßen. Lass uns nachsehen, was es ist.«

Allen Regeln, wonach ein weiblicher Leichnam nur von wenigen besichtigt werden durfte, zum Trotz, machte Manon eine weit ausholende Handbewegung, um Johann ins Zimmer der Toten zu lotsen. Der Vater war sehr großzügig, wenn es um interessierte Zuschauer ging, und von Kriminalrat Pfeiffer fehlte weiterhin jede Spur.

Während sie das Zimmer ohne zu zögern betrat, verharrte Johann an der Schwelle und atmete tief ein und aus. Und das, obwohl er nur einen flüchtigen Blick in Richtung Bett geworfen hatte, anstatt die Tote neugierig zu betrachten. Kopfschüttelnd ergriff sie die Schale, in die der Vater das gelegt hatte, was er mit der Pinzette aus Christianes Körper befördert hatte, studierte den Inhalt genauer – und erkannte ihn.

»Mein Vater hat recht, das ist wirklich kurios.«

Sie hielt Johann die Schale vor die Nase, doch angewidert drehte er das Gesicht zur Seite.

»Nun schau doch hin! Das sind … Fingernägel! Nur dass sie nicht von Christianes Fingern stammen können, denn dort sind noch alle Nägel dran. Und selbst wenn es ihre wären … Als Zeichen, dass sie sich heftig gewehrt und versucht hätte, dem Mörder die Augen auszukratzen, kann man sie nicht werten. Dann würden noch Dreck und Fleisch an ihnen kleben. Sie sind aber abgesehen vom Blut recht sauber, obwohl fast das ganze Bett blutdurchtränkt ist. Kein Wunder, hat doch der Mörder ein Messer geradewegs in ihre Scham gestoßen, ist damit bis zur Gebärmutter vorgedrungen und …«

Erst hatte Johann ein paar tiefe Atemzüge gemacht, dann die Luft angehalten. Sie sah, wie seine Oberlippe bebte, sich darüber eine Schicht Schweiß bildete. Abwehrend hob er die Hand, schon im nächsten Moment stürzte er in den Gang, und die Hoffnung, die Erwähnung der Fingernägel hätte ihn auf eine Idee gebracht, der er sofort nachgehen wollte, wurde von würgenden Geräuschen zerschlagen.

Der Vater, der eben noch einen der roten Klumpen betrachtet hatte, blickte hoch. »Was hat er denn?«, fragte er erstaunt.

Manon zuckte die Schultern. »Das wüsste ich auch zu gerne.«

***

»Sie hat rote Haare, sagst du? Wunderbar! Die sind außergewöhnlich, man sieht sie in Frankfurt so gut wie nie! Noch dazu lockig? Und sie heben sich von der blassen Haut ab? Großartig, man denkt sofort an ein Gemälde.«

Frankfurt wurde für vieles gerühmt, die hervorragende Lage an einem wichtigen Verkehrsknotenpunkt, die findigen, ehrgeizigen Kaufleute, die beiden Messen – nur nicht für große Künstler. Claus Uffenbach hatte auch nie ein besonderes Interesse an Kunst erkennen lassen – bis jetzt.

Als Johann vorhin in den Zeitungsverlag zurückgekehrt war, hatte sein Vorgesetzter ihn zusammengestaucht, weil er so lange unterwegs gewesen war. Aber der Ärger war prompt vergessen gewesen, sobald er ihm berichten konnte, jene Tote, über die nun seit Stunden die wildesten Gerüchte im Umlauf waren, mit eigenen Augen gesehen zu haben. Schon hatte der Verleger begonnen, aus allen grausigen Eindrücken, die Johann ihm geschildert hatte, ein Bild zu formen. Und so begeistert, wie er klang, war es in seinen Augen ein wunderschönes.

»Wir müssen unbedingt einen Holzstich in den Artikel über sie einfügen.«

Es kam zwar nur selten vor, dass in ihrem Journal Texte mit Abbildungen ergänzt wurden, weil das für weitere Kosten sorgte, doch Uffenbach nickte bekräftigend, als gälte es, das teuerste Gemälde in der Sammlung eines Kurfürsten zu würdigen.

»Holzschnitte sind doch schwarz und weiß«, warf Johann ein, »wie sollen wir da das rote Haar darstellen?«

Uffenbach kniff kurz die Augen zusammen. »Wir werden es einfach von Hand kolorieren.«

Das würde die Herstellungskosten erst recht in die Höhe schnellen lassen, aber Uffenbach dachte wohl, dass sie das spätestens übermorgen mit einer restlos ausverkauften Auflage würden wettmachen können. »Morgen berichten wir ausschließlich über das arme, zarte Opfer, das dahingeschlachtet wurde wie ein Reh vom Bären.«

»Gerissen«, berichtigte ihn Johann.

»Was?« Uffenbach ließ ihm keine Zeit, sich zu erklären, denn schon fügte er hinzu: »Für übermorgen gilt es die Entscheidung zu treffen, welchen Mörder wir nehmen.«

Kurz dachte Johann, der Zeitungsverleger hätte sich wieder versprochen. »Welchen Mörder wir *nehmen*?«

»Nun, solange der Täter nicht gefasst wurde, ist es unsere Aufgabe, Vermutungen anzustellen.«

Nein, dachte Johann, und unter allem Grauen und Ekel regte sich tiefster Widerwille. Nein, unsere Aufgabe ist es nicht, Vermutungen anzustellen. Oder krude Geschichten zu erfinden, was Uffenbach wohl eher damit meinte. Ihre Aufgabe war es, die Wahrheit zu verkünden. Oder dieser, falls sie noch verborgen war, ans Licht zu verhelfen.

Doch wenn er verhindern wollte, dass Uffenbach das schaurige Szenario ausschlachtete, reichte leiser Protest nicht. Er musste ihm wohl oder übel etwas liefern, um ihn davon abzulenken.

Zwar wollte er nicht alle Karten auf den Tisch legen, aber weitaus mehr als noch heute Morgen. Und so erzählte er vom Tod der jungen Jiska. Nicht nur, dass ausgerechnet jene Hebamme, die vor über einer Woche deren Kind entbunden hatte, spurlos verschwunden war. Die Tote war im jüdischen Badehaus geschwommen – in solchen Unmengen von Blut, wie es auch in Christiane Vandenberghes Sterbezimmer geflossen war.

Nur hatte sich die jüdische Gemeinde bislang geweigert, diesen Fall dem Kriminalamt zu melden.

Uffenbachs Augen weiteten sich. »Eine junge Mutter wurde ermordet? In der Judengasse?«

»Ob sie auch rote Haare hatte, weiß ich nicht«, schränkte Johann ein.

»Die Haarfarbe interessiert mich nicht. Die verschwundene Hebamme ebenfalls nicht. Aber je mehr Tote, desto besser. Ich glaube, ich habe eine Idee, wie unser Mörder aussehen könnte.« Wieder verzerrte ein breites Grinsen sein Gesicht.

Johann riss endgültig die Geduld. »Du lieber Himmel!«, entfuhr es ihm. »Wir backen keinen Kuchen, in dessen Teig wir nach Lust und Laune Zutaten mengen können und bei dem wir mal aufs Ei verzichten und mal nicht.«

»Hm«, machte Uffenbach nur, »ich finde, das beschreibt unsere Arbeit recht gut.«

»Ich nicht.« Wahrscheinlich wäre es klüger gewesen, den Mund zu halten, aber Johann konnte nicht anders, als fortzufahren: »Weißt du, warum ich Zeitungsschreiber geworden bin? Weil mir ein kluger Mann einmal erklärt hat, was eine öffentliche Zeitung zu leisten hat. Sie ist der Mund, durch den die Wahrheit sowohl in die Paläste der Großen als auch in die Hütten der Niedrigen dringen kann, das unbestechliche Tribunal, wo Tugend und Laster unparteiisch geprüft, edle Handlungen der Mäßigkeit, Gerechtigkeit und Uneigennützigkeit gepriesen und die Unterdrückung, Bosheit und Ungerechtigkeit gebrandmarkt würden. Wir … wir können uns doch keinen Mörder ausdenken! Wir können doch nicht lügen!«

Ein Wunder, dass Uffenbach ihm überhaupt erlaubte, so lange zu reden. Er wappnete sich vor dessen Gebrüll. Stattdessen gab Uffenbach nur spöttisch zurück:

»Warum denn lügen? Man stopft die Menschen mit Lektüre, wie man Gänse mit Nudeln stopft. Was man dem Volk dreimal sagt, hält das Volk für wahr.«

»Weil es nicht alle Tatsachen kennt. Weswegen wir es ihm schuldig sind …«

»Pah!«, nun klang er doch gereizt. »Was das Volk nicht weiß, macht das Volk nicht heiß.«

»Aber Zeitungen sind schädlich wie die Arzneien von Marktschreiern und Quacksalbern, wenn der Wille fehlt, der Wahrheit zu dienen!«

Ein tiefes, grummelndes Lachen drang aus Uffenbachs Kehle. »Ich sage dir was über dein gemeines Volk. Das unterscheidet weitaus weniger zwischen Gut und Böse, Wahrheit oder Lüge, als du denkst. Es unterscheidet nur zwischen spannenden und öden Geschichten. Und am spannendsten sind die grausamsten. Weißt du, welche unserer Ausgaben sich am besten verkauft hat?«

Johann wusste es nicht, er wollte es auch nicht wissen. Aber Uffenbach legte ihm jovial den Arm um die Schulter und erzählte eifrig: »Die Geschichte haben wir damals auch mit einem Holzschnitt ergänzt. Irgendwo im Frankfurter Umland hat ein Bauer ein Schwein geschlachtet und zerlegt, und seine kleinen Söhne haben ihm dabei zugesehen. Wenig später wollten sie das eben Erlernte auf ihr Brüderchen anwenden und schnitten den gerade mal zwei Monate alten Säugling in zwei Hälften. Der entsetzte Bauer drohte ihnen, sie zu erschlagen, weswegen sie in den Backofen flohen – nur dass sie dort leider verbrannten. Woraufhin sich die Mutter aus Verzweiflung in den Brunnen stürzte und sich der Vater erhängte.«

Johann fühlte sich von Uffenbachs Arm wie erdrückt.

»Das ist ja … das ist ja …«

»Eine Geschichte, die die Leute lieber lesen wollen als hochgestochene Vorträge, die ihnen die Augen über ihren armseligen Zustand öffnen und sie zu Philosophen machen. Fang mir bloß nicht zum Spucken an. Jene Geschichte hat sich ja nicht wirklich so zugetragen.«

»Es war alles erlogen?«

»Nun, das Schwein wurde tatsächlich geschlachtet. Wir wiederum haben zwei geschlachtete Frauen und einen weiteren Mord auf der Zeil, und ich sehe den Mörder regelrecht vor mir. Schwarze Augen wie Löcher hat er, einen verkniffenen Mund, und … und … Jetzt hilf mir doch!«

Angewidert presste Johann die Lippen aufeinander. Nicht

auszudenken, welche abstruse Geschichte er daraus machen würde, wenn er ihm erzählte, dass man bei der Toten abgebissene Fingernägel gefunden hatte. Nein, von ihm würde Uffenbach davon ganz sicher nichts erfahren!

Doch der Fantasie des Verlegers musste man mit keinem Stichwort weiterhelfen, damit er so richtig in Fahrt kam. »Ich hab's! Wir stellen den Mörder mit Krallen dar!«

Vergeblich wehrte sich Johann gegen seinen Griff. Uffenbach ließ ihn erst los, als ein Junge in den Raum stürzte. Für gewöhnlich war er zuständig, die Ausgaben des *Frankfurter Korrespondenten* zu verkaufen – in Avisen-Comptoirs, Zeitungsbuden, rund um die Börse und auch in Kaffeehäusern. Aber Johann wusste, dass er von Uffenbach beauftragt war, stets Augen und Ohren offen zu halten und ihm sämtliche Neuigkeiten, die er aufschnappte, sofort zu überbringen. Diese schien besonders aufsehenerregend. Der Junge war so schnell gerannt, dass er nur ein Schnaufen hervorbrachte.

»Noch eine Tote?«

Johann musterte Uffenbachs gierigen Gesichtsausdruck voller Überdruss. Eine Blonde fehlt dir noch, nicht wahr?, dachte er zynisch.

Doch dann konzentrierte er sich ganz auf den Jungen, der zu atemlos war, um einen ganzen Satz zu formen: »Bettler … Mörder … gefasst.«

Uffenbach wirkte verwirrt. Doch Johann ahnte bestürzt, was diese Worte zu bedeuten hatten.

Irgendwann

Seit Tagen bin ich immer nur kurz eingenickt, nicht tief genug, um Kraft zu schöpfen. Doch es kommt der Moment, da die Erschöpfung größer ist als die Furcht. Die Finsternis verschluckt mich ganz und gar, und als ich mich aus dieser zurück ins Hier und Jetzt taste, bringe ich eine nüchterne Erkenntnis mit.

Ich bin allein. Mutterseelenallein. Nicht einmal die Ahnung von Schritten ist noch zu hören. Falls jemand dieses Haus betreten hat, ist er von ihm vertrieben worden oder hat es als leer befunden.

Niemand sucht nach mir.

Niemand vermisst mich.

Hier in Frankfurt gibt es zwar viele Menschen, mit denen ich dann und wann geschwatzt habe und die sich vielleicht fragen, was aus mir geworden ist. Allerdings – und diese Erkenntnis hat die Klarheit einer Glasscherbe, auch ihre spitzen Ränder – würde sich niemand bemüßigt fühlen, nach mir zu suchen. Nein, niemand wird mich retten außer ich mich selbst. Wer mir den Weg in die Freiheit weisen kann, ist einzig mein Wille.

Ich schüttle Müdigkeit und Angst ab, beginne gründlich wie noch nie den Kellerraum zu erforschen, in dem ich gefangen bin. Sitzt irgendein Ziegel so locker, dass man ihn herausziehen kann? Gibt es eine Luke?

Doch das Gemäuer ist stabil, und vor die einzige Luke wurde ein Holzbrett gehämmert. Es scheint zwar morsch, aber die

Nägel sitzen fest. Eine halbe Ewigkeit versuche ich, einen herauszuziehen. Am Ende hat er sich kein Jota gerührt, aber einer meiner Fingernägel ist abgebrochen.

Verdammt, verdammt, ver…!

Mir fehlt das Feuer, um zu fluchen. Das kalte, schwarze Tuch, das sich um meine Seele legt, erstickt es sofort. Noch nicht mal die Angst hat es gewebt, sondern die Trauer. Tiefe Trauer um das Leben, das ich irgendwann mal hatte. Als schlichtes Leben ohne viel Glück ist es mir erschienen. Jetzt, da es unerreichbar ist, sehne ich mich mit jeder Faser danach zurück. Arm, allein und ohne rechte Zukunft zu sein – das ist nicht schlimm, gemessen an Gefangenschaft.

Tränen steigen mir hoch, aber zu heulen, bringt nichts. Der Einzige, der mir den Weg in die Freiheit weisen kann, ist mein fester Wille …

Plötzlich höre ich etwas. Meine Sinne wissen früher als mein Verstand, dass er zurückkehrt. Kaum kann ich atmen, kaum des Klapperns meiner Zähne Herr werden, die aufeinanderschlagen.

Etwas länger als zuvor steht er in der offenen Tür. Der Lichtschein, der auf mich fällt, tut weh und gut. Sein Anblick tut weh und gut. Er ist der hässlichste Mensch, der mir je unter die Augen gekommen ist, der verkommenste, der unbarmherzigste. Aber er ist ein Mensch. Unwillkürlich suche ich ihn nach Spuren ab, die mir verraten, ob es ein anderes Opfer gab, das sich gegen ihn wehrte. Allerdings lenkt das nur unnötig ab. Wer sonst unter ihm zu leiden hat, geht mich nichts an. Ich allein zähle, meine Freiheit, mein Wille. Und auch meine List. Meine Fähigkeit, aus verstümmelten Gedanken einen Plan zu formen.

Will ich hier jemals raus, darf ich mich nicht von der Angst verschlingen lassen. Ich muss ihr trotzen, sodann zu ihm robben, den Kopf so tief neigen, dass meine Stirn den eiskalten

Boden berührt, hauchen: »Tu mir nicht weh, ich bin doch ganz lieb, ich tue doch alles, was du willst.«

Ich treibe mein Schauspiel auf die Spitze, indem ich mich immer kleiner mache. Und es scheint ihm zuzusagen, dass ich mich ihm mit Haut und Haaren unterwerfe. Sein Keuchen klingt wie ein Lachen, und es bestätigt mir: Wer mir den Weg in die Freiheit weisen kann, bin nicht nur ich selbst … das ist auch er.

»Unseligerweise erhebt sich nicht selten Widerstand gegen eine vollständige Leichenöffnung. Man hält sie in unseren Gegenden für eine Art von Affront oder tiefe Schmach.
Dabei sollte jede Familie auch schon um ihrer selbst willen darauf bedacht sein, an ihren verstorbenen Mitgliedern sorgfältige Leichenöffnungen anstellen zu lassen. Werden der Sitz und die Ursache des gehabten Übels offenbart, verhilft dies nämlich nicht nur der Wahrheit zum Sieg.«

Aus der *Medicina forensis*
von Physicus und Chirurgicus
Theophil Pontus

6.

5. April 1800

Die Müdigkeit lastete schwer auf Manon, und der unangenehme Gestank in der engen Gasse machte es nicht besser. Wobei plötzlich auch ein recht angenehmer Duft hinzukam. Der Duft nach Kaffee. Sie hatte dieses Gesöff zwar noch nicht oft probiert, und dem bitteren Geschmack konnte sie nichts abgewinnen, aber jedes Mal hatte sie das Gefühl gehabt, ihre Sinne wären hinterher wacher. Sie folgte dem Geruch, stellte fest, dass auch die Juden ein eigenes Kaffeehaus besaßen und sich dieses gleich gegenüber der Synagoge befand.

Sie sah allerdings nur Männer ein und aus gehen, was wohl bedeutete, dass Frauen der Besuch verboten war.

Kaffee würde sie in der Judengasse also nicht bekommen. Aber vielleicht Antworten auf die Fragen, die sie heute Morgen hierhergetrieben hatten.

Christiane Vandenberghes Leichnam hatte diese Antworten nicht geben wollen. Es war gestern schon spätabends gewesen, als ihr Vater Klemens Vandenberghe erklärte, dass die oberflächliche Leichenschau nun abgeschlossen sei. Um die Leiche noch gründlicher zu examinieren, wolle er sie in die Anatomie des Senckenbergischen Bürgerhospitals schaffen lassen. Herr Vandenberghe, der mit dem Kriminalrat nach oben gekommen war und zunächst an der Türschwelle des Zimmers verharrt hatte, machte einen zornigen Schritt auf ihn zu.

»Wurde ihr nicht genug angetan?«

Der Blick flackerte, als er zur Toten trat, aber als er wieder ihren Vater fixierte, erwies er sich als erstaunlich streng. »Es ist erwiesen, dass sie ermordet wurde, das genügt doch!«

Pfeiffer, dieser Hornochse, sah sich bemüßigt, vor Klemens Vandenberghe zu buckeln, und gab ihm recht. Und als Theophil den Kriminalrat zur Seite nahm und erklärte, dass noch nicht erwiesen sei, welches Organ in welchem Maße beschädigt wurde, konnte er noch nicht mal auf Pathos verzichten. Das wichtigste Organ wäre doch das Herz einer Mutter. Elise Vandenberghe dürfe man unmöglich zumuten, dass der Leichnam der Tochter noch weiter zerstückelt würde.

Manon fand, dass das wichtigste Organ das Gehirn wäre, nur leider mangelte es Pfeiffer daran ebenso wie an Rückgrat. Wieder folgte eine buckelnde Verbeugung Richtung Klemens Vandenberghe, dann das Versprechen, dass die Tote von nun an nur mehr von der Leichenfrau, die sie für das Begräbnis vorbereitete, angerührt werden dürfe. Und als Theophil etwas einwenden wollte, deutete Pfeiffer mit dem Kinn auf Manon.

»Was macht eigentlich sie hier?«

Der Vater war in Gedanken bei der Leiche, sodass er die Stirn runzelte, aber Manon sagte schnell: »Ich schreibe für meinen Vater das *visum repertum,* den Obduktionsbericht.« Sie bewirkte zwar damit, dass sein Mund wieder zuklappte. Aber das Haus der Vandenberghes mussten sie so oder so verlassen.

Der Bericht war schnell verfasst, die Geräte schnell gereinigt worden, die Klagen Theophils aber, dass die Konvention der Wissenschaft bedauerliche Grenzen setzte, waren bis tief in die Nacht hinein gegangen. Irgendwann hatte Manon es geschafft, sich ihm zu entziehen und zu Bett zu gehen. Den Tag über hatte all die Aufregung sie ihre Kopfschmerzen vergessen machen. Nun hielt sie neben dem Grübeln auch der brummende

Schädel wach, dieses Gefühl, weniger in einem Bett zu liegen, als in einem Boot auf unruhiger See zu treiben.

Schmerz und Schwindel hatten schließlich nachgelassen, die Müdigkeit hingegen hielt sie in den Klauen, weswegen sie soeben herzhaft gähnte. Und das tat auch der Mann, den sie erblickte, kaum dass sie das Kaffeehaus hinter sich gelassen hatte, und der von Tür zu Tür ging, um mit einem Hammer dagegenzuklopfen. Sobald sich die Türen öffneten, traten gleichfalls gähnende Knaben auf die Straße, die auf diese Weise offenbar zum Schulbesuch aufgefordert wurden.

Als Manon einen von ihnen nach Doktor Hertzel Spira fragte, schloss er augenblicklich den Mund und zuckte die Schultern. Der nächste Junge deutete immerhin Richtung Norden.

Das half ihr nicht viel, weil es in dieser Gasse ohnehin nur zwei Richtungen gab, aber dann entdeckte sie eine Frau, bei der ein schreckliches Geschwür nicht nur das halbe Gesicht, sondern auch die Kopfhaut bedeckte. Dass sie zielstrebig in eine Richtung ging, gab Manon genug Hoffnung, um sich an ihre Fersen zu heften. Und dass die Frau sich umdrehte und sie anschnauzte, dass sie als Erste dran sei, bestätigte: Sie war auf dem richtigen Weg.

Nicht, dass sie das Gebäude, das sie wenig später erreichte, auf den ersten Blick als Hospital ausgemacht hätte. Es war ein Bau mit stattlichem Giebeldach, angeschlossenen Gärten und Ställen und ein Stockwerk tiefer als die umliegenden Gebäude. Die Menschen, die ihr aus der Wohnung im Erdgeschoss entgegenkamen, wirkten alles andere als krank. Aber dass die Frau mit dem Geschwür die Treppe nahm und in das oberste Stockwerk stieg, verriet Manon, dass zumindest ein Teil des Gebäudes für die Behandlung von Kranken genutzt wurde. Oben angekommen, warf sie einen Blick durchs Fenster und stellte fest, dass sich dahinter, nur von einem Zaun abgegrenzt, der

Friedhof befand. Ob die Lage bewusst gewählt worden war, um den Kranken vor Augen zu halten, was drohte, wenn sie sich dem Rat des Arztes widersetzten?

Nun, die andere Frau klang so, als wäre sie nicht hier, um einen Rat zu erbeten, eher, um sich gründlich über das Leben zu beschweren, das sie mit so vielen Leiden geschlagen hatte, erst die Fistel, dann die Hämorrhoiden und jetzt diese juckende, nässende Krätze …

Sie war auf der Schwelle des Raumes stehen geblieben und füllte den schmalen Türrahmen fast gänzlich aus, sodass sich Manon auf die Zehenspitzen stellen musste, um etwas sehen zu können. Der Raum war mit schlichtem Mobiliar unterschiedlichen Alters und Holzes eingerichtet, doch was sich darin befand, verriet, dass ein Arzt in dieser Gasse kein Hungerleider war. Da waren nicht nur etliche Behälter und Salbentöpfchen, Dosen aus glänzendem Silber oder Tiegelchen aus dünnem Glas. Auch umfangreiches chirurgisches Besteck: Knochensäge, Aderlassschnäpper, zahlreiche Schröpfköpfe und schließlich ein Gebilde aus Messing, das sie bislang nur aus Büchern kannte. Nun konnte Manon ihre Geduld kaum mehr bezähmen, erst recht, als sie sah, dass es wirklich Doktor Hertzel Spira war, der hier ordinierte. Gottlob wurde dem die lange Klagelitanei der Frau auch bald zu viel. Er unterbrach sie, um zu erklären, dass die Krätze hier auch darum so verbreitet sei, weil die Handseile an den Treppen völlig verdreckt seien und nicht oft genug ausgetauscht würden.

Die Frau schwieg, schien sie doch zu überlegen, wem sie – abgesehen vom Leben im Allgemeinen – die Schuld dafür zuschieben konnte. Bevor ihr jemand einfiel, trat der Arzt zu ihr, überreichte ihr eine Phiole und wies sie an, deren Inhalt regelmäßig auf dem Geschwür zu verteilen. Danach verscheuchte er sie mit strengen Worten. Manon stürzte indes auf das Gerät aus Messing zu.

»Ist das etwa ein Mikroskop? Mein Vater hat auch eins, aber das ist kaum mehr als ein Insektenglas, bestehend aus einem konischen Gefäß, einer Schraube und dem Vergrößerungsglas. Das hier ist hingegen eins, bei dem man Objekte zur genauen Beobachtung fixiert, nicht wahr? Hat es ein Uhrmacher angefertigt? Leider ist die Mikroskopherstellung noch kein eigenes Handwerk, auf das man sich spezialisieren kann und …«

Aus Doktor Spiras Verwirrung wurde Befremden. Er hatte wohl mit einem Blick festgestellt, dass Manon nicht der jüdischen Gemeinde angehörte, und konnte sich weder zusammenreimen, was sie hier wollte, noch, warum sie sein Mikroskop lobte.

»Und Sie wollen was genau …«

Manon entfuhr wieder ein Aufschrei. Sie hatte etwas fast noch Spannenderes als das Mikroskop entdeckt, nämlich ein reich bestücktes Bücherregal.

»Wie großartig! Sie besitzen ja Christian Gottlieb Ludwigs Meisterwerk *Institutiones medicinae forensis*! Dass es erst vor zwanzig Jahren erschienen ist, stimmt manche misstrauisch. Sie verlassen sich nur auf Bücher, die ein Jahrhundert auf dem Buckel haben. Ein Unsinn, wenn Sie mich fragen, die Wissenschaft lebt vom Fortschritt. Jedenfalls hätte ich nicht damit gerechnet, hier auf jemanden zu stoßen, der Interesse an Gerichtsmedizin hat.«

Doktor Spiras Miene wurde feindselig. »Warum eigentlich nicht? Weil wir Judenärzte als geldgierige, betrügerische Kurpfuscher gelten, wie die Frankfurter Konkurrenz so gerne behauptet? Weil wir gerüchteweise kein Latein beherrschen und kein ordentliches Studium abgeschlossen haben, sodass wir nicht befähigt wären, Christen zu behandeln?«

Manon zuckte leichtfertig die Schultern. »Dazu kann ich nichts sagen. Ich weiß allerdings, dass viele Ärzte auch auf meinen Vater Doktor Theophil Pontus herabsehen, weil der noch lieber, als dass er Lebende untersucht, Tote aufschneidet. Sie meinen, dass diese Arbeit eines Arztes unwürdig wäre, weil das auch ein Barbier könnte. Aber wie ich hält mein Vater die Anatomie für die Königsdisziplin der Medizin.«

Sie musste etwas richtig gemacht haben, denn Doktor Spiras eben noch feindselige Miene hellte sich sichtlich auf. Bis jetzt war er hinter dem Tisch verharrt, als gälte es, eine Grenze zwischen ihnen zu ziehen, nun trat er zum Bücherregal. Als sie zusah, wie er nahezu zärtlich über die Buchrücken strich, musste sie lächeln.

»Ich kenne Ihren Vater flüchtig. So wie er Examinierungen für das Kriminalamt durchführt, tue ich das manchmal im Dienst unseres Gerichts. Wie er werde ich hinzugezogen, falls bei einem Verstorbenen die Todesursache nicht zweifelsfrei feststeht und …«

»Und deswegen hat man Sie damals in die Mikwe bestellt!«, platzte es aus Manon heraus.

Zweifellos hatte sie einen Fehler gemacht. Doktor Spiras Blick glitt über sie, und verspätet erkannte er sie wohl als die ohnmächtige Frau, die er neulich in der Mikwe untersucht hatte – kurz nachdem er einen weitaus schlimmer zugerichteten Leichnam inspiziert hatte. Seine Miene verschloss sich augenblicklich.

»Dazu habe ich rein gar nichts zu sagen.« Rasch nahm er wieder hinter dem Schreibtisch Platz und wollte sie mit einer ungeduldigen Handbewegung hinauskomplimentieren.

Sie tat so, als würde sie diese Geste nicht bemerken, verkniff sich diesmal vorschnelle Worte und zog schweigend etwas aus ihrer Brusttasche. »Sie müssen auch gar nichts dazu sagen. Es würde mir genügen, wenn Sie das hier lesen.«

»Was soll das sein?«

Mit vielsagendem Blick breitete sie mehrere Blätter vor ihm aus – den Obduktionsbericht von Christiane Vandenberghe.

Eine Weile blieb Hertzel Spiras Blick starr auf sie gerichtet, als wollte er bekunden, dass ihn diese Blätter nichts angingen. Aber bei einem Menschen, der diese Bücher und ein Mikroskop besaß, konnte man sich auf eines verlassen – Neugierde. Und kaum hatte er sich in das Dokument vertieft, konnte er nicht aufhören zu lesen. Kein Ruf des Entsetzens ertönte, wie er einem Laien ob der grausamen Beschreibungen entkommen wäre, aber Manon entging nicht, dass er eine Nuance blasser wurde. Sie musste sich arg bremsen, doch sie schaffte es zu warten, bis er bei der letzten Seite angekommen war. Erst dann sagte sie leise: »Ich will doch nur eins wissen: ob die Verletzungen, die Christiane Vandenberghe erlitten hat, die gleichen waren wie bei Jiska. Christiane lag in einer Blutlache, und ihre Eingeweide …«

»Ich habe es gelesen«, unterbrach er sie knapp.

»Konnten Sie feststellen, ob auch Jiska …«

Wieder diese rigide Handbewegung, mit der er allerdings nicht verhindern konnte, dass seine Miene seine Gefühle spiegelte. Und zu diesen zählten nicht nur Grauen, Verstörtheit oder wissenschaftliche Neugierde. Der flackernde Blick, der mahlende Kiefer und die Tatsache, dass er den Kopf senkte, verrieten ihr, dass es ihm zutiefst unangenehm war, über Jiska zu sprechen.

»Reden Sie doch bitte!«, rief sie, erreichte damit aber nichts anderes, als dass ein Ruck durch ihn ging und seine Züge wieder ausdruckslos wurden. Er nahm die Blätter, hielt sie ihr vor die Nase. Wenn sie sie nicht entgegennähme, würde er sie ihr wohl vor die Füße werfen.

»Es zählt doch jetzt nicht mehr«, sagte er.

»Das ist Unsinn!«, rief sie empört. »Da draußen treibt ein Mörder sein Unwesen! Mindestens zwei junge Frauen hat er auf dem Gewissen, und ich fürchte, auch eine dritte, eine Hebamme namens Sibylle. Und obwohl ich keine Ahnung habe, wie das mit dem Mord an Stadtrat Günderoth zusammenhängt, vermute ich, dass auch der …«

»Es zählt jetzt nicht mehr«, kam es noch schärfer zurück.

»Das sagen Sie, aber denken auch Ihre Rabbiner so? Was würden sie davon halten, dass Sie einen Mord vertuschen?«

Ein spöttisches Lächeln verzog seine Lippen. Seine Worte stolperten regelrecht aus dem Mund, bevor er sie gründlich prüfen konnte. »Ja, denken Sie, der an Jiska wäre der erste, der hier in der Judengasse verheimlicht wurde? Und dass ich gegen den Willen des Rabbinats handle, wenn ich beim Vertuschen helfe?«

Manon lauschte verblüfft. »In den letzten Jahren hat es hier in der Gasse also weitere Morde gegeben, nur dass diese nie vom Kriminalamt untersucht wurden, weil sie als natürliche Tode gemeldet wurden?«

Er erwiderte ihren Blick hart und ausdruckslos. »Wenn Sie es unbedingt hören wollen, dann ja: Jiska ist keines natürlichen Todes gestorben. Sie ist nicht einfach als Folge der Geburt verblutet. Sie wurde, bevor sie in die Mikwe steigen konnte, schwer verletzt und dann ins Wasser gestoßen. Das Messer hat ihren Unterleib regelrecht durchdrungen – auf gleiche Weise wie bei Christiane Vandenberghe. Aber weder ich noch Sie sollten sich über diese Sache weiter den Kopf zerbrechen. Man hat Christianes Mörder schließlich gestern Abend gefasst, und er wird vor der Frankfurter Gerichtsbarkeit Rechenschaft ablegen müssen. Ich habe mit dieser Sache rein gar nichts zu tun.«

Wieder glaubte Manon, Unbehagen wahrzunehmen, regelrecht ein schlechtes Gewissen, aber woher das rührte, war nicht die dringlichste Frage.

»Man … man hat den Mörder erwischt?«

Diesmal war das Lächeln überheblich, und deutlich wie nie stellte sie Ähnlichkeiten mit seiner Schwester Esther fest. »Eine hohe Mauer mag unsere Gasse vom übrigen Frankfurt trennen, aber Neuigkeiten erreichen uns schnell … anscheinend schneller als den Haushalt von Doktor Theophil Pontus.« Er machte eine kurze Pause, dann fügte er gleichgültig hinzu: »Seit Tagen ließ der Kriminalrat einen Bettler suchen, nun hat er ihn aufgespürt. Als verrückter Tadl ist er stadtbekannt. In der letzten Nacht hat er die Morde an Christiane Vandenberghe und Melchior Günderoth gestanden.«

Manon hörte die Worte, begriff sie nicht ganz. »Die Morde gestanden?«, echote sie.

»Wenn Sie nun endlich gehen würden.«

»Die Morde gestanden?«, wiederholte sie. »Aber das kann doch gar nicht sein! Ich meine, es gab von Anfang an Gerüchte, dass ein Bettler Melchior Günderoth ermordet habe. Und es ist tatsächlich denkbar, dass ein solcher ins Haus einer reichen Frankfurter Familie wie den Vandenberghes eindringt. Aber warum soll ein Bettler die Judengasse aufsuchen und in einer Mikwe eine nackte Frau ohne Besitz abschlachten?«

»Das müssen Sie ihn fragen, nicht mich. Aber soweit ich weiß, wurde er in die Hauptwache gebracht und liegt dort in Ketten. Man wird Sie wohl kaum zu einem geständigen Mörder vorlassen.«

Sein Lächeln wurde breiter, ihres indes grimmig.

Das glauben Sie, dachte sie. Dann stürmte sie grußlos hinaus.

***

Früh am Morgen suchte Johann einmal mehr das Haus der Vandenberghes auf. Er klopfte an den Hintereingang in der Hoffnung, einen der Dienstboten sprechen zu können, und hatte tatsächlich Glück: Die abergläubische Suse öffnete ihm, winkte ihn in die Küche und erwies sich einmal mehr als geschwätzig, gleichwohl ihn das, was sie ausufernd berichtete, zunächst nicht klüger machte.

Die Leichenfrau sei noch in der Nacht gekommen, um die Tote zu waschen und einzukleiden. Eben würde man sie auf Brettern aufbahren, denn in den Sarg würde sie erst kurz vor der Beerdigung gebettet werden.

Sie beugte sich vertraulich vor und raunte: »Man wird sie mit den Füßen voran aus dem Sterbezimmer tragen müssen. Nur dann nimmt sie gebührend Abschied und kehrt nicht wieder zurück ins Haus.«

Johann nickte ernsthaft. »Gewiss ist es wichtig zu verhindern, dass ein Toter zum Wiederkehrer wird. Aber ... aber ich denke, genauso wichtig ist es zu verhindern, dass ein Lebender unbefugt ins Haus eindringt.«

Suse legte den Kopf schräg.

»Stimmt es, was behauptet wird?«, fuhr Johann behutsam fort. »Dass sich dieser Bettler, der verrückte Tadl, der gestern verhaftet wurde, um euer Haus herumgetrieben hat? Wie hätte er unbemerkt bis zu Christianes Zimmer vordringen können? Es wohnen doch so viele Dienstboten in diesem Haus. Nicht alle können so fest und tief geschlafen haben, dass niemand ihn bemerkte.«

Dass er gleich zwei Fragen stellte, schien sie zu überfordern, denn sie legte den Kopf noch schräger. Ganz kurz hatte er Verständnis für Manons Ungeduld, doch er rang sich ein sanftes Lächeln ab.

»Wir ... wir wurden doch angeheißen, nichts zu sagen ...«, stammelte sie.

»Was solltet ihr nicht sagen?«, rief er aufgeregt. »Kann es sein, dass sich der verrückte Tadl hier gar nicht herumtrieb? Dass Kriminalrat Pfeiffer nur darauf bestand, dass es so sein müsse, weil er auf diese Weise einen Verdächtigen hat?«

Sie zuckte die Schultern. »Was im Kopf des Kriminalrats vorgeht, weiß ich nicht ... Fest steht, dass wir hier nicht mehr so viel Gesinde haben. In den letzten Monaten ... da wurden so viele entlassen …« Sie sprach so leise, dass er nicht sicher sein konnte, sie richtig verstanden zu haben.

»Entlassen?«, rief er, und wieder konnte er seine Aufregung nicht drosseln. »Warum das denn?«

Suse kaute auf ihren Lippen. »Ich … ich …«, stammelte sie unbeholfen.

Offenbar durfte sie nicht darüber sprechen. Nun, er konnte sich die Gründe denken.

In Frankfurt belauerte sich die Kaufmannschaft stets argwöhnisch, und wer auch nur eine Magd entließ, dem wurde vom Konkurrenten gern unterstellt, er müsse sparen, weil seine Geschäfte schlecht liefen. Gut möglich, dass nicht nur Frau Vandenberghes Krankheit, sondern auch manch verlustreiches Geschäft, vielleicht sogar Schulden der Grund dafür waren, dass die Familie kaum noch am gesellschaftlichen Leben teilnahm. Und dass Elise Vandenberghe nicht nur höchstpersönlich zu Sibylle aufgebrochen war, weil sie diskret war, sondern weil es nicht genug Mägde gab.

»Der Mörder konnte also darum unbemerkt eindringen, weil die Vandenberghes kaum noch Gesinde haben«, stellte er fest.

Immer noch wirkte Suse unsicher. »Ich selbst … ich selbst habe in den letzten Monaten auch nicht hier gedient. Ich habe im Haushalt der Mutter der Herrin in Bad Homburg ausgeholfen und bin erst vor einer Woche nach Frankfurt zurückgekehrt.«

»Ich verstehe, aber hast du in dieser kurzen Zeit …«

»Was haben Sie denn hier verloren?«

Johann konnte nicht sagen, wer von ihnen beiden mehr zusammenzuckte, als Klemens Vandenberghe in der Küche auftauchte. Suse entschied sich sofort für die Flucht, für Johann lag diese unter seiner Würde, zumal es ihm unumgänglich erschien, auch mit dem Hausherrn zu reden. Leicht fiel es ihm gleichwohl nicht, dessen Blick zu trotzen. Obwohl auf der dunklen Kleidung, die er heute trug, nicht der geringste Blutfleck prangte und sein Haar sorgfältig frisiert und gepudert war, wirkten seine Züge noch aufgewühlter als gestern. Da hatte er ganz und gar unter Schock gestanden. Jetzt witterte Johann an ihm Wut, Ohnmacht und tiefste Verzweiflung.

»Es tut mir sehr leid, was Ihrer Schwester widerfahren ist. Ich arbeite für den *Frankfurter Korrespondenten* und möchte einen Beitrag leisten …«

»Was erlauben Sie sich?« Klemens Vandenberghe baute sich vor ihm auf, und wie die meisten Männer war er deutlich größer als er. »Wenn Sie wissen, was geschehen ist, so ist Ihnen bestimmt nicht neu, dass meine liebe Schwester nicht einfach nur getötet, sondern regelrecht geschlachtet wurde. Und ihr Tintenkleckser wollt den Leichnam noch weiter ausnehmen? Sodass nichts mehr übrig bleibt von ihrem Liebreiz und ihrer Würde und ihrer Freundlichkeit?«

Die raue Stimme verriet, dass er seit gestern mit den Tränen kämpfte. Und dass er diesen Kampf nicht mehr lange gewinnen würde. Schon jetzt waren seine Augen gerötet.

»So ist es nicht!«, verteidigte sich Johann. »Ich will die Sensationsgier unserer Leser nicht befeuern. Mich treibt der Wunsch nach Wahrheit. Den größten Dienst an Ihrer Schwester, den wir ihr erweisen können, ist, selbige ans Licht zu bringen.«

Hinter der Verzweiflung und Trauer wirkte Klemens Vandenberghe jäh müde. Er schüttelte den Kopf. »Die Wahrheit wurde doch längst ans Licht gebracht. Dieser Bettler war's. Irgendwie ist er ins Haus gelangt, angetrieben von der Gier nach Gold … nach einem unschuldigen Leib …«

»Das passt doch nicht zusammen!«, entfuhr es Johann. »Wenn der Übeltäter auf Beute aus gewesen wäre, dann hätte er den getötet, der ihn beim Diebstahl ertappte, keine Maid, die im Bett liegt und schläft. Und selbst wenn sie erwacht wäre …

Er hätte sich damit begnügt, sie zum Schweigen zu bringen, nicht so gewütet, sie regelrecht zerstückelt …«

Augenblicklich verhärtete sich Klemens' Blick. »Ist es nicht schlimm genug, dass diese Abscheulichkeit begangen wurde? Müssen wir darüber auch noch reden? Der Bettler war's! Man hat ihn erwischt, und er hat gestanden!«

Johann glaubte Zweifel aus seiner Stimme zu hören. Allerdings hatte Klemens Vandenberghe durchaus einen Grund, an dieser Erklärung festzuhalten. Die Angst, mit ihrem Reichtum Diebe anzulocken, teilten alle reichen Frankfurter. Selbst seine rücksichtslosesten Konkurrenten würden betroffen und voller Mitleid sein. Und jeder verstehen, dass sich die Familie nun noch mehr zurückziehen würde – womit sich ihre finanziellen Engpässe doch besser vertuschen ließen.

Nein, hier kam er nicht weiter. Er überlegte, noch einmal sein Bedauern auszudrücken. Aber der größte Gefallen, den er dem anderen tun konnte, war, einfach zu gehen.

Johann näherte sich der Hauptwache, nebst der Konstablerwache das zweite Wachlokal der Stadt, wo die allesamt unverheirateten Männer der Soldatenwache wohnten und wo sich das Gefängnis befand. Während man die vermögenden Frankfurter im oberen Stockwerk festhielt, landeten die einfachen Bürger in den Zellen im Keller.

Etliche Schritte vom Gebäude entfernt, verharrte er – nicht nur, weil er das Ende der Wachparade abwarten musste, die die Musketiere, Grenadiere und Kapitäne der Soldatenwache einmal täglich abhielten, sondern auch, weil er keine Ahnung hatte, wie er sich Einlass verschaffen könnte.

Die Soldatenwache war in Frankfurt unverzichtbar, wenn es darum ging, für Ruhe und Ordnung zu sorgen. Sie war an sämtlichen Stadttoren positioniert, vertrieb Vaganten, griff in Schlägereien ein oder schloss Wirtshäuser, wenn während des sonntäglichen Gottesdiensts zu laut gezecht wurde. Allein, wenn die Männer mit ihren auffälligen Piken zu sehen waren, überlegte sich jeder zweimal, ob er den Nachbarn beleidigen oder die Zeche prellen sollte. Doch die Wachsoldaten waren auch dafür bekannt, oft selbst über die Stränge zu schlagen. Obwohl es ihnen streng verboten war zu trinken, traf man sie selten nüchtern an, und wenn sich ein Bürger an sie wandte, weil er Hilfe brauchte, bekam er, falls er den falschen Moment erwischte, schon mal selbst einen Fausthieb ab. Mehr als nur einmal hatte Johann die Geschichte von einem gehört, der den Wachlokalen zu nahe gekommen war. Die Piketts hatten sich prompt den Spaß gemacht, ihn als Zielscheibe zu nutzen und ihre Messer knapp an seinem Kopf vorbeisausen zu lassen. Bei jemandem wie ihm – mit schmächtiger Gestalt und Händen, die vor allem zum Schreiben taugten – konnte allein die Anwesenheit als Provokation gewertet werden. Dafür musste er noch nicht einmal den Mund aufmachen.

Doch während er unentschlossen von einem Fuß auf den anderen trat, traf ihn eine Stimme. »Worauf wartest du?«

Er war verblüfft, als er herumfuhr und Manon Pontus erblickte. »Was machst denn du …«, setzte er an.

»Und das fragst du noch?«

Für sie war damit alles gesagt, und als sie beherzt auf die Hauptwache zuschritt, ging ihm auf, dass er in der Tat keine Erklärung brauchte. Wie er musste sie erfahren haben, dass der verrückte Tadl verhaftet worden war und gar gestanden hatte. Wie er hatte sie gehörigen Zweifel daran und wollte der Sache auf den Grund gehen.

Erstaunlich, dass ausgerechnet jener Mensch, mit dem er scheinbar nichts gemein hatte – ihr fehlten jegliches Grauen, jegliche Scham, jegliche Rücksichtnahme, während er manchmal haderte, von alldem zu viel zu haben –, exakt dieselben

Schlüsse zog und die gleiche Entschiedenheit an den Tag legte, die Wahrheit herauszufinden.

So oder so konnte er sich nicht vorstellen, wie sie sich Einlass zu verschaffen gedachte. Doch selbstbewusst trat sie auf einen der Soldaten zu und redete auf ihn ein. Aus der Distanz konnte er ihre Worte nicht verstehen, doch bald wandte sich der Soldat mit etwas widerwilliger Miene ab und verschwand im Innern der Wache, während sie ihm triumphierend zunickte.

»Er wird Franz Hahn holen«, beschied sie.

Wer immer das war, schien Johann nicht die dringlichste Frage zu sein. »Einfach so?«

»Nein, erst wollte er es mir verweigern. Aber dann habe ich ihm einen Schlag auf den Adamsapfel angedroht.«

»Auf den Adamsapfel?«, echote er verständnislos.

»Ja«, sie deutete auf ihren Hals, »eine äußerst empfindliche Körperstelle. Wenn man sie kraftvoll trifft, wird das Gegenüber ohnmächtig. Soll ich es dir zeigen?«

Schon ballte sie die Hand zur Faust.

Dahin war die anfängliche Freude, hier auf eine vermeintliche Verbündete zu treffen. »Um Himmels willen!«, rief er entsetzt.

Sie zuckte die Schultern. »Wenn du magst, kannst du es auch gern bei mir ausprobieren. Dann weiß ich endlich, ob der Schlag wirklich jenen Effekt hat, wie behauptet wird.«

»Um Himmels willen!«, rief er wieder und schüttelte heftig den Kopf. »Ich würde nie eine Frau schlagen! Nie auf Gewalt setzen! Viel besser ist es, sich auf Worte …«

Ein abmessender Blick glitt über ihn. »Beim Hausmädchen Suse mögen Worte wirken, aber die Hauptwache hast du nicht vor mir betreten.«

»Ich kenne ja auch keinen Franz Hahn. Wer ist das überhaupt?«

Sein bissiger Unterton schien ihr zu entgehen. Recht bereitwillig erzählte sie, dass Franz Hahn jener von Frankfurts Soldaten war, der die Verantwortung für die Entsorgung von Toten trug, zumindest wenn sie keine ehrbaren Bürger, sondern Hingerichtete, Selbstmörder, Almosenempfänger oder Ertrunkene waren, die man aus dem Main fischte und nach denen niemand suchte. Auf dem Armenfriedhof auf der Gemarkung beim Gutleuthof wurden sie begraben – einem abgelegenen Hof, der im Mittelalter als Spital für Aussätzige gedient hatte. Vorausgesetzt natürlich, es war noch eine Leiche da, die man begraben konnte und die Franz Hahn nicht schon längst verscherbelt hatte.

»Wer soll denn eine Leiche kaufen wollen?«, entfuhr es Johann.

Sie verdrehte die Augen, als wäre er ein Schüler, der nicht mal das ABC beherrschte. »Am beliebtesten sind die Hingerichteten. Wenn einer von denen zum Gutleuthof gebracht wird, werden dem Henker und seinen Helfern schon mal Geldstücke nachgeworfen, damit sie den Sarg öffnen und man den Leichnam nach Lust und Laune bestaunen kann.«

Johann konnte sich keinen Umstand vorstellen, in dem so etwas seine Lust wecken würde – sie offenbar schon, denn mit nahezu glänzenden Augen fuhr sie fort: »Noch mehr Geld zahlt mein Vater für Leichen, damit er sie examinieren darf. Schließlich kann er nicht immer nur auf einen vermeintlichen Mord hoffen, und dass Kriminalrat Pfeiffer seiner Hilfe bedarf. Ich habe meinen Vater manches Mal begleitet, wenn er von Franz Hahn einen Toten entgegennahm.« Ein neuerliches Schulterzucken, als ginge es um eine neue Haube oder ein Brathähnchen.

Nun, wahrscheinlich tat er gut daran, sich nicht über sie und ihren Vater zu wundern. Er sollte lieber dankbar sein, dass sich ganz unerwartet ein Weg auftat, zum verrückten Tadl vorgelassen zu werden.

In der Tat erschien wenig später einer der Soldaten, und obwohl auch sein Gesicht von den Härten und Entbehrungen dieses Lebens kündete, wirkte er nicht so mürrisch und feindselig wie der andere, eher tief besorgt.

»Ihr wollt zu Taddäus Lahmer?«, setzte er grußlos an.

So also hieß der verrückte Tadl wirklich. Johann überlegte, ob er den Namen schon einmal gehört hatte, kam aber zu dem Schluss, dass er ihm völlig fremd war. Manons nachdenklicher Blick verriet, dass er bei ihr etwas zum Klingen brachte. Doch sie sagte nichts, nickte nur.

»Oh wie gut!«, brach es aus Franz hervor. »Vielleicht könnt ihr ihm helfen.«

»Helfen?«, fragte Johann.

Aber da hatte sich der andere schon abgewandt, und ohne zu hinterfragen, wer der fremde junge Mann an Manons Seite war, winkte er ihnen beiden, ihm zu folgen.

Die Stufen der Treppe, die nach unten zu den Kellerverliesen führte, wurden immer höher, schiefer und feuchter. Johann wollte nicht darüber nachdenken, worauf genau er da stieg – wahrscheinlich Dreck, verfaultes Stroh und Exkremente von Jahrzehnten. Obwohl er aufrecht hätte stehen können, zog er unwillkürlich den Kopf ein, als sie einen langen, schmalen Gang erreichten. Im Winter waren die Zellen eiskalte Löcher, im Sommer schwitzte man sich wohl fast zu Tode. Jetzt war es gerade noch erträglich, und doch vermeinte er, neben Staub auch Elend, Angst und Hoffnungslosigkeit einzuatmen. Und die Geräusche erst! Hier ein Kichern, dort ein Kreischen, von einer Seite ein Winseln, von der anderen ein monotoner Singsang.

Alle hier haben sich etwas zuschulden kommen lassen, sagte sich Johann, um zu verhindern, dass zum Unbehagen auch noch Mitleid kam.

Doch das hatte nicht unbedingt für den verrückten Tadl zu gelten, zumindest nicht, wenn es nach diesem Franz Hahn ging.

»Er kann es nicht getan haben ... Ich weiß es ganz genau, es ist einfach unmöglich.«

»Aber das Geständnis ...« Manon brach ab, als sie nun die letzte Zelle erreichten und Franz sie öffnete. Hier war nur ein tiefer, rasselnder Atem zu hören. Zu sehen war erst auch nicht viel, weil nur durch einen winzigen Spalt in der Decke trübes Licht rieselte. Nun gut, Johann hatte keine Lust, die Spinnen und Weberknechte in den Ecken zu zählen. Oder die Blessuren auf Tadls Körper, die zahlreich sein mussten, wenn man Franz Glauben schenken durfte: »Kriminalrat Pfeiffer hat dieses Geständnis mit Gewalt erzwungen«, berichtete er soeben.

Jetzt glaubte Johann eine Regung wahrzunehmen. Etwas schien sich zu winden, dort hinten in der Ecke. Aber es hatte mehr Ähnlichkeiten mit einem Wurm als mit einem Menschen. Dann kam zu dem rasselnden Atem ein spitzer Schrei.

»Nicht, nicht!«, rief Franz dem Unglückseligen zu. »Niemand will dir etwas antun.«

Einmal mehr sprach tiefe Sorge aus seiner Stimme – was Johann nicht fassen konnte. Bis jetzt hatte er noch kein Mitglied der Soldatenwache kennengelernt, das nicht zutiefst verroht gewesen wäre. Doch nun wandte sich Franz an ihn und Manon.

»Bitte! Ihr müsst ihm helfen. Ich kenne Taddäus seit Jahren. Als ich damals meinen Dienst in der Soldatenwache antrat, war es er, der schon erfahrenere, der mich unter seine Fittiche nahm. Aber dann ...«

»Er war auch ein Soldat?«, entfuhr es Johann, während Manon den Kopf schief legte, zwar wieder nachdenklich wirkte, aber nicht ganz so überrascht.

»Wusstet ihr das etwa nicht? Deswegen liegt mir doch so viel an ihm! Wir Soldaten müssen schließlich unverheiratet bleiben. Umso enger sind die Bande zwischen uns Kameraden. Ein solcher ist er für mich geblieben, auch nachdem … nachdem …«

Etwas schnürte ihm die Kehle zu.

»Nachdem er zum Bettler geworden ist?«, fragte Johann.

»Oh, dieser verfluchte Überfall!«, platzte es aus Franz heraus. »Vor knapp drei Jahren hat man ihn eines Morgens blutend in der Gosse aufgefunden. Danach war er nie mehr der Alte.«

Johanns Aufregung wuchs. »Darum gilt er also als der verrückte Tadl? Und darum ist er gezwungen zu betteln? Weil er einen Schlag auf den Kopf bekommen hat?«

Franz trat unruhig von einem Bein aufs andere. »Nicht nur den Schädel hat's damals erwischt, sondern … Seht doch selbst.«

Eigentlich gab es nicht viel zu sehen. Zumindest nicht, bis Franz kurz verschwand und mit einer Tranfunzel zurückkehrte. Zu diesem Zeitpunkt hatte sich Manon schon neben den Gefangenen hingekniet. Sie schien sich weder am Anblick dieses erbärmlichen Wesens zu stören noch an dem Dreck, weder den spitzen Schreien, die er immer wieder ausstieß, noch dem grässlichen Gestank. Eindringlich musterte sie ihn, tastete ihm sodann den Kopf ab.

»Stimmt, stimmt. Eine Blutung im Gehirn muss nicht zwangsläufig zum Tod führen. Auch ist es möglich, dass einzelne Teile des Gehirns in Mitleidenschaft gezogen werden. Dort, wo die Fähigkeit zur Sprache sitzt oder das logische Denken oder das Erinnerungsvermögen oder …«

»Aber schau dir doch den Arm an!«, rief Franz und hielt das Licht dicht an den armen Tadl. Johann atmete unwillkürlich flacher, wagte dann aber auch, den Unglückseligen intensiv zu mustern. Selbst aus der Distanz, die er wohlweislich hielt, wurde sichtbar, dass Tadl nicht nur über und über mit Wunden übersät war, sondern sein rechter Arm merkwürdig verdreht am Körper baumelte.

»Hat Pfeiffer ihm das angetan?«

Franz schüttelte den Kopf. »Er hat gestern eine tüchtige Portion Prügel abbekommen, zweifellos. Aber der Arm war schon länger in diesem Zustand. Das kann ich beschwören. Nachdem man ihn damals dem Tode nah in der Gosse aufgelesen und ins Bürgerhospital gebracht hatte, habe ich ihn besucht. Wer immer ihn damals attackierte – Taddäus hat sich zunächst zu wehren versucht. Was bedeutete, dass man ihm, bevor man ihm den Schädel einschlug, den Arm gebrochen hatte. Hinterher ist er nicht richtig zusammengewachsen.«

Manons Augenmerk richtete sich vom Kopf auf den Arm. Sie tastete ihn gründlich ab, um schließlich festzustellen: »Es ist der rechte Arm.«

»Was … was bedeutet, dass er damit kein Messer führen kann!«, rief Johann aufgeregt.

Manon nickte. »Mit der linken Hand vermag niemand gezielte Stiche und Schnitte zu setzen.«

»Unmöglich also, dass er Melchior Günderoth oder Christiane Vandenberghe hat ermorden können!«

Franz seufzte bekümmert. »Als man ihn gestern verhaften und herbringen ließ, hat er immer wieder seine Unschuld beteuert. Aber weil er nun mal wie ein Idiot redet, hat niemand ihn ernst genommen. Der Aktuar wollte sein Gestammel nicht mal aufschreiben. Er meinte, er hätte nur jene Worte des Inquisiten schriftlich festzuhalten, mit denen dieser auf die Fragen des Kriminalrats antworte. Nur, dass der keine Fragen stellte, weil er bereits überzeugt war, Tadl sei der Mörder. Dass er sich bei Günderoths Haus herumgetrieben hat und irgendwer ihn auch in der Nähe der Vandenberghes zu sehen geglaubt hat, hat in meinen Augen aber nicht viel zu bedeuten. Es ist doch üblich, dass Bettler oft die Küchenabfälle der reichen Häuser abkriegen.«

Bisher hatte Johann vor allem Ekel und Unbehagen gespürt, jetzt kam Zorn hinzu, auch Überdruss. »Ist es nicht Gesetz, dass bei schwerwiegenden Delikten dem Verdächtigen ein in Frankfurt immatrikulierter Advokat zur Seite gestellt wird?«

Wieder seufzte Franz. »Den muss man sich halt leisten können. Und selbst wenn. Ein Defensor ist erst nach Abschluss der Ermittlungen zulässig, nicht schon bei den anfänglichen Verhören.«

Johann konnte sich vage erinnern, dass es in vielen deutschen Ländern Diskussionen gab, dies zu ändern. Doch was in Preußen offenbar bereits Gesetz war, schien hier in Frankfurt niemanden zu jucken.

»Bitte!«, Franz' Blick ging flehentlich von ihm zu Manon. »Könnt ihr etwas für ihn tun? Dein Vater vielleicht? Die Worte eines Mediziners haben mehr Gewicht als meine. Wenn er bestätigt, dass Tadls rechter Arm unbrauchbar ist ...«

Johann war von diesem Ausmaß an Kameradschaft so bewegt, dass er ihm alles versprochen hätte. Manon zuckte hingegen nur hilflos die Schultern. »Mein Vater fühlt sich für Leichen zuständig, nicht für Männer wie ihn. Er wüsste wahrscheinlich zu gerne, was im Gehirn passiert ist, als Tadl damals den Schlag abbekam. Aber leider kann er das erst untersuchen, wenn der Mann tot ist.«

Wie herzlos sie sein konnte!

»Ja, hoffst du, dass er als Mörder hingerichtet wird, damit dein Vater seinen Kopf bekommt?«, blaffte Johann sie an.

Wieder ein Schulterzucken. »Das habe ich nicht gesagt, ich habe nur die Tatsachen festgestellt.«

So gallig der Ärger in seinem Mund auch schmeckte, er verschwand nicht nur, weil er ihr insgeheim recht gab, sondern auch, weil plötzlich Schritte zu hören waren, die den Gang entlangkamen.

Die Hoffnung, dass es niemand war, der etwas von Taddäus Lahmer wollte und sich darum nicht an ihnen stören würde, zerschlug sich bald. »Los! Los!«, vernahm er Kriminalrat Pfeiffers Stimme. »Worauf wartest du noch? Ich habe dir doch Anweisung gegeben, diesen Unhold in Ketten zu legen und nach oben zu bringen. Er wird ins Senckenbergische Institut gebracht, um Melchior Günderoths Leiche zu sehen.«

Vorerst hatte der Kriminalrat nur Franz Hahn erblickt, doch bald würde er um die Ecke der Zelle spähen können. Johanns Ekel vor den Spinnen in den Ecken war nun nicht mehr so groß, aber er wusste, dass es nicht helfen würde, sich dort zu verkriechen.

Manon schien sich nicht im Mindesten ertappt zu fühlen, sie fragte nur: »Warum soll Tadl denn zu Günderoths Leiche gebracht werden?«

»Ein verbreitetes Verfahren«, raunte Johann ihr zu. »Je nachdem, wie ein Mörder auf sein Opfer reagiert – etwa, ob er zu zittern beginnt oder ihm der Schweiß ausbricht –, gilt das als Schuldeingeständnis. Um wirklich alle Reaktionen festzustellen, muss sich der Verdächtige meist vollständig entkleiden.«

Manons Stirn legte sich in Falten. »Was ist denn das für ein merkwürdiges …«

Sie kam nicht weiter. Kaum hatte der Kriminalrat die Zelle erreicht und Johann und Manon erblickt, donnerte er auch schon los: »Was zum Teufel haben denn die hier verloren?«

Johann sah Franz erst zusammenzucken, dann sichtlich verlegen den Kopf einziehen. Er konnte ihm die Angst nachfühlen, auch ihm stieg sie säuerlich die Kehle hoch. Aber dann fiel sein Blick auf Manon, in deren Miene rein gar kein Unbehagen stand, nur Selbstbewusstsein, und hinter ihr zurückzustehen, wäre ihm schlichtweg beschämend erschienen. Und feige.

Er schluckte den säuerlichen Speichel, was gelang. Sodann bemühte er sich um eine feste Stimme, was schon schwerer fiel.

»Sie scheinen dem Geständnis, das Sie dem Verdächtigen unter Tortur abgerungen haben, nicht zu trauen, wenn Sie obendrein auf die Gegenüberstellung mit Melchior Günderoths Leichnam setzen«, brachte er gepresst hervor.

Mit allem schien Pfeiffer gerechnet zu haben – nur nicht mit einem Gegenangriff. Er stieß ungehalten die Luft aus, und sein Kiefer mahlte vor Ärger, aber auch Unsicherheit. Das verriet Johann, dass er einen wunden Punkt getroffen haben musste, und seine Stimme erwies sich als verlässlicher, als er energisch fortfuhr: »Dass ein Geständnis unter Tortur nichts wert ist, ist anderswo längst bekannt. In Preußen ist die Tortur deswegen sogar verboten. Hier ist sie nur noch erlaubt, wenn ein Ratsbeschluss vorliegt, aber ich kann mir nicht vorstellen, dass Sie diesen binnen einer Nacht eingeholt haben.«

Pfeiffer war einfach nur verdattert. Doch dann ging sein Blick zu Manon, und auch wenn sie dem seinen tapfer trotzte, schien er wieder Oberhand zu gewinnen. Seine Wangen blähten sich.

»Was hat dieses Frauenzimmer im Gefängnis verloren!«, blaffte er sie an, um sich danach ebenso ungehalten wieder an Johann zu wenden: »Tortur, von wegen! Eine Tracht Prügel hat der da bekommen, das ist alles! Und die wirst du auch gleich kriegen, du mieser ...«

Johann spürte, wie sein Herz zu rasen begann. Und da war auch ein Pochen in der rechten Schläfe. Aber ihm entging nicht, dass nicht nur Franz ihn erwartungsvoll anstarrte, sogar Manon, und das gab ihm den Mut zu entgegnen: »Ist Ihnen nicht lieber, Fräulein Pontus und ich sind hier statt ein Amtsdiener? Seit der Reorganisation des Verhöramts wird ein solcher alle vier bis sechs Wochen beauftragt, durch die Gefängnisse zu gehen und die Häftlinge zu befragen, ob sie Schikanen erlitten hätten.«

Ihm war bewusst, dass er sich auf dünnem Eis bewegte. Dass es diese Verordnung gab, hieß nicht, dass man sie auch ernst nahm und wirklich umsetzte. Und selbst wenn. Wenn der Amtsdiener erst in vier Wochen nach dem Rechten sähe, wäre Tadl bis dahin als Mörder verurteilt, und keiner würde mehr fragen, wie es zu dem Geständnis gekommen war. Immerhin hatte Johann Pfeiffer so weit aus dem Konzept gebracht, dass dessen Miene Verwirrung zeigte.

Manon nutzte das kurze Schweigen, um einzuwerfen: »Taddäus Lahmer kann seinen rechten Arm nicht bewegen. Soweit ich sehe, hat er vor etlicher Zeit eine Humerus-Fraktur erlitten. Und der Oberarmknochen ist danach nicht richtig zusammengewachsen, was wiederum bedeutet, dass die Bewegungsfreiheit der Schulter stark eingeschränkt ist. Vielleicht hätte er noch unter Mühen Christiane Vandenberghe jenen Schnitt in der Kehle zufügen können. Aber niemals wäre er in der Lage gewesen, ihr die Klinge in den Unterleib zu rammen, bis zur Gebärmutter vorzustoßen, das Messer mehrfach umzudrehen …«

Nichts an den Worten war falsch, dachte Johann. Aber alles an dem Tonfall. Zu viel Triumph klang aus ihrer Stimme und viel zu wenig Grauen.

»Schaff sie raus!«, brüllte Pfeiffer in Franz' Richtung. »Die beiden haben hier nichts verloren. Und schon gar nichts zu sagen. Das wird ein Nachspiel für dich Hund haben. Wie konntest du sie überhaupt einlassen?«

Johann wollte es Franz nicht noch schwerer machen und trat freiwillig in den Gang. Manon hingegen blieb ungerührt neben Taddäus Lahmer hocken. »Ob das der Jüngere Bürgermeister auch so sieht?«

Diesmal verzichtete sie auf einen triumphierenden Tonfall, selbst auf einen rechthaberischen. Ganz nüchtern sprach sie und trieb diese Spitze dadurch besonders tief.

Pfeiffer blieb kurz die Luft weg. Der Jüngere Bürgermeister war der unmittelbare Vorgesetzte des Kriminalrats. Und jeder wusste, dass er Pfeiffer nur unter der Voraussetzung frei schalten und walten ließ, solange der Erfolge vorweisen konnte.

»Sie hat doch recht«, mischte sich Franz ein. »Tadl kann seinen Arm seit Jahren nicht mehr gebrauchen. Ich selbst kann das bezeugen, denn auch nachdem er nicht mehr zur Soldatenwache gehörte, bin ich ihm verbunden geblieben. Nicht nur wegen seiner Kopfverletzung wurde er zum Bettler, auch wegen des krummen Arms. Der macht es ihm unmöglich, einer ehrlichen Arbeit nachzugehen.«

So selbstbewusst er begonnen hatte, geriet er immer mehr ins Stocken. Pfeiffer trat indes unbehaglich von einem Fuß auf den anderen, schien unschlüssig, ob er die Worte einfach beiseitewischen durfte. Ehe er entschied, wie viel Gewicht er seiner Angst vor dem Jüngeren Bürgermeister gewähren sollte, waren im Gang einmal mehr Schritte zu vernehmen.

Diesmal sah Johann schon von Weitem, wer da mit unbehaglich eingezogenem Kopf auf sie zukam – jene Hilfskraft, Pedell genannt, wie sie damals auch in Günderoths Badezimmer anwesend gewesen war. Bis der Mann Pfeiffer erreicht hatte, blickte er nicht hoch, und auch dann nur so weit, um dem anderen etwas zuzuraunen.

Johann konnte kein Wort verstehen.

»Was sagst du da?«, rief Pfeiffer. Seine Stimme verriet nicht nur unsagbar schlechte Laune, sondern auch Verblüffung.

Der Pedell riss sich zusammen, hob den Kopf nun doch. Dann wiederholte er das, was er eben nur geflüstert hatte, so laut und deutlich, dass sie alle es hören konnten.

»Das Gesinde, das vorerst in Günderoths Haus verbleiben wollte, bis sämtliche Erbangelegenheiten geklärt wurden, wurde instruiert, alles Auffällige zu beobachten. Und heute nun hat ein Hausdiener einen Mann erwischt, als der ins Haus einzudringen versuchte. Sein erster Gedanke war, dass es sich um einen gemeinen Dieb handelte, der von Günderoths Tod gehört hatte und die Gelegenheit nutzen wollte, sich zu bereichern. Doch bei dem Mann handelt es sich um keinen Dieb.«

Johann hatte erst mit Erstaunen gelauscht, doch es wandelte sich in grenzenloses Entsetzen, als der Pedell einen Namen hinzufügte. Einen allzu vertrauten.

***

Während Johann mit Kriminalrat Pfeiffer nach oben gestürmt war, hatte Manon in der Zelle ausgeharrt. Tadl wälzte sich wimmernd und mit geschlossenen Augen vor ihr, als würde er von schlimmsten Albträumen geplagt. Schade, sie hätte gerne ergründet, wie viel von seiner Tollheit sich in seinen Augen spiegelte. Sie hatte von Irren gehört, bei denen regelmäßig nur das Weiße zu sehen war, was wohl auch etwas mit Vorgängen im Gehirn zu tun hatte.

»Genug jetzt«, schaltete sich Franz ein, der bei ihr geblieben war. »Lass uns lieber gehen, ehe er dir etwas antut.«

»Ich dachte, du hältst ihn nicht für einen Mörder.«

»Was nicht heißt, dass er in seinem Geisteszustand nicht gefährlich werden könnte.«

Dann hätte ich wenigstens die Möglichkeit, diese Sache mit dem Adamsapfel auszuprobieren, dachte Manon. Aber am Ende war die Neugierde auf den Mann, der bei Günderoth eingebrochen war, größer.

Kaum war sie die Treppe hochgestiegen, vernahm sie schon von weit her Stimmen und näherte sich dem Raum. Die edle Ausstattung – an den Wänden befanden sich grüne Tapeten, die Fenster zierten weiße Stoffvorhänge, für die Beleuchtung sorgte ein Leuchter aus weißem Blech, und auf dem Tisch lag neben einer metallenen Handschelle das Amtssiegel in Stahl gestochen – verriet, dass Kriminalrat Pfeiffer diesen Raum wohl nicht nur für seine Verhöre nutzte, sondern auch als eine Art Amtsstube betrachtete. Zwar gab es eine offizielle im Rathaus, doch dort fühlte er sich wahrscheinlich zu sehr vom Jüngeren Bürgermeister beobachtet. Hier konnte er freier walten – und tat es eben mit großer Lust. So griesgrämig oder überfordert er sich oft gab, jetzt baute er sich triumphierend vor dem Mann inmitten des Raumes auf, der mit jedem Speicheltropfen, der ihn traf, kleiner zu werden schien.

Für Manon war er ein Fremder, doch ein flüchtiger Blick genügte, um beschwören zu können, dass es sich bei diesem Mann um keinen gemeinen Dieb handelte. Seine Kleidung war schlicht, aber sauber, und obwohl er die Hände ineinander verknotete, ließ sich erahnen, dass sie nicht grob und voller Schwielen waren, sondern einem Mann gehörten, der mit seinem Köpfchen Geld verdiente. Er war leichenblass und zitterte erbärmlich, und als sie sich umblickte, erkannte sie, dass nicht nur er völlig verängstigt war. Auch Johann war kalkweiß. Nun gut, er hielt bekanntlich nicht viel aus. Aber hier war noch kein Tropfen Blut geflossen, und es gab auch ansonsten keinen Grund für die bebenden Lippen, diese entsetzte Miene.

»Ich … ich habe nichts getan …«, stammelte der Fremde, »ich habe nichts gestohlen … wirklich …«

»Willst du leugnen, dass du dir gewaltsam Zugang zu Melchior Günderoths Haus verschafft hast?«

»Ich wollte mich nur ein wenig umsehen. Wirklich … ich bin ein ehrbarer Buchhändler. Ich habe ein Geschäft in der Buchgasse und verkaufe dort alles, was das Herz begehrt, Lexika, Journale, Wörterbücher, französische Literatur und … und …«

Das wurde ja immer verworrener! Was trieb einen Buchhändler zu Günderoth? Konnte nicht wenigstens Johann endlich seines Entsetzens Herr werden und Licht ins Dunkel bringen?

Doch der blieb sprachlos, indes Pfeiffer triumphierend auflachte.

»Brauchst mir deine Ware nicht aufzählen. Interessant ist nicht das, was du sagst, sondern das, was du verschweigst. Denkst du wirklich, du könntest das Geheimnis um deine Vergangenheit vertuschen?«

In Manon kämpfte Neugierde mit Mitleid, als sie sah, wie der Mann noch mehr einknickte, hilflos stammelte: »Bitte, ich habe doch nichts getan …«

»Du hast nicht immer Markus Abel geheißen, dein früherer, dein wahrer Name lautet …« Er setzte eine kunstvolle Pause, um die Spannung zu erhöhen – zumindest für Manon. Dieser Markus wusste ja schon, was kam. Johann offenbar auch, weil er plötzlich die Augen schloss.

»Manon!« Sie spürte, wie eine Hand sie am Arm ergriff. »Manon, was treibst du hier?«

Schlimm genug, dass Jeanettes schrille Stimme Pfeiffers Enthüllung übertönte. Obendrein zerrte die Schwester sie rüde mit sich. Manon war so verdattert über ihr Erscheinen, dass sie sich erst dagegen zu wehren begann, als es schon zu spät war.

Jeanette begnügte sich nicht damit, dass sie alsbald die Hauptwache verlassen hatten. Sie zog sie hastig von dem Gebäude fort, als würde sie allein dessen Anblick beschmutzen. Manon erwartete, dass ihre Schwester sie spätestens jetzt zur Rede stellte, doch vorerst beantwortete sie nicht einmal die Frage, woher sie überhaupt gewusst hatte, dass sie hier zu finden gewesen war. Das tat sie erst, als ihr Heim in der Großen Eschenheimer Straße sichtbar wurde. »Ich ahne schon seit Langem, dass du nicht das Leben führst, das einer jungen Dame ziemt. Deswegen habe ich eure Magd Agnes instruiert, ein Auge auf dich zu haben. Und was hat sie mir heute erzählt? Du warst in der Judengasse! Du bist allein mit einem jungen Zeitungsschreiber gesehen worden! Und dann hast du auch noch mit ihm die Hauptwache betreten! Ja, hast du denn den Verstand verloren?«

»Im Gegenteil, ich habe so viel davon, dass ...«

»... dass du glaubst, die Arbeit des Kriminalrats machen zu müssen?«, fiel Jeanette ihr ins Wort. »Denkst du, du könntest es besser?«

»Natürlich!«, rief Manon. »Von besagtem Verstand hat der nämlich nicht viel und ...«

»Weißt du, wie man Frankfurter Frauen nennt, die eigenmächtig vor dem Rat erscheinen, wenn sie ein Anliegen haben, anstatt das ihren Vätern, Männern oder Brüdern zu überlassen? Nicht einfach nur schimpfende Weiber. Sondern Amazonen.«

Manon fand nicht, dass es sich dabei um ein Schimpfwort handelte. Aber ehe sie Jeanette das erklären konnte, zerrte die sie zum Haus. Sie ließ sie noch nicht einmal los, als sie die Wohnung betraten und schnurstracks zum Arbeitszimmer des Vaters gingen.

Er saß hinter dem Schreibtisch und tauchte soeben die Feder ins Tintenfass – wahrscheinlich, um den endgültigen Bericht zu Christiane Vandenberghes Examinierung zu verfassen. Doch ans Arbeiten war nicht mehr zu denken, als Jeanette zu einer weiteren vorwurfsvollen Rede ansetzte.

»Ich habe viel zu lange zugesehen, Herr Vater, aber nun kann ich nicht länger schweigen. Sie vernachlässigen Manon nicht nur, Sie spornen sie dazu an, die Pfade der weiblichen Tugend zu verlassen. Es ist, als würde man einen Schwerkranken, der fiebernd darniederliegt, in den eiskalten Wind stellen, anstatt ihn mit Arznei zu versorgen.«

»Wenn das Fieber recht hoch ist, ist es manchmal durchaus notwendig, die Temperatur zu senken«, warf Manon ein.

»Halt du den Mund!«, fuhr Jeanette sie an, um schon im nächsten Satz nicht länger mit ihr, sondern über sie zu sprechen. »Sie haben ihrem Studierbedürfnis zu oft nachgegeben, Herr Vater, und sie wieder und wieder zu einer Leichenschau mitgenommen, obwohl eine Frau dort nichts verloren hat. Ihre Pflicht war es, sie zu erziehen. Stattdessen haben Sie ein … Ungeheuer erschaffen.«

Indes der Vater sich von seinem Stuhl erhoben hatte und etwas gequält nach Luft japste, wuchs in Manon vor allem Überdruss.

»Herrgott, Jeanette! Du magst es nicht bemerkt haben, aber die Welt hat sich gewandelt. Hast du noch nie vom Quedlinburger Stadtphysicus Leoprin gehört, dessen Tochter ihn zeit seines Lebens unterstützte und die nach seinem Tod selbst als Ärztin arbeitet, und das ganz ohne Promotion?«

»Und das hältst du für erstrebenswert?«

»Im Moment würde es mir schon genügen, wenn du endlich den Mund hältst.«

»Wie vorlaut du bist. Allein das ist ein Grund, warum eine Frau kein Arzt sein kann. Weil es ihr an Verschwiegenheit fehlt.«

»Dafür, dass das eine Tugend sein soll, redest du erstaunlich viel.«

»Irgendjemand muss dich ja ermahnen, wenn du schnurstracks ins Verderben rennst.« Undamenhaft oder nicht, Jeanette stampfte auf. »Solange du unter Schutz und Schirm unseres Vaters stehst, magst du dir diese Narrheiten ja noch erlauben können. Aber was geschieht, wenn der Herrgott eines Tages beschließt, ihn zu sich zu nehmen? Wie willst du dich dann als unverheiratete Frau über Wasser halten? Indem du eine Spiel- und Kleinkinderschule leitest wie andere in einer solchen Notlage?«

Tatsächlich war dies ein wunder Punkt, weswegen Manon kurz jedes Widerwort am Gaumen kleben blieb. Dafür fand der Vater die Fassung wieder.

»Was … was schlägst du denn vor, Jeanettchen?«, stammelte er.

Erstmals breitete sich Befriedigung in der Miene der Schwester aus. »Manon sollte künftig in meinem Haushalt leben und unter meiner Obhut und der meines lieben Gatten lernen, was Freuden und Pflichten des Familienlebens ausmachen.«

So trocken konnte der Gaumen nicht sein, um nicht spätestens jetzt aufzubegehren: »Du brauchst doch nur jemanden, der deine verzogene Brut beaufsichtigt und …«

»Nicht in diesem Tonfall!« Wieder stampfte Jeanette auf. »Herr Vater, befehlen Sie ihr, mit mir zu gehen.«

Seufzend ließ sich Theophil auf seinen Stuhl fallen.

»Lass mich erst darüber nachdenken, ehe ich eine Entscheidung treffe!«, sagte er schließlich.

Es war nicht das, was Jeanette hören wollte, aber sie ahnte wohl, dass sie kein größeres Zugeständnis bekommen würde.

»Gut so«, erklärte sie. Es folgte ein angedeuteter Knicks in seine Richtung, dann ein drohendes Nicken in Manons, schließlich verschwand sie.

Zugegeben, auch Manon genoss die Stille, die folgte. Doch dass der Vater, sobald Jeanettes Schritte verklungen waren, einfach nach dem Federkiel griff, war ihr auch nicht recht.

Ausnahmsweise schien er zu spüren, dass sie vor ihm stehen geblieben war. »Was ist denn noch? Ich kann die Entscheidung nicht jetzt treffen, ich muss …«

Sie wusste, mit viel Glück würde ihr Vater Jeanettes Bitte einfach vergessen.

»Ich habe heute Franz Hahn gesehen«, sagte sie.

Augenblicklich stand der Federkiel still. »Hat er denn jemanden für mich?«, rief er frohlockend.

Manon zögerte mit der Antwort. Ein schlichtes Nein hätte bewirkt, dass er sofort wieder in seine eigene Welt floh.

»Und stell dir vor«, fuhr sie fort, »Taddäus Lahmer habe ich auch getroffen.«

Gespannt hielt sie den Atem an. Als sie den Namen erstmals gehört hatte, war er ihr vage bekannt vorgekommen, doch sie hatte ihn nicht einzuordnen gewusst.

Der Vater konnte das wohl auch nicht, denn seine Stirn runzelte sich. Doch plötzlich huschte ein zaghaftes Lächeln über seine Lippen. »Ach ja, ach ja, das waren noch bessere Zeiten, als nicht Franz, sondern er mir die Leichen beschaffte. Franz hat Zugang zum Armenhospital, zu viel mehr schon nicht. Aber Taddäus war von höherem Rang. War er ein Offizier oder ein Grenadier? Ich weiß es nicht mehr. Jedenfalls war er gut mit dem Henker befreundet. Und hat ihn immer davon überzeugt, dass ich den besten Preis zahle. Was ist eigentlich aus ihm geworden?«

Manon ließ den Atem entweichen. Sie hatte erwartet, sich mühsam vortasten zu müssen, um ein kleines Bruchstück mehr in Händen zu halten, doch plötzlich erstand vor ihr ein ganzes Bild.

»Taddäus wurde vor ein paar Jahren auf offener Straße überfallen und bekam einen Schlag auf den Kopf ab.«

»Ah!« Theophil schlug sich auf die Stirn. »Richtig, richtig, den Armen hat es übel erwischt. Es sah anfangs so aus, als würde er es nicht machen. Der Arzt, der ihn behandelte, versprach mir schon seine Leiche, wie gerne hätte ich das Gehirn examiniert. Aber nun gut, immerhin hatte Taddäus Lahmer mir noch kurz zuvor den Kopf eines Hingerichteten beschafft. Wie hieß der noch mal? Ein äußerst grausamer Verbrecher, was sage ich, der ruchloseste von allen, die jemals in Frankfurt ihr Unwesen trieben. Junge Frauen hat er regelrecht geschlachtet und ausgeweidet, und dafür landete er auf dem Schafott. Der Name will mir nicht mehr einfallen, aber ich glaube, er war als der Aal bekannt.« Er schien kurz recht zufrieden mit sich, dass er zumindest das noch wusste, doch das Lächeln schwand rasch von seinen Lippen. »Warum willst du das alles wissen? Jeanette würde es wohl nicht gefallen, wenn du über solche Dinge sprichst.«

»Du hast also den Kopf vom Aal bekommen? Und kurz darauf wurde Tadl überfallen?«

Wenn sie sich recht erinnerte, hatte die Hinrichtung des Aals vor etwa drei Jahren stattgefunden. Zu jener Zeit hatte sie sich noch damit begnügen müssen, die Instrumente ihres Vaters zu reinigen und Bücher einzusortieren. Umso begieriger hatte sie alle Geschichten über den grausamen Mörder aufgesogen, und ihr fiel auch sein wahrer Name ein: Adam Rau.

»Minettchen, ich denke …«

»Und warum hast du nur den Kopf bekommen, nicht den restlichen Leib? Was ist mit dem passiert?«

Die Falten auf der Stirn ihres Vaters vertieften sich. »Die ganze Leiche wäre doch viel zu teuer gewesen. Ich wollte wissen, ob sich das Gehirn eines solchen Ungeheuers von einem normalen unterscheidet. Was leider nicht der Fall war. Auch auf der Hirnrinde habe ich keine Spuren festgestellt … Sag, was interessiert dich das?«

Zum ersten Mal musterte er sie eindringlich, und was er sah, schien ihm nicht zu gefallen. Ihre Kleidung war über und über von Flecken aus dem Kerker besudelt, der Haarknoten hatte sich längst gelöst. Er hielt den Kopf etwas schräg, als versuchte er sich zu erinnern, was Jeanette Manon und ihm alles vorgeworfen und was sie als Konsequenz gefordert hatte.

»Der Aal war der berüchtigtste Frauenmörder Frankfurts«, sagte Manon schnell, »und unschuldige Frauen sind auch jetzt wieder gestorben. Auf ähnlich blutige Weise.«

»Was meinst du damit?«

»Dass es vielleicht einen Zusammenhang gibt. Dass es kein Zufall sein muss, dass Taddäus Lahmer kurz nach der Hinrichtung zusammengeschlagen wurde. Dass irgendjemand ein Interesse gehabt haben könnte, ihn damals mundtot zu machen.«

Seine Miene wirkte jetzt schmerzerfüllt.

»Nun ist es aber gut, Minettchen. Du hast mich lange genug gestört. All diese Aufregung ... Ich komme ja gar nicht zum Arbeiten. Dass Jeanette dich überhaupt in diesem Zustand heimbringen musste. Vielleicht wäre es wirklich besser ...«

Der Triumph, weil sie so schnell so viel herausgefunden hatte, erkaltete. »Du willst mich doch nicht wirklich zu ihr schicken?«, entfuhr es Manon bange.

Theophil seufzte. Rieb sich die Schläfen. Tauchte am Ende die Feder tief in die Tinte. Ein leises Quietschen ertönte, als er sie aufsetzte und weiterschrieb.

»Besser, wir bieten ihr keinen Anlass mehr, sich zu erregen. Und das bedeutet, dass du fürs Erste unser Heim nicht verlassen wirst.«

***

»Es ist meine Schuld«, stammelte Johann, »es ist alles meine Schuld.«

Atemlos stand er vor Uffenbachs Schreibtisch, und als sein Verleger ihn mit hochgezogener Augenbraue musterte, brach alles aus ihm heraus.

»Es ist meine Schuld. Markus Abel hätte niemals das Haus von Stadtrat Günderoth betreten, wenn ich ihm den Brief nicht gezeigt hätte. Er hat nichts mit dem Mord zu tun, er war so entsetzt wie ich, als er erfuhr, dass Günderoth ausgerechnet mit einer Jad erstochen wurde und ...«

Uffenbach brachte ihn mit rüder Geste zum Schweigen. »Es gab mal eine Zeit, in der jede Ausgabe unseres Journals ein Rätsel beinhaltete, das die Leser lösen mussten. Die Lösung durfte einem nicht ins Gesicht lachen, zu schwierig durfte es allerdings auch nicht sein, um einfache Gemüter nicht zu überfordern. Was du da aber von dir gibst …«

Johann stützte sich unwillkürlich auf dem Schreibtisch auf.

»Du erzählst mir alles von Anfang an, und das langsam!«, befahl Uffenbach streng.

Wäre er nicht so verzweifelt gewesen, er hätte wie bisher alle Worte sorgsam abgewogen. Doch sein Wunsch, Markus Abel zu helfen, und die Hoffnung, dass Uffenbach dabei erfolgreicher wäre als er allein, waren größer als alle Vorsicht. Er bekannte alles, wirklich alles. Dass er so vieles vertuscht hatte. Dass er auf eigene Faust hatte Klarheit bringen wollen, aber letztlich gescheitert war. Dass er Markus Abel ins Unglück geritten hatte. »Ich wollte Taddäus Lahmer helfen, weil der augenscheinlich unschuldig ist. Aber weil Pfeiffer nun keinen Mörder mehr vorweisen kann, stürzt er sich begeistert auf einen neuen Verdächtigen. Ich bin überzeugt, Pfeiffer wird nicht zögern, auch Markus Abel mit Gewalt ein Geständnis zu entlocken, und nichts und niemand wird ihn davon abbringen. Als ich seine Unschuld beschwören wollte, hat er mich aus der Hauptwache werfen lassen!«

Johann hatte sich zu wehren versucht, was natürlich vergebens gewesen war. Weswegen ihm keine andere Wahl geblieben war, als zu Uffenbach zu gehen, der zwar gerne Geschichten erfand und die Wahrheit mit Lust und Laune verdrehte, aber ganz sicher nicht dumm war. Und durchaus Einfluss hatte, den er geltend machen konnte.

»Es ist alles meine Schuld«, stammelte Johann wieder, nachdem er sämtliche Ereignisse in eine vernünftige Reihenfolge gebracht hatte.

Er wappnete sich gegen wüste Beschimpfungen, weil er so viel verschwiegen hatte. Stattdessen verschränkte Uffenbach die Arme über dem Bauch und starrte ihn nachdenklich an.

»Dieser Rabbi Schmuel ist verschwunden, sagst du?«

»Er ist verreist. Sein Ziel war offenbar das jüdische Seminar in Fürth. Wie Günderoth an diesen Brief gekommen ist, weiß ich nicht, aber …«

»Jedenfalls lag der Stadtrat schon die ganze Zeit im Streit mit dem Rabbi? Und dieser silberne Gegenstand im Auge von Günderoth – wie hast du den genannt?«

»Es handelt sich nicht um einen Flügel, wie Doktor Pontus und Kriminalrat Pfeiffer vermuteten, sondern um eine Hand. Eine Jad. Aber ich fürchte, wenn Pfeiffer davon erfährt, hält er erst recht Markus Abel für den Schuldigen. Er ist ihm nicht nur ein willkommener Verdächtiger, weil er in Günderoths Haus erwischt wurde, sondern weil er herausgefunden hat, dass Markus Abel einst Mordechai Abraham hieß. Er ist ein Jude, der sich vor vielen Jahren taufen ließ, um seinem Geschäft als Buchhändler nachzugehen, folglich ein Proselyt. Aber ich kann beschwören, er hat nichts mit der Sache zu tun. Ich habe ihn hineingezogen, weil ich ihm den hebräischen Brief gezeigt habe.«

Uffenbach stand so abrupt auf, dass der Tisch erbebte.

»Komm mit mir mit.«

Verdattert folgte Johann ihm ins Freie. Erst konnte er sich keinen Reim darauf machen, wohin der andere wollte, zumal Uffenbach beharrlich schwieg und in Gedanken versunken schien. Aber nach wenigen Schritten erkannte er sein Ziel: die Hauptwache.

Nicht, dass sich Johanns Anspannung verflüchtigte, aber es war wohltuend, sich hinter Uffenbachs Rücken zu verstecken, als dieser auf einen Wachposten zuging und brüllte: »Es geht um Leben und Tod! Lass mich sofort zu Kriminalrat Pfeiffer! Wenn du verhinderst, dass die Wahrheit ans Licht kommt und der Gerechtigkeit Genüge getan wird, wird das jeder Leser meines Journals erfahren.«

Wahrscheinlich hatten weniger die Worte die Macht, den anderen zurückweichen zu lassen, als Uffenbachs voluminöser Körper.

Nun, Johann war alles recht, solange er Markus Abel helfen konnte. Und der war zweifellos in einer misslichen Lage, wie sich alsbald zeigte.

Mittlerweile hatte Kriminalrat Pfeiffer zwei weitere Soldaten in die Amtsstube rufen lassen, darunter einen Hünen mit so rohem Gesicht, dass es schwerfiel, sich allein bei dessen Anblick nicht sofort zu ducken.

Markus Abel – Mordechai Abraham – tat genau das, nur dass es ihm bisher wohl nichts genutzt hatte. Das eine Auge war schon jetzt zugeschwollen, vom linken Mundwinkel troff Blut.

»Nun rede schon!«, fuhr Pfeiffer ihn an. »Warum hast du dich in Günderoths Haus geschlichen? Etwa, um Spuren zu verwischen? Bist du auf dieselbe Weise wie beim ersten Mal eingedrungen, als du den Stadtrat heimtückisch ermordet hast?«

Als sich Markus' Mund öffnete, kam nur ein unartikulierter Jammerton heraus.

»Wenn du denkst, es wäre schlimm, was du bis jetzt erlebt hast, dann warte, bis du die Mannheimer Bank siehst. Wer darauf festgezurrt wird, hat hinterher kaputte Glieder – aber die Zunge funktioniert dann plötzlich einwandfrei.«

Von seiner eigenen Zunge konnte Johann das nicht sagen. Gerne hätte er einmal mehr den Einwand hervorgebracht, dass die Tortur verboten war, zumindest, wenn nur ein vager Verdacht bestand und der Jüngere Bürgermeister noch keine Zustimmung zu dieser Art der Befragung erteilt hatte. Doch vor ihm verschaffte sich Uffenbach Gehör.

»Lassen Sie diesen unglückseligen Mann in Frieden«, polterte er los. »Er ist doch nichts weiter als ein harmloser Buchhändler.«

Pfeiffer fuhr zu ihnen herum. Obwohl Johann sich schämte, konnte er wieder nicht anders, als hinter der breiten Gestalt Zuflucht zu suchen. Er hätte nie erwartet, dass er sich ausgerechnet dort sicher fühlen könnte. Aber er hatte ja auch nie erwartet, dass Uffenbach ohne zu zögern für Markus Abel und letztlich für ihn eintrat, der dessen Unschuld beschwor.

Pfeiffer wiederum hatte nicht erwartet, gestört zu werden. »Harmloser Buchhändler!«, stieß er verdrossen aus. »Von wegen! Ein … ein Proselyt ist er!« Selbst das schlimmste Schimpfwort hätte er nicht verächtlicher ausspucken können. »Schrecklich, dass sich diese Unsitte in Frankfurt ausgebreitet hat und man so häufig auf jemanden trifft, der sich kleidet wie ein Christ und redet wie ein Christ und einen Bart trägt wie ein Christ, und dann muss man erkennen, dass ein getaufter Jude dahintersteckt.«

Uffenbach neigte abwägend den Kopf. »Gewiss ist das ein Ärgernis. Aber ein getaufter Jude ist nicht zwangsläufig ein Mörder.«

»Und was wollte er dann in Günderoths Haus?«

Für Pfeiffer war das nur eine rhetorische Frage, mit der alles gesagt war. Schon wandte er sich wieder ab, schon nickte er dem Hünen zu, schon fuhr wieder ein jämmerlicher Laut aus Markus Abels Mund, obwohl ihn kein weiterer Schlag getroffen hatte.

Johann hatte immer noch Angst, aber er konnte sich nicht länger verstecken. Hastig trat er zwischen Markus Abel und den Hünen. »Er war nur dort, weil ich ihm den Brief gezeigt habe, den …«

Er wappnete sich vor der Faust des Hünen, aber der schlug wohl nie ohne Befehl zu. Und bevor Pfeiffer den erteilen konnte, trat nun auch Uffenbach vor Markus Abel.

»Ich will nicht sagen, dass der da gänzlich unschuldig ist«, erklärte er und wies mit dem Kinn in die Richtung des Buchhändlers. »Er hat geholfen, etwas zu vertuschen. Aber ein Mörder ist er nicht.«

Der Hüne war sichtlich verwirrt, weil er nicht zu wissen schien, wen genau er jetzt schlagen sollte. Auf Pfeiffers Stirn bildeten sich Schweißperlen.

»Woher wollen Sie das wissen?«

»Nun«, Uffenbach machte eine kurze Pause. »Nun, weil ich weiß, wer der wahre Mörder ist.«

Kaum waren sie in den Zeitungsverlag zurückgekehrt, erteilte Uffenbach dem Setzer seine Befehle. Jedes Mal, wenn Johann etwas einwenden wollte, brachte er ihn mit rüder Geste zum Schweigen. Auch das Widerwort des Druckers, dass es zu spät sei, die morgige Auflage zu ändern, wischte er beiseite.

»Dieser Steckbrief kommt in die nächste Auflage«, sagte Uffenbach streng.

Es war nicht ungewöhnlich, dass in den Frankfurter Zeitungen Deskriptionen von Verbrechern abgedruckt wurden.

Ungewöhnlich war es, dass der Verleger einer Zeitung einen Mordfall auflöste. Oder es zumindest schaffte, den Kriminalrat von seiner Theorie zu überzeugen. Für Pfeiffer war es wohl weniger eine Theorie als die Lösung, um nicht als vollkommener Trottel dazustehen, nachdem er sich auf zwei falsche Verdächtige eingeschossen hatte.

»Wir müssen ihn so abstoßend wie möglich darstellen«, erklärte Uffenbach. »Denn man weiß doch, dass sittlich verkommene Menschen besonders hässlich sind. Und ein Jude ist er noch dazu. Was für Hüte trägt einer wie er? Schwarze, nicht wahr? Bedauerlich, dass die Juden nicht mehr das Abzeichen aus früheren Zeiten tragen, an dem man sie gleich erkannt hat. Zwei gelbe Ringe waren das, oder? Gern haben sie es so getragen, dass man es nicht auf den ersten Blick sah, und irgendwann war es keine Vorschrift mehr. Sei's drum …« Verspätet schien er zu bemerken, dass Johann mehrmals zum Reden angesetzt hatte. »Hast du eine Idee, wie man ihn am besten zeichnet?«

Endlich gab er Johann die Zeit, loszuwerden, was er schon auf der Hauptwache erfolglos einzuwenden versucht hatte.

»Nur weil Rabbi Schmuel ein Gegner von Günderoth war, muss er nicht sein Mörder sein. Und nur weil er ein Jude ist, erst recht nicht.«

Insgeheim musste er sich eingestehen, dass sich Uffenbach nicht nur aus diesen beiden Gründen auf den Rabbi eingeschossen hatte. In seiner Verzweiflung hatte er, Johann, ausgerechnet bei ihm Hilfe gesucht und alles ausgeplaudert, was Rabbi Schmuel durchaus verdächtig machte.

»Er taugt nun mal viel besser zum Mörder als Markus Abel«, erwiderte Uffenbach leichtfertig. »Ja, die Menschen hassen die Proselyten. Aber letztlich sind die nichts Halbes und nichts Ganzes. Verglichen mit einem Konvertiten ist ein echter Jude wie ein saftiger Schweinebraten gegenüber einem trockenen grätigen Fisch. Gewiss, die Juden essen kein Schweinefleisch, aber mir ist die krosse, innen weiche Schwarte allemal lieber als so ein dünner Hering …« Der Rest des Satzes ging in schmatzenden Geräuschen unter, von denen Johann nicht sagen konnte, ob sie echten Hunger oder nur Begeisterung über das eigene Wortspiel verrieten. »Jedenfalls passt doch alles zusammen. Günderoth hat immer gegen Juden gehetzt. Und Rabbi Schmuel hat ihm eine Schwachstelle geboten, indem er den Beschluss fasste, Frankfurt zu verlassen. Den hat er dann zwar zurückgenommen, aber Günderoth hat ihn erpresst. Woraufhin sich Rabbi Schmuel heimlich eingeschlichen und ihn mit diesem Thora-Dings getötet hat. Hinterher ist er abgehauen. Ja, es passt alles zusammen.«

Johann konnte nicht leugnen, dass Uffenbach nichts sagte,

was er sich nicht schon selbst gedacht hatte. Trotzdem schüttelte er vehement den Kopf.

»Aber es macht doch überhaupt keinen Sinn, dass Rabbi Schmuel auch Christiane Vandenberghe ermordet haben soll, wie du Pfeiffer ebenfalls eingeredet hast!«

Das Schmatzen erstarb, nicht das Leuchten in seinem Blick. Details waren Uffenbach nicht wichtig. »Und ob es Sinn macht! Wir Christen feiern in ein paar Tagen Ostern, was bedeutet, die Juden stehen vor ihrem Pessachfest. Und was mischen Juden dann gerne in ihr Brot? Das Blut unschuldiger Christen!«

»So einen Unsinn kannst du doch nicht ernsthaft glauben?«

Nun verriet Uffenbachs Schmatzen Unwillen. »Natürlich nicht, aber diese Geschichten funktionieren. Weil die Leser sie glauben. Oder eben glauben wollen.«

Johann hätte gerne widersprochen, aber er fürchtete, dass Uffenbach mit dieser Einschätzung richtiglag. Umso energischer führte er ein weiteres Argument ins Feld: »Du hast Jiska, die auch ermordet wurde, Pfeiffer gegenüber verschwiegen. Sie war selbst Jüdin. Wer soll es auf ihr Blut abgesehen haben?«

Erstmals musste Uffenbach länger als zwei Wimpernschläge nachdenken. Aber dann lächelte er breit und rieb sich die Hände. »Hat sie nicht ein lediges Kind geboren? Wer weiß, vielleicht hat sie sich von einem Christen schwängern lassen.«

»Es gibt keinen Anlass zu glauben, dass …«

»Jedenfalls wäre sie in den Augen des Rabbi eine Sünderin. Und die muss man bestrafen.«

»Und die Hebamme, die dem Kind auf die Welt half, etwa auch?«

Uffenbachs Miene wurde ungehalten. »Mehr, als dass sie verschwunden ist, wissen wir nicht. Dafür kann es tausend Gründe geben. Aber wenn du darauf bestehst – irgendeinen Grund wird es schon geben, dass es Rabbi Schmuel auch auf sie abgesehen hatte. Mir gefällt ein dreifacher Mörder durchaus gut. Ungeheuerlicher als ein zweifacher, nicht so beliebig wie ein vierfacher. Wir werden den Artikel auf vier Seiten drucken. Das ergibt zwölftausend Schriftzeichen insgesamt, sofern man sie in zwei Kolumnen aufteilt. Oder achttausend, wenn wir sie noch mit einem Bild ergänzen.« Er wandte sich an den Setzer. »Um keine Zeit zu verschwenden, diktiere ich dir Wort für Wort, ja? Länger als vier Stunden brauchst du nicht zum Setzen, oder?«

Er wedelte in Johanns Richtung, ein Zeichen, dass der ihn nicht länger stören durfte. Und er hatte längst eingesehen: Der Kampf um Rabbi Schmuels guten Ruf war vergebens. Uffenbach war es völlig gleich, ob er der Mörder war oder nicht, hingegen war er überzeugt, damit die größte Auflage seit Langem verkaufen zu können.

Und es gab noch einen anderen Grund, warum er resignierte und warum nicht bloß Empörung, auch Scham einen galligen Geschmack in seinem Mund entstehen ließ. Die Tatsache, dass er ihm vorhin zwar viel verraten hatte, aber nicht alles, er folglich immer noch ein Geheimnis hütete.

Mit gesenktem Kopf trat Johann ins Freie. Am liebsten hätte er sich für den Rest des Tages, ja, den Rest der Woche verkrochen. So lange eben, wie es notwendig war, dass sich die Befriedigung, den verrückten Tadl vor einer falschen Mordanklage bewahrt zu haben, zumindest halbwegs mit dem Entsetzen die Waage hielt, dass nun nach Rabbi Schmuel gefahndet wurde.

Nach nur wenigen Schritten kam ihm einer entgegen, aus dessen Miene selbige Scham, Unbehagen und Erschöpfung sprachen wie aus seiner. Es war unerträglich, das alles gespiegelt zu bekommen. Und zugleich fühlte es sich so gut an, keine weiteren Worte machen zu müssen, nichts erklären, sich nicht rechtfertigen, sich einfach nur in die Arme nehmen zu lassen. Nicht, dass Markus Abel – Mordechai Abraham – das lange wagte, schon trat er hastig zurück, um sich zu vergewissern, dass niemand sie gesehen hatte.

Vertraulichkeiten in der Öffentlichkeit hatte er Johann stets streng verboten. Und erst recht, das Wort zu sagen, das diesem auf den Lippen lag. Aber er konnte nicht anders. »Ach, Vater«, brach es aus ihm hervor.

Wieder ging Markus' Blick beunruhigt in alle Richtungen, aber weiterhin beachtete sie niemand, und als er sich ihm wieder zuwandte, sprachen aus seiner Miene nicht Strenge, nur Liebe und Sorge.

»Du … du hast doch meinetwegen keine Schwierigkeiten bekommen, oder?«

Johann schüttelte den Kopf. »Niemand ahnt, dass du mein … mein …«

Er hatte sich das Wort zu entschieden abgewöhnt, um es noch einmal auszusprechen. Zumal ihm noch etwas anderes auf den Lippen lag.

»Warum hat Pfeiffer dich freigelassen?«

»Du hast deinen Verleger doch gehört. Der Kriminalrat folgt nun einer neuen Spur. Bei mir hat man nichts gefunden, um mich zumindest eines Diebstahls zu überführen.«

»Was zum Teufel wolltest du überhaupt bei Günderoth?«

Zu seiner Überraschung gab Markus sich nicht zerknirscht, seine Miene hatte etwas Entschlossenes. »Ich wollte wissen, ob dort noch mehr Briefe zu finden sind.«

»Von Rabbi Schmuel?«

Zum dritten Mal blickte sein Vater sich misstrauisch um, dann rückte er ganz nahe an Johann heran. So warm sein Atem auch war, ihm wurde eine Spur kälter, als der andere ihm zuraunte: »Rabbi Schmuel ist in großer Gefahr.«

»Natürlich ist er das«, sagte Johann. »Wenn er nach Frankfurt zurückkehrt, wird Pfeiffer ihn sofort verhaften lassen. Und so leid es mir tut und so absurd ich es finde, dass man ihm auch die Morde an Christiane Vandenberghe oder Jiska unterstellt – einen gänzlich Unschuldigen trifft es nicht.« Er atmete tief durch. »Du wolltest es nicht offen aussprechen. Aber du weißt so gut wie ich: Falls Günderoth Rabbi Schmuel wirklich mit diesem Brief erpresst hat, dann hatte der einen Grund, ihn zu töten. Auch die Mordwaffe spricht dafür.«

»Er hätte sich doch nie an einem heiligen Gegenstand vergriffen!«

»Aber du kannst nicht leugnen, dass er mit diesem Brief Günderoth eine Schwachstelle geboten hat.«

»Hat er nicht!«, fiel Markus ihm schroff ins Wort. Er rückte noch näher an ihn heran.

»Ich kann beschwören, dass das Schreiben, das du bei Günderoth gefunden hast, nicht aus Rabbi Schmuels Feder stammt. Sein Name mag darunter stehen, aber es ist eine Fälschung.« Er senkte unwillkürlich seine Stimme. »Günderoth muss sie bei jemandem in Auftrag gegeben haben, der zwar des Hebräischen mächtig ist. Aber er hat ein wichtiges Detail übersehen.«

Irgendwann

Sein Ziel ist es, mich zu brechen. Mein Ziel ist es, so weich wie Wachs zu bleiben, auf dass es ihm nicht gelingt. Aus Wachs kann man zwar kein Eisen schmieden. Aber wenn man einen Docht hat, kann es zur mächtigsten Waffe werden – dem Feuer.

Noch habe ich keinen Docht, aber ich habe Geduld. Ich kann warten, ich kann so tun, als ertrüge ich ihn. Das hoffe ich zumindest, und wenn ich meine Zähne ganz fest zusammenbeiße, glaube ich es auch. Nur manchmal fehlt mir die Kraft dazu, und meinen Lippen entweicht ein Seufzen.

Die Kälte, den Hunger, den Durst habe ich zu erdulden gelernt. Aber nicht das Begehren in seinen Augen, wenn er mir die Lumpen vom Leib zieht und mich nackt anstiert. Es ist gefährlich, weil verlogen. Aus einem Stein, den man aus dem Main fischt, wird kein Diamant, nur weil Sonne darauf fällt und er kurz glitzert.

Meine Willfährigkeit rettet mich nicht. Zu untrennbar gehören Lust und Qual bei ihm zusammen. Mache ich ohne Widerstand meine Beine breit, verdrischt er mich hinterher trotzdem. Er will meinen Körper ja nicht bloß besitzen, er will ihn ausweiden wie der Jäger das erlegte Tier. Fehlt der aufregende Moment des Anpirschens, bleibt das Vergnügen schal.

Besser ist es, wenn ich angstvoll aufschreie, sobald er mein Verlies betritt. Oder wenn ich verzweifelt schluchze.

Sein Blick ist dann nicht weniger kalt, aber die Lippen kräu-

seln sich. Und er spricht zu mir, was er nur selten tut, auf diese kehlige, unartikulierte Weise.

»Du hättest mich nicht auslachen dürfen«, sagt er.

Wie widersinnig mir seine Worte erscheinen. Ich habe das Lachen doch verlernt. Ich kann mich noch nicht einmal erinnern, es in jenem anderen Leben getan zu haben, noch dazu über ihn. Aber nun gut, sein Gesicht ist keines, das man sich einprägt, wenn es eines von einem Dutzend ist. Zur Fratze wird es erst, ist man ihm ausgeliefert.

»Es tut mir leid«, heule ich, und kurz meine ich das auch. Seine Worte deuten an, dass es eine Möglichkeit gegeben hätte, meinem Schicksal zu entgehen. Wenn ich im rechten Moment freundlich zu ihm gewesen wäre. Wenn ich ihm ein liebreizendes Lächeln geschenkt hätte. Allerdings: Wer so verkommen, so grob, so seelenlos ist wie er, braucht keinen Grund, um eine Frau zu hassen, und findet nie einen, um eine Frau zu lieben.

Das Lächeln hätte nicht geholfen. Jetzt hilft das Weinen nicht.

Er nimmt mich von hinten wie ein Schaf und prügelt mit Fäusten auf meinen Rücken ein. Immerhin bringt er mir regelmäßig zu essen. Dass es Fleisch ist, erkenne ich. Nicht, ob ich es in Form eines Stück Spanferkels oder Hammels esse. Auch nicht, ob es noch frisch oder schon verdorben ist.

Mein Magen schreit danach, meine Kehle ist wie zugeschnürt.

Du musst essen, befehle ich mir, du musst bei Kräften bleiben, du musst Geduld haben, du musst ihn ertragen.

Irgendwann wird ihm ein Fehler unterlaufen.

Ich esse, kotze, esse mehr.

Er nimmt mich wieder, er schlägt mich wieder, er bringt mir ein neues Kleid, eine Matratze, auch ein Barchentdeckbett. Geht es nach ihm, so erkenne ich, werde ich ewig seine Gefangene bleiben.

Geht es nach mir, so spüre ich eines Tages, ist die Zeit gekommen, einen Ausbruch zu wagen.

»Ich würde mir so gerne die Haare kämmen«, sagte ich. »Mich hübsch machen, nur für dich.«

Er zeigt mir sogleich, welchen Zweck Haare für ihn haben. Er reißt sie mir in Büscheln aus. Und doch, als wäre da ein besserer Teil in ihm, der nicht nur mich, sondern ihn selbst täuschen kann, bringt er mir einen Kamm. Und einen kleinen Silberspiegel.

Ich erkenne mich nicht wieder, als ich mich darin sehe. Aber das ist gut so. Die hübsche Frau, die ich einst war, könnte nicht tun, wozu dieses geschundene Wesen imstande ist.

Ich hole tief Atem. Ich nehme all meine Kraft zusammen, und das, was fehlt, machen Hass und Wut und Ekel wett. Dann dresche ich ihm den Rand des Spiegels unverhofft ins Gesicht. Treffe ihn irgendwo zwischen Augen und Nase. Triumphierend heule ich auf, als er taumeln muss, zu Boden geht. Und dann renne ich los.

»Die Verstorbenen einer Besichtigung zu unterziehen, um die Todesursache festzustellen, ist kein Trachten unserer Zeit. Schon die alten Ägypter taten es. Später die Ärzte der Germanen, an deren Urteil sich die Richter hielten. In der Peinlichen Gerichtsordnung des allerdurchlauchtesten Kaisers Karl V. ward forthin bei rätselhaften Todesursachen eine Examinierung durch einen Chirurgen oder eine Hebamme empfohlen, um ein Malefiz zu konstatieren.
Der tote Körper gibt schließlich ganz ohne Pein mehr Wahrheiten preis als der Delinquent unter schlimmsten Folterqualen. Ergo dient die Arzneikunst, sofern sie der Rechtspflege vorleuchtet und den Übeltäter dingfest macht, nicht nur der Wahrheitsfindung, sie dient der Wiederherstellung der Gerechtigkeit.
Dass danach gehandelt wird, kann sich der Medicus aber nur wünschen – der Obrigkeit Entsprechendes gebieten kann er nicht.«

Aus der *Medicina forensis* von
Physicus und Chirurgicus
Theophil Pontus

7.

8. April 1800

Die Apotheke befand sich gleich neben dem Haus zum Schwan, und als Manon sie betrat, war ihre Nase ebenso überfordert wie ihre Augen. Die Nase konnte kaum zwischen dem Gestank nach Uringeist, der die Grundlage etlicher Arzneien war, und dem Duft von Süßrohr, Zedernholz und Myrte, wie sie manche Kräutermixturen enthielten, unterscheiden. Der Blick wurde von so vielen Dingen angezogen – den Tiegeln und Schachteln, Schälchen und bunten Fayencen und vor allem von dem ausgestopften Tier, das von der Decke hing.

»Ist das eine Schlange oder ein Drache?«, entfuhr es ihr.

Der Apotheker war ein Mann mit schrankförmiger Gestalt und steif wirkendem Nacken, aber ungemein feingliedrigen Händen. Er stand hinter der Goldwaage, wo er mit Gewichten, die nur für seine Zunft galten, Zutaten für eine neue Mixtur abwog, und schenkte ihr einen abfälligen Blick.

»Dieses Ungeheuer ist ein Krokodil«, erklärte er.

»Ah«, sagte Manon, und die längliche Form, die spitzen Zähne, die grünliche, schuppige Haut und die kurzen Beine ergaben nun einen Sinn. »Ein Krokodil, wie es Plinius in seiner *Historia naturalis* beschreibt – übrigens gemeinsam mit dem Flusspferd?«, fragte sie.

Seine Miene verfinsterte sich, obwohl sie überzeugt war, nichts Falsches gesagt zu haben. Nun klang auch seine Stimme abfällig. »Junge Frauen benutzen gerne eine Tinktur aus Krokodilinnereien für ihre Schönheit. Um dergleichen zu bekommen, sind Sie doch hier, oder?«

Sie hätte gerne ihre Kenntnisse über das Krokodil vertieft. Aber nicht das hatte sie in die Apotheke getrieben.

»Nein, ich bin hier, weil ich wissen will, ob Sie auch Leichenteile verkaufen.«

Der Nacken des Apothekers war doch nicht so steif, wie seine langsamen Bewegungen hatten vermuten lassen. Verstört schüttelte er den Kopf.

Welch ein Kampf die letzten drei Tage gewesen waren! Ihr graute immer noch, wenn sie daran dachte. Ihre Dienstmagd Agnes hinderte sie beharrlich daran, das Haus zu verlassen. Und der unerträglichen Langeweile war mit Zeitungslektüre allein nicht beizukommen, Letztere war erst recht eine Qual.

Schwer vorstellbar, dass Johann etwas damit zu tun hatte, aber in einem Artikel des *Frankfurter Korrespondenten* wurde ein gewisser Rabbi Schmuel als blutrünstiger Mörder der armen Christiane Vandenberghe und des ehrenwerten Melchior Günderoth ausgemacht und auf befremdliche Weise dargestellt: Ein hässlicher Mann delektierte sich an geschlachteten Frauen, und unter dem Bild wurde voll Pathos erklärt: »Der Aussatz eurer Sünden und eurer Missetaten wird nimmermehr kuriert.«

Manon hätte schwören können, dass Kriminalrat Pfeiffer mal wieder eine falsche Spur verfolgte, zumal im *Frankfurter Korrespondenten* nur Gerüchte und keine Tatsachen geboten wurden. Sie legte die Zeitung beiseite und erklärte Agnes spitz: »Das Arbeitszimmer meines Vaters aufzuräumen, ist mir doch gestattet, oder?«

Agnes schien unsicher.

»Ich meine, das Weib erhält seine Würde doch durch das Dienen«, sagte sie und hoffte, dass sie Jeanettes Tonfall gut hinbekam. »Und man weiß doch«, fügte sie hinzu, leider nicht mehr flötend, weil sich ein rauer Ton in ihre Stimme schlich, »ein großer Geist neigt zum Chaos, das ein kleiner vielleicht zu zähmen weiß. Mein Vater ist wieder einmal im Senckenbergischen Institut, am Abend soll er alles in Ordnung vorfinden.«

Chaos herrschte tatsächlich – zumindest in jenem Schrank, in dem sämtliche Obduktionsgutachten, die ihr Vater in den letzten fünf Jahren verfasst hatte, aufbewahrt wurden und in den sich eine vertrocknete Feder ebenso verirrt hatte wie eine verklebte Perücke. Nur dass sie keine Ordnung schaffen wollte, lediglich ganz bestimmte Berichte finden. Leider waren sie dem Datum nach nicht geordnet, immerhin war ein finales *visum repertum* mit seinen drei Absätzen recht übersichtlich gestaltet. Zwei Stunden lang wühlte sich Manon durch eine Fülle aus mutmaßlichen Gift-, Raub- und Selbstmorden, Kindstötungen und Unfällen. Der eine oder andere Fall war faszinierend, trotzdem legte sie die Blätter immer rasch zur Seite. Ihr Nacken verspannte sich zunehmend, und dass Agnes nun schon zum zweiten Mal den Kopf durch den Türspalt steckte, machte es nicht leichter.

»Ich sortiere«, sagte Manon streng und konnte sie damit in die Flucht schlagen – zumindest vorerst.

Bald gab es nichts mehr zu sortieren. Insgesamt drei Stapel hatte sie durchgearbeitet – ohne auf den Fall von Adam Rau zu stoßen. Seufzend legte sie die Obduktionsberichte zurück ins Regal, doch während sie es noch einmal von oben bis unten absuchte, kam ihr ein Geistesblitz.

Atemlos stürzte sie zum Schreibtisch, zog ruckartig an der obersten Schublade – und stieß einen triumphierenden Schrei aus. »Heureka!«

Vor einigen Jahren hatte ihr Vater einen ganz besonderen Farbschnitt bekommen: Er stellte den Blutkreislauf dar, wie ihn Andreas Vesalius, der erste Anatom, bei seinen Obduktionen freigelegt hatte. So kostbar war ihm diese Zeichnung, dass er sie wie einen Schatz hütete und vor unverständigen Blicken verbarg. Doch nicht nur diese. Unter der Zeichnung lag ein Bericht, der ihm wohl ebenso als zu außergewöhnlich erschien, um ihn einfach neben den anderen abzulegen. Genau betrachtet waren es drei Berichte. Die ersten beiden handelten von der Obduktion von Adam Raus Opfern. Der dritte widmete sich der Untersuchung seines Kopfes.

Manon schlug das Herz bis zum Hals, und ihre Hände zitterten, als sie sich auf dem Stuhl niederließ und die *visa reperta* gründlich studierte.

Tatsächlich. Zwei Jungfrauen aus gutem Haus – Amalia und Regina – waren damals auf ähnliche Weise zugerichtet worden wie Christiane. Sie waren ebenfalls in ihren Betten gefunden worden, wo sie in einer Lache aus Blut gelegen hatten. Recht ausführlich waren die Spuren beschrieben, die ein sehr spitzer Gegenstand – mutmaßlich ein Dolch – an Reginas Schambein hinterlassen hatte, und auch, dass die inneren Organe, vor allem die Gebärmutter, regelrecht zerfetzt worden waren.

Aus dem Obduktionsbericht zu Adam Raus Kopf wiederum ließ sich ableiten, dass bei der Hinrichtung nicht alles glatt verlaufen war, der Henker mehrfach das Schwert hatte heben müssen, um den Kopf endlich abzutrennen. Von diesem hatte ihr Vater Haut und Gewebe entfernt, um das Gehirn zu entblößen. Aber auf Auffälligkeiten, die hätten beweisen können, dass es für Bösartigkeit und Grausamkeit physische Anzeichen gab, war er nicht gestoßen.

Schade, dass sie ihm damals noch nicht assistiert hatte. Und schade, dass er anders als bei etlichen toten Kindern Adam Raus Totenschädel nicht behalten hatte. Stattdessen stand am Ende des Berichts, dass er die präparierte Hirnschale an einen Apotheker verkauft hatte, und obwohl kein Preis genannt wurde, vermutete sie, dass er mit der stattlichen Summe zahlreiche Zutaten zum Imprägnieren von Organen weiterer Leichen hatte kaufen können. Nicht minder interessant als der Hinweis auf den Apotheker war die Tatsache, dass selbiger Adam Raus restlichen Leichnam bereits unmittelbar nach der Hinrichtung erhalten hatte.

Blieb nur die Herausforderung, Agnes dazu zu bewegen, mit ihr ebenjene Apotheke aufzusuchen.

Kurz spielte sie mit dem Gedanken, sich eine kleinere Verletzung zuzufügen, doch schließlich kam ihr eine andere Idee.

»Ich bin ungewöhnlich weiß, nicht wahr?«, versuchte sie es heute Morgen wieder mit dieser Flötenstimme. »Ich fürchte, ich könnte an Bleichsucht leiden.«

Agnes' verwirrtes Gesicht verriet, dass sie noch nicht oft davon gehört hatte, weswegen Manon atemlos alles zusammentrug, was sie je über diese Krankheit gelesen hatte, um weniger mit dem Inhalt als der Fülle an Worten zu überzeugen. »Als Jungfernkrankheit wird sie auch bezeichnet, weil sie Frauenzimmer trifft, die zu spät heiraten. Von unterdrückten Trieben wird das Blut erst schwer, dann dick, und schließlich vertrocknen die Säfte. Meinem viel beschäftigten Vater kann ich nicht zumuten, seine wertvolle Zeit zu verschwenden. Deswegen möchte ich mir selbst in der Apotheke die notwendige Arznei beschaffen.«

Agnes gestattete den Einkauf, ließ sich allerdings nicht davon abhalten, sie zu begleiten, und bis sie die Apotheke erreicht hatten, hatte Manon keine Idee, wie sie sie abschütteln konnte. Doch dann entdeckte Agnes schon von draußen das Ungeheuer, das sich später als Krokodil herausstellte, erschauderte und stimmte dankbar zu, als Manon erklärte, das Gespräch mit dem Apotheker lieber unter vier Augen zu führen.

Und nun stand sie vor dem Apotheker und fragte ganz unumwunden, ob er Handel mit Leichen oder vielmehr einzelnen Teilen trieb.

Dass die meisten seiner Zunft es taten, hatte sie schon des Öfteren gehört. Dass sie das zu vertuschen suchten, ebenso. Der Rat sah das nämlich nicht gerne, weil es Menschen in Versuchung führte, sich etwas dazuzuverdienen, indem sie die Friedhöfe plünderten.

Tatsächlich plusterte der Apotheker sich noch mehr auf und wies ihr Anliegen empört zurück. Doch seine Miene entspannte sich, als sie zu ihrem Gürtel griff. Dort trug sie eine Börse als Zeichen, dass sie ihn fürstlich zu bezahlen gedachte, wenn er ihr das Gewünschte bieten konnte. Dass sich nicht wirklich Geld in der Börse befand, sondern sie sich, um sie prall auszufüllen, an der Knochensammlung ihres Vaters bedient hatte, konnte er nicht wissen. »Was hätten Sie denn gerne?«

»Ich wäre gerne für alle möglichen Krankheiten gerüstet. Was haben Sie zu bieten?«

Wieder ein kurzes Zögern, wieder richtete sich sein Blick auf die Börse. Sie nahm sie vom Gürtel, presste sie aber an ihre Brust – ein Zeichen, dass sie sie nicht vorschnell öffnen würde. Schließlich winkte er sie näher. Obwohl nur ein ausgestopftes Krokodil sie belauschte, war er wohl gewohnt, über ein Thema wie dieses nur im Flüsterton zu reden.

»Gepulvertes Menschenbein habe ich vorrätig. In rotem Wein zerlassen, hilft es bei allen Leiden, die die inneren Organe verursachen. Noch besser wäre zerlassenes Menschenfett, *axungia hominis*.«

»Aber wirksam ist das doch nur, wenn es von einem Hingerichteten stammt, oder?«

Ein Ausdruck des Bedauerns huschte über sein Gesicht, wie sie ihn oft bei ihrem Vater sah. Hinrichtungen waren in Frankfurt schließlich zur Seltenheit geworden.

»Eine ähnliche Wirkung hat es, wenn es von Kindern oder jungen Menschen stammt, die einen plötzlichen oder gewaltsamen Tod erlitten haben«, erklärte er etwas von oben herab, aber mit kaum verhohlener Faszination. »Die siechen Alten, die ganz langsam von einer Krankheit aufgerieben werden, lassen weniger Lebenskraft zurück. Bei den kräftigen Jungen hingegen hilft nicht nur das Fett. Das Gehirn nimmt man bei Tollwut, die Haut bei Gicht, das Haar, falls es gepulvert und in Weißwein eingenommen wird, bei Gelbsucht und …«

»Und wie sieht es mit einem Fingerglied oder einem anderen Knöchelchen von einem Hingerichteten aus?«

Früher hatte man die Geräderten stets eine Woche am Rad hängen lassen, und meist hatten erst die Daumen, dann die Zehen gefehlt. Die Menschen, die Teile von Leichnamen heimlich vom Schafott stahlen, verarbeiteten diese nicht nur zu Arzneien, sondern auch zu Amuletten, die man an einer Kette um den Hals trug.

»Ein solches Knöchelchen wäre fast unbezahlbar!«, sagte der Apotheker gedehnt.

Sie nahm die Börse von der Brust und ließ sie direkt vor seinem Gesicht baumeln. Gut möglich, dass das ein Fehler war, denn das, was sie ausbeulte, waren aus der Nähe betrachtet eindeutig keine Münzen. Dennoch rief sie selbstbewusst: »Nennen Sie einen Preis! Egal wie hoch. Ich will unbedingt ein Knöchelchen des … Aals.«

Eben noch war sein Blick schmal vor Gier geworden, nun riss er die Augen weit auf. Für einen seiner Zunft, der in alle Abgründe geschaut hatte, die sich unter Frankfurts Straßen auftun mochten, wurde er erstaunlich weiß im Gesicht.

»Wie kommen Sie auf die Idee, dass ich nach all den Jahren noch ein Knöchelchen von ihm hätte.«

»Das heißt, Sie haben eins gehabt, den Leichnam aber Stück für Stück verkauft.«

Nun wurden Blick und Mund schmal, ärgerte er sich doch sichtlich, sich verplappert zu haben. »Nicht Stück für Stück«, gab er etwas unwillig zurück. »Der Kopf hat von vornherein gefehlt, den Rumpf habe ich als Ganzen verkauft.«

»Nämlich an wen?«

Dem Apotheker schien es langsam zu dämmern, dass er doch nicht so einfach ein großes Geschäft würde abschließen können. »Was nützt es, wenn ich das verrate?«, fragte er verdrossen. »Derjenige hat ganz sicher kein Pulver oder eine Tinktur aus den Leichenteilen hergestellt. Wenn ich es recht im Kopf habe, hat er erklärt, er brauche den Leichnam für Forschungszwecke.«

»Dann war es ein Arzt?«, fragte Manon.

Im Kopf ging sie blitzschnell die Namen all jener durch, die die Forschungsvorlieben ihres Vaters teilten. Auf viele kam sie nicht. Doch da fügte er missmutig hinzu: »Keiner, den ich so nennen würde. Er stammt aus dieser verfluchten Gasse, was bedeutet, dass er ein Quacksalber ist, jedoch nicht mehr. Aber er zahlte gut.«

Manon war so erstaunt, dass ihr kurz der Mund offen stehen blieb. Sie brauchte nicht sehr lange, um aus dem Gesagten die richtigen Schlüsse zu ziehen und die nächsten Schritte zu planen. Aber doch etwas länger, um zu überlegen, wie sie die Apotheke verlassen könnte, ohne dass sich Agnes sofort wieder an ihre Fersen heftete.

»Vom Aal ist also nichts geblieben. Aber wenn Sie wollen …« Der Apotheker beugte sich wieder vor, um zu flüstern. »Ich habe Fingerknochen eines ungeborenen Kindes. Und die entfalten eine mindestens so heilsame Wirkung wie die Fingerknochen des Aals.«

Manon warf einen Blick über die Schulter. Agnes hatte sich leider kein Jota von der Stelle gerührt. Immerhin, sie achtete weiterhin nicht auf sie, sondern starrte auf das Krokodil, als hätte sie Angst, dass es jederzeit zum Leben erwachen würde.

»Haben Sie auch einen Hintereingang?«, fragte sie.

Enttäuschung zuckte an seinen Mundwinkeln. »Sie wollen also gar nichts kaufen?«

Sie fixierte die schmale Tür zwischen zwei Regalen, die offenbar zu einem Laboratorium führte. Sicher gab es dort zumindest ein Fenster, mit viel Glück sogar eine weitere Tür. Sie wies mit dem Kinn in diese Richtung.

»Nein, ich werde nichts kaufen. Aber wenn Sie mich dort hinauslassen, könnte ich Ihnen ein paar meiner Schamhaare anbieten. In einem Tuch um den Unterleib getragen, verbürgen sie eine Schwangerschaft. Es ist noch nicht einmal notwendig, dass man sie einer Toten ausreißt.«

Sie meinte es ernst, obwohl sie damit haderte, viel Zeit zu verlieren, wenn sie sich wirklich entkleiden müsste. Doch er sog voller Ekel den Atem ein und winkte sie hastig durch die Tür nach hinten, wohl nur von dem Wunsch getrieben, die absonderliche Frau so schnell wie möglich loszuwerden.

***

Auf den ersten Blick hatte sich in der Judengasse nichts verändert. Wie immer wirkte sie eng und dunkel, wie immer prallten Arm und Reich aufeinander, wie immer herrschte rege Geschäftigkeit. Doch das Unbehagen, mit dem jeder, der durch eines der Tore trat, beäugt wurde, war deutlich gewachsen. Es galt auch Johann, der zwar in unauffällige schwarze Kleidung geschlüpft war, aber dennoch sofort als Fremder ausgemacht wurde. Und es blieb nicht nur beim Unbehagen. Manche zeigten Angst und wieder andere Wut – so ein junger Mann, dessen Ellbogen sich in Johanns Magen rammte, als der an ihm vorbeihastete. Anstelle eines Fluchs rief Johann ihm eine Entschuldigung nach. Unmöglich konnte er dem anderen dieses rüde Verhalten übel nehmen.

Wenn ich ein Bewohner der Judengasse wäre, dachte er, wäre mein Zorn auf alle Frankfurter in den letzten Tagen auch gewachsen.

Der Schriftsetzer des *Frankfurter Korrespondenten* kam kaum damit nach, zahlreiche Extrablätter herzustellen, deren Druckerschwärze meist noch feucht war, wenn man sie unter die Leute brachte. Für gewöhnlich wurden die meisten ihrer Zeitungen im Laden neben dem Verlagshaus verkauft, jetzt waren auch sämtliche anderen Verkaufsstellen der Stadt – die Avisen-Comptoirs in den wichtigsten Straßen, die Buden auf den Marktplätzen, sogar die neben der Börse am Liebfrauenplatz – schon zu Mittag ausverkauft.

Eigentlich waren die Zeiten vorbei, da man sich unmittelbar neben der Zeitungsbude über Neuigkeiten austauschte. Wenn überhaupt geschah das in den Kaffeehäusern, wo Uffenbach ebenfalls mehrere Exemplare hatte auslegen lassen. Doch dieser Tage sah Johann mehr als einmal Menschen zusammenstehen, darunter selbst die sonst so hektischen Kaufleute, die über die Neuigkeiten redeten. Nein, nicht redeten. Sie raunten, flüsterten und streuten immer wildere Gerüchte, als wäre das, was Uffenbach unter die Menschen brachte, nicht abwegig genug.

Nun gut, nicht immer nur kursierte Rabbi Schmuels Name. Seit Tagen machte auch der einer gewissen Catherina die Runde, einer jungen Frankfurterin und Tochter eines Juristen, die unverhofft gestorben war. Es mochte tausend Gründe dafür geben, und doch überlegte ein Gewürzhändler ganz offen, ob die Familie die Wahrheit nicht vertuschte und auch sie ermordet worden war. »Oder vielmehr geschlachtet!«, schloss er.

Ein Raunen ging durch die Menge. Anstatt die Köpfe noch enger zusammenzustecken, guckten etliche nach oben, als hinge dort eine dunkle Wolke, die jederzeit platzen und das Verderben auf die Reichsstadt regnen lassen könnte.

»Himmel, wenn sich herumspricht, dass auf unseren Straßen so viel Blut fließt, wird sich kaum noch ein auswärtiger Kaufmann in die Stadt wagen.«

»Und unsere armen Frauen und Töchter! Wenn hinter jeder Ecke ein Verbrecher lauert, darf man sie ja gar nicht mehr auf die Straßen lassen.«

Johann war bereits aufgefallen, dass man dieser Tage deutlich weniger Frauen sah als sonst. Er unterdrückte ein Seufzen. Als ob es nicht schon genug Verbrechen gegeben hätte, dass man noch einen Mord dazuerfinden musste! Als ob Unbehagen und Angst nicht schon groß genug wären, um beides durch dieses Unken auch noch anzuheizen!

Kurz überlegte er, sich zu dem Grüppchen zu gesellen und einzuwerfen, dass man sich besser darauf konzentrierte, was man wusste, nicht auf das, was man ahnte. Aber ihm war klar: Er würde den Menschen weder das Gruseln noch eine gewisse Lust daran ausreden können. Und Rabbi Schmuel würde er so erst recht nicht helfen, das tat er besser auf andere Weise.

Die Gerüchte um die ermordete Catherina boten heute Morgen immerhin den Vorwand, einmal mehr den Zeitungsverlag zu verlassen und schon den vierten Tag in Folge die Judengasse aufzusuchen – stets begleitet von seinem Vater.

Mehrfach hatte er mittlerweile mit Markus das hebräische Schreiben studiert.

»Schau dir die Endungen der Verben an!«, hatte sein Vater ihn aufgefordert. »Was fällt dir auf?«

Solange er auf die Buchstaben gestarrt hatte, rein gar nichts, die waren ihm völlig fremd gewesen. Aber dann war eine Erinnerung an eine vermeintlich längst vergessene Hebräisch-Lektion in ihm hochgestiegen, die ihm Markus in frühester Kindheit erteilt hatte.

»Die Endungen der Verben unterscheiden sich im Hebräischen je nachdem, ob ein Mann oder eine Frau spricht«, hatte er nachdenklich gesagt.

»Richtig! Und in diesem Brief wurden nur weibliche Endungen benutzt.«

»Und das bedeutet«, hatte Johann aufgeregt gerufen, »dass Günderoth ihn von jemandem hat fälschen lassen, der zwar des Hebräischen kundig ist, aber vergessen hat, auf solche Feinheiten zu achten.«

Es stand nun zweifelsfrei für sie fest, dass sich Rabbi Schmuel niemals von der Gemeinde abgewendet hatte. Unschlüssiger wurden sie, wenn es um die Frage ging, was Günderoth mit diesem Brief bezweckt hatte. Und wo Rabbi Schmuel steckte. Wenn er wirklich verreist war, hatte Günderoth womöglich zufällig davon Wind bekommen und die Gelegenheit genutzt, um in seiner Abwesenheit Zwietracht in der jüdischen Gemeinde zu säen. Oder die Intrige ging viel weiter, und er selbst hatte ihn unter Druck gesetzt und zur Flucht gezwungen. Eine dritte Möglichkeit gab es auch – dass der Rabbi nicht einfach verschwunden, sondern tot war und Günderoth seine Hände im Spiel hatte.

Doch weder Johann noch sein Vater sprachen diesen Verdacht aus, sondern schlossen stillschweigend die Übereinkunft, sich selbst nur auf das zu konzentrieren, was sie wussten, nicht auf das, was sie ahnten.

Seit Tagen versuchten sie nun herauszufinden, wer Rabbi Schmuel zuletzt gesehen hatte oder ob jemand von seinem Verbleib wusste. Dass die Bewohner der Judengasse ihm gegenüber misstrauisch sein würden, war Johann klar gewesen, doch er hatte gehofft, dass Abel, der hier als Buchhändler bekannt war, sie zum Sprechen bringen würde. Schon beim Nachtwächter, der zugleich der Gassenputzer und Laternenanzünder war, stießen sie allerdings nicht nur auf trotziges, sondern regelrecht feindseliges Schweigen. Vielleicht hätten sie ihn noch mehr löchern sollen, aber Johann ertrug es kaum, zuzusehen, wie er die mit Kot und Unrat verschlämmte Antauche reinigte.

In der edel eingerichteten Stube des Sofers mussten sie keinen Gestank ertragen. Das war der Gemeindeschreiber, der für die Abschriften der Thora ebenso zuständig war wie für das Erstellen kunstvoller Urkunden. Er galt als einer, der gern sprach, aber im Grunde keine Geheimnisse kannte. Verächtlich glitt sein Blick über sie.

»Du bist Markus Abel«, stellte er fest und sprach den Namen wie eine Beleidigung aus. Johann vermutete, dass der Sofer zu jenen gehörte, die um die Konversion seines Vaters wussten – und ihn dafür verachteten.

»Außerdem bin ich ein Freund von Rabbi Schmuel«, fügte Markus schnell hinzu.

»Wenn es so wäre, dann hätte er dich ja wissen lassen, wohin er aufbrach.«

»Das heißt, er ist in der Tat verreist?«, warf Johann schnell ein und bekam einen noch verächtlicheren Blick ab, aber keine Bestätigung.

»Verschwindet!«, zischte der Sofer.

Ihr drittes Ziel war schließlich das Steinerne Haus, das viele Zwecke erfüllte. Ein Tanzhaus für Hochzeiten befand sich ebenso hier wie eine Wechselstube.

»Wenn Rabbi Schmuel Frankfurt verlassen hätte, hätte er zuvor Geld getauscht«, meinte Markus.

Die Blicke der Geldwechsler, die auf kleinen Tischen vor sich Münzen und Waagen stehen hatten, waren nicht verächtlich, aber spöttisch, erst recht, als Johann etwas pathetisch erklärte, er wolle kein Geld tauschen, aber Wahrheit gegen Gerechtigkeit.

»Ich müsste morgen mein Geschäft aufgeben, wenn ich dir heute erzählte, wessen Geld ich eintausche und zu welchem

Kurs«, sagte einer der Geldwechsler. »Ich sage dir alles über die Währungen, die es im Heiligen Römischen Reich gibt, aber nichts darüber, wer zu mir kommt.«

Johann war mit einem Mal sehr müde, sein Vater offenbar auch.

Sie gaben dennoch nicht auf, machten weiter, vorgestern, gestern, heute.

Als sie sich heute an den Schächter wandten, brachten sie nicht mal ihre Frage zu Ende, als sich schon eine wüste Litanei aus Beschimpfungen über sie ergoss. Dass sie nicht die Ersten waren, die etwas über Rabbi Schmuels Verbleib wissen wollten, war Johann bewusst gewesen – vor ihnen waren auf Kriminalrat Pfeiffers Befehl schon die Soldatenwachen und diverse Amtsdiener hier gewesen. Neu war ihm, dass es für halbstarke Burschen aus Frankfurt zum Spaß oder zur Mutprobe geworden war, sich auf die Suche nach dem berüchtigten Mörder zu begeben und ihn persönlich zur Verantwortung zu ziehen. Nun gut, bei Uffenbachs reißerischen Artikeln war das nur eine Frage der Zeit gewesen. Jedenfalls zückte der Schächter sein Messer und trieb sie so in die Flucht.

Immerhin waren sie jetzt vorgewarnt. Den Schwarzfärber, der für sämtliche dunkle Kleidung in der Gasse sorgte, fragte Markus nicht plump nach Rabbi Schmuel, er erklärte, eine besondere Talmudausgabe für ihn organisiert zu haben, ihm sie nun aber nicht überreichen zu können.

Zunächst schien sich das als die richtige Taktik zu erweisen. »Er ist seit Wochen weg«, wurde ihm prompt beschieden, »von niemandem hat er sich verabschiedet, nicht einmal seinen engsten Schülern.« Doch plötzlich wurden die Augen des Schwarzfärbers schmal. »Wenn du ihm wirklich eine Talmudausgabe überreichen willst, warum hast du dann kein Buch bei dir? Ist es etwa nur eine üble List? Gehörst du auch zu jenen üblen Gesellen, die sich an Rabbi Schmuel rächen wollen?«

Schon hob er drohend jenen großen Holzstab, mit dem er die Kleidung in die Farbe drückte, und wieder flohen sie schnell.

Etwa zwei Dutzend Schritte legten sie keuchend zurück, ehe sie stehen blieben – und unvermittelt feststellten, dass sie ein Haus erreicht hatten, das zurzeit unbewohnt war: Rabbi Schmuels.

»Na, hier drohen uns erst mal keine Holzstäbe«, sagte Johann seufzend.

Während ihm die Atempause willkommen war und er sie nutzen wollte, um darüber nachzudenken, wer ihnen gegenüber vielleicht vertrauensvoller reagieren würde, hielt der Vater seinen Blick kummervoll zu Boden gerichtet.

»Kein Wunder, dass sie mich hassen.«

»Hass ist ein viel zu starkes Wort. Wenn man bedenkt, was die Bewohner der Judengasse in den letzten Tagen haben ertragen müssen, verstehe ich gut, dass sie nicht mit uns reden wollen. Würden die Juden über einen Frankfurter solch üble Gerüchte in die Welt setzen wie Uffenbach über Rabbi Schmuel, würde man sie außerhalb der Judengasse nicht bloß mit finsteren Blicken empfangen, sondern mit Steinen. Wie können wir sie nur davon überzeugen, dass wir Rabbi Schmuels Ruf nicht noch weiter beschmutzen wollen, ihn vielmehr retten?«

»Wahrscheinlich gar nicht.« Der Seufzer des Vaters verriet grenzenlosen Kummer. »Einer wie ich wird nirgendwo gern gesehen.«

Johann wusste, dass die Entscheidung, sich taufen zu lassen, ihn zu einem schreckhaften, übervorsichtigen, ängstlichen Mann gemacht hatte. Aber noch nie hatte er dieses Maß an Reue aus seiner Stimme gehört.

»Einer wie du …«, wiederholte er, zögerte kurz, schob dann die Frage nach: »Haderst du mit deiner damaligen Entscheidung?«

Wann immer er mit ihm darüber hatte reden wollen, hatte sich Markus' Gesicht versteinert. Jetzt sprach aus seiner Miene einfach nur Hilflosigkeit.

»Ich hadere, dass ich überhaupt in die Lage kam, eine Entscheidung treffen zu müssen. Oh, wenn mir damals nicht zufällig ein Missionstext auf Jiddisch in die Hände geraten wäre, wie sie zahlreich in Gasthäusern, Schenken, Märkten verteilt wurden! Wenn ich nicht den Fehler gemacht hätte, ihn zu lesen! Wenn dadurch nicht einer der vielen Judenmissionare begonnen hätte, mit mir zu diskutieren! Oh, und wenn ich mich nicht nach einem besseren Leben gesehnt hätte ...«

Es war mehr, als Markus je über die Konversion preisgegeben hatte. Bis jetzt hatte er Johann nur erzählt, dass er mit seiner Mutter und dem erst fünfjährigen Sohn, der damals noch Jonathan hieß, schon Wochen vor der Taufe die Judengasse verlassen hätte. Auch, dass die Judenmissionare ihm später geholfen hätten, einen eigenen Buchladen zu eröffnen.

»Einer der anderen, der damals auf seine Taufe wartete, war ganz allein«, fuhr Markus leise fort, »niemand aus seiner Familie wollte seinem Beispiel folgen, sie beschimpften und verfluchten ihn. Darüber hat er fast den Verstand verloren. Jeden Tag gab es diesen einen Moment, da er laut zu brüllen begann wie ein Tier und sich die Haare ausriss. Er hatte herausgewollt aus der Gasse, hatte Freiheit gewollt. Aber den Preis dafür zu bezahlen, war ihm unerträglich.« Markus flüsterte nur noch.

»Es muss schlimm sein, wenn man sich ganz allein auf der Welt fühlt. Aber du hattest Mutter, du hattest mich.« Nicht, dass ein kleiner Junge, der nicht begriffen hatte, warum sich seine Welt von einem auf den anderen Tag geändert hatte, eine echte Stütze hätte gewesen sein können.

»Und ich hatte Rabbi Schmuel«, sagte Markus. »Er ist einer der ganz wenigen aus meinem alten Leben, der nie mit mir gebrochen hat. Der schon damals meinte, sein Haus stünde mir immer offen, wenn ich Rat suchte oder einfach nur reden wollte.«

»Wahrscheinlich hat er verstanden, dass du keine andere Wahl hattest. Schließlich warst du Buchhändler aus ganzem Herzen. Und als solcher hattest du verständlicherweise irgendwann genug davon, dass dir ständig der Reichshofrat und die Frankfurter Bücherkommission im Nacken saßen, argwöhnisch darüber wachten, welche jüdischen Bücher du verkauftest, und noch argwöhnischer kontrollierten, ob sich auch ja keine christlichen darunter befanden. Aber für dich waren Bücher einfach immer schon nur Bücher. Alle wolltest du sie lesen, alle wolltest du sie verkaufen. Du hast dich aus Liebe zu Büchern taufen lassen.«

Eben schien Markus den Kopf noch tiefer sinken zu lassen. Doch nun hob er den Blick, suchte seinen.

»Nein«, jetzt sprachen nicht mehr nur Trauer und Schicksalsergebenheit aus seiner Stimme, sondern eine stille Verzweiflung. »Nein, ich tat es aus Liebe zu dir.«

So warm der Blick war, so anrührend die Worte schienen, Johann glaubte dennoch, eine Spitze zu spüren. Er war mit Vorwürfen aufgewachsen – schon wieder hätte er sich zu auffällig verhalten und etwas getan, was kein Christenjunge tat –, und damit war es in seinem Erwachsenenleben weitergegangen: Schon wieder behandelte er auf der Straße die eigenen Eltern nicht wie Fremde, sodass man sie miteinander in Verbindung bringen könnte. Aber noch nie hatte einer ihn mit solcher Wucht getroffen.

»Liebe zu mir?«, echote er.

»Ich habe die Grenzen, die unsereins gesetzt werden, kaum ertragen, aber notfalls hätte ich den Kopf eingezogen. Dein Geist hingegen wäre zu wach dafür gewesen, er hat zu sehr nach Bildung gelechzt.«

»Und als jüdischer Knabe hätte ich die nicht bekommen?

Hier in dieser Gasse mag es an vielem fehlen, an Licht und Freiheit und Wohlwollen, aber doch nicht an Bildung. Jeder Geldwechsler kennt den Talmud. Sieben Jahre lang besucht jeder Knabe die Schule, und das acht Stunden am Tag. Und weil jeder Lehrer nur etwa zehn Kinder betreut, kann er sich jedem Einzelnen widmen.«

»Mag sein«, erwiderte Markus, »aber was lesen die Knaben? Die Thora oder den Talmud, also ausschließlich religiöse Texte und ausschließlich auf Jiddisch oder Hebräisch! Kaum einer in der Judengasse kann Deutsch lesen und schreiben, und alle, die seit Jahren darauf pochen, dass dies notwendig wäre, um endlich Teil der Frankfurter Gesellschaft zu werden, ja, dass man unbedingt weltliche Lehrer anstellen, besser noch, eine eigene deutsche Schule gründen solle, werden rasch mundtot gemacht.«

»Du hast zu ihnen gehört«, stellte Johann betroffen fest.

Markus nickte nicht, doch das war nicht notwendig, um plötzlich zu wissen, dass er die Wahrheit sagte: dass er nicht um seiner Bücher willen konvertiert war. Sondern damit er das Leben hatte, von dem seine liebsten Bücher kündeten: ein Leben im Zeichen der Vernunft, die die Menschen von den Ketten ihrer Herkunft, ihrer Nationalität, ihrer Religion befreite.

»Ach Vater.« Was seine Stimme so gepresst werden ließ, war nicht nur der Anflug von schlechtem Gewissen, weil der andere für ihn diese Last trug. Es war auch Scham.

Was genau hatte er aus seinen Möglichkeiten gemacht? Wohin hatte es ihn gebracht, dass er nicht nur Deutsch lesen und schreiben konnte, auch Französisch und Englisch, dass er alle großen Philosophen und Dichter kannte? Er arbeitete für ein Journal, dessen Verleger auf Misstrauen, Feindseligkeit und Aberglaube setzte! Was er tat, hatte so viel Ähnlichkeiten mit den Artikeln eines Goethe, Herder und Merck, die das Wahre, Schöne und Gute bezeugten, wie die verschlungene, übervölkerte Judengasse mit einer breiten Allee.

»Ach Vater«, sagte er wieder.

Ehe Markus reagieren konnte, ertönten Schritte, und ein Fremder kam auf das Haus von Rabbi Schmuel zugehastet. In seinem Gesicht stand eine solche Gereiztheit, dass Johann nicht anders konnte, als unwillkürlich zurückzuweichen. Das sachte Beben seines Vaters bewies, dass auch er damit rechnete, gleich verjagt zu werden.

»Wir gehen freiwillig, wir …«, setzte Markus an.

Johann brachte ihn zum Innehalten. Erst hatte er nur das Gesicht gemustert, nun betrachtete er auch die Kleidung, und verspätet stellte er fest, dass der Fremde kein Jude war. Sein Zorn richtete sich denn auch nicht auf sie.

»Mir reicht es nun!«, rief er ungehalten. »Vor einigen Wochen hat der Rabbi bei mir ein Fass Wein bestellt, und ich habe es ihm auch geliefert. Obwohl er mir versprochen hat, mich bald zu bezahlen, habe ich bis heute mein Geld nicht gesehen. Und nun soll er auch noch ein Mörder sein und ist verschwunden? Geht mir aus dem Weg! Ihr könnt mich nicht aufhalten! Ich hole mir mein Fass wieder, und wenn er es schon leer gesoffen hat, dann räume ich dem Verfluchten die Bude leer.«

***

Schon bevor sie die Judengasse erreichte, vernahm Manon wüste Beleidigungen, gefolgt von hämischen Hepp-Hepp-Rufen, und als sie um die Ecke einer Lagerhalle kam, erblickte sie ein paar jüdische Händler mit ihren Leiterwagen, die von einer Horde junger Frankfurter umkreist und unflätig beschimpft wurden.

»Widerwärtiges Gesindel!«, rief der eine. »Wie könnt ihr es wagen, auch noch im Rudel aufzubrechen!«

»Auf Frankfurts Straßen dürfen nie mehr als zwei Juden

nebeneinander gehen!«, sekundierte der Zweite. »Das ist ein striktes Gebot!«

»Und wer ihm zuwiderhandelt«, kam es hämisch vom Dritten, »zahlt fünfzig Kreuzer Strafe! Her damit!«

Manon trat näher – vorerst unbemerkt von den Burschen und auch den Händlern. Sie öffnete den Mund, doch im nächsten Augenblick protestierte einer der jüdischen Händler: »Dieses Gesetz ist schon lange nicht mehr gültig.«

»Sagt wer?«

»Na, der Frankfurter Rat.«

»Wenn euresgleichen unsere Ratsherren grausig ermorden, um deren Blut zu trinken, dann könnt ihr nicht auf die Gesetze pochen, die diese erlassen haben.«

Die Händler erblassten. »Aber … aber das sind doch nur böse Gerüchte!«, rief einer kläglich.

»Und wir haben keine fünfzig Kreuzer dabei«, kam es von einem anderen.

»Na, dann wirst du eben deinen Hut als Pfand abgeben müssen.«

Schon fuhr eine Hand vor, um dem Mann den Hut vom Kopf zu stoßen. Und als der Besitzer sich bückte, stellte der junge Bursche seinen Fuß darauf – nicht auf den Hut, auf die Hand. Das Gesicht des jüdischen Händlers verzerrte sich vor Schmerzen, doch als sich die anderen schützend vor ihn stellen wollten, wurden sie grob zu Boden gestoßen und bekamen etliche Tritte ab.

»Schluss!«, rief Manon empört, doch noch waren die Burschen taub für sie.

»Na, na!«, grölte einer. »Wo sind denn die wundersamen Kräfte, die euch der Teufel verleiht? Warum mischt ihr denn Jungfrauenblut in euer Brot, wenn ihr dann nicht einmal fähig seid, euch zu wehren? Aus eigenen Kräften vermögt ihr rein gar nichts, ihr beschnittenen Vampire! Nur im Schatten könnt ihr wirken und Fürsten und Völker wider einander aufhetzen.«

Während aus den Protesten der Händler längst ein leises Klagen geworden war, holte Manon tief Luft, um noch lauter zu rufen: »Nun ist es aber gut!«

Jetzt fuhren die Burschen doch noch zu ihr herum, und sofort erinnerte sie sich an jenen Morgen auf dem Marktplatz, als sie Esther geschützt hatte. Damals hatte sie das gleiche Mienenspiel beobachtet: Auf Verdrossenheit, weil jemand sie störte, wurde Spott, als sie feststellten, dass sie es mit keinem ernst zu nehmenden Gegner zu tun hatten.

Die Kehle wurde Manon etwas enger, trotzdem erklärte sie energisch: »Was ihr da faselt, ist Unsinn.«

»Aber jeder weiß, dass die Juden Christenblut für ihr Pusselbrot brauchen.«

Obwohl sie bis jetzt darauf bedacht gewesen war, sich einen Fluchtweg freizuhalten, machte sie nun einen ungestümen Schritt auf den jungen Mann zu. »Pusselbrot! Es heißt Pessachbrot, du Idiot! Und das besteht nicht aus Kinderblut, sondern aus Weizenmehl, Salz und Wasser.«

»Woher weißt du das?«

»Ich lese. Das solltet ihr auch tun.«

»Wir haben genug gelesen – nämlich den *Frankfurter Korrespondenten.*«

Sie fluchte im Innern, weil sie mit ihrer eigenen Waffe geschlagen wurde. Schickte gleich einen zweiten Fluch hinterher, als sie gewahrte, wie einer der Burschen sie von oben bis unten maß.

»Bist du etwa eine verdammte Judenfreundin? Na, warte du!«

Und wenn sie diese Gelegenheit nutzte, um herauszufinden, was ein fester Schlag auf den Adamsapfel tatsächlich bewirkte?

Als sie allerdings sah, wie die jüdischen Händler die Gelegenheit, da die Burschen abgelenkt waren, zur Flucht nutzten und ohne ihre Leiterwagen davonstoben, entschied sie sich, dieses Experiment zu verschieben. Sie rannte nun ebenfalls Richtung Judengasse, weil sie hoffte, dort sicher zu sein. Tatsächlich war bald das Nordtor zu sehen, und immer noch war sie schnell genug, um keinen der Burschen knapp an ihrem Ohr keuchen zu hören. Doch das Triumphgefühl machte sie unachtsam. Sie übersah eine der vielen Rinnen, die Kot und Unrat Richtung Main spülten, verhakte sich mit ihrem Fuß, stürzte und schlug sich das Knie auf. Blut strömte augenblicklich über ihr Schienbein.

Na großartig. Aufrichten konnte sie sich, weiterlaufen nicht. Doch die schrillen Schreie der Burschen hinter ihr rissen augenblicklich ab. Vor ihnen stand plötzlich ein halbes Dutzend Männer, die aus der Judengasse kamen, allesamt mit sonderlichen Gerätschaften bewaffnet – Haken und Pechpfannen, Schläuchen und Eimern.

Das Blut perlte mittlerweile warm über ihren Rist. Und als sie die Hand auf die Wunde legte, bewirkte sie nur, dass es grässlich brannte, nicht, dass sich der Blutfluss verlangsamte. Bis sie einen ersten humpelnden Schritt versuchte, hatten die Burschen bereits Fersengeld gegeben, und eine Frau stand neben ihr.

»Hast du dich verletzt?«

Esther klang heute nicht spöttisch wie sonst, sondern besorgt.

Manon wollte sich den Schmerz nicht anmerken lassen. Mit dem Kinn deutete sie auf die Gerätschaften der Männer. »All das sieht eher so aus, als könnte man damit ein Feuer löschen und keinen Straßenkampf gewinnen.«

»Womit sonst sollen wir unsere Sicherheit verteidigen? Früher traf sich die jüdische Schützengesellschaft regelmäßig im Bleichgarten zum Scheibenschießen. Aber jemand erstattete deswegen Anzeige beim Kriegszeugamt, und der Rat ließ den Mitgliedern daraufhin sämtliche Gewehre abnehmen. Im Notfall verteidigt uns nur unsere Feuerwehr.«

Eben noch hatte sie ihr den Arm angeboten, damit sich Manon darauf stützen konnte, aber nun schien sie sich wieder innezuwerden, dass sie sich von Menschen wie ihresgleichen lieber fernhielt. Nun gut, Manons Beine fühlten sich zwar recht wackelig an, hielten aber auch ohne fremde Hilfe ihrem Gewicht stand.

»Danke«, sagte Manon.

»Es gibt nichts zu danken. Du bist für die jüdischen Händler eingetreten, wie ich gesehen habe. Dass du den Mund aber auch nicht halten kannst.« Esther verdrehte zwar die Augen, aber in ihren Augen blitzte ein gewisser Respekt auf.

Viel Zeit, diese Bekundung von Wohlwollen zu nutzen, blieb Manon nicht. Die Männer der jüdischen Feuerwehr waren samt der Händler hinter dem Nordtor der Judengasse verschwunden, und Esther setzte an, ihnen zu folgen.

»Es stimmt, ich kann den Mund nicht halten. Und deswegen bin ich heute auch hergekommen. Ich muss etwas wissen. Warum nämlich niemand anderer als dein Bruder Hertzel Spira vor einigen Jahren den Rumpf von Adam Raus Leichnam kaufte. Will sagen vom Aal, dem man als Strafe für seine schrecklichen Verbrechen den Kopf abgeschlagen hatte.«

Das Glitzern in Esthers Augen schwand augenblicklich.

»Grundgütiger! Warum gibst du nicht endlich Ruhe!«

»Der Aal tut das scheinbar auch nicht. Man könnte glauben, er mordet noch immer auf bestialische Weise. Damals hat er unschuldige Frauen regelrecht ausgeweidet. Und jetzt tut er das wieder. Im Falle Christiane Vandenberghes. Im Falle … Jiskas.«

Ein schmales, bitteres Lächeln verzog Esthers Mund. »Und wie genau soll er das ohne Kopf hingekriegt haben?«

Sie wandte sich abrupt ab, aber Manon ließ sich nicht abschütteln. Sie hastete ihr nach, betrat wie sie die Judengasse, holte sie nach einem Dutzend Schritte ein. Ihr Bein fühlte sich klebrig an, weil immer noch Blut aus der Wunde sickerte, aber sie wollte den Blick nicht von Esther lösen. War das Unsicherheit, die über ihre Miene huschte? Oder eher ein Ausdruck tiefster Sorge?

»Bitte!«, rief Manon. »Ich will deinem Bruder nichts Schlechtes. Mir liegt nur an der Wahrheit. Und er scheint der Schlüssel zu sein. Er weiß vielleicht, wie all die Morde zusammenhängen. Nicht nur an Jiska, an Christiane, auch an Günderoth.«

Jetzt verdunkelte der Zorn Esthers Blick. »Lass meinen Bruder aus dem Spiel«, rief sie und hastete weiter.

Wieder holte Manon sie ein. »Ich muss wissen, warum er unbedingt den Leichnam des Aals haben wollte und für diesen wohl viel Geld ausgab. Und was die Examinierung erbrachte. Ich verstehe ja, dass du deinen Bruder schützen willst, aber ich habe das Gefühl, dass das alles nicht bloß mit den Morden an den jungen Frauen und Günderoth zusammenhängt. Als ich mit deinem Bruder darüber zu reden versuchte, deutete er weitere Todesfälle in der Judengasse an, die niemals dem Rat gemeldet wurden, sondern ebenfalls mit seiner Hilfe vertuscht wurden, und deswegen … deswegen …«

Sie geriet ins Stocken. So greifbar ihr vieles war, nicht alles ließ sich in ihre Theorie pressen, zumal die auf ebenso wackeligen Beinen stand wie sie selbst. Esther widersprach nicht, warf nur einen unsicheren Blick über die Schulter, und obwohl niemand sie beachtete, zog sie Manon in den schmalen Durchgang zwischen zwei Häusern. »Lass meinen Bruder aus dem Spiel«, erklärte sie ein weiteres Mal. »Ich kann nicht zulassen, dass er noch mehr aufgewühlt ist. Seit Jiskas Tod ist er nicht mehr der Alte, sondern tief erschüttert. Und als sich herumsprach, wie Christiane Vandenberghe starb …« Sie biss sich auf die Lippe.

»Aber warum nimmt ihn das derart mit, wenn er doch nichts weiter getan hat, als die Leiche eines hingerichteten Mörders zu obduzieren?«, rief Manon.

Esther zuckte ungewohnt verzagt die Schultern, blickte zu Boden. »Er will ja nicht mal mit mir darüber reden, wie sehr ich ihn auch bedränge. Glaubst du, dass er dir gegenüber einfach so den Mund aufmacht?«

Versuchen wollte sie es allemal, und als Esther sie wieder stehen ließ, humpelte sie ihr nach. Nur dass sie plötzlich etwas entdeckte, was sie stutzen ließ. Vor dem Haus dort hinten standen gleich mehrere Männer. Und einer sah aus wie Johann. Ehe sie sein Gesicht erkennen konnte, war er ins Innere des Hauses getreten. Und als sie sich wieder zu Esther umdrehte, war auch die verschwunden.

***

Das Unbehagen kroch kalt seinen Rücken hoch, als Johann seinem Vater und dem Weinhändler ins Haus von Rabbi Schmuel folgte. Beim letzten Mal, als er es betreten hatte, war ihm kein Weinfass aufgefallen. Doch der Weinhändler erklärte erneut grummelnd, dass er es sich zurückholen würde, und anders als Johann wusste er offenbar auch, wo es zu finden war. Schnaufend bückte er sich und öffnete eine Falltür, über die Johann beim letzten Mal achtlos hinweggestiegen war. Mehrere Stufen darunter führten in einen Keller, und schon nahm der Weinhändler beherzt die erste. Johann kam nicht umhin, seinem Vater einen bangen Blick zuzuwerfen, doch als der nickte, folgte er dem anderen. Sechs schiefe, etwas glitschige Stufen zählte er, dann hatte er den niedrigen Kellerraum erreicht, der wegen des Kreuzgewölbes noch beengter wirkte. Der Boden war aus Stein, auf einer Seite wurde Brennholz gelagert, gegenüber auf hölzernen Zwischenböden Kramware. Und gleich neben der

Treppe sah Johann im trüben Tageslicht, das durch die offene Falltür fiel, nicht nur ein, sondern gleich drei Fässer stehen. Kurz konnte sich Johann nicht erklären, warum Rabbi Schmuel so viel Wein brauchte, aber dann stieg ein Bild in einer Klarheit in ihm auf, die ihn verstörte, weil er eigentlich kaum Erinnerungen an seine Zeit als Judenknabe mehr hatte.

Wie der Vater am Sabbat im Licht etlicher Kerzen einen silbernen Becher randvoll mit Wein gefüllt und dann eine Kerze darin gelöscht hatte, sodass der Wein überging und rote Tropfen über den silbernen Becher flossen … Wie er ihm erklärt hatte, so übervoll wie der Becher an Wein möge die kommende Woche an Segen sein. Deutlich fühlte er die Ehrfurcht, die Ergriffenheit und den Stolz von damals, Zeuge dieses Rituals zu werden.

Nun, erhabene Gefühle hatten in diesem Kellerloch nichts verloren. Der Weinhändler klopfte ein Fass nach dem anderen ab, um anhand der hohlen Laute zu prüfen, ob es noch voll oder schon halb leer war. »Wenn er den ganzen Wein gesoffen hat, ohne zu zahlen …«

»Wann genau haben Sie denn das Fass geliefert?«, fragte Markus, der als Letzter in den Keller gefolgt war.

Der Weinhändler zuckte die Schultern. »Das Fass war recht neu, es wurde beim Benderfest gefertigt. Vielleicht drei Wochen später?«

Beim Benderfest Anfang März feierte sich die Frankfurter Küferzunft. Dann wurden Fässer in Massen hergestellt, und die Türen zu den Werkstätten standen weit offen, damit die Leute dabei zusehen konnten. Hinterher wurde gemeinsam getrunken und geschmaust.

Ende März hat er also das Fass geliefert, dachte Johann. Genau zu dem Zeitpunkt, da auch Jiskas Kind geboren worden und Sibylle verschwunden war …

Eben klopfte der Weinhändler auf das dritte Fass. Es klang

anders. Dumpfer und dunkler. »Das scheint noch voll zu sein«, sagte er befriedigt.

»Ist es deins?«

»Und selbst wenn nicht, es steht mir zu.«

Der Weinhändler machte Anstalten, das Fass anzuheben, doch es klappte nicht – nicht allein, nicht als Johann zu Hilfe kam, selbst dann nicht, als sie es zu dritt versuchten. Es war schlichtweg zu schwer.

»Da muss was anderes als Wein drin sein«, erklärte der Händler verdrossen und zog am Deckel. Er musste sich abmühen, ihn zu öffnen, eine Weile ließ sich nur ein Quietschen vernehmen. Die nächsten Laute waren ein Würgen.

Noch konnte Johann nicht sehen, was sich im Weinfass befand, denn der Weinhändler war so abrupt zurückgefahren, dass er gegen ihn stieß und er ob der Wucht zu Boden ging. Doch anstatt sich zu entschuldigen, stürmte der andere nach oben, um sich dort als Erstes zu übergeben. Während sich Johann wie betäubt aufrappelte, stieg ihm ein grässlicher Gestank in die Nase. Süßlich … modrig … faulig. Obwohl ihn das nicht davor bewahren würde, schloss er instinktiv die Augen und öffnete sie erst wieder, als sein Vater einen entsetzten Schrei ausstieß.

»Das … das ist Rabbi Schmuel.«

Ein fremd klingendes Gebet folgte, das er auch dann nicht hätte mitmurmeln können, wäre er des Hebräischen mächtig gewesen.

Denn nun … nun beugte er sich selbst über das Fass.

Johann konnte hinterher nicht sagen, wie er nach oben gekommen war, nur dass er plötzlich draußen an eine Hauswand gelehnt stand und sich so lange erbrach, bis er bittere Galle schmeckte. Das Würgen ließ trotzdem nicht nach.

Ach, könnte er bloß auch diesen grässlichen Anblick ausspeien! Leider hatte sich dieser in seiner Seele festgebissen. Er schluckte gegen das Würgen an, holte tief Luft. Und kaum ließ er den Atem entweichen, stand wie aus dem Nichts Manon Pontus neben ihm und fragte atemlos: »Was ist denn passiert? Was geht in diesem Haus vor? Wer war der Mann, der eben von hier fortgerannt ist, als wäre ihm der Teufel höchstselbst auf den Fersen?«

Johann konnte dem Weinhändler nicht verdenken, die Flucht ergriffen zu haben.

Anstatt das Ungeheuerliche auszusprechen, reichte die Kraft nur, um stumm auf Rabbi Schmuels Haus zu deuten. Schon machte Manon beherzte Schritte darauf zu, doch sie hatte die Tür noch nicht erreicht, als sich Markus ihr in den Weg stellte. »Nicht! Diesen Anblick darf man einer jungen Dame nicht zumuten.«

Obwohl er sich so elend fühlte, konnte Johann nicht anders, als zu grinsen. Manon war der einzige Mensch, dem man dergleichen bedenkenlos zumuten konnte. Aber bevor er seinem Vater das lang und breit erklärte, wischte er sich nur den Mund ab und sagte: »Ich kümmere mich um sie … Hol du den Oberrabbiner. Und auch Kriminalrat Pfeiffer. Beide müssen wissen, was hier geschehen ist.«

Markus legte ihm tröstlich die Hand auf die Schulter, ehe er sich auf den Weg machte, indes Manon über die Schwelle von Rabbi Schmuels Haus trat. Alles in ihm wehrte sich, ihr zu folgen, aber er hatte oft genug vor ihr als Schwächling dagestanden.

»Warte!«, rief er Manon nach, als sie die Treppe nach unten nahm. »Du solltest wissen, dass …«

Sie hörte nicht auf ihn, hielt nur einmal kurz inne, um prüfend zu schnuppern. Doch der grässliche Gestank, der immer noch im Gemäuer hing, schien sie nicht abzustoßen, im Gegenteil. Es konnte ihr gar nicht schnell genug gehen, den Keller zu erreichen, und obwohl er weit zögerlicher die Stufen genommen hatte, kam er rechtzeitig unten an, um zu beobachten, wie sie sich über das Fass beugte. Sie stieß kein Würgen aus, nur ein lang gezogenes »Oh!«, das an den Wänden verhallte. Da sie ihm den Rücken zugewandt hielt, konnte er ihre Miene nicht studieren, aber selbst sie musste dieser Anblick zutiefst schockieren. Obwohl er sich eben noch geschworen hatte, jeden weiteren Blick in das Fass zu meiden, konnte er nicht anders, als zu ihr zu hasten und ihr den Arm anzubieten, für den Fall, dass sie schwankte. Und obwohl sich alles in ihm sträubte, lugte er doch wieder in das Fass, in der ebenso bangen wie unsinnigen Hoffnung, alles wäre nur ein Irrtum gewesen.

Natürlich war es das nicht. Auf dem Boden des Fasses befand sich eine gestockte schwarze Masse. Darüber hatte sich eine sämig gelbe Flüssigkeit gebildet, die an eine klare Suppe denken ließ, allerdings keine, in der Möhren und Sellerie schwammen, sondern … Leichenteile. Wer immer sie zerschnitten hatte, hatte sie sorglos in das Fass gestopft. Das Haupt schwamm neben dem Unterbein, die rechte Hand neben dem Schulterknochen. Und der Anblick wurde nicht davon erträglicher, dass die Leichenteile zu verwesen begonnen und eine grünliche Farbe angenommen hatten.

»Manon? G-g-geht es dir gut? Komm, ich b-b-bring dich nach oben …«

Sie gab keine Antwort. Als er vorsichtig an ihrem Arm zog, fühlte er keinerlei Zittern. Und als er sie von der Seite betrachtete, stellte er fest, dass sie keineswegs vor Schock erstarrt ins Fass blickte, nur nachdenklich. Schon entriss sie ihm den Arm, hob den Zeigefinger, tauchte ihn tief in die sämige Masse, führte ihn an die Nase und roch nahezu begierig daran.

»Es ist tatsächlich Blut«, stellte sie nüchtern fest. »So lange, wie dieses hier schon stehen muss, hat es sich in seine Bestandteile aufgelöst. Die festen wurden zu einer Art Blutkuchen, die flüssigen verfärbten sich gelblich.«

Johann ließ den Atem entweichen und schlug die Hand vor den Mund. Besser wäre es gewesen, die Augen abzuschirmen. So war er gezwungen, zuzusehen, wie sie den Finger, anstatt ihn möglichst schnell abzuwischen, prüfend ins karge Licht hielt.

»Ist es sein Blut?«, presste er hervor.

»So viel Blut stammt unmöglich von einem Menschen allein. Ich vermute, es handelt sich um das eines Tieres. Ich habe mal eine Blutwurst gegessen, die aus einem Schwein gemacht wurde, die hatte eine ähnliche Farbe und Substanz und …«

Ob es daran lag, dass sie den Finger noch einmal ins Fass tauchte, diesmal, um eines der Leichenteile zu berühren, oder am Gedanken, dass Schweine für Juden unrein waren, was das Verbrechen an Rabbi Schmuel zu einem noch abscheulicheren machte – jedenfalls stürzte er die Treppe hoch.

Er hatte sich vorhin geirrt. Es war doch noch etwas in seinem Magen, was er erbrechen konnte.

***

Bald war im Keller kaum noch Platz. Nicht nur zahlreiche Vertreter der jüdischen Gemeinde kamen nach unten. Ihnen folgten Männer der Soldatenwache, die, so hart gesotten sie ansonsten waren, erbleichten und zu würgen begannen, sobald sie Manon vom Fass weggeschubst hatten und sich darüberbeugten.

Nun gut, schön war der Anblick wahrlich nicht, aber doch auch irgendwie faszinierend. Man musste eben durch den Mund atmen, nicht durch die Nase, dann hielt man es aus.

Johann, diese Mimose, ließ sich allerdings kein zweites Mal im Keller blicken, seit er hochgestürmt war, und Kriminalrat Pfeiffer überhaupt nicht. Als Manon ins Freie trat, sah sie, dass er im Hof wartete, der ebenfalls vor Menschen überzuquellen begann. Noch mehr Juden standen da, auch jener ältere Mann, den Pfeiffer damals hatte verhaften lassen, weil er in Günderoths Haus geschnüffelt hatte. Johann kannte ihn offenbar gut, außerdem der Aktuar und zwei Hilfskräfte.

In fast allen Gesichtern standen Grauen, Entsetzen, Ekel – nur nicht in dem von Pfeiffer. Der hatte vor allem schlechte Laune. Und die hob sich nicht, als Johann eindringlich rief: »Rabbi Schmuel wurde ermordet! Und danach hat man seinen Leichnam zerstückelt und in einem mit Schweineblut gefüllten Fass versenkt. Was bedeutet, dass er ein Opfer des ruchlosen Mörders ist, der in Frankfurt sein Unwesen treibt, und nicht ebendieser.«

Die Falten in Pfeiffers Stirn wurden tiefer, aber er verschwendete ausnahmsweise keine Zeit, um zu erklären, dass Unbefugte hier nichts verloren hätten, sondern schimpfte gereizt: »Die Schlussfolgerungen müssen Sie schon mir überlassen. Ermordet wurde dieser Mann zweifellos, aber das allein macht ihn noch nicht zum Opfer. Viel wahrscheinlicher ist, dass es ein Racheakt war, weil er selbst grausam gewütet hatte. Selbstverständlich gilt es den Fall gründlich aufzuklären. Aber schon jetzt ist zu sagen, dass einem, an dessen Händen das Blut einer Jungfrau und eines Stadtrats klebt, durchaus recht geschieht, wenn er selbst im Blut ersäuft.«

Von den Vertretern der jüdischen Gemeinde kam empörtes Zischen. »Das ist eine gemeine Unterstellung!«

»Vor allem ist es eine dumme Unterstellung«, mischte sich Manon ein. »Es ist unmöglich, dass Rabbi Schmuel der Mörder von Christiane Vandenberghe und Melchior Günderoth war. Denn er ist mindestens so lange tot wie der Stadtrat, wahrscheinlich sogar noch länger.«

Pfeiffer fuhr herum, erkannte sie verspätet und lief prompt glühend rot an. »Was reden Sie denn da?«

Sie trotzte selbstbewusst seinem Blick. »Der Zustand des Leichnams lässt genaue Rückschlüsse zu. Wenn Rabbi Schmuel erst ermordet worden wäre, nachdem er im *Frankfurter Korrespondenten* für sämtliche Verbrechen der letzten Wochen angeklagt wurde, sich folglich jemand an ihm gerächt hätte, dann wären seine sterblichen Überreste jetzt im Zustand der Leichenstarre. Von den Augenlidern und Kaumuskeln beginnend breitet sich die bis zu den Füßen aus und lässt nach, wenn die Zersetzung beginnt. Doch der Gestank und die grünliche Farbe belegen, dass sich die Leichenfäulnis in einem weitaus fortgeschritteneren Stadium befindet.«

Das Gesicht von Pfeiffer verdunkelte sich noch mehr, als nicht nur die Juden zustimmend nickten, sondern selbst die beiden Hilfskräfte und der Aktuar.

»Ein Frauenzimmer hat von solchen Dingen keine Ahnung!«, polterte er los. »Es wird von seinen Gefühlen beherrscht!«

Nun gut, tatsächlich drohten Ungeduld und Verachtung Manon zu überwältigen, aber bevor sie ihre Ausführungen fortsetzen konnte, bevor Johann ihre Worte bekräftigen konnte, ertönte ein Schnaufen. »Stimmt es, dass hier ein Leichnam gefunden wurde?«

Ihr Vater war aufgelöst wie selten, was verriet, dass er sehr schnell gelaufen sein musste. Die Jacke war nur zur Hälfte zugeknöpft, sodass die fleckige Chemise darunter hervorsah, und anstatt sie in eine Tasche gepackt zu haben, hielt er die wichtigsten Geräte einfach in der Hand. Suchend sah er sich um, und obwohl sein Blick kurz auf Manon fiel, waren alle Sinne auf einen Leichnam gerichtet, sodass kein Erkennen aufblitzte.

Manon wollte ihm den Weg zum Keller weisen, aber ehe sie auch nur die Hand heben konnte, erklärte Pfeiffer scharf: »Die Mühe, hierherzukommen, hätten Sie sich ersparen können, Doktor Pontus. Eine Examinierung ist in diesem Fall nicht notwendig.«

Ihr Vater tat sich sichtlich schwer, genug Luft zum Reden zu finden. Seine Stimme klang eigentümlich gepresst: »Aber man hat mich über einen neuen Mord informiert.«

Pfeiffer nickte ernst. »So ist es. Eine Leichenbeschau ist aber nicht bei jedem Mord geboten, sondern nur, wenn nicht zweifelsfrei feststeht, ob es sich wirklich um eine Gewalttat handelt. In diesem Fall ist die Sache aber klar. Ich weiß alles über dieses Verbrechen, was ich wissen muss.«

Die Empörung ließ Manon die Kehle eng werden. Unfassbar! Um vor dem Frankfurter Rat und speziell dem Jüngeren Bürgermeister nicht dumm dazustehen, nachdem er sich nun schon zum zweiten Mal auf den falschen Täter versteift hatte, war Pfeiffer tatsächlich bereit, die Wahrheit zu vertuschen!

»Sie können doch nicht leugnen …«, setzte sie wütend an. Schneidend fiel ihr Pfeiffer ins Wort: »Halten Sie den Mund.« Und an den Aktuar gerichtet, fügte er etwas gemäßigter hinzu: »Schreiben Sie Folgendes auf. Der flüchtige Mörder wurde gefunden. Allerdings wurde er bereits zur Rechenschaft gezogen. Ungewiss bleibt zwar, von wem, doch fest steht, dass es nicht den Falschen getroffen hat, sodass man sagen kann, es ist Gottes Werk gewesen.«

Manon hätte sich am liebsten auf die Stirn geschlagen. So viel Unsinn, gepaart mit Durchtriebenheit, war regelrecht schmerzhaft. Ehe sie erneut etwas einwenden konnte, brandete einmal mehr Stimmengewirr auf.

Ihr Vater schien nicht recht fassen zu können, dass man ihm eine Leiche vorenthielt. »Wo ist denn der Tote?«, fragte er wieder und wieder.

Und noch lauter waren die Stimmen der Juden, die empört jeden Verdacht von Rabbi Schmuel wiesen und eine gründliche Untersuchung verlangten. »Wenn schon nicht Ihr Arzt, so sollte wenigstens Doktor Hertzel Spira zurate gezogen werden.«

Mit Genugtuung und auch ein wenig Schadenfreude erkannte Manon, dass sich Pfeiffer in die Enge getrieben fühlte. Aus dem Trotz und Überdruss in seiner Miene wurde sichtlich Verzweiflung, als sein Blick zwischen den dunkel gekleideten Männern und Theophil hin- und herging und er wohl angestrengt überlegte, wem nachzugeben das geringere Übel wäre.

»Ja«, sagte Manon energisch, »lasst Doktor Hertzel kommen. Er weiß über so vieles bestens Bescheid. Er kann bestätigen, dass Christiane Vandenberghes Mörder auch die junge Jiska auf dem Gewissen hat. Und dass der Übeltäter wahrscheinlich schon viel länger sein Unwesen trieb, insbesondere in dieser Gasse. In den letzten Jahren gab es offenbar immer wieder rätselhafte Todesfälle, die man als natürliche darstellte, um das Kriminalamt fernzuhalten.«

Die ersten Worte hatte sie noch laut rufen müssen, um sich Gehör zu verschaffen, aber dann war das Gemurre schlagartig verstummt. Sie merkte, dass nicht nur Pfeiffer vor Empörung die Spucke wegblieb. Auch die Mitglieder der jüdischen Gemeinde, die sie zunächst gar nicht weiter beachtet hatten, fixierten sie aus schmalen Augen.

Das entging nicht mal Pfeiffer. »Wovon redet sie?«, blaffte er die Männer an.

Die Mienen wurden noch verschlossener, regelrecht eisig.

Verdammt!, ging es Manon durch den Kopf.

Mit ihren vorlauten Worten hatte sie das Gegenteil dessen erreicht, was sie wollte. Sie hatte sich keine Verbündeten geschaffen – vielmehr hatte sie dafür gesorgt, dass Pfeiffer welche bekam, obwohl es dieser Trottel nicht mal bemerkte.

»Wovon redet sie?«, rief er wieder.

»Von nichts, was Sie etwas angeht«, erklärte einer der Juden.

»Wenn es um Morde geht, so fallen die durchaus in mein Metier.«

»Es gab aber keine Morde, nur diesen einen.« Der Baumeister machte eine vage Geste Richtung Keller.

Die Falte auf Pfeiffers Stirn verriet, wie überfordert er von all den Andeutungen war. Doch dann ging ihm auf, dass er sie gar nicht ergründen, sondern einfach nur eine dicke Decke darüberbreiten musste, und die hatte ausgerechnet sie ihm geliefert.

»Na also«, sagte er befriedigt. »Keiner hat hier etwas von weiteren Morden gehört. Wusst ich's doch, dass dieses Frauenzimmer nur Unsinn schwafelt. Sie hat keine Ahnung.«

»Mein Vater hat Ahnung«, erklärte sie energisch. »Er wird bestätigen, dass die Leiche weitaus länger als zwei, drei Tage in diesem Fass liegt, nämlich schon seit Wochen!«

Pfeiffer tat ihr nicht mal den Gefallen, ihr noch einen Blick zu schenken, sondern wandte sich direkt an Theophil: »Wenn Sie schon hier sind, so kümmern Sie sich um Ihre vorlaute Tochter!«

Derart auf eine Leiche fixiert, war ihrem Vater ihre Anwesenheit nicht mal dann aufgefallen, als sie die Stimme erhoben hatte. Jetzt endlich nahm er sie wahr. »Minettchen, was machst du denn hier?«

»Das fragte ich mich auch«, murrte Pfeiffer. »Sie hat hier nichts verloren, und wie gesagt: Auch für Sie gibt es nichts zu tun. Ihre Expertise ist mir teuer, aber es liegt allein in meiner Befugnis zu entscheiden, wann ich darauf angewiesen bin und wann nicht. Falls ich bei einem neuerlichen Kapitalverbrechen Ihre Hilfe brauche, werde ich mich wieder an Sie wenden – vorausgesetzt, ich kann mich darauf verlassen, dass Sie nie eigenmächtig handeln. Und dass Sie Ihre Familienangelegenheiten in Ordnung bringen. Wer eine solch ungezogene Tochter hat, verfügt womöglich weder über das ausreichende Urteilsvermögen noch die Tugend und den Anstand, um als Arzt das Kriminalamt zu beraten.«

Er sprach mit nachsichtiger Stimme, als gälten die Worte einem verwirrten Kind, und tatsächlich machte der Vater kurz den Eindruck eines solchen. Dann aber schien auch ihm die unmissverständliche Drohung aufzugehen: Wenn er sich nicht augenblicklich fügte, würde der Kriminalrat ihn von jener Liste Ärzte streichen, die bei rätselhaften Todesfällen zurate gezogen wurden. Und das bedeutete, dass er auf viele weitere Obduktionen verzichten müsste.

Ihrem Vater verschlug es vor Entsetzen die Sprache, während Manon aus Ohnmacht die Luft wegblieb. Schon wandte sich Pfeiffer an die jüdische Gemeinde.

»Ich kann Ihnen nicht verbieten, einen Judenarzt hinzuzuziehen. Wenn dies aber geschieht, dann werde ich ihn gründlich zu allen Todesfällen der letzten Jahre befragen. Und sollte ich wirklich zu dem Schluss kommen, dass die Juden den Frankfurter Rat hintergangen haben, indem sie Verbrechen vertuschten, wird das schwerwiegende Folgen zeitigen. Deutlich schwerwiegendere, als wenn wir übereinstimmen, dass Rabbi Schmuel der Mörder von Melchior Günderoth und Christiane Vandenberghe war.«

Wieder ein Tuscheln, wieder beschwörende Blicke. Einer, wahrscheinlich der Oberrabbiner, nickte widerwillig.

Manon konnte nicht fassen, dass sie der Drohung nachgaben. Nein, eher eine Art Geschäft schlossen: Mit ihrem Schweigen erkauften sie die Totenruhe ihrer Nächsten, wobei es nicht mal nur um diese ging, sondern auch darum, zu vertuschen, dass Jiska unerlaubt eine Ehe geschlossen hatte. Ihr Vater wiederum verkaufte seine Berufsehre gegen die Aussicht auf künftige Leichen. Was bedeutete, dass jeder etwas gewann – nur sie nicht. Während sie an dieser Ungerechtigkeit regelrecht zu ersticken glaubte, packte ihr Vater sie am Arm und zog sie mit einer Rohheit mit sich, die sie von ihm nicht kannte.

Immerhin blaffte er sie erst an, als sie sich ein paar Schritte von Rabbi Schmuels Haus entfernt hatten. »Warum bist du hier? Ich habe dir verboten, unsere Wohnung zu verlassen!«

»Herr Vater, Sie können doch nicht zulassen, dass die Mordfälle nicht weiter untersucht werden. Der wahre Mörder läuft immer noch frei herum. Und hat wahrscheinlich eine Hebamme in seinen Fängen.«

»Schluss jetzt!«

»Aber Kriminalrat Pfeiffer macht einen riesigen Fehler! Und Sie auch, wenn Sie sich von ihm behandeln lassen wie einen Pferdeknecht, der ...«

Sein Griff wurde fester, und in seinem Blick stand nicht nur Strenge, auch Ärger. Kein Wunder. In diesem Augenblick war sie nicht die kluge Tochter. Sie war Zeugin seiner Schwäche, seiner Bestechlichkeit.

»Du machst immer nur, was du willst«, polterte er los. »Widersetzt dich sämtlichen Befehlen und Verboten. Landest auch noch in der Judengasse. Und weißt viel zu viel von Morden, als es einem jungen Mädchen guttut.«

Sprach wirklich er zu ihr oder die Schwester aus ihm?

»Bis jetzt hat Sie das nie gestört«, erklärte sie trotzig, »und heute nehmen Sie doch nur Anstoß daran, weil ich zusah, wie Sie sich als Feigling gebärdet haben.«

Röte befleckte seine Wangen. »Jeanette hat recht, ich kann nicht ausreichend für dich sorgen. Wenn selbst der Kriminalrat meint, du wärst schlecht erzogen ... und wenn das auf mich zurückzufallen droht, weil ein schlechter Vater als schlechter Arzt gilt ... Ich denke, du wärst bei ihr viel besser aufgehoben. Ich hätte ihrem Ansinnen gleich zustimmen sollen.«

Eine Fülle an Widerworten lag Manon auf den Lippen, die sie allein darum zurückhielt, weil sie sich nicht weit genug von den anderen entfernt hatten und sie nicht wollte, dass Kriminalrat Pfeiffer sie flehen hörte.

Eine Weile ließ sie sich von ihm mitziehen, hörte dann allerdings, dass jemand ihnen folgte. Es war Johann, der alles bezeugt hatte, und in seiner Miene las sie nicht nur Mitleid und Grauen, sondern auch all die Fragen und Vermutungen, die in ihren eigenen Gedanken kreisten.

Endlich fand Manon die Kraft, sich von ihrem Vater loszureißen und das halbe Dutzend Schritte, die sie von Johann trennten, zu überwinden. So vieles lag ihr auf den Lippen, aber sie ahnte, dass sie nicht viel Zeit hatte, und wollte sich aufs Wesentliche beschränken.

»Adam Rau«, raunte sie ihm ins Ohr, sodass ihr Vater sie nicht hören konnte, »ich glaube, Adam Rau ist der Schlüssel zu allem.«

Verständnislos starrte er sie an. »Adam Rau? Meinst du den Aal? Jenen ruchlosen Mörder, der vor einigen Jahren auf dem Schafott starb? Ich habe damals selbst gesehen, wie man ihm den Kopf abschlug!«

»Wirklich ihm?«

»Aber …«

»Minettchen!«, rief der Vater.

Nie hatte sie so großen Widerwillen empfunden, so genannt zu werden.

»Ich glaube, es war kein Zufall, dass Taddäus Lahmer damals einen Schlag auf den Kopf erhalten hat«, sagte sie hastig. »Kein Dieb überfiel ihn, vielmehr einer, der vertuschen wollte, was während der Hinrichtung passiert war. Oder was Taddäus vielmehr zuvor getan hatte.«

Johann runzelte erst nachdenklich die Stirn, aber dann schien ihm ein Licht aufzugehen. »Du denkst, er hat den Delinquenten im letzten Moment heimlich mit einem anderen vertauscht? Aber auf wessen Befehl denn?«

»Na, was denkst du denn?«

»Manon!«, rief ihr Vater.

»Günderoth …«, presste er hervor.

Sie nickte. »Sein Feldzug gegen die jüdische Gemeinde … der Mord an ihm, Rabbi Schmuel und den Frauen … es passt alles zusammen … Versuch, so viel wie möglich herauszufinden. Ich weiß nicht, ob ich dazu in der Lage sein werde. Jedenfalls bin ich mir sicher, dass Adam Rau noch lebt.«

Im nächsten Augenblick hatte ihr Vater sie erreicht, bekam sie erneut am Arm zu fassen und zerrte sie mit sich.

Irgendwann

Ich habe ihn so stark verletzt, dass er am Boden liegt, aber bewusstlos ist er nicht. Und so schnell ich losgerannt bin, in Sicherheit bin ich nicht. Die Freiheit ist schwarz. Im Kellerloch war es immer finster, doch auch nachdem ich die schiefen Stufen überwunden habe, erwartet mich tiefste Nacht. Wie soll ich in der Dunkelheit bloß den Weg nach draußen finden?

Vom Keller her vernehme ich ein Stöhnen, das verrät, dass er sich aufrappelt. Alles verkrampft sich in mir, doch ich unterdrücke jeglichen Klagelaut, indem ich mir auf die Zunge beiße, bis ich blute. Wieder ertönt sein Stöhnen, noch deutlicher als vorhin klingen Wut und Hass daraus. Panische Angst lähmt meine Seele, doch mein Körper hört nicht auf zu kämpfen.

Ich renne durch den Raum, stoße an eine scharfe Kante, der Schmerz erweist sich als Elixier. Er streckt mich nicht endgültig nieder, er stachelt mich an.

Den Spiegel habe ich neben ihm fallen lassen, ich brauche eine neue Waffe. Blind beginne ich nach einer zu tasten. Der Boden ist aus Stein, die Wände sind gefliest, der Gegenstand, gegen den ich lief, war ein Tisch oder ein Regal. Was immer darauf steht, es ist stumpf. Eine Gewürzdose, ein Mörser, ein Löffel.

Das Stöhnen kommt näher. Ein Röhren wird daraus, trieft von noch mehr Hass. Wenn ich ihm in die Hände falle, wird er mich nicht nur quälen, er wird mich töten.

Einmal mehr renne ich drauflos, stoße diesmal gegen die

Wand. Mein Kopf dröhnt. Etwas Kaltes fließt von meiner Stirn. Oder etwas Heißes. Was macht es für einen Unterschied. Schweiß … Blut … Speichel … alles verrät, dass da noch Leben in mir ist. Wille. Ich beginne die Wand abzutasten, spüre erst nur weitere Fliesen, dann Holz, raues Holz. Splitter treiben sich in meine Handinnenflächen, doch die Tür ist nicht morsch genug, um meinem Druck nachzugeben. Und einen Riegel, den ich zurückschieben könnte, ertaste ich nicht.

Das Röhren ist verstummt, aber seine Schritte … seine Schritte kommen immer näher. Einen Fuß zieht er schleifend hinter sich her, er muss vorhin so gefallen sein, dass er sich verletzt hat. Aber die Zeit ist auf seiner Seite. Ich lasse von der Tür ab, taste weiter, stoße auf einen Ofen, über dem an einem Haken eine schmiedeeiserne Pfanne hängt. Sie ist zu schwer, um sie mit einer Hand zu ergreifen. Und die andere brauche ich, um mich abzustützen.

Meine Bewegungen werden hektischer. Ich verfluche die Finsternis. Und bin ihr dankbar. So wie ich auf Anhieb keine Waffe finde, wird er auch meiner nicht sofort habhaft, als er den Raum über dem Keller erreicht. Wenn ich verharre und den Atem anhalte, findet er mich vielleicht nie.

Aber ich muss atmen, ich muss schreien, sonst ersticke ich an meiner Panik.

Bis ich erkenne, dass das ein tödlicher Fehler war, hat er schon einen Satz auf mich zugemacht, umklammern seine Hände meinen Hals. Was war dagegen schon die Panik.

Langsam drückt er zu, presst die Hoffnung aus mir heraus, den Lebensodem. Aus der Frau, die beherzt um ihre Freiheit kämpft, wird ein erbärmliches, zitterndes Wesen. Schreien kann ich längst nicht mehr, atmen kaum noch. Ich will, dass es vorbei ist, mich die Schwärze endlich erlöst.

Doch meine Hände machen sich selbständig. Gehorchen nicht meinem Willen, sondern einem blinden Instinkt. Sie tas-

ten sich durch das Nichts. Stoßen auf ein Messer mit scharfer Klinge.

Das erste Blut, das fließt, ist meines, als sich diese tief in meine Handinnenfläche bohrt. Wieder erweist sich der Schmerz als Lebenselixier. Endlich gelingt es mir, den Schaft des Messers zu ergreifen. Und dann stoße ich zu. Wieder und wieder. Mit kaltem Genuss.

In diesem Augenblick ist es mir egal, ob ich ihn oder mich selbst treffe.

»Aufschluss über Gründe einer Untat gibt nicht nur die Examinierung des Opfers, sondern auch – sodenn er nach seinen Taten nicht mehr am Leben ist und man eine Leichenschau vorzunehmen vermag – des Übeltäters. Dass ein Mensch, der Böses tut, auch böse ist, ist ein Urteil, das gefühlige und schlichte Menschen treffen. Der in der Medizin Gelehrte weiß, dass es krankhafte Seelenzustände gibt, die körperliche Leiden mit sich ziehen, und physische Leiden, die ihrerseits die Seele mit Unwohlsein schlagen. Wie es auch sei: Eine Untat offenbart nicht immer bloß mangelhafte Moral, sie kann auch ein Zeichen mangelhafter Gesundheit sein.«

Aus der *Medicina forensis*
von Physicus und Chirurgicus
Theophil Pontus

8.

10. April 1800

Johann saß an seinem Schreibpult und schob nervös ein Tintenfass hin und her. So viele Gedanken gingen ihm durch den Kopf, doch es fiel ihm schwer, auch nur einen richtig zu fassen.

Seit zwei Tagen schwankte er nun schon zwischen Schuldgefühlen und Empörung, Angst und Hilflosigkeit. Und jetzt kam auch noch Wut hinzu, weil er zuhören musste, wie Uffenbach Albert instruierte.

Albert arbeitete erst seit einigen Wochen für den *Frankfurter Korrespondenten* und hatte bislang nicht mehr geleistet, als vor Uffenbach zu buckeln und alle anderen mit einem Lächeln zu bedrohen, das ob der viel zu großen Zähne für den viel zu kleinen Mund wie eine Waffe wirkte.

Während der Frühjahrsmesse vor ein paar Wochen war er für die sogenannten Messrelationen verantwortlich gewesen, und obwohl er dabei die Namen zahlreicher ausländischer Händler falsch geschrieben hatte, war Uffenbach zufrieden genug mit ihm, um ihn heute mit einer noch wichtigeren Aufgabe zu betrauen. Eben warf Albert einen triumphierenden Seitenblick in Johanns Richtung – ein Zeichen, dass selbst ein nicht so heller Mensch wie er mühelos erfasste, dass Uffenbach weniger ihn auszeichnen als Johann bestrafen wollte.

»Ich würde folgenden Text vorschlagen«, erklärte Albert, »›Wegen ihrer Bösartigkeit und ihres Hasses gegen die Christen ist die Unterdrückung des Judenvolkes notwendig geworden. Nur weil wir darin geschwächelt haben, ist es zur Katastrophe gekommen.‹«

Uffenbach nickte. »Klingt gut, klingt gut, aber was heißt denn Hass, was heißt denn Bösartigkeit? Recht große Begriffe sind das, aber auch recht leere.«

»Und wenn ich schreibe, dass sie grausam sind, unbarmherzig und falsch? Oder … teuflisch.« Das Wort schien ihm fast körperlichen Genuss zu bereiten, denn er raunte es mehrfach.

»Klingt gut, klingt gut«, sagte Uffenbach wieder. »Aber eine wichtige Lehre für jeden angehenden Avisenschreiber ist, dass wir nicht allein mit Attributen arbeiten dürfen.«

Johann musste nicht hinschauen, um zu ahnen, dass Albert verwirrt die Stirn runzelte. »Wir können vom gierigen Juden reden«, erklärte Uffenbach, »aber noch besser, wir bezeichnen ihn gleich als Blutsauger. Wie können vom ausbeuterischen Juden reden, aber noch besser, wir nennen ihn gleich Parasit. Verstehst du?«

Albert zog den Kopf ein, was Uffenbach für ein Nicken hielt. »Unzüchtige Ausschweifungen funktionieren auch immer gut. Und übler Geruch.«

»Weil sie so viel Knoblauch essen?«

»Weil in ihren Schlachthöfen die Innereien langsam verfaulen.«

Johann griff unwillkürlich nach einem weiteren Gegenstand, der nebst dem Tintenfass auf dem Schreibtisch stand: eine Sandbüchse, deren Inhalt man zum Trocknen der Tinte auf das Geschriebene streute. Noch lieber hätte er sie nicht nur umklammert, sondern in die Ecke gepfeffert oder am besten gleich auf Albert. Wobei Albert nichts dafür konnte, dass Uffenbach immer noch nicht aufhören konnte, den Judenhass in Frankfurt anzustacheln und solcherart mehr Journale denn je zu verkaufen. Und das trotz ihres gestrigen Gesprächs, in dem er ihm eine so stichhaltige Theorie hatte präsentieren können …

»Jedenfalls bin ich mir sicher, dass Adam Rau noch lebt«, hatte Manon ihm vor zwei Tagen zugeraunt.

So verstörend diese Worte und auch alle vorangegangenen waren, je länger er darüber nachdachte, desto mehr Sinn ergaben sie.

Ja, er hatte die Hinrichtung selbst bezeugt. Von einem Mann, der ausgerechnet ihm im letzten Augenblick etwas zugeraunt hatte. Ein Wort, das mit »Ver…« begann.

Verrat, hatte er damals gedacht. Gut möglich aber, dass er sich geirrt hatte. Dass es *vertauscht* hätte heißen sollen. Oder *verwechselt*.

Oh, wenn er dieser Sache bloß damals schon nachgegangen wäre! Wenn er sich nicht vorschnell Uffenbach gefügt hätte, der alldem keinerlei Gewicht beigemessen hatte! Wenn Manon richtiglag, hätte er womöglich eine finstere Verschwörung aufdecken können. Und weitere Morde verhindern können.

»Ich glaube dir«, hatte er Manon nachgerufen, als ihr Vater sie mit sich gezerrt hatte. Nur ihm wollte niemand glauben.

Sein Vater war der Erste, dem er sich noch in der Judengasse anvertraute. »Wenn damals ein anderer für Adam Rau hingerichtet wurde und der Aal wirklich noch lebt – dann wird er weiter morden!«

Verständnislos starrte Markus ihn an.

»Verstehst du nicht?«, rief Johann verzweifelt. »Ich muss etwas tun! Ich hätte schon damals etwas tun müssen! Dann könnte Rabbi Schmuel noch leben!«

»Aber Rabbi Schmuel ist tot, es ist zu spät.«

»Für ihn. Nicht für andere.«

Markus hob die Hand, um ihn zum Schweigen zu bringen, blickte sich dann furchtsam um. Bald musste Johann erkennen, dass ihn nicht die Angst vor einem Mörder peinigte, sondern er sich vor etwas ganz anderem fürchtete.

»Man hat uns nun oft genug zusammen gesehen«, sagte er eindringlich. »Unsere Wege sollten sich trennen!«

Das Gefühl von Ohnmacht legte sich wie eine eiserne Kette um seinen Hals. Als ob er keine größeren Sorgen hätte, als dass man seine wahre Herkunft aufdecken könnte! Doch der Vater ließ ihn einfach stehen.

Grübelnd lag er die ganze Nacht wach. Seine Gedanken verhielten sich zunächst wie ein panischer Hühnerhaufen, der bei jedem lauten Geräusch in alle Richtungen stob. Doch als der Morgen graute und er sich immer noch auf seinem Laken wälzte, schaffte er es langsam, etwas Ordnung hineinzubringen. Obwohl seine Lider schwer wie Blei waren, war er sich seiner Sache sicher genug, um vor Uffenbach zu treten.

»Adam Rau … der Aal … Er lebt noch.«

Ihm entging nicht, wie Uffenbach zusammenzuckte. Doch mit einem ungläubigen Lachen wollte er diese Reaktion wohl herunterspielen.

»Was soll denn dieser Unsinn? Wir beide waren dabei, als der Kopf in die Sägespäne fiel. Hast du nicht hinterher gekotzt?«

»Das ist noch kein Beweis dafür, dass es der Kopf von Adam Rau war.«

Uffenbachs Blick wurde schmal. »Aal wurde er genannt, weil Teile seines Körpers mit Fischhaut verwachsen waren. Irgendwann ist er so heftig verwundet worden, dass er nur deswegen überlebte. Und der Mann auf dem Schafott stank schrecklich nach Fisch.«

»Weil man ihn mit den Abfällen eines Fischweibs übergossen hatte. Darunter konnte man den Zustand seiner Haut doch gar nicht erkennen.«

Wieder stieß Uffenbach ein Lachen aus, diesmal verriet es eine gewisse Nervosität. Und in den Augen sah Johann die Angst aufblitzen, dass ihm womöglich eine sensationelle Geschichte durch die Lappen gegangen war.

»Stadtrat Günderoth«, schob Johann schnell hinterher. »Er könnte dafür gesorgt haben, dass der falsche Mann hingerichtet wurde. Mit Taddäus Lahmers Hilfe übrigens. Für den wäre es ein Leichtes gewesen, einen anderen Mann an die Stelle von Rau zu setzen – vielleicht einen noch nicht ausgenüchterten Trunkenbold. Und damit Taddäus das später nicht versehentlich ausplauderte oder mehr Lohn dafür forderte, ließ Günderoth ihn aus dem Weg schaffen. Der Schlag auf den Kopf hätte Taddäus wohl töten sollen. Aber es reichte im Grunde aus, dass er hinterher zum dümmlichen Bettler wurde, dem im Zweifel niemand Glauben geschenkt hätte. Günderoth war immerhin so gnädig, ihm hin und wieder etwas zuzustecken. Nur darum hat der verrückte Tadl am Tag vor seinem Tod an seiner Tür geklopft, nur darum ...«

Mit jedem Wort, das fiel, wuchs das Unbehagen in Uffenbachs Miene.

»Aber ... aber ...« Johann hatte ihn noch nie stammeln gehört, und dem Verleger schien das selbst peinlich zu sein, denn etwas ungehalten fügte er hinzu: »Warum soll ein angesehener, ehrenwerter Stadtrat dafür sorgen, dass ein verkommener Frauenmörder seiner gerechten Strafe entgeht?«

»Na, warum wohl?« Johann konnte sich eines gewissen Triumphs nicht erwehren. So verschwommen das Bild zunächst war – wenn man es lange genug fixierte, fügte sich Mosaiksteinchen für Mosaiksteinchen ineinander. »Günderoth brauchte einen Mann fürs Grobe. Nicht lang vor Adam Raus Hinrichtung zerstörte doch dieser Brand die Judengasse fast gänzlich.

Was den Juden unerwartete Freiheiten schenkte. Jahrelang hatte Günderoth ihnen das Leben schwer gemacht, alle Ansuchen, dass strikte Verbote etwas gelockert würden, abgewiesen. Und nun bezogen viele von ihnen eine Wohnung außerhalb der Gasse. Die Frankfurter stellten fest, dass die neuen Nachbarn weder die Luft verpesteten noch die Sitten verdarben. Und plötzlich wurden Stimmen laut, die noch mehr Rechte für sie forderten. Für Günderoth muss das kaum zu ertragen gewesen sein. Woraufhin er die Ketten eines Mörders zerschlug und ihn wie eine Plage auf die jüdische Gemeinde losließ.«

Gut möglich, dass er es zu weit trieb, aber Uffenbach war für starke Bilder nun mal empfänglich. Und tatsächlich: Anstatt sofort zu protestieren, wie Johann es kurz befürchtete, wog er nachdenklich den Kopf.

»Du meinst, er hat Adam Rau auf seinen Erzfeind Rabbi Schmuel gehetzt? Aber warum hat er damit drei Jahre gewartet?«

Johann frohlockte über das Eingeständnis, dass auch der Verleger Rabbi Schmuel für das Opfer eines scheußlichen Verbrechens hielt und nicht für einen Täter. Aber das half nicht darüber hinweg, dass an dieser Stelle seine Mutmaßungen einem aufgerauten Faden glichen, den man nicht zu stark strapazieren durfte.

»Manon Pontus hat behauptet, dass es schon zuvor etliche rätselhafte Todesfälle in der Judengasse gegeben habe. Dass die Verantwortlichen der jüdischen Gemeinde diese aber vertuscht hätten. Das Letzte, was sie wollen, ist ein Kriminalrat, der sich für ihre Angelegenheiten interessiert und in ihrer Gasse herumschnüffelt. Wobei Pfeiffer wohl ohnehin zu bequem wäre, sich darum zu kümmern. Wie auch immer. Sämtliche Widersacher aus dem Weg zu schaffen, um den Juden das Leben so schwer wie möglich zu machen, reichte Günderoth wohl irgendwann nicht mehr. Und deswegen heckte er einen noch teuflischeren Plan aus. Nicht nur, dass er dem Aal den Auftrag gab, auch Rabbi Schmuel zu töten. Er ließ einen Brief fälschen, in dem sich der Rabbi von der Gemeinde lossagte. Denn in der Folge hätte er der jüdischen Gemeinde später unterstellen können, sich an dem Rabbi, dem Verräter, grausam gerächt zu haben. Darum auch das Schweineblut, das ihm die letzte Ehre nahm.«

Kurz befürchtete er, in seiner Aufregung etwas zu schnell gesprochen zu haben, denn Uffenbach rieb sich die Schläfen, als bereitete ihm das Gesagte Kopfschmerzen. Doch in seinem Blick stand kein Zweifel, vielmehr eine Betroffenheit, die Johann noch nie an ihm wahrgenommen hatte.

»Und du meinst, er hat Christiane Vandenberghe ...«

Johann gab sich Mühe, etwas langsamer zu sprechen, wenngleich seine Stimme eindringlich blieb. »Warum hat er denn den Namen Aal erhalten? Weil Aale einen Schweinskopf von innen her auffressen. Und er nicht minder im Unterleib seiner armen Opfer gewütet hat. Damals. Und jetzt wieder. Wir müssen diese Sache ans Licht bringen. Wir müssen Adam Rau das Handwerk legen. Wir müssen verhindern, dass weitere Jungfrauen in seine Hände fallen.«

Uffenbach war eine Spur fahler geworden, und über seiner Oberlippe glaubte Johann Schweiß glänzen zu sehen. Doch ehe diese tiefe Bestürzung vollends Besitz von ihm ergriff, gab er sich einen Ruck. Nahezu gereizt blaffte er Johann an: »Wie passt eigentlich diese tote Judenfrau in dein Bild, das du so trefflich malen willst, obgleich dir etliche Farben fehlen? Die Opfer des Aals waren Jungfrauen! Jiska nicht.«

Johann kaute auf der Unterlippe. In der Tat stand an dieser Stelle seine Theorie auf etwas morschem Boden.

Ehe er etwas entgegensetzen konnte, fuhr Uffenbach fort: »Wenn Adam Rau Christiane Vandenberghe auf dem Gewissen hat – warum hätte er drei Jahre warten sollen, bis er wieder Frauen tötet? Und was ist mit dem Mord an Günderoth? Willst du den etwa auch dem Aal anlasten?«

»Es spricht viel dafür. Günderoth wurde mit einer Jad ermordet, folglich einem Gegenstand, den der Aal zuvor in Rabbi Schmuels Haus erbeutet haben könnte.«

»Warum sollte er es denn plötzlich auf Günderoth abgesehen haben, wenn der ihm doch die Hinrichtung ersparte?«

»Genau das müssen wir herausfinden! Und auch, wo diese verschwundene Hebamme steckt.«

»Ob zumindest die als Jungfrau durchgeht?« Aus Uffenbachs Stimme klang nun wieder der kalte Spott, der ihm zu eigen war.

»Vielleicht hat er sie als unliebsame Zeugin aus der Welt geräumt«, rief Johann. »Wer weiß, wer noch alles in Gefahr ist, solange wir Adam Rau gewähren lassen. Und deswegen dürfen wir …«

Uffenbach hob abrupt die Hand. »Genug jetzt!«, fiel er ihm hart ins Wort.

»Genug?« Zu der Entschlossenheit in Johanns Stimme gesellte sich Verzweiflung. »Es ist nicht genug. Wir wissen noch viel zu wenig. Und deswegen ist es unsere Pflicht, diesen ruchlosen Mörder zur Strecke zu bringen und …«

»Genug!«, polterte Uffenbach wieder. Er ballte die Hand, ließ sie auf die Tischplatte knallen. Johann widerstand zwar der Regung, den Kopf einzuziehen, brachte aber kein weiteres Wort hervor.

Auch Uffenbach schwieg eine Weile. Widerstreitende Gefühle spiegelten sich in seiner Miene. Die Gier auf eine außergewöhnliche Geschichte. Dazu etwas, was Johann an ihm fremd war. Skrupel.

»Du willst also einen angesehenen, wohlhabenden Frankfurter Ratsherrn eines großen Unrechts bezichtigen?«

»Ich will die Wahrheit verkünden.«

»Aber an dieser Wahrheit hängt ein ganzer Rattenschwanz an Problemen. So eine Geschichte wäre doch ein gefundenes Fressen – nicht nur für den Bürgerkapitän und zahlreiche Frankfurter Kaufleute, die Günderoth hassten, sondern auch für all die Feinde, die wir haben. Sowohl der römisch-deutsche Kaiser als auch Napoleon würden unsere Freie Reichsstadt am liebsten mit Haut und Haaren schlucken, und sei's nur, weil sie einander den fetten Bissen nicht gönnen. Sollen wir ihnen einen Anlass dafür bieten, indem wir Frankfurt zum Sündenpfuhl erklären?«

Johann konnte es nicht fassen. Immer schoss Uffenbach übers Ziel hinaus, und ausgerechnet jetzt mahnte er zur Vorsicht?

»Seit wann stellst du das Wohl der Stadt über die Auflage?«, entfuhr es ihm bitter.

Wieder fühlte er im anderen einen Zwiespalt toben.

»Und was, wenn du dich irrst?«

»Das glaube ich nicht. Aber selbst wenn. Es ist nicht so, dass du noch nie mit Übertreibungen, ja, Unwahrheiten gearbeitet hättest.«

»Nicht, wenn es um einen Stadtrat ging. Die Konkurrenz schläft nicht. Wenn die uns vorwirft, dass wir Frankfurts Ruf willentlich aufs Spiel setzen, kann das unser Ruin sein. Oh nein, oh nein! Ich werde nicht derjenige sein, der anfängt, mit Schmutz um sich zu werfen.«

Johanns Kiefer mahlten. *Als ob dir jemals an Sauberkeit gelegen hätte!*

»Wenn wir Adam Rau nicht aufhalten …«

Erneut ließ Uffenbach die Faust auf den Tisch krachen. »Adam Rau ist tot«, blaffte er ihn an. »Und wenn nicht, ist es die Aufgabe des Kriminalamts, ihn zu fassen zu kriegen, die Aufgabe des Gerichts, über ihn zu urteilen, und die Aufgabe des Henkers, dieses Urteil zu vollziehen. Unsere Aufgabe hingegen ist es lediglich, darüber zu berichten.«

Johann trieb die Nägel in die Daumenballen. Er wusste, Uffenbach hatte ihm jedes Wort geglaubt. Und doch fand der Verleger nichts dabei, nun mit gleichmütiger Miene zu verkünden: »Was immer du dir ausgedacht hast. Die Wahrheit ist, dass Rabbi Schmuel das Blut von Jungfrauen für das Pessachbrot brauchte. Wenn das nicht in deinen Kopf reingeht, dann wirst du dich künftig nicht mehr mit diesem Fall beschäftigen.«

Und damit war das Gespräch für ihn zu Ende.

Seit dem gestrigen Gespräch drohte Johann an seiner Ohnmacht zu ersticken, nachdem seine Worte bei Uffenbach offenbar keinerlei Spuren hinterlassen hatten. Wie geduldig er sich im Umgang mit Albert erwies!

»Wie wär's«, hörte Johann den gerade sagen, »wenn wir den Juden vorwerfen, dass sie sich mit den Franzosen verbünden, um Frankfurt zu Fall zu bringen? Ein jeder weiß doch, dass die Franzosen Judenfreunde sind. Sie haben ihnen sogar die bürgerliche Gleichberechtigung zukommen lassen und wurden im Rheinland als Befreier der Juden empfangen.«

»Hm, hm«, machte Uffenbach. »Das ist nicht dumm. Die Frankfurter hassen die Franzosen wie die Juden. Allerdings: Unsere Juden lieben die Franzosen nicht. Als die vor acht Jahren für kurze Zeit unsere Stadt besetzten und die Trikolore über Frankfurt wehte, standen sie treu an unserer Seite.«

»Daran denkt doch niemand mehr.«

»Hm, hm«, machte Uffenbach wieder. »Es geht ja nicht ums Denken, es geht ums Fühlen. Wenn du mit großer Politik kommst, wird einem der Kopf nur schwer. Das Herz zum Lodern bringst du anders. Nein, die Franzosen lassen wir aus dem Spiel. Besser, wir schreiben, dass diese verdorbenen Menschen viel zu viel Müßiggang haben durch ihren schändlichen Wucher und ihre gottlosen Betrügereien, während die armen Christen Tag und Nacht im sauren Schweiß arbeiten und solchergestalt ihr Brot verdienen müssen. Dass sie …«

Johann knallte abrupt Sandbüchse und Tintenfass auf den Tisch und sprang auf. Der Stuhl wackelte bedrohlich.

»Hast du auch etwas beizusteuern?«, wollte Uffenbach mit gereiztem Unterton wissen.

Jede Menge, dachte Johann, jede Menge.

Doch er verkniff sich Widerworte, atmete tief durch und machte hernach mit gleichmütiger Stimme einen Vorschlag. »So groß das Interesse der Leserschaft an diesem Fall ist – es ist nicht so, dass sämtliche anderen Themen ihre Bedeutung verloren haben. Was jeden Frankfurter seit jeher am meisten interessiert, sind doch die Preise.«

Uffenbach legte den Kopf schief, sichtlich überrascht, dass Johann diesen Vorschlag machte. Es war zwar die Aufgabe anderer Zeitungsschreiber, Warenpreise über die Monate hinweg zu vergleichen, vorzugsweise die von Wein. Aber Johann hatte immer anderen Themen den Vorzug gegeben.

Dennoch fuhr er nun entschlossen fort: »Mittlerweile gibt es zahlreiche Kaffeehäuser in Frankfurt. Deren Besuch erfreut sich immer größerer Beliebtheit, zumal das Gesöff kaum weniger süchtig macht als Zigarren. Wie wär's, wenn ich die Preise der gut einem Dutzend Kaffeewirte vergleiche? Das hat bis jetzt noch niemand getan.«

»Und du denkst, es gilt als Arbeit, wenn du die Zeit im Großen Kaffeehaus in der Bleichgasse oder im Oberbeck an der Ecke zur Töngesgasse totschlägst?«, blaffte Uffenbach ihn an.

Johann frohlockte innerlich. Immerhin hatte Uffenbach den Vorschlag nicht sofort abgelehnt.

»Ich könnte im Archiv sämtliche Artikel durchforsten, in

denen von Kaffeehäusern die Rede ist«, sagte Johann schnell. »Seit vom Ersten seiner Art in Hamburg berichtet wurde, erfolgte bald die Gründung eines hiesigen. Zwanzig Jahre ist das her, was heißt, dass es die Preise über einen sehr langen Zeitraum zu vergleichen gilt.«

Das Brummen von Uffenbach verriet ausnahmsweise mehr Zustimmung als schlechte Laune. Kurz überlegte er, dann griff er nach einem Schlüsselbund und winkte Johann hoch in den ersten Stock. Eine Kammer, randvoll mit alten Ausgaben des *Frankfurter Korrespondenten*, aber auch mit Blättern der Konkurrenz befand sich hier. Man durfte sie nur mit Uffenbachs ausdrücklicher Erlaubnis betreten und selbst dann nur unter strengster Beobachtung. Aber Johann würde eine Weile zu tun haben, und so geschah genau das, worauf er gehofft hatte: Uffenbach ließ ihn allein.

Obwohl es in dem Raum eng und muffig war, entspannte er sich augenblicklich. Welch ein Genuss, Uffenbach und Albert nicht länger lauschen zu müssen. Welch ein Genuss auch, etwas Sinnvolles zu tun. Er arbeitete sich nicht nur durch sämtliche alten Ausgaben des *Frankfurter Korrespondenten*, sondern auch der *Frankfurter Kayserlichen Reichs-Ober-Post-Amtszeitung* und des *Frankfurter Staats-Ristretto*.

Nun ja, Letzteres war für seine Zwecke nicht unbedingt ergiebig: Die Schilderung eines Schachautomaten am Wiener Hof nahm fast eine gesamte Ausgabe ein. Aber wenn er sich geduldig von Regal zu Regal vorarbeitete, alles überflog, das Wichtigste notierte, ließ sich eine Menge zusammentragen.

Nichts über Frankfurts Kaffeehäuser und deren Preise.

Aber alles über Adam Rau.

In den nächsten Stunden achtete Johann nicht darauf, dass er auf einem harten Schemel saß, bald sein Hintern davon schmerzte und der Nacken ob der gekrümmten Haltung steif geworden war. Erst als er innehielt, bewirkte all das ein Ächzen.

Er starrte auf seine vielen Notizen, dachte nach. Wusste er jetzt wirklich mehr?

Wenn die Taten Adam Raus geschildert wurden, so ließen sich die Artikel kaum unterscheiden. Immer wurden sie auf so grausige Weise beschrieben, dass man sie regelrecht vor sich sehen konnte: die Blutlache, die bleichen Gesichter, die zerstückelten Organe. Ebenfalls ausführlich beschrieben wurde, warum der Aal seinen Namen bekommen hatte: nicht nur, weil alte Narben mit Fischhaut verwachsen waren, sondern weil die Opfer so wirkten, als hätte er sie von innen her aufgefressen. Und ebenso ausführlich war jedes grässliche Detail der Hinrichtung beschrieben worden und mehr als nur einmal die Mutmaßung laut geworden, der Henker hätte mit Absicht den Nacken verfehlt, um dem Übeltäter einen schnellen, nahezu schmerzlosen Tod zu verwehren.

Hier und da wurden zwar neue Quellen angegeben – Auszüge aus den Vernehmungsprotokollen, Defensionsschriften des Verteidigers oder die Korrespondenz zwischen dem Frankfurter Rat und der Juristen-Fakultät in Göttingen, deren Gutachten die Voraussetzung dafür war, dass ein Todesurteil verhängt werden durfte. Doch Neues erfuhr er daraus nicht. Und was ihn erstaunte: Obwohl darin ausführlich über die Frage gestritten wurde, ob Armut und Not oder Bosheit und Grausamkeit die Tat bedingt hatten, war nie die Rede von einer Inventarliste über den Besitz des Delinquenten – die bei einem Gewaltverbrechen eigentlich immer angelegt wurde. Im Grunde fehlten so viele Angaben über den Mörder!

Dass er blutrünstig und entstellt war, wurde regelmäßig hervorgestrichen. Aber nie erwähnt, woher er kam, welcher Familie er entstammte, welchen Beruf er ausgeübt hatte, ob er überhaupt je ein Handwerk erlernt und wo er gewohnt hatte.

Umso augenscheinlicher wurde diese Lücke, weil sorgsam zusammengetragen worden war, was man über die damaligen Opfer wusste. So war die eine – Regina – die Tochter eines Bankiers, während die andere, Amalia, einer reichen Unternehmerfamilie entstammte, die hier in Frankfurt die erste Porzellanfabrik gegründet hatte. Wer sich die Mühe gemacht hatte, das gründlich zu erforschen, hatte sich sicher auch Gedanken über die Herkunft des Mörders gemacht. Nur, dass darüber nichts zu lesen stand.

Als hätte er keine Familie. Als hätte ihn der Erdboden irgendwann preisgegeben wie einen Sohn der Hölle.

Nein, nein, nein, er dachte zu sehr wie Uffenbach. Hierfür konnte es einen weitaus banaleren Grund geben. Aber während er sich streckte, den Nacken massierte, wollte ihm einfach keiner einfallen.

Himmel! Ein paar schillernde Mosaiksteine hatte er zusammengetragen, aber viel zu wenig, um sie zu einem fertigen Bild zusammenzusetzen.

Seufzend entschied er sich, weiter zu stöbern, noch mehr Artikel zu überfliegen, eisern die Nackenschmerzen zu ignorieren. Er nahm eine Ausgabe des *Frankfurter Korrespondenten*, die kurz vor der Hinrichtung erschienen war. Uffenbach selbst hatte den Artikel verfasst, in grausamen Einzelheiten angekündigt, was die sensationslüsternen Frankfurter am Rossmarkt erwarten würde. Kurz wurde Johanns Kehle eng, und ein säuerlicher Geschmack stieg auf, weil er sich allzu deutlich erinnerte, wie … Plötzlich entfuhr ihm ein verblüffter Ausruf. Hier ging es nicht nur um die Hinrichtung. Hier stand in einem vermeintlich bedeutungslosen Nebensatz, dass …

»Na! Bist du schon verdurstet?«

Derart vertieft in den Artikel, hatte er Uffenbach nicht die Treppe hochsteigen gehört. Als der die Tür zum Archiv öffnete, schob Johann schnell mehrere Journale über den Artikel.

»Wenn man den ganzen Nachmittag über Kaffee liest, muss einem doch die Kehle ganz trocken werden«, sagte Uffenbach. Johann fuhr herum. Die Stimme des Verlegers klang spöttisch, aber das Zucken seines rechten Augenlids und die etwas verkrampften Mundwinkel verrieten eine gewisse Verlegenheit. War das ein Zeichen, dass ihm ihr Gespräch und wie er ihn am Ende abgebügelt hatte, doch nicht aus dem Kopf gegangen waren?

Johann rückte seine Notizen zurecht. »Ich habe viel herausgefunden«, rief er. »Die Preise in den Kaffeehäusern haben sich seit dem Jahre 1780 nahezu verdoppelt.«

Das war nur geraten und noch dazu mit äußerst gepresster Stimme vorgebracht worden, aber es stand kein Misstrauen in Uffenbachs Miene, er nickte nur nachdenklich.

»Ich habe gar nicht bemerkt, dass es so spät geworden ist«, sagte Johann schnell und verstaute ein halbes Dutzend Zeitungsausgaben in den Regalen. »Vielleicht sollte ich für heute meine Arbeit beenden und ins Kaffeehaus einkehren.« Seine Stimme klang etwas fester, aber immer noch falsch. Und als er alle Journale eingeordnet hatte und Richtung Tür treten wollte, fiel Uffenbach ihm in den Arm. Verdammt! Hatte er doch gesehen, womit er sich beschäftigt hatte?

Er wappnete sich gegen die schlimmsten Vorwürfe, doch stattdessen presste der Verleger seinen schwammigen Körper an seinen und beugte sich ganz dicht zu seinem Ohr: »Ich denke, an einem Tag wie heute gehst du besser nicht in ein Kaffeehaus, sondern an einen anderen Ort.«

Johanns Gedanken lahmten, er war unfähig, sich einen Reim auf diese Andeutung zu machen.

»An einen anderen Ort?«, echote er.

»Heute ist doch Gründonnerstag.«

Alles hatte er erwartet, nur keinen Hinweis auf den liturgischen Kalender. »Gründonnerstag?«, wiederholte er.

»Nun, ich dachte jemand wie du ... sollte vielleicht dann und wann eine Kirche besuchen ... damit niemand Fragen stellt ... damit nicht auffällt, dass du ... na, du weißt schon.«

Uffenbach ließ ihn los, klopfte ihm kurz auf die Schulter, trat dann zurück. Doch nun konnte Johann keinen geraden Schritt mehr machen. Seine Gedanken waren immer noch nicht sonderlich rege, aber trotzdem begriff er, was Uffenbach andeutete: dass er wusste, wer er war. Markus Abels Sohn, nein, Mordechai Abrahams Sohn, folglich ein konvertierter Jude, ein Proselyt.

Und was noch ungeheuerlicher war: dass er, der sich in den vergangenen Tagen immer neue Beleidigungen für die Juden ausgedacht hatte, offenbar nichts dabei fand, dieses Wissen für sich zu behalten. Im Gegenteil, er hatte ein Interesse, dass keiner von seiner Herkunft erfuhr, damit nichts seine Stellung im *Frankfurter Korrespondenten* gefährdete.

Johann rang nach Worten. »Du weißt, dass ich ...«, setzte er an.

»Was glaubst denn du? Über jeden, den ich einstelle, lasse ich zahlreiche Informationen zusammentragen.« Er klang immer noch nicht abfällig, eher stolz, nahezu überheblich.

»Aber ... aber wenn man dich mit Albert reden hört ...« Johann biss sich auf die Lippen. Als ob es neu wäre, dass das, was in der Zeitung stand, nicht unbedingt das war, was Uffenbach dachte.

Es war gerade diese Gesinnungslosigkeit, die ihn bei ihrem gestrigen Gespräch so gegen den Verleger aufgebracht hatte und nun neue heiße Wut auflodern ließ. Doch zugleich konnte er sich einer gewissen Dankbarkeit nicht erwehren. Er wusste, dass kein anderer Zeitungsverleger ihn unter dieser Voraussetzung angestellt hätte. Und obwohl er manchmal mit seiner Arbeit haderte, war sie ihm zugleich unendlich wichtig.

Uffenbach deutete seinen Gesichtsausdruck falsch. »Ist schon gut«, sagte er gönnerhaft. »Wir wollen das nicht weiter vertiefen.«

Er tätschelte ihm die Schulter, die Johann ihm voller Widerwillen entzog.

»Im Schweigen bist du ja gut«, stieß er bitter aus. »Nicht nur, wenn's um meine Herkunft geht, auch um Adam Rau.«

Anstatt sich von seinen Worten bloßgestellt zu fühlen, schienen sie Uffenbach eher zu bestätigen. »Ach, weißt du, in einer Position wie meiner, da entfacht man Gefühle, man spielt mit ihnen, aber man lässt sich nicht selbst von ihnen treiben, sondern setzt allein aufs Köpfchen.«

Er tippte auf seine Schläfe, als würde ihn weniger Charakterlosigkeit als vielmehr ein besonders ausgeprägter Verstand auszeichnen.

Nun, dachte Johann zynisch, klug genug, um mitzubekommen, was ich hier getrieben habe, bist du aber doch nicht.

Er verbiss sich ein Grinsen und verzichtete ebenso auf weitere Worte, zumal Uffenbach sich nun abwandte. Als er ihm folgte, entschied er, sich nicht länger über die Gesinnung seines Verlegers den Kopf zu zerbrechen und auch nicht über die eigene Herkunft. Weit interessanter war die von Adam Rau.

***

Es ist ein Buch, sagte sich Manon, es ist immerhin ein Buch.

Nun ja, zwar nur das Haushaltsbuch, das sämtliche Einkäufe der letzten Woche auflistete. Aber sie betrachtete es als einen Fortschritt, dass Jeanette es ihr überlassen hatte, damit sie auf diese Weise die Pflichten einer Hausfrau erlernen konnte.

Weißer Kohl.

Pferdefleisch.

Frische Blutwurst.

Davon las sie nicht nur, hier in der Vorratskammer roch sie es auch. Um das Haushaltsbuch zu kontrollieren, hatte sie auf Ruhe gepocht, und die fand man im Haus ihrer Schwester am ehesten in dem winzigen Raum hinter der Küche und neben den zwei Schlafkammern, in denen die Stuben-, Haus- und Kindermädchen, auch Jeanettes Kammerjungfer sowie zwei Küchenmägde und die Köchin hausten. Da nun alle emsig arbeiteten, war sie hier ungestört, und während sie im Kopf überschlug, ob die Beträge für den letzten Einkauf – eingemachte Gurken, Schafschinken, Hering – richtig zusammengerechnet worden waren, schickte sie ein Dankgebet zum Himmel, weil sie hier auch ihre Ruhe vor Jeanettes jüngstem Kind hatte.

Ihre beiden Neffen sahen es als willkommene Abwechslung von ihrem langweiligen Unterricht beim Hauslehrer an, dass künftig ihre sonderbare Tante bei ihnen leben würde, und hatten bei ihrem Einzug vor zwei Tagen gefragt, ob sie mit ihnen spielen wolle.

Manon hatte überlegt, ob das Sezieren eines toten Frosches, für das sie sich durchaus hätte erwärmen können, auch unter Spielen fiel, doch da war Jeanette sogleich dazwischengegangen.

»Wenn du dich nützlich machen willst, kümmere dich um Dorothee.«

Die Gesellschaft von Jeanettes jüngstem Kind war für Manon bei Weitem schwerer zu ertragen als die der Knaben. Ferdinand und Eduard waren immerhin der Sprache mächtig. Das einjährige Mädchen mit den blonden Locken machte hingegen nur lallende Geräusche, die keinen Sinn ergaben, und begann bei jedem nichtigen Grund zu greinen.

Nun, sie hatte sich dieser Pflicht recht schnell entziehen können. Als sich die Kinderwärterin in der Vermutung ergangen war, das Greinen habe mit den neuen Zähnen zu tun, hatte

Manon erklärt, dass es wohl eher am Ungleichgewicht der Säfte liege. Ein probates Mittel, die schlechten abzuziehen, sei es, Blutegel hinter dem Ohrläppchen anzusetzen.

Jeanette hatte die Hände über dem Kopf zusammengeschlagen. »Du bist unmöglich!«

Der Ärger war nicht groß genug gewesen, um gleich wieder aus dem Haushalt geworfen zu werden, aber Manon war fest entschlossen, es auch weiterhin darauf anzulegen, und das gestrige Damenkränzchen hatte hierfür eine hervorragende Gelegenheit geboten.

Einmal in der Woche trafen sich artig geputzte Frauenzimmer nachmittags um drei in Jeanettes Salon, um inmitten von Plüsch und Nippes eine Tasse Kaffee zu trinken und sich an einigen Tellern mit Obst und Konfekt zu delektieren. Zunächst rühmten sich die Frauen überschwänglich für Frisur oder Haarband, neues Kleid oder Schnallenschuhe. Dann diskutierte man so gewichtige Fragen, ob man sich mit der neuesten französischen Damenmode in Frankfurt lächerlich machte oder damit in einer Zeitschrift wie *Modebilder* landete. Als Manon einwarf, dass die französischen Kleider locker fielen und das Fehlen eines Mieders aus Fischbeinstäben der Niere und Leber ebenso zugutekäme wie der Gebärmutter, würgte Jeanette sie sofort ab.

»Lass uns loslegen«, erklärte sie gereizt.

Das Scharpiezupfen – der eigentliche Grund des Zusammenkommens – geschah zunächst in kompletter Stille. Hierbei galt es, Leinwände zu zerrupfen, um die daraus gewonnenen Fäden nicht nur zu Verbandsmaterial, sondern auch zu warmen Westen und Strümpfen, Überhosen, gar Decken zu verarbeiten. Es war dies eine Beschäftigung für Damen, die im 1795 erschienenen Revolutions-Almanach als patriotisch eingestuft worden war, weil sie den Kampfgeist der deutschen Heere, die gegen die Soldaten des Pariser Convents im Felde standen, mehren würde. Manons Fäden stellten sich als die dünnsten heraus, die bei jedem Versuch, sie zu verarbeiten, reißen würden. Mit ihrem Geduldsfaden verhielt es sich ähnlich, aber Gott sei Dank erklärte eine von Jeanettes Freundinnen: »Hast du uns nicht erzählt, dass deine Schwester sehr belesen ist? Vielleicht mag sie uns ein wenig vorlesen!«

»Oh ja«, rief Manon begeistert. »Wie wär's mit der Schrift von Theodor von Hippel *Über die bürgerliche Verbesserung der Weiber*?«

Raunen brandete auf. »Wird darin nicht gefordert, dass Frauen Staatsdienst leisten sollen?«, fragte eine der Damen nahezu ängstlich.

»Noch schlimmer«, gab eine andere hinter vorgehaltener Hand zurück. »Es wird von Vätern erwartet, sich der Kindererziehung anzunehmen.«

Jeanette warf Manon einen vernichtenden Blick zu und überreichte ihr stattdessen einen Frauenzimmeralmanach. Manon blätterte sich durch die Kapitel, in denen es über die Leitung des Hauswesens ging. Schließlich stieß sie auf eine Abhandlung über die Ehe, in der diese nicht nur als Idealzustand für Frauen gerühmt wurde, sondern auch ein paar Zeilen über die eheliche Leidenschaft folgten. Die Frau, so hieß es, solle ihrem Mann stets ermöglichen, dieser nachzugehen, ihrerseits aber weniger davon zeigen, weil ihr Verstand ohnehin ein so zartes Pflänzchen sei. Ob der schädlichen Dämpfe des Uterus würde es gänzlich eingehen.

»Soll ich wirklich über körperliche Liebe vorlesen?«, fragte sie.

Jeanettes Wangen wurden von rötlichen Flecken bedeckt. »Ich wusste ja gar nicht, dass in diesem Buch …«

»Nun lass sie doch«, kam ihr eine weitere Freundin gutmütig zu Hilfe. »Deine Schwester mag noch Jungfrau sein. Aber es ist lächerlich, wenn ein Frauenzimmer, das sich verheiraten will, gar nicht weiß, was der Ehestand auch körperlich auf sich hat.«

Manon blickte lächelnd hoch und erklärte mit sanfter Stimme: »Aber das weiß ich doch schon. Vor nicht allzu langer Zeit habe ich für unseren Vater einen Bericht niedergeschrieben. Er hat einen männlichen Leichnam examiniert und festgestellt, dass dessen Glied über eine recht außergewöhnliche Größe verfügte. Und die auffälligen Adern erst! Es war sehr lohnenswert, diese mit Quecksilber zu füllen, um sie kenntlich zu machen. Ich habe nicht nur dabei geholfen, sondern eine Zeichnung angefertigt.«

Der Faden in Jeanettes Händen riss, die Flecken färbten sich dunkelrot, und diesmal meldete sich keine der völlig verdatterten Freundinnen zu Wort. Durch die Tür war nur das Greinen von Dorothee zu hören. »Schau nach, was ihr fehlt!«, herrschte Jeanette sie an, und Manon erhob sich bereitwillig.

Leider warf Jeanette sie auch nach dem Damenkränzchen nicht hinaus, verbot ihr nur, in naher Zukunft an weiteren teilzunehmen. Lieber sollte sie all ihre Gedanken auf die österlichen Festtage ausrichten und in Einstimmung darauf stundenlang beten.

Heute Morgen hatte Manon ihre Taktik geändert und sich ausnahmsweise tief zerknirscht gegeben. So gerne würde sie alles wiedergutmachen, und eine Möglichkeit wäre doch, bei der Führung des Haushaltsbuchs zu helfen?

Das hatte zur Folge gehabt, dass sie in der Vorratskammer ihre Ruhe hatte und ihr darum endlich eine Idee gekommen war, wie sie nicht nur der quälenden Langeweile in Jeanettes Haus entgehen konnte, sondern auch in Sachen Adam Rau weiterkam.

Sie hatte eine von Jeanettes Kammerzofen zu sich gerufen, die junge Caroline, deren Drang zu Gehorsam etwas weniger ausgeprägt erschien als beim übrigen Gesinde. Aus dem Haushaltsbuch, so hatte sie ihr erklärt, gehe der Mangel einer ganz bestimmten Ware hervor.

»Das eifrige Scharpiezupfen beim Damenkränzchen reicht nicht aus, um große Mengen Verbandszeug herzustellen. Aber ich könnte günstig Stoffe beziehen.«

»Und wo?«, hatte Caroline sich erkundigt.

»Bei einer mir gut bekannten jüdischen Tuchhändlerin.«

Caroline hatte erschrocken die Augen aufgerissen. »Sie wollen eine Weibsperson von der Judengasse hierherholen?«

»Nein, aber du wirst das tun.«

»Weiß die Herrin, was Sie vorhaben?«

»Ich will sie damit überraschen, dass ich wie eine gute Hausfrau denke und ihr diese Sorge abnehme. Wirst du mir dabei helfen?«

Wahrscheinlich hatte sich Caroline allein aus Freude an der Abwechslung gefügt.

Jetzt galt es nur noch abzuwarten.

Immer häufiger hob Manon den Kopf und lugte durch das Fenster nach draußen. Das Haus der Schwester lag auf dem Liebfrauenberg, einem der vornehmsten Plätze der Stadt, wo sich nicht nur etliche Gesellschaftshäuser befanden – eines davon diente als Waren- und Geldbörse –, sondern auch die Kolonialwarenhandlung ihres Schwagers, bestehend aus einem großen Verkaufsraum und einer noch größeren Lagerhalle. Dorthin, so hatte sie die Kammerzofe beauftragt, möge sie Esther bringen, und tatsächlich sah sie um die Mittagszeit nicht nur Caroline zurückkehren, sondern alsbald einen großen Stoffwagen, hinter dem ihre Begleitung fast verschwand.

Das Glück blieb ihr weiterhin hold. Sie trat durch den Hinterausgang, ohne der Haushälterin in die Hände zu fallen.

Während Manon vor sich hin lächelte, als sie das Lager mit all den Säcken voller Zucker, Kattun, Kaffee, Indigo, Tabak betrat und Caroline wegschickte, entglitt der jüdischen Kleiderhändlerin die Miene.

»Du schon wieder?«, fauchte Esther. »Ich dachte, ich könnte ein gutes Geschäft machen!«

Schon ging ihre Hand zum Wagen, und Manon musste eilig vor sie treten, damit sie die Lagerhalle nicht sofort wieder verließ. Obwohl ihr so viele brennende Fragen auf den Lippen lagen, bezähmte sie diese, überlegte stattdessen, was Johann gemacht hätte, um die andere zu besänftigen.

»Kannst du dich daran erinnern, als wir uns das erste Mal sahen?«

»Hm«, machte Esther grimmig. »Nur weil du mich damals vor diesen Burschen gerettet hast – mit denen ich am Ende übrigens auch selbst fertiggeworden wäre –, schulde ich dir rein gar nichts.«

»Das meine ich nicht«, Manon leckte sich über die Lippen. »Aber ich kann mich gut erinnern, wie stolz du über dein Geschäft gesprochen hast. Sowohl die Christen als auch die Juden würden den Frauen keinen Erfolg gönnen. Du aber seist eine viel bessere Kleiderhändlerin als dein verstorbener Mann.«

Das Kräuseln des Mundwinkels war ein Zeichen, dass Esther sich durchaus geschmeichelt fühlte – ihr harter Blick hingegen, dass sie dennoch unbestechlich war.

»Ich wäre eine schlechte Händlerin, würde ich hier meine Zeit verschwenden.«

»Bitte!« Manon trat noch näher an sie heran. »Hilf mir, auch eine zu sein.«

»Eine Kleiderhändlerin?«

»Eine Frau, die etwas besser kann als Männer. Oder zumindest genauso gut wie sie. Mir sind hier die Hände gebunden, ich kann nichts mehr über die Morde herausfinden. Du bist meine letzte Hoffnung.«

»Aber alles, was ich weiß, ist dir schon bekannt. Mein Bruder … Hertzel … er hat damals die Leiche von Adam Rau untersucht.«

»Ja«, Manon holte tief Luft, »aber er will nicht darüber reden. Erträgt das Thema kaum. Und ich kann mir mittlerweile auch vorstellen, warum das so ist.« Sie machte eine kurze Pause, um den nächsten Worten mehr Gewicht zu geben. »Weil er nämlich aus irgendeinem Grund damals zu dem Schluss gekommen ist, dass es sich bei der Leiche nicht um Adam Rau handelte.«

Unwillkürlich fuhr Esthers Hand zu ihrer Brust. Ein Ausdruck des Entsetzens glitt über ihre Miene. »Du hast doch keine Ahnung, wie schlimm das alles für ihn ist!«, entfuhr es ihr.

Manon suchte eindringlich ihren Blick. »Ich denke doch. Wenn er wirklich wusste, dass damals der Falsche hingerichtet wurde, und er es nicht meldete, fühlt er sich sicher verantwortlich für alle Morde, die Adam Rau danach beging. An Günderoth, an Christiane Vandenberghe, an Jiska, womöglich an weiteren Mitgliedern der jüdischen Gemeinde. Und schließlich an Rabbi Schmuel. Die Neuigkeit, dass man dessen Leichnam zerstückelt in einem Fass Schweineblut gefunden hat, muss deinen Bruder hart getroffen haben. Und erst recht, dass niemand seinen Tod aufzuklären versucht.«

Dass Esther verlegen auf ihrer Lippe kaute, verriet Manon, dass Hertzel Spira in seiner Not gesprächiger gewesen sein musste als in den letzten Jahren.

»So sag mir doch …«

Esther wandte sich ab, als wollte sie fliehen. Blieb dann doch stehen und presste durch ihre zusammengebissenen Zähne: »Es ist alles noch viel schlimmer.«

»Was?«

Esther ergriff das Fahrgestell ihres Wagens, um sich abzustützen. Gelblich traten die Fingerknöchelchen hervor, weil ihr Griff so fest war.

»Mein Bruder … er steckt so tief in dieser Sache drin. Wenn nur all jene Morde, die du benannt hast, auf seinem Gewissen lasten würden … aber … aber …«

»Ich will deinem Bruder nichts Schlechtes! Ich will nur die Wahrheit herausfinden!«

»Und die Wahrheit ist«, ein rauer Ton schlich sich in Esthers Stimme, »dass Hertzel sich nicht nur für die Morde *nach* der Hinrichtung vom vermeintlichen Aal verantwortlich fühlt, sondern auch für die *davor*.«

»Du meinst die an Regina und Amalia?«

»Sie wären niemals passiert, wenn er nicht …« Esther brach ab, senkte den Kopf ganz tief.

»Was, um Himmels willen, kann er denn getan haben, um Reginas und Amalias Tod verschuldet zu haben?«

Schweigen folgte. Als Esther endlich ihren Blick erwiderte, stand tiefe Betroffenheit darin. »Eigentlich etwas Gutes … etwas, was kein anderer Arzt in Frankfurt zustande gebracht hätte … etwas, auf dessen Erfolg er selbst niemals zu wetten gewagt hätte. Ihm ist das Unmögliche geglückt. Er hat doch nicht ahnen können …« Wieder brach sie ab.

»Was? Was?«

»Es war doch ein unschuldiges Kind!«

Das wurde ja immer verworrener! So unfähig, wie Manon sich gestern beim Scharpiezupfen erwiesen hatte, fühlte sie sich auch jetzt, als es galt, aus diesem Knäuel Andeutungen einen Faden zu ziehen.

»Hat der Aal etwa auch ein solches auf dem Gewissen?«, fragte sie.

Esther schüttelte den Kopf. »Natürlich nicht, aber …«

Sie brach ab, als sich der rückwärtige Eingang zur Lagerhalle öffnete.

»Ja, bist du denn von allen guten Geistern verlassen! Da dachte ich, du würdest dich endlich einmal nützlich machen, mir dafür danken, dass ich mich deiner annehme, und dann bringst du mir ein Judenweib ins Haus?« Jeanette verharrte auf der Schwelle und fuchtelte mit beiden Händen, als wäre die Luft verpestet.

Selten hatte der Anblick der Schwester Manon so wütend gemacht. »Sprich nicht so abfällig über Esther!«, fuhr sie Jeanette an. »Und genau genommen ist das nicht dein Haus, sondern der Kolonialwarenhandel deines Mannes.«

»Eben!«, rief Jeanette. »Wenn ruchbar wird, dass er Geschäfte mit Juden macht, verliert er etliche Kunden.«

Esther hatte den Rücken gestrafft, kaum dass Jeanette in ihr Gespräch geplatzt war, nun reckte sie auch ihr Kinn. »Denken Sie, ich treibe gerne Handel mit Ihresgleichen? Und wenn Sie mir unterstellen, mir heimlich einen Sack Zucker eingesteckt zu haben, so können Sie gerne meinen Wagen durchstöbern.«

Sie schob ihn prompt in Jeanettes Richtung, was die bewog, zurückzuweichen, wenn auch nicht zu schweigen. »Und das auch noch in der heiligen Woche, wenn wir daran erinnert werden, zu welchen Verbrechen die Juden fähig sind, nämlich zum Mord an Gottes Sohn.«

Esther schien sie mit ihrem Wagen am liebsten niederfahren zu wollen. In Manon wuchs eine ähnliche Ungeduld.

»In unseres Vaters Haus solltest du anderes gelernt haben, als diesen Unsinn über Juden nachzuplappern.«

»Du hast jedenfalls keinen Gehorsam gelernt! Dir war es verboten, das Haus zu verlassen!«

Wortlos drängte sich Esther mit dem Wagen an ihr vorbei, und Jeanette war so beschäftigt damit, noch weiter zurückzuweichen, dass Manon ihr mühelos folgen konnte.

»Manon!«, rief Jeanette empört.

Viel Zeit blieb ihr nicht.

»Es tut mir leid, wie sie dich behandelt«, sagte sie hastig.

Esther rümpfte die Nase. »Sie ist wahrlich nicht die Einzige, die so spricht.«

»Ich tu das nicht! Was hat es denn nun mit dem Kind auf sich, das du erwähnt hast?«

»Manon, du kannst doch nicht ...«

Wie von weit her vernahm sie eine von Jeanettes schrillen Predigten. Esther indes rückte ganz nah an ihr Ohr heran, als sie antwortete.

***

Johann betrat die Katharinenkirche – die wichtigste lutherische Kirche Frankfurts, die vor einem guten Jahrhundert an der Stelle von zwei Kapellen errichtet worden war. Das einzige Bauwerk der Stadt, das noch höher war als diese, war der Dom St. Bartholomäus, galt es doch, den katholischen Kaiser nicht zu verärgern.

Wie immer, wenn er eine Kirche betrat, ließ sich die Ehrfurcht nicht von Furcht unterscheiden. Der karg gestaltete Innenraum hatte eigentlich nichts Einschüchterndes, die Orgelklänge, die von der Empore erschallten – die letzten, ehe sie vor dem Karfreitag verstummten –, wirkten eher erhebend als niederschmetternd, und die zahlreichen Bilder, die Geschichten aus dem Alten und Neuen Testament erzählten, waren schön anzusehen.

Doch schon als Kind hatte ihn jedes Mal, wenn er eine Kirche betrat, die Angst verfolgt, er könnte etwas Falsches tun. Schließlich war damals, als er von einem auf den anderen Tag nicht länger Jonathan, sondern Johann hieß, so gut wie alles falsch gewesen. »Ich dachte, Jonathan wäre der Name meines Großvaters. Ist er etwa nicht mehr mein Großvater?«

»Doch, doch«, hatte sein Vater gesagt und dann bitterlich geweint.

Er selbst hatte auch fast geweint, als er erfahren hatte, dass er nie wieder Purim feiern durfte, wenn die Judengasse besonders schön geschmückt war, Festspiele und Maskeraden stattfanden und Silbermünzen gesammelt wurden, um sie den Armen ins Heilige Land zu schicken.

Gemessen daran war ihm seine Taufe, die wie alle Taufen von Juden im Frankfurter Armenhaus stattfand, damit sie kein Aufsehen erregte, langweilig erschienen. Wenn er wenigstens ganz in ein Becken untergetaucht worden wäre!

Der Gottesdienst, der folgte, und auch alle späteren waren ihm eine Qual. So gründlich er sich die Gebete einbläute, auch lernte, zur rechten Zeit aufzustehen und sich hinzuknien – er wurde nie das Gefühl los, einen Fehler zu machen. Und auch nicht, dass man ihn und seine Eltern immerzu argwöhnisch beobachtete. Nun gut, vielleicht bildete er sich das ein. Ganz sicher waren seine Mitschüler ihm gegenüber feindselig. Sie lachten ihn aus, riefen ihm Schimpfwörter nach, füllten einmal sein Tintenfass mit Kaffee, was unschöne Flecken ergab, und manipulierten seine Schreibfeder, sodass sie während eines Diktats entzweibrach. Er erzählte das dem Lehrer, doch der blieb unschlüssig, wer der Schuldige war. Am Ende verprügelte er alle Jungs, auch Johann, und glaubte damit, der Gerechtigkeit Genüge getan zu haben.

Johann hatte damals schon hinlänglich über die Gerechtigkeit Bescheid gewusst, um zu erkennen, dass ihm ein schweres Unrecht geschah. Über Freundschaft hatte er erst später viel gelernt. Vor allem, dass er die zwar nicht mit gleichaltrigen Knaben schließen konnte, aber mit Büchern. Bücher verurteilten und belauerten, beschimpften und verspotteten ihn nicht. Schenkten hingegen Wissen, das es ihm irgendwann ermöglichte, die falschen von den richtigen Wörtern zu unterscheiden wie der Müller die Spreu vom Weizen. Irgendwann konnte er so gut damit umgehen, dass er keine Angst mehr davor hatte, mit Menschen zu reden. Nur in der Kirche wurde er zum Knaben von einst: einer, der unwillkürlich die Schultern hochzog und sich ständig umdrehte. Und der, als er gegen Ende des Gottesdienstes plötzlich eine Hand auf dem Unterarm fühlte, zusammenzuckte, als hätte er einen Schlag erhalten.

»Rühr dich nicht, mach keinen Mucks.«

Zu beidem war er ohnehin nicht fähig. Zumindest nicht, solange die Hand auf seiner lag. Als sie sich löste, die Bank knirschte, weil sich jemand zu ihm setzte und er aus dem Augenwinkel erkennen konnte, wer es war, zerplatzte der eisige Knoten in ihm. Der Anblick einer so sonderlichen Frau wie Manon Pontus konnte zwar keine Freude in ihm hervorrufen, aber zumindest tiefe Erleichterung.

»Frauen und Männer sitzen doch getrennt!«, sagte er.

»Man wird uns nur bemerken, wenn du noch lauter redest.«

Erst jetzt wagte er, sie gründlich zu mustern. Ihr schwarzes Haar war zu einem strengen Knoten gebunden, und auch sonst glich sie einem durch und durch sittsamen Mädchen, wie sie die Hände zum Gebet verschloss, den Blick starr auf den Chorraum richtete und geduldig wartete, bis der Gottesdienst zu Ende ging. Danach blieb sie in gleicher Haltung sitzen, und Johann tat das auch.

»Bist du mir in die Kirche gefolgt?«, fragte er.

»Nein, ich bin zufällig hier, nachdem meine Schwester mich zum Gründonnerstagsgottesdienst verdonnert hat. Sie wird begeistert sein, wenn ich als Wiedergutmachung für meine vielen Sünden hinterher ein Viertelstündchen bete.«

Sein Atem beschwichtigte sich. Noch galt es zu warten, bis sich die Reihen langsam leerten, aber als er sich sicher sein konnte, dass niemand sie hören würde, raunte er ihr zu: »Hast du in der Zwischenzeit etwas herausgefunden? Ich auf jeden Fall.«

»Aber was ich erfahren habe, ist wahrscheinlich wichtiger.«

Das Funkeln in ihren dunklen Augen ließ ihn grinsen.

Es war das erste Mal, dass er in einer Kirche grinste. Und wahrscheinlich auch das erste Mal, dass er das in ihrer Gegenwart tat.

Kurz erwiderte sie es, doch rasch wurde sie wieder ernst.

»Ich weiß, wie der Aal seine Verletzungen erhalten hat«, berichtete sie. »Er war damals erst drei Jahre alt und wurde blutüberströmt in einer Fischerkate aufgefunden. Alle dachten, er würde gleich seinen Odem aushauchen. Doktor Hertzel Spira war davon auch überzeugt. Er war zufällig in der Nähe, als man nach einem Arzt rief. In einer roten Lache lag das Kind, seine Kleider waren zerfetzt und die Lippen nicht einfach nur blau, sondern fast weiß – ein Zeichen, wie viel Blut es verloren hatte. Doktor Spira dachte, dass es wahrscheinlich zu viel Blut sei. Doch damals war er noch jung und voller Ehrgeiz, und als er den Knaben untersuchte, stellte er fest, dass zwar sein ganzer Leib mit blutigen Schnitten übersät war, aber keiner in die Tiefe ging. Wer immer den armen Kleinen so zugerichtet hatte, hatte zwar nicht damit aufhören können, wieder und wieder auf ihn einzustechen, zugleich aber darauf verzichtet, das Messer geradewegs in sein Herz zu stoßen oder ihm die Kehle zu durchtrennen. Doktor Spira gelang es, den Blutfluss zu stoppen, aber nicht, das Kind aus der Agonie zu reißen. Drei Tage lang war er überzeugt, es würde ihm unter den Händen wegsterben. Zu diesem Zeitpunkt hatte er es bereits in ein jüdisches Hospital mitgenommen, denn die Menschen, die das Kind gefunden hatten, kannten es nicht und hatten Angst, ein Anblick wie dieser zöge einen Fluch mit sich. Eltern oder andere Verwandten gab es offenbar keine. Die Wunden bluteten jedenfalls unaufhörlich, und so kam er zum Schluss, dass er sie mit etwas anderem verbinden müsste als nur dem üblichen Scharpieverband. Ihm fiel wieder ein, dass er vor Kurzem von einer recht ungewöhnlichen Behandlung gelesen hatte. Ein Brandopfer hatte demnach nur überlebt, weil die offenen Stellen an seinem Körper mit frischer Haut bedeckt wurden – nicht Menschen-, sondern Fischhaut.«

Johann kam nicht umhin zu erschaudern. »Und er versuchte es also mit der Haut von Aalen.«

»Ist das nicht unglaublich?«, rief Manon, und wieder sah er das Glitzern in ihren Augen, während ihm die Zunge am zunehmend trockenen Gaumen festzukleben schien.

»Vor allem ist es unglaublich, dass man ein dreijähriges Kind mit einem Messer attackiert!«, presste er rau hervor.

Der Glanz in den Augen schwand, als Manon betroffen nickte. »Doktor Spira hat nie erfahren, wer ihn so zugerichtet hat. Aber als viele Jahre später ein Mörder sein Unwesen trieb, den man den Aal nannte, weil er mit Fischhaut verwachsene Narben hatte – da war er nicht länger stolz darauf, ein Kind gerettet zu haben. Vielmehr machte er sich schreckliche Vorwürfe. Trotz aller Zerknirschtheit blieb er natürlich ein Arzt mit Forscherdrang. Nach der Hinrichtung setzte er alles daran, den Leichnam zu bekommen, wollte er doch untersuchen, wie sich die Narben über die Jahre verändert hatten. Aber …«

Sie schwieg vielsagend. Kurz lähmte das Grauen Johanns Gedanken ebenso wie seine Zunge. Doch alsbald begriff er.

»Aber dieser Leichnam wies keine Narben auf«, rief er. »Was bedeutet, Doktor Spira wusste schon zu diesem Zeitpunkt, dass der Aal noch am Leben war.«

So aufgeregt er diese Erkenntnis äußerte, musste er sich jedoch eingestehen, dass sie nicht unbedingt weiterhalf.

»Nun«, fügte er etwas kleinlaut hinzu, »das haben wir ja bereits vermutet.«

Manon nickte zerknirscht. »Jetzt du!«, forderte sie ihn auf.

Eifrig machte er sich ans Berichten. »Ich habe unser Zeitungsarchiv durchstöbert und sämtliche alten Artikel über Adam Rau gelesen. Und dabei ist mir aufgefallen, dass es überall so klingt, als hätte die Hölle selbst ihn ausgespuckt. Nie ist von seiner Familie die Rede und nur ein einziges Mal von seiner Kindheit. Demnach war Adam Rau ein Waisenkind.«

»Was mit Doktor Spiras Aussage übereinstimmt, dass keine Eltern in der Nähe des verletzten Jungen waren. Sobald der Junge genesen war, wandte sich der Arzt wohl an den Frankfurter Rat. In der Judengasse konnte er als Christenkind nicht bleiben.«

»Derart grausam entstellt, gab es wohl keine Aussicht, er würde Zieheltern finden«, sagte Johann nachdenklich. »Deswegen blieb nur das Waisenhaus. In unserer Stadt gibt es lediglich ein einziges. Wenn der Aal dort aufgewachsen ist, dann wird sich jemand an ihn erinnern.«

Manons Mundwinkel hoben sich. »Und wenn es einen Ort gibt, den Jeanette mich nebst einem Gotteshaus aufsuchen lässt, dann das Waisenhaus. Morgen ist Karfreitag. Ich könnte vorschlagen, milde Gaben dorthin zu bringen.«

Trotz des Grauens musste Johann ob ihrer Unverfrorenheit wieder grinsen. Und nachdem sie sich für den nächsten Tag vor dem Waisenhaus verabredet hatten, sie ihm zunickte und sich von der Kirchenbank erhob, hörte er sich plötzlich sagen: »Du solltest noch etwas über mich wissen.«

Der Satz hatte sich einfach über seine Lippen gedrängt, die nächsten schienen sich im Mundraum verstecken zu wollen. Warum wollte er ausgerechnet ihr die Wahrheit anvertrauen, warum ausgerechnet jetzt?

Nun, die Antwort fand er nicht im Kopf, sondern irgendwo in der Brust, wo sich der inständige Wunsch zusammenbraute, sein Geheimnis loszuwerden oder zumindest zu teilen und sich nicht wie der einsamste Mensch Frankfurts zu fühlen.

Fragend hob sie eine Braue, und er flüsterte: »Markus Abel, der einst Mordechai Abraham hieß … dieser Mann, den man in Günderoths Haus aufspürte und der dabei war, als Rabbi Schmuels Leichnam entdeckt wurde … er ist kein Fremder für mich. Vielmehr ist er mein Vater. Was bedeutet … was bedeutet …«

Ihre Braue senkte sich wieder. Manon wirkte nahezu enttäuscht, dass er mit keiner sensationellen Enthüllung aufwarten konnte. »Was bedeutet, dass du Proselyt wie er bist. Na und?«, gab sie nüchtern zurück.

»Na und?« Er war nun nahezu empört. »Weißt du nicht, was das heißt? Mein Vater hat mir immer eingebläut, dass niemand davon erfahren dürfe. Mein Ansehen litte schwer, es wäre fast unmöglich, einen bürgerlichen Beruf auszuüben.«

»Warum sollte es denn einer erfahren? Proselyt zu sein, ist doch leichter zu vertuschen als das Geschlecht. Als Frau zu leben, ist die deutlich größere Herausforderung.« Sie sandte ihren Worten ein langes Seufzen nach, während sich in seiner Brust eine eigentümliche Wärme ausbreitete.

»Dich kann man mit gar nichts schockieren, oder?«

»Warum sollte mich so etwas denn schockieren? Ärgern tut es mich.«

»Dass ich es dir gesagt habe? Oder so lange verschwiegen habe?«

»Dass ausgerechnet hier in Frankfurt die Juden unter einer strengeren Knute stehen als anderswo. In Preußen ist ihre Emanzipation viel weiter vorangeschritten, in Berlin und Königsberg werden manchmal sogar Ehen zwischen Christen und Juden geschlossen.«

Auch das sprach sie leichtfertig aus, während es die meisten Frankfurter weitaus mehr erschüttert hätte, als wenn jemand versucht hätte, ein dreijähriges Kind zu ermorden.

»Und das siehst du als erstrebenswert an?«, fragte er.

»Die Ehe? Oh, ganz sicher nicht. Aber ich denke, Lessing hatte recht, als er meinte, man käme nicht als Christ oder Jude auf die Welt, sondern als Mensch.«

Sie wandte sich zum Gehen, als wäre damit alles gesagt. Er hingegen blieb sitzen. Seine Beine waren plötzlich wachsweich, als hätten ihre Worte nicht nur in der Brust etwas zum Schmelzen gebracht.

»Willst du noch länger hierbleiben und beten?« Ihre Braue hob sich wieder. »Glaubst du etwa nicht an das, was ich sagte? Oder an Thomas Paine? Dass das gegenwärtige Zeitalter verdienen wird, späterhin das Zeitalter der Vernunft genannt zu werden?«

Endlich konnte er sich doch erheben. »Wenn man bedenkt, wie sich der Kriminalrat verhält, wie Uffenbach, wie die Familien der Opfer, selbst dein Vater, könnte man daran zweifeln. Sie verstricken sich in immer tiefere Lügen.«

»Dann müssen eben wir der Wahrheit dienen.«

In ihrer Miene stand plötzlich ein heiliger Ernst, und einmal mehr waren seine Gefühle schneller als seine Gedanken. *Sie ist ja meine Schwester im Geiste.*

»Ich frage mich nur, warum Doktor Spira ausgerechnet die Haut von Aalen nutzte«, wechselte sie das Thema, während sie auf das Kirchenportal zuschritten. »Hätte man mich gefragt, wäre mir die eines Hechts als tauglicher erschienen.«

»Sei es, wie es sei.« Ein Beben stieg in ihm auf, aber dennoch fühlte er nicht den üblichen Ekel. »Morgen werden wir im Waisenhaus versuchen, mehr über den Aal herauszufinden. Aber schon jetzt muss ich mir etwas einfallen lassen, damit wir die Frankfurter vor ihm warnen können.«

»Und was soll das sein?«

Etwas, was mich noch mehr als die Enthüllung meiner Herkunft die Zukunft kosten könnte, dachte er. Aber die Dreistigkeit, mit der sie sich über sämtliche Konventionen hinwegsetzte, inspirierte ihn.

»Wart's ab.«

Anstatt ihr seinen Plan zu erklären, nickte er ihr nur flüchtig zu. Dann beschleunigte er seine Schritte, damit sie nicht Seite an Seite ins Freie traten.

Irgendwann

Der Schmerz droht mich zu zerreißen, als mich eine Hebamme untersucht. Sie geht nicht zimperlich vor, ihre Griffe sind roh, erbarmungslos, als hätte ich nicht schon genug Wunden.

»Stell dich nicht so an«, knurrt sie, als ich einmal mehr zusammenzucke.

»Tu mir bitte nicht weh! Er hat mir schon so schrecklich wehgetan.«

In ihrem Blick glimmt kurz Mitleid. Doch bald schiebt sich Resignation darüber, Gleichgültigkeit.

»Ist das so?«, fragt sie und fügt ein monotones Sprüchlein dran, das wie auswendig gelernt klingt. »Ein Verbrechen wie Notzüchtigung steht nur dann zweifelsfrei fest, wenn die Frau deutlich kleiner und leichter ist als der Mann oder von kränklicher Konstitution. Aber das bist du nicht.«

Hilflos deute ich auf meine wunde Scham. Ihre Mundwinkel zucken betroffen, als sie den Blick darauf richtet, aber ihre Stimme bleibt nüchtern. »Tote und entzündete Geburtsteile allein sind noch nicht verdächtig, die Entjungferung per se ist schließlich eine blutige Angelegenheit.« Der nächste Atemzug klingt, als würde sie ein Seufzen unterdrücken. »Im Übrigen ist Notzüchtigung zwar verwerflich, aber nicht so gesundheitsschädlich wie die Onanie. Und bestrafen kann man sie nur, wenn das Opfer zu beweisen imstande ist, dass es Widerstand geleistet hat.«

Ich habe nie gedacht, dass ich mich noch hilfloser fühlen könnte als in den letzten Wochen. Doch nun schraubt sich etwas um meinen Hals, das seinen rohen Griffen ebenbürtig ist.

»Er hat mich entführt!«, schreie ich heiser. »Er hat mich wochenlang gefangen gehalten! Er hat mich wieder und wieder mit Gewalt genommen.«

Sie sagt nichts, tastet nur meine Brüste ab. Es fühlt sich an, als würde sie sie schlagen. »Dass du wochenlang mit ihm zusammen warst, kann ich bestätigen«, kommt es schließlich.

Die Worte gelten weniger mir als dem Büttel, der als Erstes den Ort des Grauens erreicht, nach meiner Erzählung die Hebamme gerufen hat und nun mit einigen Schritten Abstand die Examinierung beobachtet. »Du bist nämlich guter Hoffnung«, fügt die Hebamme hinzu.

Ihre Worte sollten mich wie ein Schlag treffen. Aber in mir bleibt alles seltsam taub. Es kann nicht sein, es kann nicht sein, es kann nicht sein, tönt es in mir.

Dass sie recht hat und er noch andere Spuren hinterlassen hat als Kratzer und blaue Flecken.

Dass sie etwas so Ungeheuerliches in so ein schönes Wort wie »Hoffnung« presst.

»Sein … sein Wurm wächst in mir?«, stammle ich.

Ihr Blick gleitet über mich, und hinter der Gleichgültigkeit wittere ich Überdruss. Sie scheint die Welt gründlich sattzuhaben. Und beugt sich doch ihren Gesetzen.

»Das ist der Beweis, dass er dich nicht gewaltsam genommen hat«, sagt sie, und wieder folgen auswendig gelernte Worte: »Fruchtbar ist der Beischlaf nämlich nur, wenn die Mutter ein Gefühl von Wollust empfindet. Sind Hass und Widerwille vorhanden, kann sie nicht geschwängert werden.«

Sie fasst mich nicht länger an, doch ihre Berührungen brennen auf meinem Körper. So wie ihre Worte auf meiner Seele.

Verzweifelt wende ich mich an den Büttel. »Bitte, so glaubt mir doch! Er hat mich entführt! Er hat mich wochenlang gefangen gehalten! Er hat mir Gewalt angetan, das schwöre ich!«

Endlich kriegt er den Mund auf. Bislang starrte er schweigend auf die grässlich zugerichtete Leiche und lauschte meinem Gestammel, wonach es Notwehr war.

»Und was gibt deinem Schwur Gewicht?« Es klingt so dumpf, als kämen die Worte aus den Nasenlöchern statt aus dem Mund. Auch irgendwie beleidigt. »Wer soll dein Leumund sein? Gibt es einen Bruder, einen Vater?«

»Meine Eltern sind lange tot, und ich war ihr einziges Kind. Sie waren ehrenwerte Fischer, lebten am Sachsenhausener Ufer. Ich lebe in ihrem Haus … lebte.«

Die Vergangenheit scheint so unerreichbar wie Zuspruch, Trost, Mitleid. Die hübsche Fischerstochter, die ich war, gibt es nicht mehr. Eine Frau, die mit wirrem Haar, blutbesudeltem Gewand, zittrigen Gliedern bei einem toten Mann mit tiefen Fleischwunden hockt, kann in den Augen der meisten Menschen nur eins sein – seine Mörderin.

Der Blick des Büttels richtet sich prompt wieder auf den Leichnam, als wäre das Schweigen eines toten Mannes aussagekräftiger als die Beteuerungen einer verstörten Frau.

Erstmals sehe auch ich den Toten an. Bei Tageslicht habe ich ihn zuvor nur an jenem schicksalhaften Tag gesehen. Damals, als ich am Main kniete, vornübergebeugt die Wäsche wusch, der Ansatz meiner Brüste aus der Bluse quoll, mir die blonden Haare ins Gesicht fielen und in der Sonne glänzten. Sein Schatten fiel auf mich, und mit rauer Stimme sagte er, ich sei schön. Dann mein Lachen. Ich glaube nicht, dass es spöttisch, gar verächtlich klang. Und doch besiegelte es mein Urteil. Oder die Tatsache, dass ich die Wäsche nahm, wortlos weiterging und erwartete, das würde reichen, um ihn abzuschütteln.

So mickrig wirkt er, wie er da liegt. So … ungefährlich.

»Zwölf Messerstiche«, sagt die Hebamme vorwurfsvoll, »zwölf!«

Ich fühle es wieder ganz deutlich. Wie ich das Messer gegen ihn erhob, zustach, ihn traf, wie mich diese blindwütige Gier aushöhlte. Die Gier, zu töten. Die Gier, zu leben.

Jetzt fühle ich mich nicht lebendig, nur besudelt.

»Ich habe nicht mitgezählt«, sage ich schwach. »Doch noch öfter, als mein Messer ihn traf, hat er mich notgezüchtigt.«

Die Hebamme sieht mich nur abschätzig an, der Büttel zuckt die Schultern. »Fest steht, dass der da kein Frankfurter Bürger ist. Dass dieses Haus ihm nicht gehört hat, es nur leer stand. Und dass er die Physiognomie eines Tunichtguts hat.«

Ein Ausdruck, der mich zum Lachen bringen könnte, hätte ich das Lachen nicht verlernt. Das Weinen habe ich auch verlernt, ich kann nicht anders, als wieder und wieder heiser zu rufen: »Ich habe mich nur gewehrt, wirklich.«

Ob Mitleid im Büttel erwacht oder er bloß keine Lust hat, sich mit einem hässlichen, mickrigen Toten aufzuhalten – schließlich erklärt er: »Dann hat es nicht als Mord zu gelten. So zumindest werde ich es gegenüber dem Richter bekunden.«

Die Hebamme ist weniger gnädig. Keinen Augenblick gab sie mir das Gefühl, sie würde ihre Pflicht gern vollziehen. Aber sie tut es gründlich und macht lieber ungerechte Vorwürfe, als später womöglich selbst welche zu bekommen. »Vorehelicher Beischlaf ist auf jeden Fall ein carnis delictum.*«*

Ein Delikt des Fleisches. Ein lachhafter Begriff. Als würde das Fleisch den Menschen ins Verderben führen, obwohl es in Wahrheit Verkommenheit ist oder einfach nur Gleichgültigkeit und Kälte.

»Die bestraft die Kirche, nicht die Stadt«, erklärt der Büttel schnell und scheint erleichtert. So erleichtert, dass er sich die Zeit nimmt, um zu mir zu treten und mir zuzuraunen: »Wenn dich die Hebamme bei einem Geistlichen anzeigt, kann ich's

nicht verhindern. Aber an den Pranger stellen die Frauen wie dich nur noch selten. Meist genügt es, an einem Sonntag barfüßig, mit aufgelöstem Haar und einer Kerze in der Hand vor der Kirche zu stehen.«

Das Entscheidende fügt er nicht hinzu. Dass man dort verlacht wird. Beschimpft. Bespuckt.

Für ihn scheint das nicht schlimm zu sein, für die Hebamme auch nicht.

»Versuch gar nicht erst, das ungeborene Kind loszuwerden!«, zischt sie mir zu.

Bis jetzt schwebte der Gedanke, ein Kind von ihm in mir zu tragen, bloß über mir. Jetzt verkrampft sich mein Magen, als hätte sich mein Gedärm in eine gefräßige Schlange verwandelt. Was wird sie von mir übrig lassen, von meinen Träumen, meinen Sehnsüchten, meiner Selbstachtung? Von der Liebe, die eine Mutter doch für ihr Kindlein hegen soll, von den Wünschen, ihm ein gutes Leben zu bieten?

Noch umschlingt sie nicht meine Kehle. Mit recht fester Stimme kann ich sagen: »Das geht dich gar nichts an.«

»Oh doch«, entgegnet die Hebamme. »Jede Hebamme ist hierzulande verpflichtet, eine uneheliche Schwangerschaft anzuzeigen, damit diese ehrlosen Weiber nicht heimlich einen Kindsmord begehen können. Oder ihr Kind vor den Kirchenstufen aussetzen, sodass es dem Armenkasten zur Last fällt.«

Um ihren Worten Nachdruck zu verleihen, packt sie mich an den Oberarmen, schüttelt mich. Erst als der Büttel schnaubt, lässt sie mich los.

Ich kann nun gehen. Aber frei bin ich nicht. Ich werde es nie wieder sein.

»Als man die Gesetzmäßigkeiten des Körpers nicht genau kannte, hat man seelische und geistige Leiden meist auf Besessenheit zurückgeführt. Indes lässt sich für Wahnsinn oft eine organische Erklärung finden. Viel hat er zum Beispiel mit dem Blut zu tun. Eine Frau neigt zu Tiefsinn und Melancholie, wenn sich zu mannigfaltig Blut im Uterus staut. Ein Mann, wenn er unter Hämorrhoiden leidet, die öfter als einmal im Monat aufplatzen und bluten. Vermaledeit sind in solchen Fällen oft auch die inneren Organe, zuvorderst Leber und Gallenblase. Beschaut man diese bei einem Suizidanten, wird man auf eine exorbitante Größe und Feuchtigkeit treffen.
Doch wie der Fisch vom Kopfe her zu stinken anfängt, beginnt der Wahnsinn zunächst im Gehirn, dem Sitz der Gedanken und des Wissens, zu toben. Ist das Agieren eines Menschen maliziöser Natur und will man es umfänglich als Krankheit begreifen, muss man ergo in seinen Kopf schauen.«

Aus der *Medicina forensis*
von Physicus und Chirurgicus
Theophil Pontus

9.

11. April 1800, Karfreitag, Mittag

Das Waisenhaus unweit des Friedberger Tors hatte mehrere Eingänge, denn genau genommen war es nicht nur das Waisen-, auch das Armen- und Arbeitshaus der Stadt. Manon wusste, dass in Letzterem jene Männer und Frauen hausten, die wegen kleinerer Delikte zu Haftstrafen verurteilt worden waren, für die es aber in den Verliesen der Hauptwache keinen Platz gab: Die Frauen mussten hier spinnen, die Männer Trass klopfen, womit sie jede Menge Staub verursachten.

Die Leiterin des Waisenhauses – Manon hatte soeben von Johann erfahren, dass sie von allen nur Frau Agathe genannt wurde – verzichtete selbst an einem Feiertag, wie es der Karfreitag für die Lutheraner war, nicht darauf, vor dem Eingangstor zu kehren. Schon von Weitem sahen sie die Frau mit dem Besen werken, einerseits energisch und zupackend, andererseits mit grimmigem, überdrüssigem Gesichtsausdruck.

Na, ob Johann heute mit seinem Lächeln an seine Grenzen stoßen wird?, fragte sich Manon unwillkürlich.

Immerhin, als Frau Agathe aufblickte und den schweren Korb an Manons Arm entdeckte – vollgestopft mit Gaben wie Grieß, Zucker und Mehl, außerdem einer dicken Schwarte Speck, die sie der Haushälterin abgeluchst hatte und die allesamt der Vorwand gewesen waren, um Jeanettes Haus zu verlassen –, hellte sich ihre Miene etwas auf.

Nach einem knappen Gruß streckte Frau Agathe die Hand

nach dem Korb aus, doch Manon war nicht gewillt, auch nur eine Krume ohne Gegenleistung an sie abzutreten.

»Ich habe noch ein paar Fragen«, erklärte sie, »und ich denke, dass Sie sie beantworten können. Einen Waisenvater gibt es hier schließlich nicht mehr, wie wir erfahren haben, die Schlüsselgewalt liegt also in Ihren Händen und somit ...«

Johann räusperte sich, und sie verstummte augenblicklich. Ihretwegen konnte er gern das Reden übernehmen.

»Es würde uns viel bedeuten, in die glänzenden Augen der Kinder zu sehen, wenn wir ihnen die Gaben überreichen.«

Frau Agathes Blick ging mehrmals misstrauisch von Johann zum Korb und wieder zurück. Schließlich stellte sie mit einem unterdrückten Seufzen den Besen neben dem Türstock ab und nickte.

»Jetzt um elf sitzen sie gerade beim Mittagessen«, sagte sie und winkte sie, mit ihr zu kommen.

Der schmale Gang hatte nur einen gestampften Lehmboden, war aber ganz frei von Staub und Dreck. Bald hörten sie Geschirrklappern und auch Gemurmel. Während die Kinder an einem langen Tisch im Speisesaal aßen, mussten immer drei das Essen unterbrechen, um aus der Bibel vorzulesen und Gebete zu sprechen.

Das Mahl bestand aus einem Stück trockenen Brotes, ein paar Löffeln Milchreis und einem kleinen Glas Bier. Und obwohl die Kinder Festtagskleidung trugen – die Mädchen einen Rock aus dunklem Tuch und Pellhauben, die Jungen blaue Hosen und Jacken mit gläsernen Knöpfen – und man auf den ersten Blick erkennen konnte, dass Frau Agathe sie ebenso sauber hielt wie das Haus, wirkte ihr Anblick trostlos, wie sie da wie kleine Soldaten saßen: mit gestrafftem Rücken und gesenktem Kopf.

Nicht dass ihr Vater je für eine heimelige Atmosphäre gesorgt hatte. Aber dass er sich während ihrer gemeinsamen Mahlzeiten in Vorträgen über die menschliche Anatomie ergangen hatte, erschien Manon weitaus spannender als Gebet und Bibellesung. Die Kinder wagten nicht einmal hochzusehen, als Manon und Johann den Speisesaal betraten. Das taten sie erst, als Frau Agathe das Mahl mit einem Klatschen beendete.

»Die Schulstunden fallen heute am Karfreitag aus, aber die üblichen Pflichten müsst ihr erledigen. Jeder scheuert seine Zinnschüssel und seinen Holzbecher, ihr spült euren Mund aus und wascht die Hände, und dann kontrolliert ihr, ob der Bettensaal aufgeräumt ist. Ich will kein ungemachtes Bett sehen und keine einzige Staubflocke.«

Noch ein Klatschen, dann verließen die Kinder mit weiterhin gesenktem Kopf den Saal, ohne dass Manon die Gelegenheit hatte, ihnen den Korb auch nur zu zeigen. Erst als das letzte Kind gegangen war, wandte sich Frau Agathe an sie: »Am heutigen Fastentag ist ihnen die sonst übliche Extraportion Wurst, Käse und Weizenküchlein nicht gestattet. Mir ist aufgegangen, dass der Anblick des Specks sie nur in Versuchung führen könnte. Am Sonntag aber will ich ihnen die Gaben gerne überreichen.«

Wieder streckte sie die Hand nach dem Korb aus, wieder dachte Manon nicht daran, ihn ihr leichtfertig zu überlassen. »Wie viele Kinder sind hier untergebracht? Und sind es ausschließlich Kinder, deren verstorbene Eltern das Frankfurter Bürgerrecht innehatten? Sind es in den letzten Jahren mehr oder weniger geworden und …«

Einmal mehr ließ Johanns Räuspern sie verstummen. Er nahm ihr den Korb ab und hielt ihn Frau Agathe hin, aber als sie ihn nahm, ließ auch er ihn nicht los. »Wir wollen sichergehen, dass die Gaben in gute Hände geraten.«

Die Kränkung ließ ihre Stimme noch bitterer klingen. »Denken Sie, ich würde Gaben, die für die Kinder gedacht sind, für mich beanspruchen? Ich verschwende auch niemals Geld. Und vernachlässige die Kinder nicht.«

Dass sie sich gleich gegen mehrere Vorwürfe zur Wehr setzte, obwohl Johann nicht einmal einen gemacht hatte, verriet Manon, dass sie womöglich etwas zu vertuschen hatte. Schon fuhr Frau Agathe hastig fort: »Ebenso bin ich immer gerecht zum Gesinde, wenngleich ich ihm harte Arbeit nicht ersparen kann. Wir haben nicht viele Mägde. Die Kinder müssen ebenfalls schuften, sonst kämen wir nicht über die Runden.«

»Aber natürlich«, sagte Johann schnell. »Daran zweifeln wir nicht. Wir wollen nur ein wenig … plaudern. Stimmt es denn, dass es einen Vertrag zwischen dem Waisenhaus und den Frankfurter Tuchfabrikanten gibt, wonach diese für jeden im Waisenhaus gesponnenen Strang Baumwolle vier Kreuzer an die Anstaltsleitung zahlen?«

Manon nahm an, dass er eine bestimmte Taktik verfolgte, aber sie hatte keine Ahnung, wie er sich so ihrem Anliegen nähern wollte.

Immerhin antwortete Frau Agathe bereitwillig: »Der Vertrag ist leider nicht mehr in Kraft. Ich war eine treibende Kraft, als er 1784 abgeschlossen wurde, nur leider hat man ihn dreizehn Jahre später wieder aufgehoben. Seitdem müssen die Kinder in der Wollstube nicht mehr spinnen, jedoch stricken und nähen, um Waren herzustellen, die wir an Kleiderhändler verkaufen. Am heutigen Feiertag gilt das natürlich nicht. Was nicht heißt, dass sie nicht streng beaufsichtigt werden müssen. Und darum …«

»Richtig«, sagte er schnell, »es werden hier Hauben, Schürzen und Halstücher gefertigt. Und die Kinder beherrschen nicht nur die Kreuz-, sondern auch die Maler-Naht.«

Manon warf ihm einen erstaunten Blick zu. Dass ein Mann dergleichen wusste … Sie selbst kannte nur die Methode, wie man offene Wunden nähte, denn einmal hatte ihr Vater ihr gestattet, eine aufgeschnittene Leiche …

»Ich nehme an, Sie müssen den Kindern von Grund auf alles beibringen«, fügte Johann hinzu, und hinter dem vermeintlich belanglosen Tonfall war nun doch ein lauernder zu hören. »Schließlich werden die meisten hier gleich nach der Geburt abgegeben, nicht wie in anderen Städten erst mit mindestens vier Jahren und unter der Voraussetzung, dass sie sich ohne fremde Hilfe ankleiden können.«

Frau Agathe kniff missmutig den Mund zusammen. »Was gäbe ich, wenn diese Regel auch bei uns gelten würde. Desgleichen die, dass nur Kinder aus einer christlichen Ehe aufgenommen werden dürfen. Auch das ist ein Grund, warum wir Geld verdienen müssen.«

Johann nickte. »Von ledigen Müttern, so sie denn noch leben, kann man nicht erwarten, dass sie das Waisenhaus unterstützen. Und wenn sie sterben, haben die Kinder selten ein Erbe zu erwarten.«

Manon ahnte langsam, wohin die verschlungenen Pfade dieses Gesprächs führen sollten, Frau Agathe hingegen verlor die Geduld. Recht ungestüm riss sie am Korb. »Haben Sie vielen Dank für die Gaben, aber nun muss ich nach dem Rechten schauen. Natürlich nehme ich auch gerne Geldspenden entgegen, ich gehe wirklich sparsam damit um und …«

Johann ließ den Korb nicht los, aber Manon sah ihm an, dass ihm das zunehmend Mühe bereitete.

»Vielleicht kann ich meinen Schwager dazu bringen, etwas zu spenden«, platzte sie heraus. »Vorausgesetzt, die Gegenleistung ist mehr als nur ein dankendes Wort.«

»Wollen Sie eine selbst genähte Haube?«

»Nein«, sagte Manon, und diesmal ignorierte sie Johanns Blick. »Wir wollen Auskunft über den Aal. Oder vielmehr Adam Rau. Der in diesem Waisenhaus groß geworden ist, nicht wahr?«

Frau Agathe zuckte sichtlich zusammen. Ihren Kampf gab

sie gleichwohl nicht auf, und endlich brachte sie den Korb an sich.

»Davon weiß ich nichts«, sagte sie schmallippig.

»Das ist aber nicht möglich«, erklärte Johann, und obwohl er weiterhin freundlich lächelte, wurde seine Stimme ungewohnt scharf. »Sie müssen von ihm gehört haben, ja, ihn gekannt haben, wenn Sie 1784 persönlich den Vertrag mit den Tuchhändlern geschlossen haben. Ich weiß nicht, in welchem Jahr er geboren wurde, jedenfalls war er damals noch ein kleiner Junge.«

Manon nickte bei jedem Wort. »Und ihn haben Sie nicht als Säugling aufgenommen«, sekundierte sie, »sondern erst später – nachdem er diese schweren Verletzungen abbekommen hatte und nur überleben konnte, weil Doktor Hertzel Spira ihn rettete.«

Frau Agathes Lippen wurden noch schmaler. Kaum hörbar presste sie hervor: »Ich habe nichts dazu zu sagen.«

»Wirklich nicht?«, blaffte Manon sie ungeduldig an.

»Ach, liebe Frau Agathe«, sagte Johann deutlich versöhnlicher. »Ich habe vollstes Verständnis, dass Sie nicht gerne darüber reden. Ein unangenehmes Thema, oder? Wann genau haben die Tuchhändler den Vertrag aufgehoben, den sie mit dem Waisenhaus geschlossen hatten? Nach dreizehn Jahren, sagten Sie? Das wäre der Zeitpunkt gewesen, da Adam Rau … der Aal wegen seiner schändlichen Morde hingerichtet wurde. Was bedeutet, dass das Waisenhaus, in dem er aufwuchs, in Verruf geraten ist. Das muss sehr bitter für Sie gewesen sein, weil Sie schließlich nichts für seine Untaten können. Ich selbst würde Sie nie dafür anklagen. Und deswegen verspreche ich Ihnen: Nichts, was Sie hier und heute sagen, wird auf Sie und das Waisenhaus zurückfallen.«

Sosehr sie den Eindruck hatte machen wollen, dass seine Worte auf taube Ohren stießen – plötzlich begann alles an Frau

Agathes Gesicht zu zittern, die Lippen ebenso wie die Lider. Der drahtige Körper schien ganz weich zu werden, und während sie mit einer Hand immer noch den Korb hielt, stützte sie sich mit der anderen am Türstock ab, als könnte sie sich sonst nicht aufrecht halten. Johann griff rasch nach ihrem Ellbogen, um sie zu stützen – und diese fürsorgliche Geste ließ endgültig ihren Widerstand brechen.

»Ja!«, rief Frau Agathe inbrünstig. »Es war eine zum Himmel schreiende Ungerechtigkeit! Als Adam vor Gericht kam, hatte er schon seit Jahren das Waisenhaus nicht mehr betreten. Dennoch folgten danach regelmäßige Kontrollen durch das Almosenamt. Als ob man ihn hier hätte sittlich verwahrlosen lassen! Er hatte doch alles bekommen, was er brauchte, genauso wie die anderen Kinder auch – Essen, Kleidung, ein Dach über dem Kopf, Prügel, wenn er sich nicht gut benahm, damit aus ihm ein rechter Christenmensch würde. Bei ihm war das nur selten notwendig, er war ein recht stiller Junge. Ich kann mich nicht mal richtig an sein Gesicht erinnern. An die Narben natürlich schon, aber an deren Anblick gewöhnt man sich, und ansonsten brauchte er nicht viel Aufmerksamkeit. Viele Kinder kriegt man nicht sauber, sie wollen nicht arbeiten und lernen, klagen übers Essen und versuchen abzuhauen – einmal ist eines über den Kamin aufs Dach geklettert. Er hat all das nie getan. Als er das rechte Alter erreichte – bei Jungen sechzehn, Mädchen vierzehn –, konnte man ihn beruhigt aus dem Waisenhaus entlassen und einem Lehrherrn übergeben. Und trotzdem ... Seine Taten blieben an uns hängen. Fortan wollte kaum mehr jemand etwas spenden. Alle tuschelten über das Waisenhaus, bezeichneten es als Sündenpfuhl, aus dem keine frommen Menschen kämen, sondern Schlangen kröchen. Es waren schwere Jahre, ich stand kurz davor, die Kinder zum Betteln schicken zu müssen und ...« Sie leckte sich über die Lippen. »Nein, ich trage keine Schuld, dass aus ihm ein derart verkommenes Subjekt wurde. Wenn, dann ist sie seiner Mutter zuzuweisen. Ich meine, was für eine Frau ist das, die auf ihren eigenen dreijährigen Sohn mit dem Messer losgeht und ihn fast ermordet? Durch und durch verroht war sie wohl, wahrscheinlich hatte er seinen Charakter von ihr.«

»Es … es war seine Mutter, die damals auf ihn einstach?«, rief Manon. Nicht nur ihr Herzschlag hatte sich beschleunigt. Als sie Johann einen raschen Blick zuwarf, sah sie, dass sich auch seine Wangen vor Aufregung röteten.

Frau Agathe indes, die einen imaginären Punkt an der Wand fixiert hatte, solange sie erzählt hatte, schien zurück ins Hier und Jetzt zu finden. Aus ihrer empörten Miene wurde eine argwöhnische.

»Das wissen Sie nicht? Warum wollen Sie dann über ihn reden? Wer sind Sie überhaupt?«

Rüde entzog sie Johann ihren Ellbogen.

»Wir wollen Ihnen keine Schwierigkeiten machen«, erklärte der schnell. »Natürlich konnte niemand kommen sehen, was dereinst aus ihm wurde. Wie denn auch. Man kann keinem Menschen in den Kopf blicken. Und wahrscheinlich hat er auch nie offen gesagt, was in ihm vorging.«

Agathe stieß ein resigniertes Seufzen aus, als sähe sie ein, dass sie erst etwas bieten musste, um sie loszuwerden.

»Im Grunde hat er gar nicht gesprochen.«

»Nie?«, fragte Manon befremdet.

»Zumindest nicht mit mir. Auch nicht mit dem Lehrer. Da gab es nur dieses Mädchen …«

»Dieses Mädchen?«

Wieder wurde ihr Blick geistesabwesend. »Ich weiß nur noch …«

Sie nuschelte etwas. Manon war nicht sicher, ob sie sie richtig verstand, und selbst wenn, was das zu bedeuten hatte. Bevor sie nachfragen konnte, wurden sie von Schritten gestört.

Eine junge Frau, offenbar eine der Mägde, trat aufgeregt näher. »Es will schon wieder nicht trinken. Und die Ziegenzitze ist schimmlig geworden.«

***

Als sie wenig später ins Freie traten, hatte Johann das Gefühl, mit leeren Händen dazustehen, und das nicht nur, weil sie den Korb mit den wohltätigen Gaben abgegeben hatten, sondern weil sie mit dem, was sie erfahren hatten, kaum etwas anfangen konnten.

Nicht, dass sie nicht mit allen Mitteln versucht hätten, ihren Aufenthalt im Waisenhaus auszudehnen. Sogar in die Kinderstube waren sie Frau Agathe gefolgt. Die konzentrierte sich doch darauf, einem Säugling Milch einzuflößen; immerhin plapperte die Magd, die sie geholt hatte, munter vor sich hin.

»Ich weiß einfach nicht, wie wir dieses da großkriegen sollen …« Mit dem Kinn wies sie in Richtung einer Wiege, die schon bessere Tage gesehen hatte. »Eine Trinkflasche mit einer getrockneten Ziegenzitze ist billiger zu bekommen als eine Säugamme, aber die Zitzen werden recht schnell schimmlig, und überhaupt, warum muss ich mich um das Kleine kümmern? Ich muss auch spinnen und nähen und kehren und kochen und …«

»Nun ist es aber genug mit der Klage!«, unterbrach Frau Agathe sie ungehalten.

Zunächst schob sie dem Kind die angeschimmelte Ziegenzitze recht ungeduldig zwischen die Lippen, doch das greinte unaufhörlich und wehrte sich dagegen. Nun nahm sie es aus der Wiege. Ihre Bewegungen waren geübt, aber nicht sehr liebevoll. Dass der Kopf des Kleinen nicht nach hinten kippte, lag einzig daran, dass es sehr fest in weißes Tuch eingewickelt war und nur das gerötete Gesichtchen hinaussah.

Die Magd hatte indes Frau Agathes Worte geflissentlich überhört und plapperte munter weiter. »Von denen, die gleich nach der Geburt abgeliefert werden, kriegen wir nur jedes dritte groß. Das da kam in einer Kiste bei uns an.«

»Jette!«, rief Frau Agathe mahnend, aber da sie immer noch damit beschäftigt war, das Kind zu füttern, unterstrich sie die Worte nicht mit einer mahnenden Geste.

»Warum soll man nicht darüber reden? Das Kind war nur in ein Tuch eingewickelt. Kurz dachte ich ja, es sei schon tot. Aber dann hat es sich doch bewegt, und ich wusste: Da kommt Arbeit auf uns zu ...« Sie verdrehte die Augen.

»Wenn du dich in einem fort beschwerst, dann suche dir eben eine andere Arbeit«, zischte Frau Agathe. »Ansonsten mach dich jetzt in der Küche nützlich.«

Die Magd schien recht gern vor dem mittlerweile aus Leibeskräften brüllenden Kind zu fliehen. Auch Manon war anzusehen, dass sie am liebsten kehrtgemacht hätte. Sie hatte wohl auf den ersten Blick erkannt, dass es in dem kleinen, weiß getünchten Raum nichts zu entdecken gab. Johann hingegen konnte nicht anders, als auf den brüllenden Säugling zuzutreten. Nicht nur, dass sein ganzer Leib samt Kopf fest in weißes Tuch eingewickelt war, auch um die Hände waren zwei weiße Lappen gebunden.

»Ich könnte mir vorstellen, dass dem Kind zu heiß ist«, sagte er mitleidig. »Schauen Sie nur, wie es schwitzt.«

Noch nie war er einem so kleinen Kind derart nahe gekommen. Doch jetzt konnte er gar nicht anders, als die Hand auszustrecken und das weiße Tuch ein wenig zu lockern. Er hatte recht, die Haarlocken waren schon nass vor Schweiß. Doch wenn Frau Agathe bisher schon ungehalten auf ihren Besuch reagiert hatte, wurde ihr Gesicht jetzt hart wie nie.

»Fassen Sie es nicht an. Wenn das Kind es nicht ausreichend warm hat, dann holt es sich einen Brustkatarrh.«

An einem sonnigen Frühlingstag stand das nicht zu befürchten, aber Frau Agathe stopfte grob die Ziegenzitze in den kleinen Mund des Säuglings, sodass er gar nicht anders konnte, als zu saugen. »Nun ist alles gesagt, oder?«, kam es beißend.

Bei Weitem nicht, dachte Johann verzweifelt. »Vorhin haben Sie dieses Mädchen erwähnt«, sagte er.

»Das war auch kurz nach der Geburt ausgesetzt worden, wir haben es ebenfalls nur mit Mühe durchgebracht. Es wirkte immer ein wenig zurückgeblieben und zog den Spott der anderen Kinder auf sich. Himmel, warum wollen Sie diese alten Geschichten aufwärmen?«

»Man könnte denken, ein grausamer Mensch wie Adam Rau würde einem solchen Mädchen am meisten zusetzen.«

Frau Agathe hielt den Kopf etwas schräg. »Erstaunlicherweise war er der Einzige, der zu diesem Mädchen stets freundlich war. Er hat es nicht nur beschützt. Er hat es eifersüchtig bewacht, damit niemand ihm zu nahekam. Und ja, mit dem Mädchen hat er geredet, das glaube ich zumindest, beschwören kann ich es nicht. Ich hatte nicht viel Zeit, darauf zu achten. Auch jetzt habe ich keine Zeit ...«

Die Ziegenzitze war einmal mehr aus dem Mündchen gerutscht, und wieder begann das Kleine zu brüllen.

»Gehen Sie!« Frau Agathes Stimme war schrill geworden. »Danke für Ihre Gaben, aber nun gehen Sie endlich!«

Johann sah ein, dass es keinen Sinn machte, sich zu widersetzen. Er zupfte an Manons Ärmel, und schweigend legten sie den Weg von der Kinderstube ins Freie zurück.

Im Schatten der Haustür hatten sie noch einen Augenblick für sich, denn das Dienstmädchen, das Manon im Auftrag ihrer Schwester herbegleitet hatte, hatte sie noch nicht erspäht. Als sich ihre Blicke trafen, las Johann aus ihrem allerdings die Erkenntnis, dass es nicht viel zu bereden gab.

»Der Aal ist also tatsächlich im Waisenhaus aufgewachsen«, murmelte Johann.

»Ja.«

»Und er war ein verschlossenes Kind.«

»Ja.«

»Und es gab dieses Mädchen, das ihm nahestand.«

Manon zuckte die Schultern. »Zumindest daraus lassen sich Schlüsse ziehen. Vielleicht … vielleicht war das Mädchen der einzige Mensch, den er je an sich herangelassen hat.«

Johann nickte nachdenklich. »Doch als sie älter wurden und beide das Waisenhaus verließen, könnte es sich von ihm abgewendet haben. Was ihn daran erinnert hat, wie er seinerzeit von seiner Mutter behandelt wurde. Nicht zu fassen, dass sie es war, die ihn als dreijähriges Kind so zugerichtet hat. Dafür muss er sie gehasst haben … auch dieses Mädchen … grundsätzlich alle Frauen.«

Manons Blick wurde ungewohnt flehentlich, spürte sie doch wohl wie er, dass sie zwar deutlich mehr ahnten als zuvor, aber immer noch zu wenig wussten und erst recht keine Beweise vorlegen konnten. Und selbst wenn es gute wären, würde wohl niemand auf sie hören. Sie hatten es sich mit allen verscherzt.

Johann konnte nicht anders, als die Schultern zu zucken.

»Es könnte sein, dass uns das entscheidende Mosaiksteinchen fehlt. Oder dass wir es übersehen haben.«

Nicht, dass er diesem vagen Gefühl, dass sie nur genauer hinschauen müssten, trauen wollte. Es war eher aus Hoffnungslosigkeit geboren als einem konkreten Verdacht, auch diesem verzweifelten Wunsch, nicht nur Morde aufzuklären, sondern dem eigenen Leben ein klares Ziel zu geben.

»Gestern Abend … da hast du einen Plan angedeutet«, sagte sie. »Was ist daraus geworden?«

»Ich bin am gestrigen Abend nicht nach Hause gegangen, sondern noch einmal zum *Frankfurter Korrespondenten*. Wie erhofft hatte nicht nur Uffenbach das Verlagshaus längst verlassen, sondern auch der Setzer und Drucker. Ich konnte mein Werk also ganz ungestört verrichten.«

Kurz verzog ein stolzes Lächeln seine Lippen.

»Welches Werk?«

»Ein Extrablatt. Das ich nicht nur gedruckt, sondern am Morgen an alle Avisenjungen verteilt habe, die unsere Zeitung verkaufen. An einem Feiertag wie heute ist nicht so viel los auf der Straße – aber immer noch genug, um das Extrablatt unter die Leute zu bringen. Sie solcherart zu informieren, dass der Aal noch lebt und sein Unwesen treibt. Und um zu fragen, ob jemand von der verschwundenen Sibylle weiß. Ich setze darauf, dass wir in den nächsten Stunden oder gar Tagen viele Gerüchte hören, womöglich aber auch echte Hinweise bekommen werden … und dass diese uns irgendwie weiterhelfen.«

Er klang etwas zuversichtlicher, als ihm zumute war. Ob der Lohn seiner Mühe sich mit dem Risiko, Uffenbach nun auf ewig zum Feind zu haben, die Waage hielt?

Nun, auch Manon klammerte sich wohl an den letzten Strohhalm.

»Wenn wir einen Hinweis erhalten, können wir unsere Nachforschungen fortsetzen«, sagte sie und rang sich ein Lächeln ab. Doch im nächsten Augenblick entdeckte das Hausmädchen ihrer Schwester sie und rief ihren Namen. Johann wich in den Schatten des Eingangs zurück, damit das Mädchen ihn nicht mit ihr sah, und Manon ging so schnell davon, dass sie sich nicht einmal richtig verabschieden konnten. Es blieb ihm nur, dieser schmalen dunklen Gestalt nachzusehen und plötzlich nicht bloß Bedauern zu empfinden, sondern einen brennenden Schmerz, als wäre eine geliebte Person unwiederbringlich verloren.

Unsinn, sagte er sich schnell. Wenn überhaupt, waren sie Verbündete, nicht Freunde. Er mochte ihren wachen Geist, aber nicht ihren impertinenten Charakter. Und so hilfreich es war, sich mit ihr auszutauschen – es war jedes Mal zugleich verstörend.

Erstaunlicherweise wirkte die Heftigkeit, mit der er dem entgegentrat, was seine Brust piesackte, kurz belebend. Als er vom Schatten des Hauseingangs in die Sonne trat, ragte der restliche Tag zwar wie eine große, öde Fläche vor ihm auf. Aber er wollte diesem Gefühl von Verlorenheit nicht nachgeben.

Denk nach, befahl er sich, denk über alles nach, was Frau Agathe gesagt hat. Vielleicht haben wir wirklich etwas übersehen.

***

Mit jedem Schritt, der sie dem Liebfrauenberg näher brachte, wurde Manon langsamer. Sobald sie ins Haus ihrer Schwester zurückkehren würde, müsste sie die Herrschaft über ihr Leben wieder abgeben. Noch nicht mal auf dem Weg dorthin hatte sie diese inne. Schließlich schaffte sie es nicht, Caroline zum Schweigen zu bringen. Unaufhörlich bestürmte diese sie mit Fragen. Ob die Waisen schon erkennen ließen, dass sie dereinst den Menschen, die in geordneten Verhältnissen groß wurden, sittlich unterlegen wären?

Manon betrachtete sie ungehalten. »Wie kommst du auf so einen Unsinn?«

»Jeder weiß doch, dass Kinder, die außerhalb der heiligen Bande der Ehe entstanden, von Grund auf verdorben sind. Nichts, was man ihnen gibt, kann je ihre Gier sättigen. Sie greinen unaufhörlich.«

Manon verdrehte die Augen. »Dorothee greint auch ständig.«

»Das hat aber einen anderen Grund«, erklärte Caroline.

Manon wollte ihn nicht wissen, aber Caroline fuhr erbarmungslos fort: »Es ist nicht lange her, dass Dorothee entwöhnt wurde. Frau Jeanette war überzeugt, dass bei einem Kind, das länger als ein Jahr gestillt wird, die Intelligenz leidet.«

Manon musste lachen. Als ob Jeanette fehlende Intelligenz als Mangel ansehen würde!

»Wahrscheinlich wollte sie nur an der Säugamme sparen«, entfuhr es ihr.

Caroline wirkte nahezu gekränkt. »Man weiß doch, dass viele Säugammen von rohem Charakter sind. Die feinen Damen sind deswegen dazu übergegangen, ihre Kinder selbst zu stillen.«

Es war kein Thema, das Manon unbedingt vertiefen wollte. »Wahrscheinlich hat meine Schwester nach ein paar Monaten die Lust daran verloren«, sagte sie mehr zu sich selbst als zur anderen.

»Das nicht. Aber es ist allseits bekannt. Wenn ein Kind bereits Zähne hat und dann noch gestillt wird, kommt das Geschwisterchen, so denn die Frau in dieser Zeit wieder schwanger wird, ohne Ohrläppchen auf die Welt.«

Manon riss endgültig der Geduldsfaden. »Was für ein dummer Aberglaube!«

»Dass die Herrin drei gesunde Kinder geboren hat, zeigt doch, dass sie vieles richtig gemacht hat«, erwiderte Caroline trotzig. »Solange sie guter Hoffnung war, hat sie nie den Vollmond betrachtet. Und sie hat natürlich nicht verabsäumt, dem neugeborenen Kind die Fingernägel abzubeißen, nicht nur, damit es sich nicht das Gesichtchen zerkratzt, sondern auch weil die Hände sonst zu Teufelskrallen werden würden und …«

Manon hatte ihr eben erneut ins Wort fallen wollen, sog nun aber scharf den Atem ein. »Fingernägel?«, entfuhr es ihr. »Teufelskrallen?«

»Na, die Fingernägel, mit denen das Kind auf die Welt kommt, sind zu einem Zeitpunkt gewachsen, als dieses noch nicht getauft war. Wenn die Mutter sie ihm abbeißt, hält sie das Unglück von ihm fern.«

Manon blieb wie vom Blitz getroffen stehen – was Caroline als Zeichen des Interesses wertete.

»Dem Kind selbst muss man später natürlich streng verbieten, sich die Nägel abzubeißen. Man schmiert sie mit einer Pfefferpaste ein. Eine weitere Salbe braucht's, um den Milchfluss der Mutter zum Versiegen zu bringen. Die ist natürlich nicht aus Pfeffer gemacht, sie würde sonst zu sehr auf der Brust brennen, jedoch aus Pfefferminze und …«

Manon schlug das Herz schon jetzt bis zum Hals. Jetzt schien es kurz auszusetzen. »Pfefferminze?« Sie schrie beinahe, und verdutzt über die heftige Reaktion, blickte Caroline sie an.

»Ja, oder Kräuter wie Salbei, Petersilie und Johanniskraut. Auch Walnussblätter und Bärentraube sind der Sache dienlich. Es reicht nicht nur, die Paste auf der Brust aufzutragen, man muss auch viel Tee trinken …«

Caroline plapperte in einem fort, um sämtliche Zutaten von diesem Tee aufzuzählen, aber ihre Stimme verkam zu einem Rauschen.

Andere Worte echoten dagegen ganz laut in ihr.

Abgebissene Fingernägel.

Und Pfefferminze und Salbei.

Eine Erinnerung stieg in ihr hoch. Wie sie über der Truhe in Sibylles Haus gekniet hatte, den durchdringenden Geruch der Arzneien in der Nase, von denen sie dachte, sie würden gegen Wechselbeschwerden helfen. Und über dieses Bild schob sich ein anderes: Wie ihr Vater mit einer Pinzette diese winzigen Klumpen, die er in Christiane Vandenberghes blutbesudeltem Totenbett gefunden hatte, ans Licht hob.

»Du liebe Güte!«, stieß sie atemlos aus.

Sosehr sie eben erstarrt war – jetzt konnte sie gar nicht schnell genug laufen, nicht Richtung Liebfrauenberg, sondern wieder Richtung Neue Kräme. Allerdings ließ sich Caroline nicht abschütteln.

»Wir müssen doch sofort nach dem Besuch des Waisenhauses wieder nach Hause!«, rief sie ihr schnaufend nach.

Manon bezähmte ihre Ungeduld und blieb stehen. Sie überlegte erst, auf welche Weise sie das Dienstmädchen gründlich einschüchtern konnte, um ihren Willen durchzusetzen. Dachte dann aber, dass Johann auf andere, behutsamere Weise vorgehen würde. Und die lohnte sich nicht immer, aber manchmal eben doch.

»Sag, willst du wirklich schon nach Hause gehen?«

Ob ihr Lächeln harmlos genug wirkte? Und aus ihrer Stimme dieser Honigton klang?

»Frau Jeanette hat doch ausdrücklich befohlen …«

»Ich weiß, ich weiß, sie hält mich unter strenger Aufsicht. Aber es ist ungerecht, dass dich das gleiche Schicksal treffen soll. Was sage ich, regelrecht grausam! Es kann doch nicht sein, dass ausgerechnet einem jungen Mädchen wie dir die Rolle einer Kerkermeisterin zukommt, die gemeinsam mit dem Häftling im Finstern sitzen muss.«

Caroline legte den Kopf schräg.

»Heute ist doch Karfreitag«, fuhr Manon energisch fort. »So viele Messdiener ziehen kurz vor drei Uhr, zur Todesstunde Christi, durch die Straßen und rufen zum Gebet, und weil Glockengeläut nicht erlaubt ist, nutzen sie die Klappern. Besonders beliebt ist dieses Spektakel bei den jungen italienischen Seidenhändlern, die in unserer Stadt leben und die …«

Sie sagte besser nicht, dass die wiederum besonders beliebt bei den jungen Frankfurterinnen waren, weil sie ihnen aufreizender zuzwinkerten und schöner klingende Komplimente nachriefen. Nicht, dass Caroline sie womöglich vor Jeanette anklagen würde, sie zur Unzucht zu verführen. »Das Klappern zu hören, ist ganz wichtig«, sagte Manon stattdessen eindringlich, »wenn man es versäumt, droht man, im kommenden Jahr krank zu werden.«

War das nun ein ängstlicher Ausdruck? »Aber wenn Sie nach Hause gehen, hören Sie es ja auch nicht.«

Manon widersprach nicht, sondern zwinkerte Caroline nur verschwörerisch zu, und das glückte besser als ein Lächeln. »Ich finde jedenfalls, dass dir ein Feiertag zusteht. Und ich verspreche dir, dass ich die letzte Wegstrecke brav allein zurücklegen werde. Ich schwöre es dir sogar.«

Caroline musterte sie eindringlich, und ob am Ende die Aussicht auf die jungen Italiener oder einfach nur die Angst vor Krankheit den Ausschlag gab – sie nickte.

Manon grinste, als sie ihr nachblickte. Während ihres Schwurs hatte sie die Finger nicht mal überkreuzen müssen, um ihm die Macht zu nehmen. Sie hatte schließlich nicht gesagt, welches Ziel am Ende der besagten Wegstrecke lag. Und das war nicht das Haus ihrer Schwester, das war das Haus der Hebamme Sibylle.

***

Johann wollte einfach kein zündender Einfall kommen, wie er mit allem, was sie heute erfahren hatten, umgehen sollte. Und was die Sache nicht leichter machte: Über Frankfurt hing nicht nur ein grässlicher Geruch, weil im alten Stadtgraben brackiges Wasser stand. Auch Furcht und Misstrauen lasteten wie eine dunkle Wolke auf der Stadt. Seit Rabbi Schmuel als vermeintlicher Mörder ausgemacht worden war, waren zwar die meisten Gerüchte verstummt, und viele Bürger verbaten es ihren Frauen und Töchtern nicht länger, das Haus zu verlassen.

Doch Johann fiel auf, dass die Straßen weitaus leerer waren als sonst an Feiertagen. Und in den Gesichtern der wenigen herausgeputzten Menschen stand nicht nur die übliche Vorfreude auf das Spektakel des Klapperns. Immer wieder wurden argwöhnische Blicke über die Schulter geworfen, als könnte man nie sicher sein, wer sich da womöglich lautlos anpirschte.

Zweifellos war das sein Werk. Doch so richtig er es nach wie vor fand, in diesem Extrablatt vor dem Aal gewarnt zu haben: Da er immer noch keine Gewissheiten bieten konnte, fühlte er sich jäh auf einer Stufe mit Uffenbach, der die Leute so gern mit vagen Vermutungen und maßlosen Übertreibungen verrückt machte.

Fast schon war er erleichtert, als die lähmende Stille in der Nähe des Römers von aufgeregtem Treiben gestört wurde. Doch wie er da plötzlich nicht in ängstliche, sondern aufgeregte Gesichter blickte, kam bald Verwirrung hinzu. Warum tauchten plötzlich so viele junge Burschen auf – Handwerker, Hafenarbeiter, Lehrlinge? Und warum strebten sie alle in eine bestimmte Richtung? Sämtliche Feiern und erst das Tanzen waren an einem Tag wie heute doch verboten! Gut möglich natürlich, dass irgendwo heimlich Wein ausgeschenkt wurde und die Gier auf diesen weitaus größer war als das Grauen vor dem Aal. Als er auch noch die Ellbogen von zweien abbekam, die mit glühend roten Gesichtern an ihm vorbeihetzten, hatte er endgültig genug. Besser, er kehrte nach Hause zurück. Obwohl er kein echtes Zuhause hatte, nur ein winziges Zimmer in der Nähe des Zeitungsverlags, das kaum größer als ein Mauseloch war, überdies schwül und stickig, und das er hauptsächlich zum Schlafen nutzte. Dort würden sie ihm endgültig auf den Kopf fallen – die Einsamkeit, die Ratlosigkeit, die Zukunftslosigkeit. Ob auch Uffenbach schon das Extrablatt gelesen hatte? Ob er wartete, bis er wieder den Verlag betrat, um ihn erst zusammenzustauchen und dann hinauszuschmeißen, oder ob er ihn zu Hause aufsuchen würde, weil er sonst an seiner Empörung erstickte?

Für Letzteres war Uffenbach wahrscheinlich zu bequem. Dennoch rief die Aussicht, heimzukehren, gleich noch mehr Unbehagen in Johann hervor.

Besser, er dachte nicht über Uffenbach und die Folgen seines Extrablatts nach ... Besser, er besuchte seinen Vater.

Am heutigen Feiertag war die Buchhandlung in der Buchgasse zwar geschlossen, aber er konnte sicher sein, Markus dort anzutreffen. Seit dem Tod seiner Mutter lebte er noch mehr für die Arbeit als zuvor. Und Bücher waren für ihn immer schon dasselbe gewesen wie für Johann – die besten Freunde. Nein, berichtigte er sich traurig, die *einzigen* Freunde.

Gerne traf Markus ihn nicht in seiner Buchhandlung an. Immer machte er eine abwehrende Geste und erklärte, dass niemand sie zusammen sehen sollte. »Wenn man von deiner wahren Herkunft wüsste, hätte das schlimme Folgen!«

Für seinen Vater wäre es wohl kein Trost, dass Uffenbach die Wahrheit kannte, sie aber nicht gegen ihn verwendet hatte. Es würde ihn vielmehr erschrecken, dass er so mühelos darauf gestoßen war. Und für ihn selbst war es erst recht kein Trost, denn wohl nichts konnte schlimmere Folgen zeitigen, als heimlich ein Extrablatt unter die Leute gebracht zu haben.

Am Ende würde er es bei dem Argument belassen, dass es nicht ungewöhnlich war, wenn ein junger, gelehrt wirkender Mann eine Buchhandlung betrat und sich nach der geeigneten Lektüre umsah.

Doch auch das würde Markus nicht beruhigen, und einmal mehr würde er kontern: »Wir sehen uns zu ähnlich. Wer uns beide nur flüchtig kennt, dem fällt das nicht auf. Aber wer uns gemeinsam sieht, macht uns unweigerlich als Vater und Sohn aus.«

»Du hast ganz dunkle Haare, ich viel hellere.«

»Aber unsere Züge gleichen sich, unser Mund, unsere Nase, die Art, wie wir den Kopf einziehen, wenn wir reden. Nein, du hältst dich besser fern. Und erklärst jedem, der dich nach deiner Herkunft fragt, dass du als Waise aufgewachsen bist.«

Himmel, warum echoten ausgerechnet diese Worte seines Vaters in seinem Kopf? Er war ohnehin in trübsinniger Stimmung. Und die Lust, Markus zu sehen, war beim Gedanken an die drohende Abfuhr längst geschwunden. Wobei er nun allerdings gewahrte, dass er instinktiv gar nicht zur Buchgasse gegangen war, nein, eine andere Richtung gewählt hatte.

Als wüssten die Füße bereits, was noch nicht in seinen Gedanken angekommen war. Dass es nämlich kein Zufall war, warum ihm dieses Gespräch ausgerechnet jetzt in den Sinn gekommen war. Dass plötzlich einzelne Worte daraus hervorstachen.

Waise … Ähnlichkeit … Haare.

Kurz verharrte her. Und wenn er in der letzten Stunde gar nicht ziellos herumgegangen war? Wenn er einfach nur gespürt hatte, dass er jener vagen Ahnung im tiefsten Inneren Zeit geben musste, um langsam Konturen zu gewinnen?

Plötzlich echote noch eine Stimme in ihm. Nicht die seines Vaters. Die von Uffenbach. Wie begeistert er von Christianes kupferrotem Haar gewesen war! Wie bereitwillig er zusätzliche Kosten in Kauf genommen hatte, um den Holzdruck im *Frankfurter Korrespondenten* entsprechend einzufärben! Sie waren schließlich so ungewöhnlich, man sah sie so gut wie nie.

Nur er … er hatte in kürzester Zeit zweimal rote Haare gesehen. Einmal bei der Toten. Und einmal …

Er löste sich aus der Starre und begann zu rennen.

Diesmal war es leichter, sich Zugang zum Waisenhaus zu verschaffen. Wohlweislich nutzte er nicht den Haupteingang, sondern umrundete das Gebäude, bis er die Tür erreichte, die zum Armenhaus führte. Grässlicher Gestank drang ihm entgegen, nach Fäulnis, Tod, Alter, Niedergang. Und das Schlimmste war, dass der nicht einfach nur in seine Nase stieg, sondern auch die Seele verpestete. Immerhin – niemand von den Gestalten, die am Gang herumlungerten, stellte sich ihm in den Weg. Und wie erhofft gab es eine Verbindungstür zum Waisenhaus. Hier stieß er auf zwei Mädchen, die ihn aus großen stummen Augen anstarrten. Als er den Zeigefinger auf die Lippen presste, ein Zeichen, dass sie schweigen mögen, blieben sie ihm ein Nicken schuldig, aber sie gaben keinen Mucks von sich.

Auch die Herausforderung, unbemerkt ins Säuglingszimmer zu gelangen, bestand er, und dort traf er weder Frau Agathe noch eine der Mägde an. Schon beugte er sich über die morsche Wiege mit dem Kind. So heftig es vorhin gebrüllt hatte, mittlerweile war es eingeschlafen. Die rote Gesichtshaut verriet, dass das allein aus Erschöpfung geschehen war, nicht, weil es satt und zufrieden war. Immer noch war es stark verschwitzt. Ganz vorsichtig, um es nicht zu wecken, begann er es aus diesen vielen Schichten Stoff zu schälen. Erst befreite er die Händchen, dann das Köpfchen. Endlich lag das gekräuselte Haar frei. Weil es von Schweiß durchdrungen war, hatte es vorhin dunkel gewirkt, doch ganz hatte sich ein kupferner Farbton nicht leugnen lassen. Und als er jetzt vorsichtig darüber rieb, um das Haar zu trocknen, wurde ein auffälliges Rot daraus.

Die Augen des Kleinen waren weiterhin geschlossen, aber es verzog sein Mündchen, gab einen gequälten Laut von sich.

»Du armes Kleines«, murmelte Johann, während er sanft über die Haare strich. »Du armes Kleines …«

Das Kind beruhigte sich wieder, aber vom Gang her waren Schritte zu vernehmen, und im nächsten Augenblick stand Frau Agathe im Türrahmen.

»Um Himmels willen, was haben Sie denn schon wieder hier verloren! Können Sie nicht endlich Ruhe geben?«

Sie klang eher gereizt als wirklich verärgert, wirkte zu müde und überdrüssig, um zu einem starken Gefühl fähig zu sein.

Johann hatte sich über die Wiege gebeugt, richtete sich nun

aber auf. »Das ist das Kind von Christiane Vandenberghe. Die Familie hat ihre Schwangerschaft verheimlicht, indem sie das Gerücht in die Welt setzte, dass ihre Mutter schwer krank sei. So war niemand erstaunt, dass die Familie nicht länger zu Bällen und Empfängen einlud. Das Gesinde wiederum wurde reihenweise entlassen oder wie das Hausmädchen Suse zeitweise fortgeschickt, bis nur ein kleiner Kreis zurückblieb, den man auf strengstes Stillschweigen einschwor. Als die Stunde der Niederkunft kam, holte man eine Hebamme, die auf heimliche Geburten spezialisiert war. Mutter und Kind haben alles heil überstanden, doch dass sie das Kleine hergeben musste, vermutlich unter dem Druck des Bruders, hat Christiane in tiefste Verzweiflung gestürzt. Deswegen die Vermutung der Mutter, sie könne sich selbst ein Leid zugefügt haben. Deswegen auch ihr Besuch bei Sibylle – sie wollte etwas bekommen, um das Gemüt einer niedergeschlagenen Wöchnerin aufzuhellen.«

Dass er so lange sprach, diente eher dem Zweck, aus der eigenen Ahnung Gewissheit werden zu lassen, als Frau Agathe etwas zu erklären. Von der kam keine Regung, ganz so, als spräche er mit der Wand.

»So ist es doch, oder?«

Immer noch dieser erschöpfte Ausdruck. Schließlich deutete sie mit dem Kinn Richtung Gang, ein Zeichen, dass sie das Kind nicht wecken wollte.

Nun, von dessen roten Haaren hatte er sich überzeugt, und deswegen folgte er ihr willig.

»Ich möchte Sie wirklich nicht in Schwierigkeiten bringen«, erklärte er, kaum dass er die Kinderstube verlassen hatte. »Mir ist klar, dass es oft Ihre Aufgabe ist, die Herkunft eines Kindes zu verschleiern. Aber hier geht es nicht um die Ehre der Mutter, hier geht es um einen Mord, der sich erst aufklären lässt, wenn …«

Endlich bekam Frau Agathe den Mund auf. »Das alles hat mich nichts anzugehen.«

Die Worte überraschten ihn nicht. Eher die Art, wie sie es sagte. Nicht einfach überdrüssig, sondern fast schon mitleidig. Wem galt denn das Mitleid? Den Kindern? Den Müttern?

»Adam Rau hat niemals Jungfrauen ermordet, immer nur junge Mütter wie Jiska, die ihre unehelichen Kinder heimlich bekommen und gleich nach der Geburt weggegeben haben. Und das nicht mal aus Not, sondern nur, um ihren guten Ruf zu schützen. Diese Kinder würden ihre Mütter dafür hassen. So wie Adam Rau seine Mutter hasste und sich grausam an ihr rächte. Nun gut, vielleicht hatte das Blutbad, das er jedes Mal anrichtete, schlichtweg den Grund, eine kurz zurückliegende Geburt zu vertuschen, damit künftige Opfer nicht alarmiert wären. Doch dass sie nichts Geringeres als ihren Tod verdient hatten, dessen war er …«

»Das alles hat mich nichts anzugehen«, fiel sie ihm ins Wort. Wieder tönte Mitleid aus ihrer Stimme.

Er trat näher an sie heran, beugte sich vertraulich vor. »Wenn Sie wenigstens so gütig wären, mir eine Frage zu beantworten. Wie nämlich das Mädchen hieß, dem Adam Rau zugetan war.«

Jetzt weiteten sich ihre Augen, und im nächsten Augenblick vernahm er ein Geräusch dicht hinter sich. Aus den Augenwinkeln erkannte er etwas Schwarzes. Was er für eine Faust hielt, entpuppte sich als Sack. Und der wurde ihm über den Kopf gezogen. Der Angriff kam so überraschend, dass er sich nicht einmal wehrte, als man ihn zu Boden warf. Mühsam rang er nach Luft, aus allen Poren brach ihm der Angstschweiß aus. Jetzt verstand er, wem Frau Agathes Mitleid gegolten hatte: ihm.

Weil sie wusste, was ihm blühte. Weil sie ihm aber – dies war der letzte klare Gedanke, ehe ihn ein heftiger Schlag traf – nicht helfen, sondern seinem Schicksal überlassen würde.

***

Manon war völlig außer Atem, als sie das Haus der Hebamme erreichte. Selbst wenn sie passende Worte vorbereitet hätte, um die Nachbarinnen dazu zu bewegen, ihr Einlass zu gewähren, hätte sie keine hervorgebracht. Aber bald stellte sie fest, dass das Geräms verwaist war, und als sie klopfte, machte ihr niemand auf. Gut möglich, dass auch ältere Frauen die jungen Italiener gerne betrachteten, wenn die ihrerseits vom Klappern herbeigelockt wurden. Jedenfalls konnte sie sich ganz ungestört umschauen. Die Frage war nur, wie sie in Sibylles Haus gelangte.

Die Luken waren zu klein, um durchzukriechen. Durchs Fenster des Nachbarhauses könnte sie eher gelangen, vorausgesetzt, sie schlug es ein. Das Stück abgebrochener Regenrinne, das dort hinten lag, könnte ihr gute Dienste erweisen.

Nun, dachte sie, während sie beherzt die Scheibe einschlug, vielleicht habe ich Glück und werde später als die Schuldige offenbart. Dann muss Kriminalrat Pfeiffer mich verhaften und in der Hauptwache einsperren, und das ist immer noch erstrebenswerter, als bei Jeanette zu wohnen.

Alsbald konzentrierte sie sich darauf, ins Innere zu kriechen, ohne sich dabei verletzen. Das glückte schon mal nicht. Ihr Kleid riss, ihr Haarknoten löste sich, und vom Ellbogen wanderte ein brennender Schmerz hoch zur Schulter. Sie achtete nicht weiter darauf, sondern beeilte sich, durch die Verbindungstür, die wieder oder immer noch offen stand, in Sibylles Haus zu gelangen. Dort stürzte sie auf die Truhe zu. Geistesgegenwärtig hütete sie sich vor der scharfen Säge, die sie dort wusste, aber schon hatte sie eine Phiole herausgezogen, öffnete sie und roch daran.

Was immer noch daruntergemischt war – ganz deutlich nahm sie die Note von Salbei und Pfefferminze wahr. Und das bestätigte sie in dem Verdacht, den Carolines Worte in ihr heraufbeschworen hatten.

Das hier waren keine Mittel für Frauen, die Wechselbeschwerden linderten. Das hier ließ den Milchfluss junger Mütter versiegen. Was bedeutete, dass sich Sibylle gar nicht auf ältere Frauen spezialisiert hatte, sondern in den letzten Jahren durchaus Kinder entbunden und die Wöchnerinnen versorgt hatte. Allerdings … heimlich.

Niemand durfte von diesen Kindern wissen. Und die Mütter behielten sie gerade mal so lange bei sich, dass sie ihnen einen ersten und einzigen Liebesdienst erweisen konnten: ihnen die Fingernägel abzubeißen.

So aufgeregt ihr Herz zu pochen begann, als sich ein Detail ins andere fügte und all das Rätselhafte plötzlich einen Sinn machte, erstarrte sie, als jäh ein Knarren zu vernehmen war. Es kam nicht aus der Richtung der Nachbarwohnung, sondern von viel näher, klang so, als würde jemand den Fuß auf die Holzdiele vor Sibylles Tür setzen. Im nächsten Augenblick drehte sich ein Schlüssel im Schloss.

Wie war es möglich, dass Sibylle ausgerechnet jetzt zurückkehrte?

In den letzten Tagen war Manon oft davon überrascht worden, dass etwas noch Schrecklicheres geschah, als sie hatte voraussehen können. Dass nun etwas unerwartet Gutes passieren könnte – die Frau, die so lange verschollen war, plötzlich hier auftauchte –, erschien ihr kurz ganz und gar unmöglich.

Doch während sie noch steif dastand und starrte, unwillkürlich die Phiole an sich presste, als gälte es, sie zu schützen, öffnete sich die Tür, und eine Frau betrat den Raum. Sie erschrak über ihren Anblick, versteifte sich. Das gab Manon Zeit, sich zu fangen. Und auch eine Erklärung zu finden, warum die andere gerade jetzt hier auftauchte. Wahrscheinlich wusste sie, dass die Nachbarinnen immer am Karfreitag das Haus verließen und es keinen besseren Zeitpunkt gab als diesen Tag kurz vor drei Uhr nachmittags, um unbemerkt ihr Haus betreten und etwas holen zu können.

»Sibylle?«, fragte sie.

Auf den ersten Blick sah die Frau recht nichtssagend aus. Ein fahles, rundliches Gesicht, graue Augen, schmale Lippen, ein paar Kerben auf den Wangen, die weniger Alter als Bitterkeit verrieten. Das Kleid war farblos, das Haar wahrscheinlich auch. Allerdings konnte Manon es nicht sehen, weil ein graues Tuch um den Kopf geschlungen war. Doch an dem Ausdruck, der über das Gesicht der Frau huschte und erst nur Erschrecken, dann Wut verriet, war so gar nichts nichtssagend, halbgar … harmlos.

»Was zum Teufel?«, rief sie schrill und machte einen Satz auf Manon zu, um ihr die Phiole aus der Hand zu reißen.

Sie entglitt ihr, fiel auf den Boden und zerbarst. Prompt breitete sich ein durchdringender Geruch aus, und Manons Gedanken begannen zu galoppieren. Sibylle war hier! Es ging ihr gut! Dass sie nicht im Mindesten verletzt war, nicht mal sonderlich abgemagert, bewies, dass sie kein Opfer des Aals war!

Doch während ihr Verstand ihr alle möglichen Gründe nannte, erleichtert zu sein, verrieten die Schauder, die nicht nur dieser verschlagene Blick, sondern auch eine dunkle Ahnung über ihren Rücken jagten, etwas anderes.

Nichts war gut. Rein gar nichts. Denn wenn Sibylle nicht das Opfer des Aals war, was war sie dann? Etwa seine … Verbündete? Und wenn sie heute hier auftauchte, dann womöglich nicht, weil sie sich von ihm befreit hatte, sondern auf Johanns eigenmächtig verlegtes Extrablatt reagierte?

Es war unfassbar. Und machte dennoch so viel Sinn. Wenn sich der Aal wirklich die letzten Wochen über irgendwo verkrochen hatte und nun feststellte, dass Frankfurt kein sicheres Pflaster mehr war, wo er unbemerkt weiter morden konnte, würde er die Stadt verlassen. Und die Frau, die nicht etwa eine Gefangene war, welche er entführt hatte, sondern eine Gefährtin aus Kindheitstagen und eine treue Helfershelferin, würde noch rasch ein paar Sachen aus ihrem Zuhause holen, um dann weiter mit ihm unterzutauchen.

Kurz dachte sie, dass sie diese Schlussfolgerungen womöglich zu schnell zog. Doch dann vernahm sie wieder ein Knarren, und all ihre Gedanken kreisten nur mehr um eine Frage: Wie komme ich heil hier raus?

Manon hatte viele hässliche Menschen gesehen, unheimliche, abscheuliche. Aber für den Mann, der soeben hinter Sibylle erschien, fehlte jedes passende Wort.

Es waren ja nicht nur seine seltsamen Narben, die so wirkten, als wäre der Kopf wie eine Schüssel zersprungen und die Scherben danach recht schlampig aneinandergeklebt worden. Es waren die abgehackten Bewegungen. Auf blitzschnelle folgten merkwürdig steife, als fehlten jene Sehnen und Muskeln, die einem Körper Geschmeidigkeit verliehen. Und dieser Blick. Wenn wenigstens Bösartigkeit aufgeblitzt wäre. Stattdessen starrte sie in zwei Löcher, auf deren dunklem Grund nur Kälte und Unbarmherzigkeit warteten.

Nein, das war kein Mann. Sondern die Kreatur aus einem Albtraum.

Irgendwann

Drei Jahre vergehen. Ich zähle sie nicht, die Monate, die Wochen, die Tage.

Ich zähle die Heringe, Lachse, Muscheln, Flusskrebse, die ich immer freitags und samstags auf dem Wochenmarkt am Frankfurter Römerberg in großen Holzgefäßen feilbiete.

Das Geld hierfür wandert nicht in meine eigene Tasche wie früher, als ich im Haus meiner verstorbenen Eltern in Sachsenhausen lebte. Ich arbeite jetzt für eine Familie in der Fischergasse auf der Frankfurter Seite des Mains.

Die Frau des Fischers hat so dicke, aufgedunsene Beine, dass sie nicht mehr aufstehen kann, um das, was ihr Mann aus dem Main befördert, zu verkaufen. Dass ich es für sie übernehme und obendrein in jeder freien Minute im Haushalt helfe, stimmt sie nicht dankbar, nur Tag für Tag missmutiger. Komme ich ihr zu nahe, reißt sie mich an den Haaren.

Es ist mir gleich. Ich spüre den brennenden Schmerz auf meiner Kopfhaut kaum. Es zählt allein, dass sie mich nicht sofort wegschickte, als ich ihr erklärte, ein Kind im Leib zu tragen, das keinen Vater hätte. Gewiss, an diesem Tag schlug sie mich erstmals ins Gesicht, aber auch das war ein lachhafter Schmerz, gemessen an den Qualen, die er mir zugefügt hatte. Und ihre Beleidigungen prallten an mir ab. Hure hieß sie mich. Erklärte, dass lasterhafte Menschen nur verkommene Kinder auf die Welt brächten. Doch in ihrem Blick stand nicht nur Abscheu, auch ein Glitzern. Die feinen Haare eines Kindes erschienen ihr wohl verlockender als meine glanzlosen Strähnen.

Erstaunlicherweise reißt sie später nie am Haar meines Sohnes. Nicht, weil er so vorsichtig ist. Sondern sie so voller Scheu.

»Es schreit ja nie«, stellt sie fest, da ist er schon einige Wochen alt.

Bis zu diesem Augenblick habe ich selbst keinen Gedanken daran verschwendet.

»Adam ist ein braves Kind«, murmele ich – nicht, weil ich das selbst so sehe, sondern denke, dass sie das hören will.

»Er ist ein absonderliches Kind«, sagt sie. »Er hat ja Augen wie ein toter Fisch! Halte ihn bloß von mir fern.«

Ich lese aus dem starren Blick nur ab, dass meinem Sohn die Welt egal zu sein scheint. Gut so. Mir ist sie das auch. Nichts lasse ich an mich heran, keine Erinnerung, keine Hoffnung, keine Liebe, keine Sorge. All das ist das Gleiche wie die Innereien eines Fisches. Man muss sie loswerden, indem man sie durch die Kiemen presst und den Fisch hinterher einsalzt, weil er sonst verderben würde.

Ich gehe immer gründlich vor. Meine Hände sind rot vom Salz, aber gefühllos. Alles ist gefühllos. Ich wickle Adam, ich nähre ihn, ich halte ihn an der Hand, als er die ersten Schritte wagt. Aber ich rede nicht mit ihm, ich bin nie zärtlich, halte ständig Abstand, und dass er selbst den Mund nicht aufkriegt und niemals Nähe fordert, ist eine Wohltat.

Dann kommt dieser eine Tag, da er drei Jahre alt ist. Oder Tausende von Heringen. Oder Tausende von Flusskrebsen. Oder Tausende von …

Was zählt das schon. Es ist der erste Tag, da ich ihn plötzlich sehe. Fühle. Erkenne.

Nicht, weil er plötzlich laut wird, schreit, gar redet. Er ist still bei dem, was er tut. Er atmet nicht mal schneller, als er einen noch lebenden Fisch aus dem Zuber nimmt, eine Weile zusieht, wie er sich auf dem gekachelten Boden windet, sodann ein Messer nimmt und zusticht. Nicht um den Fisch zu töten, weil das nützlich wäre, das tue ich auch. Sondern um ihn zu quälen, weil es vergnüglich ist. Flosse für Flosse schneidet er ihm ab, Auge um Auge sticht er ihm aus. Ein böses Lächeln umspielt seinen Mund, ein kalter Glanz steht in seinem Blick.

Nie hat es mir etwas ausgemacht, Fische zu schlachten. Aber wie das Tier da liegt, zuckend, sich immer erbärmlicher windend, sehe ich mich plötzlich selbst, wie ich in jenem kalten Kellerverlies gequält wurde. Hilflos einem Menschen … nein, einem Monster ausgeliefert, das so viel stärker ist, so durch und durch mitleidlos.

Der Fisch ist stumm wie Adam, er vermag nicht zu schreien.

Ich aber kann es.

»Um Himmels willen, was tust du denn?«, schreie ich.

Bis jetzt war ich nicht sicher, ob er womöglich nicht nur stumm, sondern auch taub ist. Als er jetzt dem Fisch das Messer zwischen die Kiemen rammt und langsam den Blick hebt, fühle ich: Er hört mich. Er versteht mich.

Noch mehr werde ich zur angstschlotternden Frau von damals. Der Tod sieht mich an. Oder vielmehr sein Vater. Den niemand so nennen sollte, weil das zu menschlich klingt, er aber ein Tier war. Sein Sohn, so erkenne ich jetzt, ist auch ein Tier, ein grausames, seelenloses, monströses, gieriges, brutales.

»Was tust du denn?«, schreie ich wieder.

Sein erstes Lächeln. Seine ersten Worte. »Es macht Spaß.«

Es muss sein letztes Lächeln sein! Auf solche Worte dürfen keine weiteren folgen!

Das weiß ich, das fühle ich, das ist ein Befehl. Auch wenn die Panik säuerlich meine Kehle hochkriecht, auch wenn der Ekel kurz meine Gliedmaßen lähmt – ich bin mit seinem Vater fertiggeworden, ich werde auch mit ihm fertigwerden. Und sobald alle Spuren der Vergangenheit ausgemerzt sind, kann ich doch noch glücklich werden. Oder zumindest frei.

Ich entreiße ihm das Messer. Und dann erhebe ich es gegen mein eigenes Kind.

»Die Examinierung eines Schädels zwecks Erkenntnisgewinn bietet den Vorzug, dass selbiger nicht so schnell verwest wie andere Körperteile.
Um bei einer Leichenschau zum Hirn vorzustoßen, öffnet man den Kopf hauptsächlich auf drei Arten.
Man sägt so, dass der Schnitt hart über dem Augenbrauenbogen, der Mitte der Schläfenbeine und des Hinterhaupts waagerecht fortläuft, reißt sodann mit einem Hebel das obere Stück des Schädels von der festen Hirnhaut los, legt diese feste Hirnhaut zurück und untersucht nun die einzelnen Teile.
Oder man löst die untere Kinnlade ab, nimmt das Fleisch weg und meißelt von unten her von den Knochen so viel fort, bis das Hirn frei genug in seiner festen Haut eingewickelt daliegt.
Oder man teilt vorsichtig die Haut des Gesichts senkrecht in der Mitte, sägt alsdann auf gleiche Weise die Knochen durch und spaltet mit einem scharfen Messer das Hirn.«

Aus der *Medicina forensis*
von Physicus und Chirurgicus
Theophil Pontus

10.

11. April 1800, Karfreitag, Nachmittag

Die Kreatur verharrte an der Tür, auch die Zeit schien stehen zu bleiben. Manon war es, als betrachtete sie ein Gemälde. Aber eines, das man auf unebener Leinwand gemalt hatte, nur mit dunklen Farben, und dessen Firnis rissig geworden war.

Während sie keinen Ton hervorbrachte, hörte sie in der Ferne Sibylle quieken. Und ausgerechnet das half ihren Gedanken wieder auf die Sprünge.

Er ist größer als ich, stärker als ich, aber nicht klüger als ich.

Und weil er überrascht schien, hier auf eine Fremde zu stoßen, konnte sie ebenfalls darauf setzen, die Schnellere zu sein.

Die Säge fiel ihr wieder ein, die für die Teilung eines Kindes im Mutterleib vorgesehen und folglich so scharf war, dass sie einen Schädel spalten konnte.

Unvermutet machte sie einen Satz Richtung Truhe. Schon hielt sie dieses Gerät in der Hand, schon trat sie drohend auf ihn zu, ohne dass er auch nur die Hand erhob.

Ein triumphierender Laut entfuhr Manon, der in ihren Ohren fremd klang. Genauso fremd wie dieser Wunsch, zu töten. Sie durfte es nicht nur. Sie wollte es.

Nur konnte sie nicht. Auch die Hebamme hatte einen Satz gemacht, erfasste ihre Hand, bog sie auf den Rücken. Die Säge entglitt Manons Hand.

»Tu ihm nichts! Du darfst ihm nichts tun.«

»Aber er ist ein Mörder!«, rief Manon fassungslos.

»Nein! Er ist mein Gefährte, mein Bruder, mein Alles.«

Sibylle hatte ihren Arm wieder losgelassen, aber als sich Manon nach der Waffe bücken wollte, versetzte sie ihr einen kräftigen Schlag auf die Brust.

Manon blieb vor Schmerz die Luft weg. Wie stark Sibylle war. Viel stärker, als sie es einem quiekenden Wesen zugetraut hätte. Aber ein solches war sie ja nur damals gewesen ... als kleine Waise im Waisenhaus, die auf sich allein gestellt war ... ehe sie einen Beschützer gefunden hatte.

»Du bist Adams Verbündete!«, rief sie keuchend. »In jener Nacht, als du Jiska geholfen hast, ihr Kind auf die Welt zu bringen, und er Rabbi Schmuel getötet hat, seid ihr euch erneut begegnet. Er hat dich nicht entführt oder dir Gewalt angetan ... er hat eine alte Vertraute wiedergefunden.«

Kein Blick konnte leerer und abgründiger sein als der des Aals. Aber als sie Sibylles suchte, blickte sie ebenfalls in zwei Löcher. Schon trieb sie Manon näher zu dem Mann ... nein, zu dieser Kreatur.

Gleich würde er sie packen. Und sich mit Händen und Füßen zu wehren, wäre sinnlos. Sie waren zu zweit, und sie waren stärker. Aber wenn sie sich schon nicht auf ihren Körper verlassen konnte, so zumindest auf ihren Verstand. Sie musste Zeit schinden, hoffen, dass jemand sie entdeckte und rettete. Und das bedeutete, dass sie auf etwas setzen musste, für das ihr eigentlich die Begabung fehlte. Sie musste die beiden in ein Gespräch verwickeln.

***

Als ihm der Sack vom Kopf gezogen wurde, machte sich Johann auf ein finsteres Verlies gefasst – mit feuchten, verschimmelten Wänden, fauligem Stroh auf dem Boden und Spinnweben in den Ecken. Doch er fand sich in einem recht edlen

Raum wieder. Unter der gewölbten, stuckverzierten und auf mächtigen Holzpfeilern gestützten Decke standen ein Schrank aus dunklem, glänzendem Holz mit Büchern und einem Teeservice, eine Standuhr, außerdem ein länglicher Tisch, umstellt von sechs mit weinrotem Samt beschlagenen Stühlen.

Aus seiner Verwirrung wurde kurz Hoffnung. Es war alles nicht so schlimm ... Wer immer ihm den Sack über den Kopf gestülpt hatte, wollte ihm nichts Böses. Aber dann fiel sein Blick auf die schweren Holzläden vor den Fenstern, das große Schloss an der schmiedeeisernen Tür.

Sein Mund wurde trocken. Er war hier gefangen. Und niemand würde ihn hören, wenn er schrie.

Wahrscheinlich wurden die Balken nur zweimal im Jahr geöffnet – wenn während der Messezeiten diese Halle als Kontor diente und hier über die Preise von Weizen und Seide, Uniformen und Schlachtrössern verhandelt wurde. Mit jenem Mann, der jetzt auf einer der Truhen hockte und dessen edles dunkelblaues Gewand ebenso das Vermögen der Familie zur Schau stellte wie die Einrichtung dieses Raumes.

Klemens Vandenberghe.

Obwohl er so ruhig saß, keine Anstalten machte, die Hände zu ballen, verkrampfte sich Johanns Herz, und zu dem erkalteten Schweiß, der ihm am Nacken klebte, kam neuer. Am dunklen Tuch, das über seinen Kopf gestülpt worden war, war er nahezu erstickt – noch schwerer aber war gegen die Erkenntnis anzuatmen, was Klemens Vandenberghe plante. Warum sonst wären sie in diesem abgeschiedenen Raum? Warum sonst waren seine Hände mit Fesseln am Rücken zusammengebunden? Warum ...

Nein, diesen Gedanken wollte er nicht zu Ende denken. Wollte sich auch das Entsetzen nicht anmerken lassen. Doch das Beben seiner Lippen konnte er nicht unterdrücken.

Immerhin war auch Klemens Vandenberghe nicht Herr seiner Gesichtszüge. Seine Lippen waren zwar keine zitternden Würmer – um diese lag ein grimmiger Zug –, aber in den Augen stand Überdruss, als wäre die Pflicht, den Ruf der Familie zu schützen, eine unendliche Zumutung.

»Warum hast du dich nicht einfach rausgehalten? Warum hast du nicht aufgehört zu stöbern?«

Die Stimme klang nicht schneidend, eher mäkelnd, als hätte sein Kammerdiener die Stiefel nicht ordentlich poliert.

Ob er mit gleicher Stimme auch Christiane zur Rede gestellt hatte, das vermeintlich tugendhafte Mädchen, das seiner Familie wohl unter Tränen anvertraut hatte, es sei guter Hoffnung? Ob er seine Ideen, wie er die Schande, die die Schwester über die Familie brachte, zu vertuschen gedachte, verzweifelt oder ganz nüchtern vorgetragen hatte?

Die Fesseln gruben sich so tief in Johanns Handgelenk, dass sie den Blutfluss abschnitten und die Finger immer tauber wurden. Nur seine Gedanken lähmte nichts, er konnte sich genau vorstellen, was passiert war.

Christiane müsste sich augenblicklich aus der Öffentlichkeit zurückziehen, hatte ihr Bruder beschlossen. Was weniger auffallen würde, wenn es einen guten Grund dafür gebe – die vermeintliche Krankheit der Mutter. So bestürzt wie die war, weil die Tochter sich hatte verführen und schwängern lassen, war es für Elise Vandenberghe wohl nicht schwer, die Leidende zu mimen und sich im Bett zu verkriechen. Dieses verließ sie nur, wenn sie die Hebamme Sibylle aufsuchte, die die schwangere Tochter betreute.

»Wieso musst du auch noch ins Waisenhaus gehen?«, rief Klemens anklagend.

»Lassen Sie mich laufen, ich weiß so gut wie nichts. Und wenn ich's wüsste, würde ich den Mund halten.«

Johann meinte sogar, was er sagte. Und fühlte zugleich, wie sinnlos sein Flehen war.

Klemens erhob sich von der Truhe, machte ein paar Schritte auf ihn zu. Und wenn er noch so an den Fesseln zerrte, es nutzte nichts. Von ihm fortrobben konnte er, aber bald stieß er gegen die Wand.

Klemens blickte nun nahezu traurig auf ihn herab. »Weißt du«, murmelte er, »einen anderen würde ich bestechen, aber als ich dir damals nach Christianes Tod begegnet bin, habe ich gespürt, dass du der Wahrheit dienst. Das hast du mir auch recht eindringlich erklärt.«

Johann konnte kaum fassen, dass ihm ausgerechnet das zum Verhängnis werden sollte. Wenigstens auf seine Gabe, behutsam mit Menschen zu sprechen, wollte er sich verlassen!

»Wenn Sie mich endgültig zum Schweigen bringen, werden Sie Ihr Gewissen auf ewig mit einem Mord belasten«, rief er eindringlich.

Aus Klemens Vandenberghes Mund tönte ein zerkratztes Lachen. »Ich habe mich doch längst versündigt. Habe nicht ausreichend auf meine Schwester geachtet, mich nach dem Tod unseres Vaters nur unseren Geschäften gewidmet. So habe ich nicht mitbekommen, dass ein junger, gut aussehender Hauslehrer …« Er brach ab, schüttelte empört den Kopf. »Ihre Ehre konnte ich nicht verteidigen, aber unseren Namen werde ich schützen. Auch wenn das bedeutet, dass dieses Kind im Waisenhaus aufwachsen wird. Auch wenn das bedeutet …«

Mit jedem Wort schien die Stimme kälter zu werden. Es war die Stimme eines Kaufmanns, der weiß, dass er sich weder von Gefühlen noch von Skrupeln leiten lassen darf, einzig von Berechnung. Und dass alles seinen Preis hat.

»Selbst wenn Sie mich … wenn Sie mich … töten. Der Verleger meiner Zeitung würde … würde …«

Nein, Uffenbach würde nicht für Gerechtigkeit sorgen. Anders als er war er durchaus bestechlich. Und wahrscheinlich voller Zorn, weil er dieses Extrablatt über den Aal gedruckt hatte.

»Ich bin nicht so dumm, dich irgendwo mit aufgeschlitzter Kehle liegen zu lassen«, sagte Klemens kühl. »Aber wie oft kommt es vor, dass ein Betrunkener in den Main fällt, weil er wieder mal vergessen hat, bei Dunkelheit eine Laterne bei sich zu tragen?«

Johann dachte fieberhaft nach. Das Argument, dass er keiner war, der sich leichtfertig betrank, nutzte mit Sicherheit nichts. Wer würde den Schlussfolgerungen des Kriminalamts schon widersprechen? Sein Vater würde um ihn trauern, sich aber nie mit der Obrigkeit anlegen. Und Uffenbach würde erst recht nicht für ihn eintreten.

Blieb nur Manon. Sie würde ahnen, dass mehr hinter seinem plötzlichen Tod steckte. Aber am Ende war sie vielleicht bloß begeistert, wenn es eine Wasserleiche gab, die ihr Vater examinieren konnte.

Dieser Gedanke ließ ihn kurz grinsen. Rasch senkten sich die Mundwinkel wieder, aber unweigerlich folgte die Überlegung: Was würde denn sie an meiner Stelle tun?

Nicht mit Übelkeit kämpfen, das war gewiss. Auch nicht vor Angst schlottern. Und keine Zeit verschwenden, um Klemens Vandenberghe anzuflehen oder an sein Gewissen zu appellieren. Sie würde unauffällig am Strick an seinen Händen ziehen … merken, dass der nicht mehr ganz so fest saß … dass er vielleicht die rechte Hand freibekam … Nur nutzte diese nichts, solange er keine Waffe hatte. Was in diesem Raum könnte ihm als solche dienen?

An der Wand hing ein Spiegel mit vergoldetem Rahmen, aber der war viel zu schwer. Ein Verzeichnis der immatrikulierten Notare wiederum wäre zu leicht.

Tauglicher wäre der Block aus Eichenholz, der zum Sigeln benutzt wurde und …

Es war ein Fehler gewesen, sich umzusehen und Klemens aus den Augen zu lassen. Eben wandte er sich zum Gehen, wohl um seinen Knechten die Drecksarbeit zu überlassen.

»Warten Sie!«, rief Johann verzweifelt. »Ich verstehe, dass Sie keine Schande über den Namen Ihrer Schwester, Ihrer Familie bringen wollen. Aber Sie sind doch kein herzloser Mann. Sonst hätten Sie heute nicht das Waisenhaus aufgesucht, um sich zu vergewissern, dass es Christianes Kind gut geht. Können Sie wirklich zulassen, dass ihr Mörder seiner Strafe entgeht? Ich kann beschwören, dass der berüchtigte Aal höchstselbst zugeschlagen hat. Und er hat gerade erst angefangen. Wenn nur mein Blut an Ihren Händen klebte, könnten Sie es einfach abwaschen. Ich bin für Sie lediglich ein nichtsnutziger Schreiberling. Aber denken Sie an all die jungen Frauen …«

»Allesamt Sünderinnen.«

»Diesen grausamen Tod haben sie gleichwohl nicht verdient. Stellen Sie sich vor, wie schrecklich es für Ihre Schwester gewesen sein musste, mitten in der Nacht von diesem Ungeheuer aus dem Schlaf gerissen zu werden. Sie ist an ihrem Schicksal ohnehin fast zerbrochen. Deswegen war auch die erste Frage Ihrer Mutter, als sie Sie blutbesudelt erblickte, ob sie sich womöglich selbst gerichtet hatte. Doch das hatte sie nicht getan, gut möglich, dass sie um ihr Leben gekämpft hat.«

Er kämpfte auch – nämlich weiterhin gegen den Strick. Fühlte, dass er sich lockerte. Konnte beim letzten Satz tatsächlich die rechte Hand lösen. Noch verbarg er sie hinter dem Rücken.

»Halt's Maul!«, brüllte Klemens und machte einen Satz auf ihn zu.

»Sie sind kein stolzer Mann, der um die Ehre seiner Familie kämpft«, fuhr Johann ungerührt fort, »Sie sind ein Feigling, der vor einem der grausamsten Mörder Frankfurts kapituliert. Mit vereinten Kräften könnten wir ihn dingfest machen, auch seine engste Verbündete ausschalten, die – wie ich vermute –

niemand anderer als jene Hebamme ist, die Ihrer Schwester beistand.«

»Das ist nicht meine Aufgabe.«

»Ha! So sind sie, die Frankfurter Kaufleute! Sie haben die Stadt zu einem Sündenpfuhl gemacht, wo Habgier und Sittenverfall regieren. Und Sie sind der niederträchtigste Vertreter dieser Zunft.«

Ganz kurz glomm Ärger in Klemens auf, aber er wich sofort wieder dem nüchternen, berechnenden Ausdruck. Wenn sie um den Preis fälschten, kam es oft vor, dass Kaufleute sich gegenseitig unflätig beleidigten. Aber das war Teil des Spiels, das ließ man an sich abprallen.

Klemens nahm eine starre Haltung ein und blickte auf ihn herab wie auf Pferdemist auf der Straße. Einer wie er kratzte sich den nicht selbst von den Schuhsohlen.

Drei, dachte Johann. Ihm blieben noch genau drei Atemzüge.

Zu wenig, um sich eine Waffe zu beschaffen. Aber genug, um einen Überraschungsangriff zu wagen.

Zwar konnte er dafür nur die rechte Hand einsetzen. Aber am Ende war nicht wichtig, womit man zuschlug … sondern was man traf.

Der Adamsapfel war ein empfindliches Körperteil.

Zumindest hatte Manon das behauptet. Ihm blieb nichts anderes übrig, als ihr zu vertrauen. Und sich selbst. Er zog die rechte Hand abrupt hinterm Rücken hervor, ballte sie, sprang hoch. Und dann schlug er zu.

***

Reden, sie musste reden. Schnell reden, viel reden, vor allem klug reden. Nichts davon konnte sie. Zumindest nicht, solange ihr Blick auf den vernarbten Mann fiel, nein, auf dieses

Raubtier kurz vor dem Sprung, an dem alles abprallen würde – Anklagen, Flehen, die nüchterne Aufzählung seiner Schandtaten. Wenn sie sich an ihn richtete, würde das nichts anderes bewirken, als dass ihr Hals immer trockener wurde, die Zunge immer schwerer, der säuerliche Knoten in der Kehle immer größer. Aber da war auch noch Sibylle, die schnaufend atmete.

»Du …«, setzte Manon an. Ihre Stimme war kratzig, aber immerhin noch vorhanden. »Du kannst doch keinem Ungeheuer zu Diensten sein. Du bist eine Hebamme, die neuem Leben auf die Welt hilft, unschuldigem Leben …«

Eine Weile schien es, Sibylle würde es bei diesem stoßweisen Atem belassen. Dann erwiderte sie so monoton, als spulte sie etwas auswendig Gelerntes ab: »So viele Mütter sind nicht unschuldig. Nicht gut. Nicht liebevoll.«

»Weil sie ihr Kind aufgegeben haben? So wie einst deine Mutter dich dem Waisenhaus übergab? Ihr willst du es heimzahlen, nicht wahr?«

Was immer sie da glaubte, in Sibylles Blick aufglimmen zu sehen – Wut, Hass, Schuldgefühle, Verzweiflung, Mitleid –, alsbald erlosch es. Zurück blieb Schicksalsergebenheit.

»Adam ist der einzige Mensch, der sich um mich gekümmert hat … der mich je geliebt hat.«

Manon ahnte, wenn sie sich Johann zum Vorbild nahm, sollte sie auf Verständnis setzen. Aber sie konnte nicht verhindern, dass dieser Knoten in ihrer Kehle platzte und ihr ein schrilles Auflachen entfuhr.

Sibylle stampfte verärgert auf. Ihr Gesicht verzog sich zu einer Grimasse, und zum ersten Mal wusste Manon nicht nur, sie fühlte, dass diese Frau einem Mörder geholfen hatte.

»Für seine Lust am Töten kann ich nichts«, zischte sie. »Er ja auch nicht. Wahrscheinlich hat ihm seine Mutter diese eingepflanzt. Ich habe nur dafür gesorgt, dass es die Richtigen trifft. Wenn es Sünderinnen sind, dann ist es letztlich kein Mord, dann ist es ein Werk der Gerechtigkeit.«

Manon konnte ein neuerliches Lachen bezähmen, wohl, weil diese Worte nicht gänzlich absurd waren, sondern einer kranken Logik entsprangen.

»Ledige Mütter, die ihre Kinder nicht selbst aufziehen können, sind allesamt Sünderinnen für dich?«

»Nicht alle! Nicht die Mägde, die vom Dienstherrn mit Gewalt genommen werden und im Gebärhaus niederkommen, wo jeder angehende Arzt sie betasten darf. Nicht die armen Frauen, die sich kaum selbst durchbringen können. Aber diese reichen, verwöhnten Töchter, die sich verführen lassen …«

»Jiska war keine von ihnen. Sie war nicht ledig und auch nicht willens, ihr Kind aufzugeben. Als man den Kleinen wegbrachte, geschah das nur, um ihn dem Mohel zu präsentieren, der am nächsten Tag die Beschneidung vornehmen sollte.«

Der unsichere Ausdruck, der über Sibylles Gesicht huschte, ließ sie dümmlich wirken, auch unsicher. Doch alsbald ging ihr Blick zum Aal – und was immer sie in seiner Miene las: Sie war zu Zweifeln an sich selbst fähig – aber nicht an ihm. Und auch nicht zur Reue.

»Irgendwas Verbotenes wird sie schon gemacht haben, sonst wäre sie nicht auf meine Dienste angewiesen gewesen.«

»Und was ist mit Melchior Günderoth?« Mit dem Kinn wies sie auf die Kreatur. »Er hat ihn immerhin vor der Hinrichtung bewahrt.«

»Doch nur aus Eigennutz, um seine eigenen Feinde loszuwerden. Er war nicht gut zu ihm, hat einen Sklaven in ihm gesehen, einen Straßenköter. Das hat Adam nicht verdient!«

Was immer Sibylle in ihm sah, würde sie nie verstehen. Aber sie begriff, dass nicht nur die Hebamme an seinen Fäden hing, sondern er auch an ihren. Sie war offenbar die Einzige, die das Raubtier zähmen konnte und zu wissen schien, wann sie es streicheln musste und wann es einen Brocken Fleisch benötigte. Die ihn nicht zügellos hatte losschlagen lassen, sondern seine Mordlust in die richtigen Bahnen gelenkt hatte.

Selbst jetzt, das spürte Manon deutlich, würde er erst auf sie losgehen, wenn Sibylle ihm ein Zeichen gäbe.

Weiterreden, sagte sie sich, weiterreden, schnell und viel.

»Anders als die anderen Frauen ... als Günderoth habe ich nichts Böses getan«, sagte sie hastig, »auch nicht euch.«

»Warum bist du überhaupt hierhergekommen? Warum hast du dich eingemischt?«

»Weil ich schrecklich neugierig bin. Und das ist eine schlechte Angewohnheit, keine Sünde. Selbst in dieser Lage will ich alles wissen. Warum damals, nach den ersten Morden, nie ein Verdacht auf dich fiel. Du warst schließlich die Hebamme, die den Frauen, die später grausam starben, bei ihren heimlichen Geburten beigestanden hatte!«

Nun war es Sibylle, die auf diese raue, schrille Art lachte. »Ja glaubst du, jemand nimmt Menschen wie uns Hebammen wahr? Glaubst du, jemand erinnert sich an unser Gesicht und unseren Namen? Und glaubst du, Adam hätte mich je verraten? Obwohl ich ihm riet, rasch wieder zu fliehen, konnte er sich von der zweiten Toten zu lange nicht losreißen, sodass man ihn erwischt hat. Eine Dummheit, eine Schwäche, zweifellos. Aber selbst unter der schlimmsten Folter hat er nicht zugegeben, dass er eine Verbündete hatte. Er hat mich immer beschützt, auf ihn konnte ich mich von Anfang an verlassen.«

Wieder stieg ein schriller Laut in Manons Kehle hoch, blieb allerdings stecken. Eben weil es so war oder Sibylle glaubte, dass es so sein müsste, würde sie nie riskieren, dass er ihr genommen wurde. Und deswegen betrachtete sie Manon nicht länger als Menschen, sondern als jenes Stück Fleisch, das sie dann und wann brauchte, um den Hunger des Raubtiers zu stillen.

Dieser Hunger schien nicht einmal sonderlich groß zu sein.

Als Sibylle ihm unmerklich zunickte, verriet nichts, dass er schon ungeduldig auf ein Zeichen gewartet hätte. Ruckartig wie vorhin, aber zugleich recht langsam trat er auf sie zu. Obwohl Manon wusste, dass es keinen Sinn hatte, stürzte sie zur Tür. Jetzt zeigte sich, wozu er fähig war. Er machte einen so schnellen Satz, als wäre er nicht einfach gesprungen, sondern regelrecht geflogen. Auch die Hände, die sich um ihren Hals legten, schienen keine Menschenhände zu sein, vielmehr ein Schraubstock, der sich immer enger zuzog. Und als sie hilflos mit Händen und Füßen zu strampeln begann, schien sie keine Haut zu treffen, nur Leder. Ihre Panik wuchs. Jäh wähnte sie sich zurückversetzt in die einsamen Nächte ihrer Kindheit, wenn die vielen Erzählungen ihres Vaters über entstellte Leichen Albträume beschworen hatten. Schlotternd hatte sie dann in ihrem Bett gehockt. Immerhin hatte sie damals ein Mittel gefunden, ihre Ängste zu beherrschen. Je mehr sie über ebendiese Leichen wusste, desto weniger Macht hatten ihre Gefühle. Auch jetzt schaffte sie es, dieses abgrundtiefe Grauen, das an ihr hochkroch, irgendwie totzustellen.

Er erwürgt mich also, stellte sie ganz nüchtern fest. Nicht schlecht.

Dann würde sich der Leichnam in ganz gutem Zustand befinden, vorausgesetzt, die beiden warfen ihn nicht in den Main. Es wäre schade drum … vor allem um ihr Gehirn. Im Moment fühlte es sich zwar an, als würde es gleich platzen, aber wenn ihr Vater es untersuchte, würde er feststellen, dass es nicht kleiner als das von Männern war, sondern größer.

Da war allerdings kein Platz für Triumph … kein Platz für Kampfgeist … kein Platz für Hoffnung. Es war, als würde sich die Nacht über sie senken, nur nicht langsam an den Rändern des Himmelszeltes hochklettern, sondern sich wie ein schwarzer Tintenfleck von der Mitte eines weißen Blattes her immer weiter ausbreiten.

Auch wenn sie kaum mehr etwas sehen konnte, ihre Ohren funktionierten noch. Da war erst ein Rumpeln. Dann ein Schrei.

Der Schrei kam von Sibylle. Das Rumpeln nicht. Der eigene Körper verursachte es, als sie unsanft auf dem Boden landete.

Denn ja, ihr Hals war plötzlich frei. Was noch nicht hieß, dass sie wieder tief atmen konnte. Das, was Kopf und den restlichen Leib zusammenhielt, war wie gekappt. Auch Seele und Körper schienen von nichts zusammengehalten zu werden. Anstatt auf dem Boden zu kauern, meinte sie an der Decke zu schweben, von oben alles zu bestaunen.

Johann war da ... wie er bloß aussah ... voller Flecken, Kratzer ... als wäre er in einen Kampf geraten ... Nun, seine glänzenden Augen verrieten, dass er ihn gewonnen hatte.

»Es ist geglückt!«, rief er. »Der Schlag auf den Adamsapfel – es hat funktioniert!«

Ihr eigener Adamsapfel fühlte sich wie ein Stein an. Alle Worte, die sich aus der Kehle lösen wollten, schienen von ihm zermalmt zu werden. Wobei es keine Worte waren, nur ein Schrei: Pass auf!

Johann musste etwas auf den Hinterkopf des Aals gedroschen haben. Doch während er seine Waffe – ein Holzscheit – erneut hob, um noch einmal auf den Aal einzudreschen, griff Sibylle blitzschnell nach jener Säge, mit der man Ungeborene im Mutterleib zerteilen konnte. Und wenn es nötig war, eine Kehle durchtrennen. Erst Johanns, dann ihre.

Manon konnte nichts tun, nicht schreien, nicht schlucken, nur nach Luft ringen. Diesmal war es kein Tintenfleck, der sich langsam ausbreitete, es war ein Blutfleck.

Er verschluckte alle Farben bis auf das Rot, verschluckte aber nicht die Schemen. Sie sah, wie Johann auf den Aal eindrosch. Sie sah, wie Sibylle sich von hinten näherte, die gefährliche Waffe in der Hand. Sie sah auch, wie plötzlich die Tür aufgestoßen wurde, eine fremde Frau erschien. Vielleicht war sie gar nicht fremd, vielleicht hatte sie ihr Gesicht irgendwann gesehen, aber sie konnte es nicht einordnen. Ihr Verstand war zu nichts fähig.

Nur ihre Gefühle funktionierten noch. Als sie sah, was das Erscheinen der fremden Frau bewirkte, als plötzlich Johann mit noch heiler Kehle neben ihr auf dem Boden kauerte und sie an sich zog, da fühlte sie Wärme und grenzenlose Erleichterung.

Jetzt

Ich bin keine kräftige Frau. Ich bin nicht besonders groß und nicht besonders breit gebaut. Aber ich weiß, dass ich einen Menschen töten kann … nein, einen Mörder … nein, ein Ungeheuer.

Wer im Töten nicht erfahren ist, mag diese Schranke in sich nur schwer überwinden. Aber ich bringe bloß zu Ende, was ich vor vielen Jahren begonnen habe.

Adam fühlt, dass es mir ernst ist, aber er weiß nicht, wer ich bin.

Verdattert blickt er mich noch an, da führe ich das Fischermesser bereits an seine Brust. Diesmal werde ich sofort auf sein Herz zielen. Diesmal werde ich nicht so dumm sein, mich mit Wunden zufriedenzugeben, die nicht töten. Doch trotz meiner Entschlossenheit zögere ich zu lange.

Ist es der Blick auf seine Narben, der mich verstört? Der Schrei der jungen Hebamme, erst hoch und spitz, dann in die Frage mündend: »Wer bist denn du?«

Jedenfalls weiß ich plötzlich, dass ich meine Tat nicht als Fremde verüben darf.

»Die Mutter«, sage ich.

»Christianes? Jiskas?«

Die Frau mit den schwarzen Haaren will das wissen, und sie klingt nicht ängstlich und erschüttert, nur neugierig.

»Seine.«

Ein knappes Wort. Und doch verschwende ich zu viele Atem-

züge daran. Sie fehlen mir, als er meine Hand umklammert, sie so weit zurückzieht, dass die Klinge nicht länger auf seine Brust, sondern auf seine Schulter gerichtet ist. Ich wehre mich gegen den Griff, boxe mit dem Knie gegen seine Leibesmitte.

Jetzt geht der Kampf erst richtig los. Er bekommt keine Hilfe von der Hebamme, die nur starr dasteht und schreit. Aber welche von der schwarzhaarigen Frau und dem jungen Mann. Eine große Hilfe ist es nicht. Sie schlagen Adam etwas auf den Kopf, doch der scheint wie aus Stein zu sein. Sie versuchen, seine Arme zu fassen zu kriegen, aber er entwindet sich ihnen sogleich wieder.

Gegen ihn kann man nur mit tödlichen Waffen gewinnen. Und immerhin lenken die Attacken der beiden ihn so weit ab, dass ich das Messer nun an seine Kehle führen kann. Schon fließt der erste Tropfen Blut von einem kräftigen Rot, wie ich es nicht an ihm erwartet habe. Der Anblick hat für mich etwas Ergötzliches – für den jungen Mann nicht.

»Wir müssen ihn dingfest machen. Nur Gott allein soll über ihn richten.«

Gott soll sich raushalten. Er hat sich nicht darum geschert, wie sein Vater mich entführte, gefangen hielt und mich mit Gewalt nahm. Er hat mir auch in der Zeit danach nicht geholfen, mir keine Liebe für mein Kind eingebläut, nicht dafür gesorgt, dass es ein liebenswertes war. Dass ich mir später ein neues Leben aufgebaut habe, ist allein mein Verdienst. Dass ich ihn endgültig töten werde, nachdem ich aus dem Extrablatt erfuhr, der Aal sei noch am Leben, ist allein meine Entscheidung.

Niemand soll mir dreinreden. Niemand mir in den Arm fallen. Die anderen wagen es ohnehin nicht. Er dagegen schnappt wieder nach meinem Handgelenk. Damit werde ich fertig. Ich gebe mich schwächer, als ich bin, lasse zu, dass meine Hand zittert und das Messer mit ihr. Doch kaum will er mich von sich stoßen, steche ich blitzschnell zu. Ich treibe die Klinge gerade-

wegs in seine Kehle. Das gurgelnde Geräusch, das prompt ertönt, stammt vom Blut, nicht von ihm. Er stirbt stumm. Seine Augen sind auf mich gerichtet, nicht eisig blau, wie ich sie in Erinnerung habe, sondern rot gerändert.

Während er in sich zusammensackt, habe ich zum ersten Mal seit damals das Gefühl, dass ich noch lebe, anstatt bloß zu existieren.

»Dieses nun kann der Blick in den Kopf eines Mörders zutage bringen: ein aufgeblähtes Gehirn infolge von Krämpfen und Blähungen im Unterleib. Deformierte Hirnhöhlen in Folge von krankhaftem Nervenspiritus. Erhebungen und Vertiefungen in der Hirnrinde, die eine besondere Neigung zur Sündhaftigkeit erkennen lassen. Et cetera. Et cetera.
Nicht selten würde der Blick in das Gehirn der Eltern des Übeltäters gleiches Ergebnis bringen, sind Eigenschaften wie diese doch häufig vererbte.
Der durch mannigfaltige Krankheiten geschwächte Verstand veranlasst im Seelenorgan jedenfalls eine solche Verwirrung, dass beim Betroffenen die Gesetze von Gemeingefühl, Imagination und Affekten durch und durch verschoben sein mögen.«

Aus der *Medicina forensis*
von Physicus und Chirurgicus
Theophil Pontus

11.

11. April 1800, Karfreitag, Abend

»Nun lass mich doch!«

Manon wehrte sich, als Johann sie auf den Hof hinausziehen wollte.

Während alles in ihm von diesem grässlichen Ort wegstrebte, schien sie den Blick nicht vom toten Aal lösen zu können. Das Blut, das eben aus dem breiten Schnitt durch die Kehle gesprudelt war, war versiegt. Die rote Lache, die sich um den Kopf gebildet hatte, bot einen umso stärkeren Kontrast zur bläulichen Haut, den wässrigen Augen, weit aufgerissen und starr. Johann glaubte Erstaunen darin zu lesen, war sich allerdings nicht sicher, ob ein Mann wie Adam Rau zu solchen Gefühlen überhaupt fähig war. Der Blick der Frau, die offenbar seine leibliche Mutter war und die den Sohn ermordet hatte, war seltsam erstarrt. Sobald sie den tödlichen Stich vollzogen hatte, hatte sie das Messer fallen lassen. Und während Sibylle gleich danach die Flucht angetreten hatte, war sie neben dem Toten auf die Knie gesunken und nur noch eine schmächtige, zarte Gestalt. Ihr Oberkörper wippte vor und zurück, die Lippen waren ein schmaler Strich.

Wer umso lauter schrie, war die Nachbarin, die eben heimkehrte, den Kopf durch den offenen Türspalt steckte und den Toten erblickte. Die schrillen Laute waren unerträglich, bewogen Manon immerhin aber dazu, ins Freie zu treten. Und hier nun sah Johann sie zum ersten Mal leichenblass und bebend. Sie schaffte es zwar noch, der Nachbarin zu befehlen, sie solle zu schreien aufhören und die Soldatenwache holen, danach aber sank sie in seine Arme. Wie gut sich diese Umarmung anfühlte. Wie ein warmer Mairegen, der sämtliches Grauen und Entsetzen fortspülte. Von ihr. Von ihm.

Wie vorhin verlor er sämtliches Gespür für die Zeit, nur dass zuvor die Sekunden Staubkörnern geglichen hatten, die der Wind wegfegte. Jetzt waren es Seifenblasen, die sich zu diesem kostbaren Augenblick ausdehnten, da es nur sie beide auf der Welt gab und ein um sie gezogener Bannkreis sie vor allem Bösen schützte.

Nicht, dass die Blasen nicht alsbald platzten. Schon verrieten laute Schritte, dass sich Männer der Soldatenwache näherten. Manon löste sich abrupt von ihm, und sein Körper fühlte sich jäh klamm an. »Wenn sie erfahren, dass da drin der Aal liegt, werden sie sofort Kriminalrat Pfeiffer holen«, sagte sie. »Er mag keinen von uns beiden, aber ich bin immerhin Doktor Theophil Pontus' Tochter, mir hört er wohl eher zu. Du hingegen gehst jetzt besser.«

Johann wusste, dass sie recht hatte, aber alles in ihm widerstrebte dem Gedanken, sie hier allein zurückzulassen. »Bedenke«, fügte sie energisch hinzu, als sie sein Zaudern bemerkte, »damit nicht nur der Kriminalrat, sondern ganz Frankfurt die Wahrheit erfährt, musst du so schnell wie möglich mit deinem Verleger Uffenbach reden.«

Wieder konnte er nicht widersprechen, wieder war ihm der Gedanke unerträglich zu gehen. Er streckte die Arme aus, zog sie erneut an sich, und kurz schmiegte sie, der er nie einen so weichen Körper zugetraut hätte, sich an ihn. Umso entschlossener machte sie sich gleich wieder los.

»Später …«, gab sie ihm ein vages Versprechen, von dem er nicht genau sagen konnte, was es beinhaltete, das ihm jedoch die Kraft gab, sie endlich stehen zu lassen.

Damit, dass ihm auf dem Weg durch die Gassen schon die Soldatenwache entgegenkam, hatte Johann gerechnet. Nicht aber, dass er auf unzählige weitere Männer traf. Richtig, schon vorhin hatte er sich über den für einen Karfreitag ungewöhnlichen Aufruhr gewundert, es aber auf ein heimlich geöffnetes Wirtshaus geschoben. Nun schien eine regelrechte Prozession im Gange zu sein. Nein, keine Prozession, eine solche atmete etwas Getragenes, Würdevolles. In den Gesichtern der Männer standen hingegen Wut und Zorn. Und verspätet nahm er wahr, dass fast jeder mit etwas ausgestattet war, was als Waffe dienen könnte – ob mit einem Hammer oder einer Sichel, zwei schleppten sogar an einer Leiter. Als er fragte, was sie damit wollten, rammten sie sie ihm fast in den Leib.

Er machte sich so schmal wie möglich, um sie vorbeizulassen, rannte danach umso schneller Richtung Zeitungsverlag. Noch ein gutes Stück vom Großen Hirschgraben entfernt, vernahm er ein vertrautes Schnaufen, und gleich darauf kam ihm Uffenbach entgegen. Noch nie hatte er den Verleger so schnell rennen gesehen, aber offenbar wollte er den Anschluss an eines dieser Rudel junger Männer nicht verlieren. Erst als er Johann erkannte, blieb er stehen.

»Was ist denn hier los?«, rief Johann.

Ob Uffenbach seinen Artikel über den Aal noch nicht gesehen hatte oder er einfach nur Atem sparen wollte, knapp befahl er: »Du kommst mit! Wir müssen alles genau beobachten, damit wir es später akkurat schildern können. Und vier Augen sehen nun mal besser als zwei.«

»Wohin soll ich mitgehen?«

»Na, wohin wohl? In die Judengasse! Da geht's heut zu. Die kriegen was hinter die Ohren.«

Wieder stürmten ein paar junge Männer an ihnen vorbei, und als Johann sah, dass diese keine Waffen, aber Fackeln trugen, und das wohl nicht nur, weil sich langsam die Dämmerung über die Stadt senkte, erschauderte er. Jetzt konnte er sich auch erklären, was sie mit den Leitern bezweckten.

Wenn früher der randalierende Frankfurter Pöbel die Judengasse gestürmt hatte, hatten sich die Bewohner oft in der Mansarde versteckt und die Leiter hochgezogen, damit sie vor den Eindringlingen sicher waren. Doch heute würde ihnen nicht einmal dieser Rückzugsort bleiben.

»Diese Männer wollen die Judengasse plündern? Gar in Brand setzen?«, rief Johann entgeistert.

»Na, welcher Tag eignet sich dafür besser als der Karfreitag? Die Pfarrer waren wohl inspiriert vom *Frankfurter Korrespondenten* und haben heute wüste Predigten gegen die Juden gehalten. Seit Stunden herrscht Aufruhr, haben sie doch Rache an Jesu Tod eingefordert. Jetzt zur Abendstunde ist es so weit.«

Er rieb sich die Hände und klang ungemein vergnügt, wohl nicht, weil es den Juden an den Kragen ging, sondern weil er über die Unruhen ausführlich berichten und so viele Ausgaben seiner Zeitung wie noch nie verkaufen könnte.

Wie sehr Johann ihn verachtete!

Nicht die Juden verdienen Rache, dachte er, sondern allein du … vorausgesetzt, dass es wirklich zu den Plünderungen kommt.

Oh, er musste das unbedingt verhindern!

Während wüste Schimpfwörter wie ›Natterngezücht‹, ›Schmarotzer‹ und ›Heuschrecken‹ gerufen wurden und Uffenbach befriedigt erklärte, dass die meisten dieser Beleidigungen dem *Frankfurter Korrespondenten* entstammten, wuchs die Kälte in Johann. Und die Entschlossenheit.

Er packte Uffenbach am Arm. »Ich weiß, wo sich Kriminalrat Pfeiffer zur Stunde aufhält. Wir müssen sofort mit ihm sprechen. Und ihn überzeugen, dass er die Soldatenwache ausschickt, um die Tore der Judengasse zu bewachen und die, die schon eingedrungen sind, aufzuhalten.«

Uffenbach legte erst den Kopf schief und riss sich dann empört los. »Was erlaubst du dir? Nach allem, was du angestellt hast, wagst du auch noch …«

Also wusste er doch von dem Extrablatt. Aber Johann machte das keine Angst. »Ich wage es nicht nur, ich befehle es dir.«

»Hoho!«, die spöttischen Laute waren ein müder Abglanz von Gelächter. »Und Kriminalrat Pfeiffer willst du etwa auch etwas befehlen? Wer glaubst du, wer du bist, Bübchen?«

Schon wollte er weiterhasten, aber Johann gab seinen Arm nicht frei. »Das Bübchen hat heute den Aal zur Strecke gebracht, den berüchtigtsten Mörder, der je diese Stadt heimgesucht hat. Der Kriminalrat hat sich geweigert, nach einer verschwundenen Hebamme suchen zu lassen. Aber nun liegt ausgerechnet in deren Haus der Tote – blutüberströmt und mit durchschnittener Kehle. Pfeiffer wird sich in Grund und Boden schämen, weil er sich auf Rabbi Schmuel als Täter versteift hat. Das Geringste, was er jetzt noch tun kann, ist, die Plünderung der Judengasse zu verhindern. Für dich gilt übrigens das Gleiche.«

Am Anfang hatte Empörung Uffenbachs Miene verdunkelt. Mit jedem weiteren Wort wuchs die Verwirrung. Und die Sensationslust.

»Der Aal? Blutüberströmt? Mit durchtrennter Kehle?«

Johann nickte grimmig. »Zu berichten, wie ein paar halbstarke Männer ein paar Juden verprügeln und ausrauben, ist doch langweilig. Ich kann dir die wesentlich bessere Geschichte bieten, zumal ich sie mit eigenen Augen bezeugt habe. Es kommt alles darin vor, was die Menschen fesselt, verstört, neugierig macht, mit Grauen erfüllt: ein grausamer Mörder, den die eigene Mutter richtet. Ein skrupelloser Stadtrat, der seine Ruchlosigkeit mit dem Leben bezahlte. Ein reicher Kaufmann, der die verlorene Ehre seiner Schwester mit allen Mitteln zu vertuschen gedachte. Ein dummer Kriminalrat, der völlig im Dunkeln tappte und dessen Arbeit am Ende von einem gewitzten Zeitungsschreiber erledigt wurde. Nun ja, vielleicht lassen wir Pfeiffers unrühmliche Rolle unter den Tisch fallen, damit er zügig für Ordnung sorgt und wir künftig etwas haben, um ihn unter Druck zu setzen. Der Rest genügt doch, oder?«

Anders als Kriminalrat Pfeiffer war Uffenbach nicht dumm. Seine Gedanken setzten sich recht schnell in Bewegung. Und nachdem er sich von Johann die Richtung hatte weisen lassen, taten das auch seine Beine.

***

»Das wird ein Nachspiel haben!«, erklärte ihre Schwester finster, »das wird ein bitteres Nachspiel für dich haben.«

Manon konnte sich nicht erinnern, dass Jeanette je in solch ungepflegtem Aufzug das Haus verlassen hatte. Ihre Jacke war zwar aus feinem Material und aufwendig bestickt, aber nicht ordentlich zugeknöpft. Das Hemd darunter war wiederum nicht lang genug, um die Beine zu bedecken, und so konnte man sehen, dass die Strümpfe, die eigentlich übers Knie gebunden wurden, bis zu den Fersen gerutscht waren. Und das Haar war weder gepudert noch gekämmt.

Manon war nicht sicher, ob sie von Caroline benachrichtigt worden war oder die Neuigkeit so schnell die Runde gemacht hatte – jedenfalls traf Jeanette noch vor Theophil Pontus ein, den wiederum Kriminalrat Pfeiffer sofort herbestellt hatte.

Es war sein erster Befehl gewesen, nachdem Manon ausführlich von den Ereignissen berichtet hatte, später die Mutter des toten Aals ins Freie getreten war und mit nüchterner Stimme und gleichmütigem Gesicht alles bestätigt hatte. Pfeiffer hatte noch damit gekämpft, die Fassung wiederzugewinnen, als Uffenbach mit Johann im Schlepptau eingetroffen war.

Unter Uffenbachs wüsten Drohungen war Pfeiffer alsbald eingeknickt, und er schien regelrecht erleichtert zu sein, eine konkrete Aufgabe zu haben – in der Judengasse für Recht und Ordnung zu sorgen. Schließlich war er mit dem Verleger, Johann und einer ganzen Truppe der Soldatenwache in Richtung Osten der Stadt abgezogen.

Manon hatte die Gelegenheit nutzen wollen, noch vor ihrem Vater den Leichnam gründlich zu untersuchen, doch bevor sie dazu kam, stürzte Jeanette auf sie zu.

»Wie konntest du nur?«

»Wie konnte ich was?«, fragte Manon verständnislos. »Einen Mörder zur Strecke bringen? Hätte ich lieber dafür sorgen sollen, dass er weiterhin sein Unwesen treibt?«

Jeanette riss die Augen weit auf. Wenn Manon nicht genau gewusst hätte, dass die Augäpfel mit mehreren Muskeln mit dem Kopf verbunden waren, hätte sie damit gerechnet, sie würden aus den Höhlen quellen und auf den Boden plumpsen.

»Wie konntest du mich glauben machen, eine gute Tat vollbringen zu wollen? Stattdessen bist du nur ins Waisenhaus gegangen, um dich in Dinge einzumischen, die dich nichts angehen, schlimmer noch, die dich in große Gefahr bringen! Oh, an dir ist jedweder freundliche Appell verloren. Allein mit harter Zucht lässt sich dieses aufrührerische Wesen bekämpfen.«

Manon konnte nicht anders, als gleichmütig auf die Male an ihrem Hals zu deuten. »Womit genau willst du mir drohen? Mich zu erwürgen? Das hat heute schon einer versucht, und ich hab's überlebt.«

»Wie kannst du über solche Dinge Scherze treiben? Wie kann ein ehrbares Mädchen überhaupt in eine Lage geraten, in der es …«

Sie schien zu fühlen, dass ihre Rede an Manon abprallte, und blickte sich verzweifelt nach jemandem um, der ihr beipflichten könnte. Während Manon ihren Hals abtastete, um zu prüfen, ob nur die Haut schmerzte oder auch die Muskeln darunter, und ihr durch den Kopf ging, dass der Aal gottlob nichts von der Empfindlichkeit des Adamsapfels gewusst hatte, entdeckte die Schwester den Vater, der auf sie zugeeilt kam.

»Oh, Herr Vater! Sie können sich nicht vorstellen, was passiert ist. Manon … Manon …«

Ob aus Empörung ihr Atem aussetzte oder die Untat zu groß war, um sie in rechte Worte zu fassen – sie japste nach Luft. Was genau wohl gerade in ihrem Hals vorging?, fragte sich Manon.

Der Vater starrte verwirrt von einer Tochter zur anderen. »Was hast du denn getan, Minettchen?«

Auch ihm war anzusehen, wie schnell er gerannt war.

»Was ich getan habe? Ich habe Ihnen eine Leiche beschafft, Herr Vater. Ich bin sicher, man überlässt sie Ihnen. Es ist zwar nicht so, dass die Art, wie er starb, einer gründlichen Untersuchung bedarf. Ein Schnitt durch die Kehle führte dazu, dass der Mann am eigenen Blut ertrank. Doch der Tote ist niemand anderer als Adam Rau, der Aal, und in dessen Kopf wollten Sie schon damals schauen, nicht wahr?«

Jeanettes Oberkörper begann gefährlich zu schwanken. »Manon!« Sie formte den Namen nur, gewann damit aber nicht die Aufmerksamkeit ihres Vaters. Dessen funkelnde Augen blieben allein auf Manon gerichtet.

»Der Kopf des Aals?«

»Ich weiß doch, Herr Vater, warum Sie ihn damals unbedingt untersuchen wollten. Um nämlich festzustellen, ob er einfach nur böse oder vielmehr krank war. Viele Geisteskrankheiten lassen sich auf die falsche Mischung der Körpersäfte zurückführen. Denkbar ist aber, dass dies nur ein Symptom ist, die wahre Ursache jedoch im fehlerhaften Bau des Gehirns liegt. Ich könnte mir vorstellen …«

Jeanette bekam nur so viel Luft, um ein einziges Wort hervorzupressen: »Abscheulich!«

Manon vermutete, dass sie eher sie meinte als Adam Raus Gehirn.

Bei ihrem Vater wich die Verwirrung indes endgültig der Begeisterung. »Fürwahr! Schon oft habe ich gedacht, es bräuchte nebst der rechten Lehre der Körperzerschneidung auch eine Lehre der Seelenzergliederung. Natürlich ist die Geistseele nicht zu fassen, jedoch jener Teil der *anima sensitiva*, der Spuren in der Gehirnrinde hinterlässt und …«

Manon trat auf ihn zu und legte ihm die Hand auf die Schulter. »Der Kriminalrat wird Ihnen den Kopf des Aals nach allem, was er falsch gemacht hat, nicht verweigern. Er wird vielmehr froh sein, wenn Sie seine unrühmlichen Ermittlungen verschweigen, erst recht, wie er Ihnen verwehrte, Rabbi Schmuels Leichnam zu untersuchen. Ich würde Ihnen bei der Examinierung jedenfalls gerne helfen. Wir müssen den Schädelknochen freilegen, was bedeutet, man kocht den Kopf im Wasser, bis sämtliches Blut …«

Jeanette brachte nun doch einen ganzen Satz heraus. »Um Himmels willen, jetzt hör endlich auf, von diesen grässlichen Dingen zu reden!«

Der Vater runzelte die Stirn, wie er es immer tat, wenn ihn jemand bei einer Obduktion störte.

»Davon verstehst du nichts«, sagte er streng. »Manon hingegen sehr viel.«

»Du kannst doch nicht zulassen …«

»Ich brauche ihre Unterstützung und ihren Rat. Wer sonst versteht so gut wie sie, dass Leichen für unsere Wissenschaft unverzichtbar sind? Künftig wird sie wieder bei mir wohnen.«

Jeanette setzte zu einer Tirade an. Aber dazu fehlte ihr nicht nur die Luft, sondern auch die Zeit. Ohne auf seine Töchter zu achten, stürzte der Vater zu Adam Raus Leiche, und Manon folgte rasch.

Später

Es ist leichter als gedacht, in eine der Gefängniszellen der Hauptwache zu gelangen. Die Wachmannschaft nutzt den heutigen Ostersonntag, um sich zu betrinken, und überlässt es dem Türmer, die Gefangenen zu observieren.

Er braucht eine Weile, um zu erkennen, was ich mitbringe und ihm anbiete. Keine flehentlichen Worte, denn die sind keine harte Währung und haben vielmehr gerade für uns Frauen einen schlechten Wechselkurs. Aber ein Bündel Tabak, den er schnupfen kann. Er beginnt damit, kaum hat er eine der Zellen im Keller aufgesperrt.

Sibylle hockt in der Ecke. Ich weiß, dass sie einen ganzen Tag und eine ganze Nacht flüchtig war. Dann hat sie sich gestellt, weil sie Angst vor einem wütenden Mob hatte, der sich, wenn er schon keine Juden zu fassen bekam, begeistert auf eine Hexe stürzen würde.

Sie denkt wohl, auch ich würde sie für eine solche halten, denn sie presst sich fest gegen die Wand.

»Willst du dich an meinem Leid ergötzen?«

Ich beuge mich zu ihr. Fauliges Stroh liegt auf dem Boden, die Wände sind feucht und grau vom Schimmel. »Du bist die Einzige, die nicht nur das Ungeheuer, sondern auch den Menschen kannte. Erzähl mir von ihm.«

»Warum sollte ich?«, erwidert sie trotzig.

Sie scheint berechnend, das ist gut. Selbstsüchtig auch. Ich finde, dass beides bei einer Frau nicht schaden kann. Und es be-

weist, dass sie ihm zwar willenlos ergeben war, solange sie in seinem Dunstkreis steckte, ansonsten aber auf eigenen Füßen zu stehen vermag. Als ich sie hochziehen will, damit wir uns auf gleicher Augenhöhe befinden, wehrt sie sich allerdings.

»Lass mich in Ruhe! Ich habe keine Lust, zu reden. Ich werde ja doch sterben.«

»Wie kommst du darauf?«

»Man wird über mich richten. Mich des Mordes bezichtigen.«

»Ach weißt du«, ich lasse mich neben sie ins faule Stroh fallen. »Dass man uns Frauen so wenig zutraut, hat auch sein Gutes. Wenn du glaubhaft versicherst, dass er dich zu allem gezwungen hat und du vor Angst vor ihm vergangen bist, dann kommst du mit Verbannung und Staupenschlag davon.«

Es ist ein alter Brauch, den, der aus der Stadt verwiesen wird, zuvor vor der Hauptwache mit Ruten auszupeitschen. Doch das geschieht heutzutage halbherziger als früher. Manche Stadtknechte begnügen sich damit, die Ruten auf die Schultern des Verurteilten zu binden und ihn so durch die Gassen bis zu einem der Stadttore zu führen.

Für Sibylle scheint das kein Trost zu sein. »Was soll aus mir werden?«

»Ich habe die Stadt damals auch verlassen, nachdem ich mich an meinem eigenen Fleisch und Blut vergriff. Und habe mir ein neues Leben aufgebaut.«

Jetzt wohnen da nicht länger nur Resignation und Misstrauen in ihr. Jetzt blitzt etwas auf. Grauen. Oder Hass. Gut so, im Zweifel kann man sich auch an einer blauen Flamme wärmen.

»Du bist eine Mörderin!«, zischt sie. »Du hast dich an deinem Kind versündigt, und das ist das schlimmste aller Verbrechen, weil es sich gegen alle menschliche Liebe richtet.«

Versteht sie was von Liebe? Hat etwa diese das Band zwi-

schen ihr und meinem Sohn geknüpft oder nur Einsamkeit, Verlorenheit, Hoffnungslosigkeit?

Nun, ich verstehe nichts von der Liebe, aber etwas vom Leben. Es hält vielen Brüchen und Narben stand und ist danach immer noch ein Leben.

»Nach allem, was du getan hast, steht es dir nicht zu, über mich zu urteilen«, sage ich.

»Dann hau doch endlich ab!«, murrt sie, aber es klingt nicht mehr ganz so hasserfüllt.

Ich bedränge sie nicht noch einmal, mir von ihm zu erzählen. Vielleicht wird sie das später tun. Was bedeutet, dass ich dafür sorgen muss, dass es ein Später gibt.

Schwer lehne ich mich gegen die Wand.

»Er hatte Spaß daran, zu töten, aber du nicht, oder? Du konntest ihn zwar nicht davon abhalten, jedoch dafür sorgen, dass es keine Unschuldigen traf.«

Sie gibt mir keine Antwort, ich erwarte auch keine. Ich wittere einen schwarzen Strudel in ihr, der, ist er entfesselt, alle Menschlichkeit verschlingt. Aber es ist die Verzweiflung, die ihn erzeugt hat, keine kranke Lust am Bösen.

»Fühlst du dich schuldig?«, frage ich.

Wieder warte ich auf keine Antwort. Aber allein ihr Zusammenzucken verrät, dass sie ein Gewissen hat und dieses sie quält. Schrill schreit sie: »Was geht's dich an?«

»Nun, ich fühle mich schuldig«, gebe ich zu. »Ich habe ganz und gar versagt. Auch meinetwegen wurde er zum Ungeheuer. Das Blut seines Vaters floss in ihm, aber mit meiner Liebe hätte ich es zähmen können. Dass da keine da war … dass ich mich so besudelt fühlte, so allein auf der Welt, das lag auch an jener gleichgültigen Hebamme. Wie roh sie mit mir umgesprungen ist, wie verächtlich. In jener Stunde hätte ich eine starke, warme Hand gebraucht, die mich aus dem Elend zieht, einen Menschen, der mich tröstet, mich verteidigt und mir hilft.«

Ihre nachdenkliche Miene verrät, dass meine Andeutungen nicht ausreichen, um meine Vergangenheit zu ergründen. Aber um plötzlich wieder eine Zukunft zu sehen.

»Ich bin eine Hebamme«, murmelt sie.

»Dann lern auch, eine gute zu sein und für Frauen einzutreten. In dem Dorf, wo ich lebe, fehlt eine. Dort könntest du deine Schuld abtragen.«

Mir wird das nie gelingen. Ich werde mir bis zu meinem letzten Atemzug nicht verzeihen, was ich meinem Sohn angetan habe. Nicht nur, dass ich ihn zweimal zu töten versuchte und es mir einmal gelang. Sondern dass er nie mein Kind sein durfte, ich ihn immer nur als Fluch empfand. Aber das muss niemand wissen, am wenigsten sie.

Es genügt, dass sie die Hände vors Gesicht schlägt und zu schluchzen beginnt – ein Zeichen, dass sie am Unrat auf ihrer Seele fast erstickt. Obwohl ich sie nicht noch einmal dazu auffordere, beginnt sie von ihm zu erzählen. Dass sie die Einzige war, die ihn im Waisenhaus nicht für seine Narben verspottete. Dass sie die Einzige war, die er später, als er größer, stärker, gnadenloser wurde, nicht heimlich quälte. Dass sie an seiner Seite blind wurde, weil sie für ein Lächeln hielt, was in Wahrheit nur ein verzerrter Mund war.

Ob sie selbst jemals gelächelt hat und irgendwann lächeln kann, verrät sie nicht. Aber sie weint und weint und weint, und das ist genug, um zu ahnen: Sie wird kein guter Mensch werden. Aber eine gute Hebamme.

»Hat man denn nun gründlich die weichen Teile des Gehirns und die Schädelknochen eines Wahnwitzigen examiniert und allerhand Missbildungen festgestellt, kommt man unweigerlich zur Frage, ob selbige als Ursache für scheußliche Taten zu gelten haben. Anders gesagt: Der Mord eines geisteskranken Menschen bleibt in seinem Resultat ein Mord, ist aber keiner dem freien Willen nach. Ob es zulässig ist, derohalben ein milderes Urteil zu fällen, ist Sache der Richter. Einen Mord zu klären, ja, zu erklären, ist hingegen nicht allein die Sache eines Kriminalrats, sondern zuvorderst die eines Mediziners.«

Aus der *Medicina forensis*
von Physicus und Chirurgicus
Theophil Pontus

12.

15. April 1800

Obwohl sich Dutzende von Männern eingefunden hatten – allesamt schlicht gekleidet, ohne silberverzierte Knöpfe, prächtige Gürtel oder weiße Spitzenkrägen –, war es sehr still auf dem Friedhof.

Johann hielt etwas Abstand und stand im Schatten zweier schiefer Grabsteine, die, so schlicht und unauffällig sie auch waren, viele Geschichten erzählen könnten. Das älteste Grab war schließlich fast ein halbes Jahrtausend alt, denn nach jüdischem Religionsgesetz durfte ein Grab niemals eingeebnet und neu belegt werden.

Musik zu spielen wie bei christlichen Beerdigungen, war ebenfalls verboten, aber was die Stille unterbrach, waren Gebete und die Gedächtnisrede auf Rabbi Schmuel. Dann waren da noch Laute, die nicht aus der Judengasse kamen – so die Glocken vom Dominikanerkloster, das an die rückwärtige Mauer grenzte. Und schließlich das laute Muhen einer Kuh.

Beim ersten Mal hatte Johann es wie der Rest geflissentlich überhört, nun hob er den Kopf und sah sich neugierig um. Das Schlachthaus war eigentlich weit genug vom Friedhof entfernt.

»Das ist der Stier des Friedhofsaufsehers«, raunte Markus ihm zu.

Sein Vater hatte darauf bestanden, mit ihm hierherzukommen. Auf dem Weg in die Judengasse hatte er ihm ausführlich von den Ritualen berichtet, die heute eingehalten werden würden – so, dass die sterblichen Überreste des Rabbiners gründlich gesäubert und Wasser über ihn ausgegossen worden sei, dass man sie danach in weiße Kleidung gehüllt und schließlich den Gebetsmantel darübergelegt habe. Über die eigenen Gefühle, die ihn übermannen würden, wenn er einer solchen Zeremonie beiwohnte, hatte er hingegen nichts gesagt. Er rechnete wohl damit, gleich wieder verjagt zu werden. Doch niemand machte dazu Anstalten, hatte sich doch herumgesprochen, dass sich nicht zuletzt dank Johann Rabbi Schmuels Unschuld herausgestellt und sein Leichnam vom Kriminalamt freigegeben worden war.

Als Johann ihn nun fragend ansah, fügte er hinzu: »Seit Jahrzehnten ist es Sitte, dass auf dem Friedhof regelmäßig ein Stier grast, damit das Gras nicht zu hoch wird. Und der Friedhofsaufseher hat über ihn zu wachen.«

Ein Schaf würde eigentlich genügen, ging es Johann durch den Kopf, aber weil sich ein paar strenge Blicke auf ihn richteten, verkniff er sich weitere Worte.

Markus hingegen hörte nicht wieder zum Flüstern auf. »Unter dem Dach des Totenhauses befinden sich nicht nur der Stall mit dem Stier, ein Raum, wo die Särge angefertigt werden, und ein Getreidespeicher. Hier werden auch die tollen Leute eingesperrt, wenn sie zu laut schreien und zu wild um sich schlagen, um im Krankenhaus untergebracht zu werden. Die Toten sind schließlich die Einzigen, die sich nicht von ihnen gestört fühlen.«

»Im Totenhaus wohnen Menschen, die den Verstand verloren haben?«, fragte Johann verblüfft.

»Da man nur den Stier muhen hört, ist da im Moment wohl keiner.«

Selbst der Stier verstummte alsbald, wieder ertönten nur Gebete, dennoch blickte sich Johann weiterhin um.

»Suchst du jemanden?«, fragte Markus.

Bis jetzt hatte Johann vermieden, offenkundig nach ihr Ausschau zu halten. Und er wollte sich keine Enttäuschung gestatten, weil sie zwar angekündigt hatte, ebenfalls das Begräbnis besuchen zu wollen, nun aber nicht zu sehen war. Doch jetzt konnte er nicht anders, als an Manon zu denken, die sich für Stiere und tolle Menschen gewiss sehr interessiert hätte – das hieß, eigentlich nur für tolle Menschen, für Stiere frühestens, wenn sie nicht mehr grasten, sondern geschlachtet waren. Ihr nicht sofort davon erzählen zu können, ließ seine Kehle jedenfalls enger werden.

Wenn es nur Enttäuschung gewesen wäre, die ihn erfüllte! Aber es kam ein noch brennenderes Gefühl hinzu, das man am ehesten als Sehnsucht benennen konnte. Er schüttelte den Kopf. Warum bloß wollte er diese sonderbare Frau wiedersehen? Warum war er traurig, weil sie offenbar kein Interesse an weiteren Gesprächen hatte? Sie hatten sich zusammengetan, solange es dieses Rätsel zu lösen gegolten hatte, aber sonst gab es nichts, was sie verband! Und doch spiegelte sich Aufgewühltheit in seiner Miene, und Markus schien das nicht zu entgehen.

»Unsereins muss sich damit abfinden, einsam zu sein.«

Dass sein Vater ahnte, an wen er dachte, beschämte ihn. Zugleich war es aber auch ein angenehmes Gefühl, ehrlich sagen zu können, was ihm auf der Seele lastete.

»Es mag ja sein, dass Proselyten wie wir nirgendwo richtig dazugehören. Aber wenn es jemandem ganz und gar gleich ist, wer ich bin … wer ich war …, dann ihr.«

Nun gut, auch bei Uffenbach konnte er sich weiterhin darauf verlassen, dass der sein Geheimnis vertuschte. Der Verleger hatte ihn überschwänglich als den besten seiner Zeitungsschreiber gerühmt, nachdem sein Artikel über das Wüten und den Tod des Aals erschienen war. Davon, dass er zuvor ein Extrablatt unerlaubt zu Druck gebracht hatte, war keine Rede mehr gewesen. Aber Uffenbach war einer, der nur so lange schwieg, wie es ihm selbst zum Vorteil gereichte. Notfalls würde er Johanns Seele verkaufen und seine mit dazu – ein Grund, warum Johann noch unschlüssig war, ob er auch künftig für den *Frankfurter Korrespondenten* arbeiten sollte. Manon hingegen war ganz und gar unbestechlich. Falls sie ihn für etwas verachtete, so, dass er manchmal zu höflich war oder in ihren Augen zu langsam dachte, nie für seine Herkunft.

»Lass dich nicht täuschen«, sagte da aber sein Vater. »Nicht jeder gibt mir zu verstehen, was er von mir hält. Die anderen Buchhändler begegnen mir stets mit Höflichkeit. Aber ich bin nur ein Zunftsgenosse für sie, nie ein Freund. Und niemals darfst du erwarten, dass eine Lutheranerin bereit wäre, einen Mann wie dich zu heiraten.«

Heiraten!? Manon? Gott behüte!

»Ich will doch nicht …«

Ein mahnender Blick von Markus ließ ihn verstummen. Mehrere Männer hatten sich nach ihnen umgedreht. Besser, er beschränkte sich während der restlichen Zeremonie aufs Schweigen – was nicht hieß, dass sich auch das Denken einstellen ließ.

Gnade Gott dem Manne, der sich irgendwann Manons Gatte nannte! Sie hatte rein gar nichts zu bieten, was man von einer guten, treu sorgenden Ehefrau erhoffen konnte. Wahrscheinlich würde sie einem von früh bis spät mit verstörenden Überlegungen und Fragen in den Ohren liegen. Und wer mit ihr unter einem Dach wohnte, hatte keine Chance, dem zu entfliehen. Ihm wäre das zu viel, jedem wäre das zu viel. Aber er wollte ja nicht sein Leben mit ihr teilen, sich nur dann und wann ein Stündchen mit ihr unterhalten, dabei seinen Geist schulen und genießen, dass es da eine gab, die wie er der Wahrheit diente und auf den Verstand setzte.

Nun gut, es war offensichtlich nicht möglich, dass sich Mann und Frau – egal ob Lutheraner oder Proselyt – regelmäßig trafen, ohne in Verruf zu geraten. Und in den letzten Wochen hatte sie genug Schwierigkeiten mit ihrer Schwester gehabt. Das Leben einer Frau, die sich derart kompromisslos in den Dienst der medizinischen Wissenschaft stellte, war kompliziert genug. Und gerade weil er sie für ihre Klugheit und Gelehrsamkeit respektierte, durfte er es ihr nicht noch schwerer machen.

Er öffnete nun doch noch den Mund, aber nur, um knapp hervorzupressen: »Du hast recht.«

Wieder folgte Stille. Unterbrochen wurde sie diesmal nicht durch ferne Glocken oder das nahe Muhen des Stiers, sondern ein weiteres Gebet. Er verstand es nicht, und dennoch hatte es etwas ebenso Beruhigendes wie Tröstliches.

Adonaj hu Nachlatam, beGan-Eden tehe Menuchatam,
wejanuchu beSchalom alMischkewotejhem.
Wejaamidu leGoralam leKejz haJamim.
Wenomar: Amejn.

***

Manon beobachtete Johann aus der Ferne, aber sie konnte sich nicht überwinden näherzutreten.

Sie hatte die Judengasse schon vor dem Beginn des Begräbnisses erreicht. Es waren kaum Menschen auf der Straße, die meisten von ihnen schlichen gesenkten Kopfes an ihr vorbei; einige wenige stießen sich an, als sie sie erblickten, und raunten sich etwas zu. Nur weil sie eine Fremde und Christin war oder weil sie wussten, dass sie zu jenen gehörte, die am Karfreitag eine Katastrophe verhindert hatten? Selbst wenn, sie fühlte keinen Stolz, keinen Triumph. Die Wahrheit herauszufinden, war schlichtweg so befriedigend gewesen, wie einen schwarzen Fleck von einem sonst blütenreinen Hemd zu tilgen, was sich nicht mit beharrlichem Schrubben und üblicher Kernseife erreichen ließ, sondern nur mit …

Oh Gott, sie wusste so viel über Gifte, aber so gar nichts über die Zusammensetzung von Reinigungsmitteln!

Besser, sie verglich die Mordfälle nicht mit einem schwarzen Fleck, eher sich selbst mit einem Arzt, der einen Patienten von dessen starkem Husten oder nässendem Ausschlag, der Fistel am Hintern oder einem Magengeschwür befreit hatte. All das waren natürlich keine interessanten Leiden, besser, es ging um Krankheiten, die das Gehirn betrafen. Seit ihr Vater mit der Obduktion von Adam Raus Kopf begonnen hatte, sprach er von nichts anderem mehr.

Sie hatte den Friedhof noch nicht erreicht, als jemand auf sie zukam, der weder den Kopf einzog noch sie misstrauisch musterte. Sie witterte zwar ein wenig Scheu an ihm, dennoch grüßte Doktor Spira sie höflich.

»Auf Besuch bei einem Kranken?«, fragte sie.

Er nickte. »Ein schlimmer Fall von Skorbut.«

Auch das war keine besonders spannende Krankheit, dennoch fragte sie: »Wie werden Sie ihn behandeln? Mit einer gründlichen Blutreinigung?«

»Das wäre zu teuer. Eine Rotweinkur muss fürs Erste reichen.« Er zögerte kurz, dann wollte er wissen: »Was hat die Schau des Kopfes ergeben?«

Plötzlich musste Manon lächeln. Er war einer der ganz wenigen Menschen, die ihr solche Fragen stellten. Und der davon ausging, dass eine solche Examinierung wirklich neue Erkenntnisse erbringen könnte.

Schon begann ein reges Gespräch über Geisteskrankheiten und Störungen des mentalen Seelenvermögens auf der Ebene des Körpers, von der freilich nicht alle Arten der Seele betroffen waren.

»Aber woher diese Störung wohl kommt?«, sinnierte Hertzel Spira.

»Im Falle Adam Raus war der Vater ein Verbrecher«, sagte

Manon. »Während ihrer Befragung hat das seine Mutter zumindest so angegeben. Diese Störung scheint vererbt worden zu sein, so wie ein anderer die kurzen Beine oder langen Ohren von seinen Eltern hat.«

»Um das zu belegen, sind weitere Studien notwendig.«

»Und ein weiterer Austausch.«

So zwanglos sie miteinander geredet hatten, jetzt las sie auch in seiner Miene sachtes Misstrauen. Umso entschlossener erklärte sie: »Über all die Jahre haben sich viele Leichenschauberichte meines Vaters angesammelt. Er hätte nichts dagegen, sie in fremde Hände zu legen, damit andere davon lernen können. Umgekehrt wäre es wiederum für uns ein Gewinn, all Ihre Berichte zu lesen.«

Er erwiderte ihr Lächeln, und obwohl es etwas spröde ausfiel, leuchteten seine Augen kurz auf. Danach nickte er knapp und ging weiter, und als sie ihm nachsah, überkam sie kurz jenes heiße Triumphgefühl, das bislang ausgeblieben war. Nein, nicht schwarze Flecken zu tilgen oder Geschwüre zu heilen, beschrieb ihr größtes Vergnügen. Das war zu reden, reden, reden. Auf Augenhöhe, mit Sachverstand, mit Offenheit.

Immer wieder wollte sie es mit Hertzel Spira künftig tun und erst recht mit Johann. Doch als sie nun verspätet zum Friedhof eilte, bald den Eingang erreichte und in der Ferne unter all den schlicht gekleideten Gästen nicht nur Johann, sondern auch seinen Vater sah, traf sie eine Stimme.

»Fällt dir nichts Besseres ein, als wieder und wieder hierher zurückzukehren?«

Esther erschien in ähnlichem Aufzug wie bei ihrer ersten Begegnung vor ihr – mit schlichtem Kleid, einem gestreiften Schleier und hinter sich die Schubkarre, randvoll mit schweren Säcken. Offenbar war sie zum Nordtor gleich hinter dem Friedhof unterwegs.

»Gehst du nicht zu Rabbi Schmuels Beerdigung?«

Ein knappes Schulterzucken. »Es ist nicht üblich, dass Frauen einer Beerdigung beiwohnen.« Ein prüfender Blick wanderte über Manon. »Du würdest erst recht stören.«

Sie rang noch, ob sie der anderen anvertrauen sollte, allein wegen Johann hier zu sein, galt es doch mit ihm zu bereden, wie sie sich künftig treffen konnten, ohne die Grenzen der Schicklichkeit zu arg zu strapazieren. Doch da ließ Esther ihren Wagen los, trat so nah wie nie an sie heran und raunte ihr ins Ohr. »Ich gebe dir einen guten Rat, Mädchen. Mach dir dein Leben nicht noch schwerer. Für eine starke kluge Frau, die Freiheit sucht, ist jeder Mann eine Achillesferse, der sie zu Fall bringen kann. Und wenn's obendrein ein Jude ist, dann lahmt alsbald nicht nur ein Bein, sondern auch das zweite, und sie bleibt am Boden liegen.«

Manon war erstaunt, dass Esther so viel wusste. Achilles war schließlich ein heidnischer Halbgott, wann und wo lernten Judenmädchen von ihm? Nun, bei Achilles mochte sie richtigliegen, nicht bei Johann. »Er ist kein Jude. Er wurde als Kind getauft.«

»Pah!«, machte Esther. »Für die meisten Frankfurter wäre er trotzdem einer, wüssten sie um seine Herkunft. Nein, nein, er ist kein Mann für dich.« Sie hob vielsagend die Braue und ließ eine rigorose Handbewegung folgen, womit sie offenbar nicht nur das Gespräch beenden wollte, sondern auch andeuten, dass sie sie künftig wie eine Fremde zu behandeln gedachte.

»Ich will ja gar keinen Mann haben!«, rief Manon ihr nach, »nur einen … Gesprächspartner.«

Esther verharrte ein letztes Mal. »Bücher tun's doch auch.«

Die Kleiderhändlerin wartete ihre Reaktion nicht ab, sondern zog den Karren durch das Tor. Das Quietschen der Räder war kurz lauter als die fernen Gebete, aber nicht laut genug, dass Johann es hörte, den Kopf hob, in ihre Richtung sah und sie erkannte. Hätte er es getan, hätte sie vielleicht an Esthers

Worten gezweifelt. Doch sein Blick war auf seinen Vater gerichtet, der neben ihm stand, und als das Quietschen verstummte und nur noch Gemurmel zu hören war, dachte Manon plötzlich, dass diese Worte mit die klügsten waren, die Esther jemals zu ihr gesagt hatte. Kurz wurde ihr die Kehle eng, trotzdem nickte sie entschlossen.

Ja, dachte sie. Ja, Bücher tun's auch.

Im Dorf der Verlorenen

ALLE LIEFERBAREN TITEL, INFORMATIONEN UND SPECIALS
FINDEN SIE ONLINE